JOSÉ RIZAL

EL FILIBUSTERISMO. CONTINUACIÓN DE NOLI ME TANGERE

BARCELONA **2018**
WWW.LINKGUA-DIGITAL.COM

CRÉDITOS

Título original: El filibusterismo.

© 2018, Red ediciones S.L.

e-mail: info@red-ediciones.com

Diseño de cubierta: Mario Eskenazi

ISBN rústica: 978-84-9953-093-2.
ISBN ebook: 978-84-9953-092-5.

SUMARIO

PRESENTACIÓN

La vida

José Protacio Rizal Mercado y Alonso Realonda (19 de junio de 1861, Calamba-30 de diciembre de 1896, Manila), fue patriota, médico y hombre de letras inspirador del nacionalismo de su país. Rizal era hijo de un próspero propietario de plantaciones azucareras de origen chino. Su madre, Teodora Alonso, fue una de las mujeres más cultas de su época.

La formación de José Rizal transcurrió en el Ateneo de Manila, la Universidad de Santo Tomás de Manila y la de Madrid, donde estudió medicina. Más tarde estudió en París y Heidelberg. *Noli me Tangere*, su primera novela, fue publicada en 1886, seguida de *El Filibusterismo*, en 1891. Por entonces editó en Barcelona el periódico *La Solidaridad* en el que postuló sus tesis políticas.

Pese a las advertencias de sus amigos, Rizal decidió regresar a su país en 1892. Allí encabezó un movimiento de cambio no violento de la sociedad que fue llamado «La Liga Filipina». Deportado a una isla al sur de Filipinas, fue acusado de sedición en 1896 y ejecutado en público en Manila.

NOVELA FILIPINA

Fácilmente se puede suponer que un filibustero ha hechizado en secreto a la liga de los frailes y retrógrados para que, siguiendo inconscientes sus inspiraciones, favorezcan y fomenten aquella política que solo ambiciona un fin: extender las ideas del filibusterismo por todo el país y convencer al último filipino de que no existe otra salvación fuera de la separación de la Madre Patria.

Ferdinand Blumentritt.

A la memoria de los presbíteros, don Mariano Gómez (ochenta y cinco años), don José Burgos (treinta años) y don Jacinto Zamora (treinta y cinco años). Ejecutados en el patíbulo de Bagumbayan, el 28 de febrero de 1872.

La Religión, al negarse a degradaros, ha puesto en duda el crimen que se os ha imputado; el Gobierno, al rodear vuestra causa de misterio y sombras, hace creer en algún error, cometido en momentos fatales, y Filipinas entera, al venerar vuestra memoria y llamaros mártires, no reconoce de ninguna manera vuestra culpabilidad.

En tanto, pues, no se demuestre claramente vuestra participación en la algarada caviteña, hayáis sido o no patriotas, hayáis o no abrigado sentimientos por la justicia, sentimientos por la libertad, tengo derecho a dedicaros mi trabajo como a víctimas del mal que trato de combatir. Y mientras esperamos que España os rehabilite un día y no se haga solidaria de vuestra muerte, sirvan estas páginas como tardía corona de hojas secas sobre vuestras ignoradas tumbas, y todo aquel que sin pruebas evidentes ataque vuestra memoria, ¡que en vuestra sangre se manche las manos!

J. Rizal.

I. SOBRE-CUBIERTA

Sic itur ad astra.

En una mañana de diciembre, el vapor *Tabo* subía trabajosamente el tortuoso curso del Pásig conduciendo numerosos pasajeros hacia la provincia de la Laguna. Era el vapor de forma pesada, casi redonda como el *tabù* de donde deriva su nombre, bastante sucio a pesar de sus pretensiones de blanco, majestuoso y grave a fuerza de andar con calma. Con todo, le tenían cierto cariño en la comarca, quizás por su nombre tagalo o por llevar el carácter peculiar de las cosas del país, algo así como un triunfo sobre el progreso, un vapor que no era vapor del todo, un organismo inmutable, imperfecto pero indiscutible, que, cuando más quería echárselas de progresista, se contentaba soberbiamente con darse una capa de pintura.

Y ¡si el dichoso vapor era genuinamente filipino! ¡Con un poquito de buena voluntad hasta se le podía tomar por la nave del Estado, construida bajo la inspección de Reverendas e Ilustrísimas personas!

Bañada por el Sol de la mañana que hacía vibrar las ondas del río y cantar el aire en las flexibles cañas que se levantan en ambas orillas, allá va su blanca silueta agitando negro penacho de humo ¡la nave del Estado, dicen, humea mucho también...! El silbato chilla a cada momento, ronco e imponente como un tirano que quiere gobernar a gritos, de tal modo que dentro nadie se entiende. Amenaza a cuanto encuentra; ora parece que va a triturar los *salambaw*, escuálidos aparatos de pesca que en sus movimientos semejan esqueletos de gigantes saludando a una antidiluviana tortuga; ora corre derecho ya contra los cañaverales, ya contra los anfibios comederos o *kárihan*, que, entre gumamelas y otras flores, parecen indecisas bañistas que ya con los pies en el agua no se resuelven aún a zambullirse; a veces, siguiendo cierto camino señalado en el río por troncos de caña, anda el vapor muy satisfecho, mas, de repente un choque sacude a los viajeros y les hace perder el equilibrio: ha dado contra un bajo de cieno que nadie sospechaba...

Y, si el parecido con la nave del Estado no es completo aún, véase la disposición de los pasajeros. Bajo-cubierta asoman rostros morenos y cabezas negras, tipos de indios, chinos y mestizos, apiñados entre mercancías y baúles, mientras que allá arriba, sobre-cubierta y bajo un toldo que les protege del Sol,

13

están sentados en cómodos sillones algunos pasajeros vestidos a la europea, frailes y empleados, fumándose sendos puros, contemplando el paisaje, sin apercibirse al parecer de los esfuerzos del capitán y marineros para salvar las dificultades del río.

El capitán era un señor de aspecto bondadoso, bastante entrado en años, antiguo marino que en su juventud y en naves más veleras se había engolfado en más vastos mares y ahora en su vejez tenía que desplegar mayor atención, cuidado y vigilancia para orillar pequeños peligros... Y eran las mismas dificultades de todos los días, los mismos bajos de cieno, la misma mole del vapor atascada en las mismas curvas, como una gorda señora entre apiñada muchedumbre, y por eso a cada momento tenía el buen señor que parar, retroceder, ir a media máquina enviando, ora a babor ora a estribor, a los cinco marineros armados de largos *tikines* para acentuar la vuelta que el timón ha indicado. ¡Era como un veterano que, después de guiar hombres en azarosas campañas, fuese en su vejez ayo de muchacho caprichoso, desobediente y tumbón!

Y doña Victorina, la única señora que se sienta en el grupo europeo, podrá decir si el *Tabo* era tumbón desobediente y caprichoso, doña Victorina que como siempre está nerviosa, lanza invectivas contra los cascos, bankas, balsas de coco, indios que navegan, ¡y aun contra las lavanderas y bañistas que la molestan con su alegría y algazara! Sí, el *Tabo* iría muy bien si no hubiese indios en el río, ¡indios en el país, sí! si no hubiese ningún indio en el mundo, sin fijarse en que los timoneles eran indios, indios los marineros, indios los maquinistas, indios las noventa y nueve partes de los pasajeros e india ella misma también, si le raspan el blanquete y la desnudan de su presumida bata. Aquella mañana, doña Victorina estaba más inaguantable que nunca porque los pasajeros del grupo hacían poco caso de ella, y no le faltaba razón porque consideren ustedes: encontrarse allí tres frailes convencidos de que todo el mundo andaría al revés el día en que ellos anduviesen al derecho; un infatigable don Custodio que duerme tranquilo, satisfecho de sus proyectos; un fecundo escritor como Ben Zayb (anagrama de Ibáñez) que cree que en Manila se piensa porque él, Ben Zayb, piensa; un canónigo como el padre Irene que da lustre al clero con su faz rubicunda bien afeitada donde se levanta una hermosa nariz judía, y su sotana de seda de garboso corte y menudos botones; y un riquísimo joyero tal como Simoun que pasa por ser el consultor y el inspirador de todos las actos de S. E. el capitán general, consideren ustedes que encontrarse estas columnas sine quibus non del país, allí agrupaditas en agradable charla y no simpatizar con una filipina renegada, que se tiñe los cabellos de rubio, ¡vamos! que hay para hacer perder la paciencia a una Joba, nombre que doña Victorina se aplica siempre que las ha con alguno. Y el mal humor de la señora se aumentaba cada vez que gritando el capitán ¡*baborp*! ¡*estriborp*! sacaban rápidamente los marineros sus largos *tikines*, los hincaban ya en una y en otra orilla, impidiendo, con el esfuerzo de sus piernas y sus hombros, a que el vapor diese en aquella parte con su casco. Vista así la nave del Estado, diríase que de tortuga se convertía en cangrejo cada vez que un peligro se acercaba.

—Pero, capitán, ¿por qué sus estúpidos timoneles se van por ese lado? —preguntaba muy indignada la señora.

—Porque allí es muy bajo, señora —contestaba el capitán con mucha pausa y guiñando lentamente el ojo.

El capitán había contraído esta pequeña costumbre como para decir a sus palabras que salgan: ¡despacio, muy despacio!

—¡Media máquina, vaya, media máquina! —protesta desdeñosamente doña Victorina; ¿por qué no entera?

—Porque navegaríamos sobre esos arrozales, señora —contesta imperturbable el capitán sacando los labios para señalar las sementeras y haciendo dos guiños acompasados.

Esta doña Victorina era muy conocida en el país por sus extravagancias y caprichos. Frecuentaba mucho la sociedad y se la toleraba siempre que se presentaba con su sobrina, la Paulita Gómez, bellísima y riquísima muchacha, huérfana de padre y madre, y de quien doña Victorina era una especie de tutora. En edad bastante avanzada se había casado con un infeliz llamado don Tiburcio de Espadaña, y en los momentos en que la vemos, lleva ya quince años de matrimonio, de cabellos postizos y traje semi-europeo. Porque toda su aspiración fue europeizarse, y desde el infausto día de su casamiento, gracias a tentativas criminales; ha conseguido poco a poco transformarse de tal suerte que a la hora presente Quatrefages y Virchow juntos no sabrían clasificarla entre las razas conocidas. Al cabo de tantos años de matrimonio, su esposo que la había sufrido con resignación de fakir sometiéndose a todas

15

sus imposiciones, tuvo un aciago día el fatal cuarto de hora, y le administró una soberbia paliza con su muleta de cojo. La sorpresa de la señora Joba ante semejante inconsecuencia de carácter hizo que por de pronto no se apercibiese de los efectos inmediatos y solo, cuando se repuso del susto y su marido se hubo escapado, se apercibió del dolor guardando cama por algunos días con gran alegría de la Paulita que era muy amiga de reír y burlarse de su tía. En cuanto al marido, espantado de su impiedad que le sonaba a horrendo parricidio, perseguido por las furias matrimoniales (los dos perritos y el loro de la casa) diose a huir con toda la velocidad que su cojera le permitía, subió en el primer coche que encontró, pasó a la primera *banka* que vio en un río, y, Ulises filipino, vaga de pueblo en pueblo, de provincia en provincia, de isla en isla seguido y perseguido por su Calipso con quevedos, que aburre a cuantos tienen la desgracia de viajar con ella. Ha tenido noticia de que él se encontraba en la provincia de la Laguna, escondido en un pueblo, y allá va ella a seducirle con sus cabellos teñidos.

Los combarcanos habían tomado el partido de defenderse, sosteniendo entre sí animada conversación, discutiendo sobre cualquier asunto. En aquel momento por las vueltas y revueltas del río, hablábase de su rectificación y naturalmente de los trabajos de las Obras del Puerto.

Ben Zayb, el escritor que tenía cara de fraile, disputaba con un joven religioso que a su vez tenía cara de artillero. Ambos gritaban, gesticulaban, levantaban los brazos, abrían las manos, pateaban, hablaban de niveles, de corrales de pesca, del río de S. Mateo, de cascos, de indios, etc., etc. con gran contento de los otros que les escuchaban y manifiesto disgusto de un franciscano de edad, extraordinariamente flaco y macilento, y de un guapo dominico que dejaba... dejaba vagar por sus labios una sonrisa burlona.

El franciscano flaco que comprendía la sonrisa del dominico quiso cortar la disputa interviniendo. Debían respetarle sin duda porque con una señal de la mano cortó la palabra a ambos en el momento en que el fraile-artillero hablaba de experiencia y el escritor-fraile de hombres de ciencia.

—Los hombres de ciencia, Ben Zayb, ¿sabe usted lo que son? —dijo el franciscano con voz cavernosa sin moverse casi en su asiento y gesticulando apenas con las descarnadas manos—. Allí tiene usted en la provincia el *puente del Capricho*, construido por un hermano nuestro, y que no se terminó porque *los hombres de ciencia*, fundándose en sus teorías, lo tacharon de poco sólido y seguro, y ¡mire usted! ¡Está el puente que resiste a todas las inundaciones y terremotos!

—¡Eso, puñales, eso precisamente, eso iba yo a decir! —exclamó el fraile-artillero pegando puñetazos en los brazos de su silla de caña—; ¡eso, el *puente del Capricho* y los hombres de ciencia; eso iba yo a decir, padre Salví, puñales! Ben Zayb se quedó callado, medio sonriendo, bien sea por respeto o porque realmente no supiese qué replicar, y sin embargo, ¡él era la única cabeza pensante en Filipinas! —el padre Irene aprobaba con la cabeza frotando su larga nariz.

El padre Salví, aquel religioso flaco y descarnado, como satisfecho de tanta sumisión continuó en medio del silencio.

—Pero esto no quiere decir que usted no tenga tanta razón como el padre Camorra —que así se llamaba el fraile-artillero—; el mal está en la laguna...

—¡Es que no hay ninguna laguna decente en este país! —intercaló doña Victorina, verdaderamente indignada y disponiéndose a dar otro asalto para entrar en la plaza.

Los sitiados se miraron con terror y, con la prontitud de un general, el joyero Simoun acudió:

—El remedio es muy sencillo —dijo con un acento raro, mezcla de inglés y americano del Sur—; y yo verdaderamente no sé cómo no se le ha ocurrido a nadie.

Todos se volvieron prestándole la mayor atención, incluso el dominico. El joyero era un hombre seco, alto, nervudo, muy moreno que vestía a la inglesa y usaba un casco de tinsín. Llamaban en él la atención los cabellos largos, enteramente blancos que contrastaban con la barba negra, rala, denotando un origen mestizo. Para evitar la luz del Sol usaba constantemente enormes anteojos azules de rejilla, que ocultaban por completo sus ojos y parte de sus mejillas, dándole un aspecto de ciego o enfermo de la vista. Se mantenía de pie con las piernas separadas como para guardar el equilibrio, las manos metidas en los bolsillos de su chaqueta.

—El remedio es muy sencillo —repitió—, ¡y no costaría un cuarto! La atención se redobló. Se decía en los círculos de Manila que aquel hombre dirigía al general y todos veían ya el remedio en vías de ejecución. El mismo don Custodio se volvió.

—Trazar un canal recto desde la entrada del río a su salida, pasando por Manila, esto es, hacer un nuevo río canalizado y cerrar el antiguo Pásig. ¡Se economiza terreno, se acortan las comunicaciones, se impide la formación de bancos!

El proyecto dejó atontados a casi todos, acostumbrados a tratamientos paliativos.

—¡Es un plan yankee! —observó Ben Zayb que quería agradar a Simoun. El joyero había estado mucho tiempo en la América del Norte.

Todos encontraban grandioso el proyecto y así lo manifestaban en sus movimientos de cabeza. Solo don Custodio, el liberal don Custodio, por su posición independiente y sus altos cargos, creyó deber atacar un proyecto que no venía de él —¡aquello era una usurpación!— y tosió, se pasó las manos por los bigotes y con su voz importante y como si se encontrase en plena sesión del Ayuntamiento, dijo:

—Dispénseme el señor Simoun, mi respetable amigo, si le digo que no soy de su opinión; costaría muchísimo dinero y quizás tuviésemos que destruir poblaciones.

—¡Pues se destruyen! —contestó fríamente Simoun.

—¿Y el dinero para pagar a los trabajadores...?

—No se pagan. Con los presos y los presidiarios...

—¡Ca! ¡no hay bastante, señor Simoun!

—Pues si no hay bastante, que todos los pueblos, que los viejos, los jóvenes, los niños trabajen, en vez de los quince días obligatorios, tres, cuatro, cinco meses para el Estado, ¡con la obligación además de llevar cada uno su comida y sus instrumentos!

Don Custodio, espantado, volvió la cara para ver si cerca había algún indio que les pudiese oír. Afortunadamente los que allí se encontraban eran campesinos, y los dos timoneles parecían muy ocupados con las curvas del río.

—Pero, señor Simoun...

—Desengáñese usted, don Custodio —continuó Simoun secamente—; solo de esa manera se ejecutan grandes obras con pocos medios. Así se llevaron a cabo las Pirámides, el lago Mœris y el Coliseo en Roma. Provincias enteras venían del desierto cargando con sus cebollas para alimentarse; viejos, jóvenes y niños trabajaban acarreando piedras, labrándolas y cargándolas sobre sus hombros, bajo la dirección del látigo oficial; y después, volvían a sus pueblos los que sobrevivían, o perecían en las arenas del desierto. Luego venían otras provincias, y luego otras, sucediéndose en la tarea durante años; el trabajo se concluía y ahora nosotros los admiramos, viajamos, vamos al Egipto y a Roma, enzalzamos a los Faraones, a la familia Antonina... Desengáñese usted; los muertos muertos se quedan y solo al fuerte le da la razón la posteridad.

—Pero, señor Simoun, semejantes medidas pueden provocar disturbios — observó don Custodio—, inquieto por el giro que tomaba el asunto.

—¡Disturbios, ja ja! ¿Se rebeló acaso el pueblo egipcio alguna vez, se rebelaron los prisioneros judíos contra el piadoso Tito? ¡Hombre, le creía a usted más enterado en historia!

¡Está visto que aquel Simoun o era muy presumido o no tenía formas! Decir al mismo don Custodio en su cara que no sabía historia, ¡es para sacarle a cualquiera de sus casillas! Y así fue, don Custodio se olvidó y replicó:

—¡Es que no está usted entre egipcios ni judíos!

—Y este país se ha sublevado más de una vez —añadió el dominico con cierta timidez—; en los tiempos en que se les obligaba a acarrear grandes árboles para la construcción de navíos, si no fuera por los religiosos...

—Aquellos tiempos están lejos —contestó Simoun riéndose más secamente aún de lo que acostumbraba—; estas islas no volverán a sublevarse por más trabajos e impuestos que tengan... ¿No me ponderaba usted padre Salví —añadió dirigiéndose al franciscano delgado— la casa y el hospital de Los Baños donde ahora se encuentra su Excelencia?

El padre Salví hizo un movimiento con la cabeza y miró extrañando la pregunta.

—¿Pues no me había dicho usted que ambos edificios se levantaron obligando a los pueblos a trabajar en ellos bajo el látigo de un lego? ¡Probablemente el *Puente del Capricho* se construyó de la misma manera! Y digan ustedes, ¿se sublevaron estos pueblos?

—Es que... se sublevaron antes —observó el dominico—; y iab actu ad posse valet illatio!

—¡Nada, nada, nada! —continuó Simoun disponiéndose a bajar a la cámara por la escotilla—; lo dicho, dicho. Y usted padre Sibyla, no diga ni latines ni tonterías. ¿Para que estarán ustedes los frailes, si el pueblo se puede sublevar?

19

Y sin hacer caso de las protestas ni de las réplicas, Simoun bajó por la pequeña escalera que conduce al interior repitiendo con desprecio: ¡Vaya, vaya!

El padre Sibyla estaba pálido; era la primera vez que a él, vicerrector de la Universidad, se le atribuían tonterías; don Custodio estaba verde: en ninguna junta en que se había encontrado había visto adversario semejante. Aquello era demasiado.

—¡Un mulato americano! —exclamó refunfuñando.

—¡Indio inglés! —observó en voz baja Ben Zayb.

—Americano, se lo digo a usted ¿si lo sabré yo? —contestó de mal humor don Custodio—; S. E. me lo ha contado; es un joyero que él conoció en La Habana y que según sospecho le ha proporcionado el destino prestándole dinero. Por eso, para pagarle le ha hecho venir a que haga de las suyas, aumente su fortuna vendiendo brillantes... falsos, ¡quien sabe! Y es tan ingrato que después de sacar los cuartos a los indios todavía quiere que... ¡Pf!

Y terminó la frase con un gesto muy significativo de la mano.

Ninguno se atrevía a hacer coro a aquellas diatribas; don Custodio podía indisponerse con S. E. si quería, pero ni Ben Zayb, ni el padre Irene, ni el padre Salví, ni el ofendido padre Sibyla tenían confianza en la discreción de los demás.

—Es que ese señor, como es americano, se cree sin duda que estamos tratando con los Pieles Rojas... ¡Hablar de esos asuntos en un vapor! ¡Obligar, forzar a la gente...! Y es ése el que aconsejó la expedición a Carolinas, la campaña de Mindanaw que nos va a arruinar infamemente... Y es él quien se ha ofrecido a intervenir en la construcción del crucero, y digo yo ¿qué entiende un joyero, por rico e ilustrado que fuese, de construcciones navales?

Todo esto se lo decía en voz gutural don Custodio a su vecino Ben Zayb gesticulando, encogiéndose de hombros, consultando de tiempo en tiempo con la mirada a los demás que hacían movimientos ambiguos de cabeza. El canónigo Irene se permitía una sonrisa bastante equívoca que medio ocultaba con la mano al acariciar su nariz.

—Le digo a usted, Ben Zayb —continuaba don Custodio sacudiéndole al escritor del brazo—; todo el mal aquí está en que no se consulta a las personas que tienen larga residencia. Un proyecto con grandes palabras y sobre todo con un gran presupuesto, con un presupuesto en cantidades redondas, alucina y se acepta enseguida... ¡por eso!

Don Custodio frotaba la yema del dedo pulgar contra las del índice y del medio.

—Algo de eso hay, algo de eso —creyó deber contestar Ben Zayb que, en su calidad de periodista, tenía que estar enterado de todo.

—Mire usted, antes que las obras del Puerto, he presentado yo un proyecto, original, sencillo, útil, económico y factible para limpiar la barra de la Laguna ¡y no se ha aceptado porque no daba de esto!

Y repitió el mismo gesto de los dedos, se encogió de hombros, miró a todos como diciéndoles: ¿Ustedes han visto semejante desgracia?

—Y ¿se puede saber en qué consistía?

—Y...

—¡Hola! —exclamaron unos y otros acercándose y aprestándose a escuchar. Los proyectos de don Custodio eran famosos como los específicos de los curanderos.

Don Custodio estuvo a punto de no decirles en qué consistía, resentido por no haber encontrado partidarios cuando sus diatribas contra Simoun. «Cuando no hay peligro queréis que hable, ¿eh? ¿Y cuando lo hay os calláis?» Iba a decir, pero era perder una buena ocasión, y el proyecto, ya que no se podía realizar, al menos que se conozca y se admire.

Después de dos o tres bocanadas de humo, de toser y de escupir por una comisura, preguntó a Ben Zayb dándole una palmada sobre el muslo:

—¿Usted ha visto patos?

—Me parece... los hemos cazado en el lago —respondió Ben Zayb extrañado.

—No, no hablo de patos silvestres, hablo de los domésticos, de los que se crían en Pateros y en Pásig. Y ¿sabe usted de qué se alimentan?

Ben Zayb, la única cabeza pensante, no lo sabía: él no se dedicaba a aquella industria.

—¡De caracolitos, hombre, de caracolitos! —contestó el padre Camorra—; no se necesita ser indio para saberlo, ¡basta tener ojos!

—¡Justamente, de caracolitos! —repetía don Custodio gesticulando con el dedo índice—; y ¿usted sabe de dónde se sacan?

La cabeza pensante tampoco lo sabía.

—Pues si tuviera usted mis años de país, sabría que los pescan en la barra misma donde abundan mezclados con la arena.

—¿Y su proyecto?

—Pues a eso voy. Obligaba yo a todos los pueblos del contorno, cercanos a la barra, a criar patos y verá usted como ellos, por sí solos, la profundizan pescando caracoles... Ni más ni menos, ni menos ni más.

Y don Custodio abría ambos brazos y contemplaba gozoso el estupor de sus oyentes: a ninguno se le había ocurrido tan peregrina idea.

—¿Me permite usted que escriba un artículo acerca de eso? —preguntó Ben Zayb—; en este país se piensa tan poco...

—Pero, don Custodio —dijo doña Victorina haciendo dengues y monadas—; si todos se dedican a criar patos van a abundar los huevos balot. ¡Uy, qué asco! ¡Que se ciegue antes la barra!

II. BAJO-CUBIERTA

Allá abajo pasaban otras escenas.

Sentados en bancos y en pequeños taburetes de madera, entre maletas, cajones, cestos y tampipis, a dos pasos de la máquina, al calor de las calderas, entre vaho humano y olor pestilente de aceite, se veía la inmensa mayoría de los pasajeros.

Unos contemplan silenciosos los variados paisajes de la orilla, otros juegan a las cartas o conversan en medio del estruendo de las palas, ruido de la máquina, silbidos de vapor que se escapa, mugidos de agua removida, pitadas de la bocina. En un rincón, hacinados como cadáveres, dormían o trataban de dormir algunos chinos traficantes, mareados, pálidos, babeando por los entreabiertos labios, y bañados en el espeso sudor que se escapa de todos sus poros. Solamente algunos jóvenes, estudiantes en su mayor parte, fáciles de reconocer por su traje blanquísimo y su porte aliñado, se atrevían a circular de popa a proa, saltando por encima de cestos y cajas, alegres con la perspectiva de las próximas vacaciones. Tan pronto discutían los movimientos de la máquina tratando de recordar nociones olvidadas de Física, como rondaban alrededor de la joven colegiala, de la buyera de labios rojos y collar de sampagas, susurrándoles al oído palabras que las hacían sonreír o cubrirse la cara con el pintado abanico.

Dos, sin embargo, en vez de ocuparse en aquellas galanterías pasajeras, discutían en la proa con un señor de edad, pero aún arrogante y bien derecho. Ambos debían ser muy conocidos y considerados a juzgar por ciertas deferencias que les mostraban los demás. En efecto, el de más edad, el que va vestido todo de negro era el estudiante de Medicina Basilio, conocido por sus buenas curas y maravillosos tratamientos. El otro, el más grande y más robusto con ser mucho más joven, era Isagani, uno de los poetas o cuando menos *versistas* que salieron aquel año del Ateneo, carácter original, de ordinario poco comunicativo, y bastante taciturno. El señor que hablaba con ellos era el rico capitán Basilio que venía de hacer compras en Manila.

—Capitán Tiago va muy regular, sí señor —decía el estudiante moviendo la cabeza—; no se somete a ningún tratamiento... Aconsejado por *alguno* me envía a San Diego so pretexto de visitar la casa, pero es para que le deje fumar el opio con entera libertad.

El estudiante cuando decía *alguno*, daba a entender el padre Irene, gran amigo y gran consejero de capitán Tiago en sus últimos días.

—El opio es una de las plagas de los tiempos modernos —repuso el capitán con un desprecio e indignación de senador romano—; los antiguos lo conocieron, mas nunca abusaron de él. Mientras duró la afición a los estudios clásicos (obsérvenlo bien, jóvenes) el opio solo fue medicina, y si no, díganme quiénes lo fuman más. ¡Los chinos, los chinos que no saben una palabra de latín! ¡Ah si capitán Tiago se hubiese dedicado a Cicerón...!

Y el disgusto más clásico se pintó en su cara de epicúreo bien afeitado. Isagani le contemplaba con atención: aquel señor padecía la nostalgia de la antigüedad.

—Pero, volviendo a esa Academia de Castellano —continuó capitán Basilio—; les aseguro a ustedes que no la han de realizar...

—Sí señor, de un día a otro esperamos el permiso —contesta Isagani—; el padre Irene, que usted habrá visto arriba, y a quien regalamos una pareja de castaños, nos lo ha prometido. Va a verse con el general.

—¡No importa! ¡El padre Sibyla se opone!

—¡Que se oponga! Por eso viene para... en Los Baños, ante el general.

Y el estudiante Basilio hacía una mímica con sus dos puños haciéndolos chocar uno contra el otro.

—¡Entendido! —observó riendo capitán Basilio—. Pero aunque ustedes consigan el permiso, ¿de dónde sacarán fondos...?

—Los tenemos, señor; cada estudiante contribuye con un real.

—Pero ¿y los profesores?

—Los tenemos; la mitad filipinos y la mitad peninsulares.

—Y ¿la casa?

—Makaraig, el rico Makaraig cede una de las suyas.

Capitán Basilio tuvo que darse por vencido: aquellos jóvenes tenían todo dispuesto.

—Por lo demás —dijo encogiéndose de hombros—, no es mala del todo, no es mala la idea, y ya que no se puede poseer el latín, que al menos se posea el castellano. Ahí tiene usted, tocayo, una prueba de cómo vamos para atrás. En nuestro tiempo aprendíamos latín porque nuestros libros estaban en latín; ahora ustedes lo aprenden un poco pero no tienen libros en latín, en cambio sus libros están en castellano y no se enseña este idioma: *iætas parentum pejor avis tulit nos nequiores!* como decía Horacio. Y dicho esto se alejó majestuosamente como un emperador romano. Los dos jóvenes se sonrieron.

—Esos hombres del pasado —observó Isagani—, para todo encuentran dificultades; se les propone una cosa y en vez de ver las ventajas solo se fijan en los inconvenientes. Quieren que todo venga liso y redondo como una bola de billar.

—Con tu tío está a su gusto —observó Basilio—; hablan de sus antiguos tiempos... Oye, a propósito ¿qué dice tu tío de Paulita?

Isagani se ruborizó.

—Me echó un sermón sobre la elección de esposa... Le contesté que en Manila no había otra como ella, hermosa, bien educada, huérfana...

—Riquísima, elegante, graciosa, sin más defectos que una tía ridícula —añadió Basilio riendo.

Isagani se rió a su vez.

—A propósito de la tía, ¿sabes que me ha encargado busque a su marido?

—¿Doña Victorina? ¿Y tú se lo habrás prometido para que te conserve la novia?

—¡Naturalmente! pero es el caso que el marido se esconde precisamente... ¡en casa de mi tío!

Ambos se echaron a reír.

—Y he aquí —continuó Isagani—, el porqué mi tío que es un hombre muy concienzudo, no ha querido entrar en la cámara, temeroso de que doña Victorina le pregunte por don Tiburcio. ¡Figúrate! Doña Victorina, cuando supo que yo era pasajero de proa, me miró con cierto desprecio...

En aquel instante bajaba Simoun y al ver a los dos jóvenes.

—¡Adiós, don Basilio! —dijo saludando en tono protector—, ¿se va de vacaciones? ¿El señor es paisano de usted?

Basilio presentó a Isagani y dijo que no eran compoblanos, pero que sus pueblos no distaban mucho. Isagani vivía a orillas del mar en la contra costa.

Simoun examinaba a Isagani con tanta atención, que molestado éste se volvió y le miró cara a cara con un cierto aire provocador.

—Y ¿qué tal es la provincia? —preguntó Simoun volviéndose a Basilio.

—¿Cómo, no la conoce usted?

—¿Cómo diablos la he de conocer si no he puesto jamás los pies en ella? Me han dicho que es muy pobre y no compra alhajas.

—No compramos alhajas porque no las necesitamos —contestó secamente Isagani—, picado en su orgullo de provinciano.

Una sonrisa se dibujó en los pálidos labios de Simoun.

—No se ofenda usted joven —repuso—, yo no tenía ninguna mala intención pero como me habían asegurado que casi todos los curatos estaban en manos de clérigos indios, yo me dije: los frailes se mueren por un curato y los franciscanos se contentan con los más pobres, de modo que cuando unos y otros los ceden a los clérigos, es que allí no se conocerá jamás el perfil del rey. ¡Vaya señores, vénganse ustedes a tomar conmigo cerveza y brindaremos por la prosperidad de su provincia!

Los jóvenes dieron las gracias y se excusaron diciendo que no tomaban cerveza.

—Hacen ustedes mal —repuso Simoun visiblemente contrariado—; la cerveza, es una cosa buena, y he oído decir esta mañana al padre Camorra que la falta de energía que se nota en este país se debe a la mucha agua que beben sus habitantes.

Isagani que casi era tan alto como el joyero, ¡se irguió!

—Pues dígale usted al padre Camorra —se apresuró a decir Basilio tocando con el codo disimuladamente a Isagani—, dígale usted que si él bebiese agua en vez de vino o de cerveza, acaso ganásemos todos y no diese mucho que hablar...

—Y dígale —añadió Isagani, sin hacer caso de los codazos de su amigo—, que el agua es muy dulce y se deja beber, pero ahoga al vino y a la cerveza y mata al fuego; que calentada es vapor, que irritada es océano ¡y que una vez destruyó a la humanidad e hizo temblar al mundo en sus cimientos!

Simoun levantó la cabeza y aunque su mirada no se podía leer oculta por sus gafas azules, en el resto de su semblante se podía ver que estaba sorprendido.

—¡Bonita réplica! —dijo—; pero témome que se guasee y me pregunte cuándo se convertirá el agua en vapor y cuándo en océano. ¡El padre Camorra es algo incrédulo y muy zumbón!

—Cuando el fuego lo caliente, cuando los pequeños ríos que ahora se encuentran diseminados en sus abruptas cuencas, empujados por la fatalidad se reúnan en el abismo que los hombres van cavando —contestó Isagani.

—No, señor Simoun —añadió Basilio tomando un tono de broma—. Repítale usted más bien estos versos del mismo amigo Isagani:

Agua somos, decís, vosotros fuego;
Como lo queráis, ¡sea!
¡Vivamos en sosiego
Y el incendio jamás luchar nos vea!
Sino que unidos por la ciencia sabia
De las calderas en el seno ardiente,
Sin cóleras, sin rabia,
¡Formemos el vapor, quinto elemento,
Progreso, vida, luz y movimiento!

—¡Utopía, utopía! —contestó secamente Simoun—; la máquina está por encontrarse... en el entretanto tomo mi cerveza.

Y sin despedirse dejó a los dos amigos.

—Pero ¿qué tienes tú hoy que estás batallador? —preguntó Basilio.

—Nada, no lo sé, pero ese hombre me da horror, miedo casi.

—Te estaba tocando con el codo; ¿no sabes que a ese le llaman el cardenal Moreno?

—¿Cardenal Moreno?

—O Eminencia Negra, como quieras.

—¡No te entiendo!

—Richelieu tenía un consultor capuchino a quien llamaban Eminencia Gris; pues éste lo es del general...

—¿De veras?

—Como que lo he oído de *alguno*... que siempre habla de él mal detrás, y le adula cuando le tiene delante.

—¿Visita también a capitán Tiago?

—Desde el primer día de su llegada, y por cierto que un cierto le considera como rival... en la herencia... Y creo que va a verse con el general para la cuestión de la enseñanza del castellano.

En aquel momento un criado vino para decir a Isagani que su tío le llamaba.

En uno de los bancos de popa y confundido con los demás pasajeros se sentaba un clérigo contemplando el paisaje que se desplegaba sucesivamente a su vista. Sus vecinos le hacían sitio, los hombres, cuando pasaban cerca, se descubrían y los jugadores no osaban poner su mesa cerca de donde él estaba. Aquel sacerdote hablaba poco, no fumaba ni adoptaba maneras arrogantes, no desdeñaba mezclarse con los demás hombres y devolvía el saludo con finura y gracia como si se sintiese muy honrado y muy reconocido. Era ya de bastante edad, los cabellos casi todos canos, pero su salud parecía aún robusta y, aunque sentado, tenía el tronco erguido y la cabeza recta, pero sin orgullo ni arrogancia. Diferenciábase del vulgo de clérigos indios, pocos por demás, que por aquella época servían como coadjutores o administraban algunos curatos provisionalmente, en cierto aplomo y gravedad como quien tiene conciencia de la dignidad de su persona y de lo sagrado de su cargo. Un ligero examen de su exterior, si no ya sus cabellos blancos, manifestaba al instante que pertenecía a otra época, a otra generación, cuando los mejores jóvenes no temían exponer su dignidad haciéndose sacerdotes, cuando los clérigos miraban de igual a igual a los frailes cualesquiera, y cuando la clase, aún no denigrada y envilecida, pedía hombres libres y no esclavos, inteligencias superiores y no voluntades sometidas. En su rostro triste y serio se leía la tranquilidad del alma fortalecida por el estudio y la meditación y acaso puesta a prueba por íntimos sufrimientos morales. Aquel clérigo era el padre Florentino, el tío de Isagani y su historia se reduce a muy poco.

Hijo de una riquísima y bien relacionada familia de Manila, de gallardo continente y felices disposiciones para brillar en el mundo, jamás había sentido vocación sacerdotal; pero, su madre, por ciertas promesas o votos, le obligó a entrar en el seminario después de no pocas luchas y violentas discusiones. Ella tenía grandes amistades con el arzobispo, era de una voluntad de hierro, e inexorable como toda mujer devota que cree interpretar la voluntad de Dios. En vano se opuso el joven Florentino, en vano suplicó, en vano se excusó con sus amores y provocó escándalos; sacerdote tenía que ser y a los veinticinco años sacerdote fue: el arzobispo le confirió las órdenes, la primera misa se celebró con mucha pompa, hubo tres días de festín y la madre murió contenta y satisfecha dejándole toda su fortuna.

Pero en aquella lucha recibió Florentino una herida de la que jamás se curó: semanas antes de su primera misa, la mujer que más había amado se casó con un cualquiera, de desesperación; aquel golpe fue el más rudo que sintiera jamás; perdió su energía moral, la vida le fue pesada e insoportable. Si no la virtud y el respeto a su estado, aquel amor desgraciado le salvó de los abismos en que caen los curas regulares y seglares en Filipinas. Dedicóse a sus feligreses por deber, y por afición, a las ciencias naturales.

Cuando acontecieron los sucesos del 72, temió el padre Florentino que su curato por los grandes beneficios que rendía llamase la atención sobre él, y pacífico antes que todo solicitó su retiro, viviendo desde entonces como particular en los terrenos de su familia, situados a orillas del Pacífico. Allí adoptó a un sobrino, a Isagani, según los maliciosos hijo suyo con su antigua novia cuando enviudó, hijo natural de una prima suya en Manila según los más serios y enterados.

El capitán del vapor había visto al clérigo e instádole a que entrara en la cámara y subiese sobre-cubierta. Para decidirle había añadido:

—Si usted no va, los frailes creerán que no quiere reunirse con ellos.

El padre Florentino no tuvo más remedio que aceptar y mandó llamar a su sobrino para enterarle de lo que sucedía y recomendarle no se acercase a la cámara mientras estuviese allí.

—Si te ve el capitán, te va a invitar y abusaríamos de su bondad.

—¡Cosas de mi tío! —pensaba Isagani—; todo es para que no tenga motivos de hablar con doña Victorina.

III. LEYENDAS

Ich weiss nicht was soll es bedeuten
Dass ich so traurig bin!

Cuando el padre Florentino saludó a la pequeña sociedad ya no reinaba el mal humor de las pasadas discusiones. Quizás influyeran en los ánimos las alegres casas del pueblo de Pásig, las copitas de Jerez que habían tomado para prepararse o acaso la perspectiva de un buen almuerzo; sea una cosa u otra el caso es que reían y bromeaban incluso el franciscano flaco, aunque sin hacer mucho ruido: sus risas parecían muecas de moribundo.

—¡Malos tiempos, malos tiempos! —decía riendo el padre Sibyla.

—¡Vamos, no diga usted eso, vicerrector! —contestaba el canónigo Irene empujando la silla en que aquel se sentaba—; en Hong Kong hacen ustedes negocio redondo y construyen cada finca que... ¡vaya!

—¡Tate, tate! —contestaba—; ustedes no ven nuestros gastos, y los inquilinos de nuestras haciendas empiezan a discutir...

—¡Ea, basta de quejas, puñales, porque si no me pondré a llorar! —gritó alegremente el padre Camorra—. Nosotros no nos quejamos y no tenemos ni haciendas, ni bancos. ¡Y sepan que mis indios empiezan a regatear los derechos y me andan con tarifas! Miren que citarme a mí tarifas ahora, y nada menos que del arzobispo don Basilio Sancho, ¡puñales! como si de entonces acá no hubiesen subido los precios de los artículos. ¡Ja, ja, ja! ¿Por qué un bautizo ha de ser menos que una gallina? Pero yo me hago el sueco, cobro lo que puedo y no me quejo nunca. Nosotros no somos codiciosos, ¿verdá usted, padre Salví?

En aquel momento apareció por la escotilla la cabeza de Simoun.

—Pero ¿dónde se ha metido usted? —le gritó don Custodio que se había olvidado ya por completo del disgusto—; ¡se perdió usted lo más bonito del viaje!

—¡Psh! —contestó Simoun acabando de subir—; he visto ya tantos ríos y tantos paisajes que solo me interesan los que recuerdan leyendas...

—Pues leyendas, algunas tiene el Pásig —contestó el capitán que no le gustaba que le despreciasen el río por donde navegaba y ganaba su vida—; tiene usted la de *Malapad-na-bató*, roca sagrada antes de la llegada de los españoles como habitación de los espíritus; después, destruida la superstición y profa-

30

nada la roca, convirtiose en nido de tulisanes desde cuya cima apresaban fácilmente a las pobres bankas que tenían a la vez que luchar contra la corriente y contra los hombres. Más tarde, en nuestros tiempos, a pesar del hombre que ha puesto en ella la mano, menciona tal o cual historia de *banka* volcada y si yo al doblarla no anduviese con mis seis sentidos, me estrellaría contra sus costados. Tiene usted otra leyenda, la de la cueva de doña Jerónima que el padre Florentino se lo podrá a usted contar...

—¡Todo el mundo la sabe! —observó el padre Sibyla desdeñoso.

Pero ni Simoun, ni Ben Zayb, ni el padre Irene, ni el padre Camorra la sabían y pidieron el cuento unos por guasa y otros por verdadera curiosidad. El clérigo, adoptando el mismo tono guasón con que algunos se lo pedían, como un aya cuenta un cuento a los niños dijo:

—Pues érase un estudiante que había dado palabra de casamiento a una joven de su país, y de la que al parecer no se volvió a acordar. Ella, fiel, le estuvo esperando años y años; pasó su juventud, se hizo jamona y un día tuvo noticia de que su antiguo novio era arzobispo de Manila. Difrazóse de hombre, se vino por el Cabo y se presentó a su Ilustrísima reclamándole la promesa. Lo que pedía era imposible y el arzobispo mandó entonces construir la cueva que ustedes habrán visto tapiada y adornada a su entrada por encajes de enredaderas. Allí vivió y murió y allí fue enterrada y cuenta la tradición que doña Jerónima era tan gruesa que para entrar tenía que perfilarse. Su fama de encantada le vino de su costumbre de arrojar al río la vajilla de plata de que se servía en los opíparos banquetes a que acudían muchos señores. Una red estaba tendida debajo del agua y recibía las piezas que así se lavaban. No hace aún veinte años el río pasaba casi besando la entrada misma de la cueva, pero poco a poco se va retirando de ella como se va olvidando su memoria entre los indios.

—¡Bonita leyenda! —dijo Ben Zayb—, voy a escribir un artículo. ¡Es sentimental!

Doña Victorina pensaba habitar otra cueva e iba a decirlo cuando Simoun le quitó la palabra:

—Pero ¿qué opina usted de ello, padre Salví? —preguntó al franciscano que estaba absorto en alguna meditación—; ¿no le parece a usted que su Ilustrísima, en vez de darle una cueva, debía haberla puesto en un beaterio, en santa Clara por ejemplo?

Movimiento de asombro en padre Sibyla quien vio al padre Salví estremecerse y mirar de reojo hacia Simoun.

—Porque no es nada galante —continuó Simoun con la mayor naturalidad, dar una peña por morada a la que burlamos en sus esperanzas—; no es nada religioso exponerla así a las tentaciones, en una cueva, a orillas de un río; huele algo a ninfas y a dríadas. Habría sido más galante, más piadoso, más romántico más en conformidad con los usos de este país encerrarla en santa Clara como una nueva Heloisa, para visitarla y confortarla de cuando en cuando. ¿Qué dice usted?

—Yo no puedo ni debo juzgar la conducta de los arzobispos —contestó el franciscano de mala gana.

—Pero usted que es el gobernador eclesiástico, el que está en lugar de nuestro arzobispo, ¿qué haría usted si tal caso le aconteciese?

El padre Salví se encogió de hombros, y añadió con calma:

—No vale la pena pensar en lo que no puede suceder... Pero puesto que se habla de leyendas, no se olviden ustedes de la más bella por ser la más verdadera, la del milagro de San Nicolás, las ruinas de cuyo templo habrán ustedes visto. Se la voy a contar al señor Simoun que no debe saberla. Parece que antes, el río como el lago, estaban infestados de caimanes, tan enormes y voraces que atacaban a las bankas y las hacían zozobrar de un coletazo. Cuentan nuestras crónicas que un día, un chino infiel que hasta entonces no había querido convertirse, pasaba por delante de la iglesia, cuando de repente el demonio se le presentó en forma de caimán, le volcó la *banka* para devorarle y llevarle al infierno. Inspirado por Dios, el chino invocó en el momento a San Nicolás y al instante el caimán se convirtió en piedra. Los antiguos refieren que en su tiempo se podía reconocer muy bien al monstruo en los trozos de roca que de él quedaron; por mí puedo asegurar que todavía distinguí claramente la cabeza y a juzgar por ella el monstruo debió haber sido enorme.

—¡Maravillosa, maravillosa leyenda! —exclamó Ben Zayb—, y se presta para un artículo. La descripción del monstruo, el terror del chino, las aguas del río, los cañaverales... Y se presta para un estudio de religiones comparadas. Porque mire usted, un chino infiel invocar en medio del mayor peligro precisamente a un santo que solo debía conocer de oídas y en quien no creía... Aquí no reza el refrán de *más vale lo malo conocido que lo bueno por conocer*. Yo si me encontrase en la China y me viese en semejante apuro, primero invocaba al santo más desconocido del calendario que a Confucio o a Buda. Si esto es superioridad manifiesta del catolicismo o inconsistencia ilógica e inconsecuente de los cerebros de raza amarilla, el estudio profundo de la antropología lo podrá solamente dilucidar.

Y Ben Zayb había adoptado el tono de un catedrático y con el índice trazaba círculos en el aire admirándose de su imaginación que sabía sacar de las cosas más insignificantes tantas alusiones y consecuencias. Y como viera a Simoun preocupado y creyese que meditaba sobre lo que acababa de decir, le preguntó en qué estaba pensando.

—En dos cosas muy importantes —respondió Simoun—, dos preguntas que puede usted añadir a su artículo. Primera ¿qué habrá sido del diablo al verse de repente encerrado dentro de una piedra? ¿se escapó? ¿se quedó allí? ¿quedóse aplastado? y segunda, ¿si los animales petrificados que he visto yo en varios museos de Europa no habrán sido víctimas de algún santo antidiluviano?

El tono con que hablaba el joyero era tan serio, y apoyaba su frente contra la punta del dedo índice como en señal de gran cavilación, que el padre Camorra contestó muy serio:

—¡Quién sabe, quién sabe!

—Y pues que de leyendas se trata, y entramos ahora en el lago —repuso el padre Sibyla—, el capitán debe conocer muchas...

En aquel momento el vapor entraba en la barra y el panorama que se extendía ante sus ojos era verdaderamente magnífico. Todos se sintieron impresionados. Delante se extendía el hermoso lago rodeado de verdes orillas y montañas azules como un espejo colosal con marco de esmeraldas y zafiros para mirarse en su Luna el cielo. A la derecha se extendía la orilla baja, formando senos con graciosas curvas, y allá a lo lejos, medio borrado, el gancho del Suğay: delante y en el fondo se levanta el Makiling majestuoso, imponente, coronado de ligeras nubes: y a la izquierda la isla de Talim, el Susong-dalaga, con las mórbidas ondulaciones que le han valido su nombre.

Una brisa fresca rizaba dulcemente la extensa superficie.

—A propósito, capitán —dijo Ben Zayb volviéndose—; ¿sabe usted en qué parte del lago fue muerto un tal Guevara, Navarra, o Ibarra?

Todos miraron al capitán menos Simoun que volvió la cabeza a otra parte como para buscar algo en la orilla.

—¡Ay sí! —dijo doña Victorina—, ¿dónde, capitán? ¿habrá dejado huellas en el agua?

El buen señor guiñó varias veces, prueba de que estaba muy contrariado, pero, viendo la súplica en los ojos de todos, se adelantó algunos pasos a proa y escudriñó la orilla.

—Miren ustedes allá —dijo en voz apenas perceptible después de asegurarse de que no había personas extrañas—; según el cabo que organizó la persecución, Ibarra, al verse cercado, se arrojó de la *banka* allí cerca del *Kinabutásan* y, nadando y nadando entre dos aguas, atravesó toda esa distancia de más de dos millas, saludado por las balas cada vez que sacaba la cabeza para respirar. Más allá fue donde perdieron su traza y un poco más lejos, cerca de la orilla, descubrieron algo como color de sangre... Y ¡precisamente! Hoy hace trece años, día por día, que esto ha sucedido.

—¿De manera que su cadáver?... —preguntó Ben Zayb.

—Se vino a reunir con el de su padre —contestó el padre Sibyla—; ¿no era también otro filibustero, padre Salví?

—Esos sí que son entierros baratos, padre Camorra, ¿eh? —dijo Ben Zayb.

—Siempre he dicho yo que son filibusteros los que no pagan entierros pomposos —contestó el aludido riendo con la mayor alegría.

—Pero ¿qué le pasa a usted, señor Simoun? —preguntó Ben Zayb viendo al joyero, inmóvil y meditabundo—. ¿Está usted mareado, ¡usted, viajero! y en una gota de agua como esta?

—Es que le diré a usted —contestó el capitán que había concluido por profesar cariño a todos aquellos sitios—; no llame usted a esto gota de agua: es más grande que cualquier lago de Suiza y que todos los de España juntos; marinos viejos he visto yo que se marearon aquí.

IV. CABESANG TALES

Los que han leído la primera parte de esta historia, se acordarán tal vez de un viejo leñador que vivía allá en el fondo de un bosque.

Tandang Selo vive todavía y aunque sus cabellos se han vuelto todos canos, conserva no obstante su buena salud. Ya no va a cazar ni a cortar árboles; como ha mejorado de fortuna solo se dedica a hacer escobas.

Su hijo Tales (abreviación de Telesforo) primero había trabajado como aparcero en los terrenos de un capitalista, pero, más tarde, dueño ya de dos karabaos y de algunos centenares de pesos, quiso trabajar por su cuenta ayudado de su padre, su mujer y sus tres hijos.

Talaron pues y limpiaron unos espesos bosques que se encontraban en los confines del pueblo y que creían no pertenecían a nadie. Durante los trabajos de roturación y saneamiento, toda la familia, uno tras otro, enfermó de calenturas, sucumbiendo de marasmo la madre y la hija mayor, la Lucía, en la flor de la edad. Aquello que era consecuencia natural del suelo removido, fecundo en organismos varios, lo atribuyeron a la venganza del espíritu del bosque, y se resignaron y prosiguieron sus trabajos creyéndole ya aplacado. Cuando iban a recoger los frutos de la primera cosecha, ·una corporación religiosa que tenía terrenos en el pueblo vecino, reclamó la propiedad de aquellos campos, alegando que se encontraban dentro de sus linderos, y para probarlo trató de plantar en el mismo momento sus jalones. El administrador de los religiosos, sin embargo, le dejaba por humanidad el usufructo de los campos siempre que le pagase anualmente una pequeña cantidad, una bicoca 20 o 30 pesos.

Tales, pacífico como el que más, enemigo de pleitos como muchos, y sumiso a los frailes como pocos, por no romper un *palyok* contra un *kawali* como él decía (para él los frailes eran vasijas de hierro, y él, de barro) tuvo la debilidad de ceder a semejante pretensión, pensando en que no sabía el castellano y no tenía con qué para pagar abogados. Por lo demás Tandang Selo le decía:

—¡Paciencia! más has de gastar en un año pleiteando que si pagas en diez lo que exigen los padres blancos. ¡Hmh! Acaso te lo paguen ellos en misas. Haz como si esos 30 pesos los hubieses perdido en el juego, o se hubiesen caído en el agua tragándolos el caimán.

La cosecha fue buena, se vendió bien, y Tales pensó en construirse una casa de tabla en el barrio de Sagpang del pueblo de Tianì, vecino de San Diego.

Pasó otro año, vino otra cosecha buena y por éste y aquel motivo, los frailes le subieron el canon a 50 pesos que Tales pagó para no reñir y porque contaba vender bien su azúcar.

—¡Paciencia! Haz cuenta como si el caimán hubiese crecido —decía consolándole el viejo Selo.

Aquel año pudieron al fin realizar su ensueño: vivir en poblado, en su casa de tabla, en el barrio de Sagpang y el padre y el abuelo pensaron en dar alguna educación a los dos hermanos, sobre todo a la niña, a Juliana o Julî como la llamaban, que prometía ser agraciada y bonita. Un muchacho amigo de la casa, Basilio, estudiaba ya entonces en Manila y aquel joven era de tan humilde cuna como ellos.

Pero este sueño parecía destinado a no realizarse.

El primer cuidado que tuvo la sociedad al ver a la familia prosperar poco a poco, fue nombrar cabeza de barangay al miembro que en ella más trabajaba; Tanò, el hijo mayor solo contaba catorce años. Se llamó pues *Cabesang* Tales, tuvo que mandarse hacer chaqueta, comprarse un sombrero de fieltro y prepararse a hacer gastos. Para no reñir con el cura ni con el gobierno abonaba de su bolsillo las bajas del padrón, pagaba por los idos y los muertos, perdía muchas horas en las cobranzas y en los viajes a la cabecera.

—¡Paciencia! Haz cuenta como si los parientes del caimán hubiesen acudido —decía Tandang Selo sonriendo plácidamente.

—¡El año que viene te vestirás de cola e irás a Manila para estudiar como las señoritas del pueblo! —decía Cabesang Tales a su hija siempre que la oía hablar de los progresos de Basilio.

Pero el año que viene no venía y en su lugar había otro aumento de canon; Cabesang Tales se ponía serio y se rascaba la cabeza. El puchero de barro cedía su arroz al caldero.

Cuando el canon ascendió a 200 pesos, Cabesang Tales no se contentó con rascarse la cabeza ni suspirar: protestó y murmuró. El fraile administrador díjole entonces que si no los podía pagar, otro se encargaría de beneficiar aquellos terrenos. Muchos que los codiciaban se ofrecían.

Cabesang Tales creyó que el fraile se chanceaba pero el fraile hablaba en serio y señalaba a uno de sus criados para tomar posesión del terreno. El pobre hombre palideció, sus oídos le zumbaron, una nube roja se interpuso delante de sus ojos iy en ella vio a su mujer y a su hija, pálidas, demacradas, agonizando, víctimas de fiebres intermitentes! Y luego veía el bosque espeso, convertido en campo, veía arroyos de sudor regando los surcos, se veía allí, a sí mismo, pobre Tales, arando en medio del Sol, destrozándose los pies contra las piedras y raíces, mientras aquel lego se paseaba en su coche y aquel que lo iba a heredar, seguía como un esclavo detrás de su señor. ¡Ah no! ¡Mil veces no! que se hundan antes aquellos campos en las profundidades de la tierra y que se sepulten ellos todos. ¿Quién era aquel extranjero para tener derecho sobre sus tierras? ¿Había traído al venir de su país un puñado solo de aquel polvo? ¿Se había doblado uno solo de sus dedos para arrancar una sola de las raíces que los surcaban?

Exasperado ante las amenazas del fraile que pretendía hacer prevalecer su autoridad a toda costa delante de los otros inquilinos, Cabesang Tales se rebeló, se negó a pagar un solo cuarto y teniendo siempre delante la nube roja, dijo que solo cedería sus campos al que primero los regase con la sangre de sus venas.

El viejo Selo, al ver el rostro de su hijo, no se atrevió a mencionar su caimán pero intentó calmarle hablándole de vasijas de barro y recordándole que en los pleitos el que gana se queda sin camisa.

—¡En polvo nos hemos de convertir, padre, y sin camisa hemos nacido! —contestó.

Y se negó resueltamente a pagar ni a ceder un palmo siquiera de sus tierras, si antes no probaban los frailes la legitimidad de sus pretensiones con la exhibición de un documento cualquiera. Y como los frailes no lo tenían, hubo pleito, y Cabesang Tales lo aceptó creyendo que, si no todos, algunos al menos amaban la justicia y respetaban las leyes.

—Sirvo y he estado sirviendo muchos años al rey con mi dinero y mis fatigas —decía a los que le desalentaban—; yo le pido ahora que me haga justicia y tiene que hacérmela.

Y arrastrado por una fatalidad y cual si jugase en el pleito todo su porvenir y el de sus hijos, fue gastando sus economías en pagar abogados, escribanos y procuradores, sin contar con los oficiales y escribientes que explotaban su ignorancia y su situación. Iba y venía a la cabecera, pasaba días sin comer y noches sin dormir, y su conversación era toda escritos, presentaciones, apelaciones, etc. Vióse entonces una lucha como jamás se ha visto bajo el cielo de Filipinas: la de un pobre indio, ignorante y sin amigos, fiado en su derecho y en la bondad de su causa, combatiendo contra una poderosísima corporación ante la cual la justicia doblaba el cuello, los jueces dejaban caer la balanza y rendían la espada. Combatía tenazmente como la hormiga que muerde sabiendo que va a ser aplastada, como la mosca que ve el espacio al través de un cristal. ¡Ah! la vasija de barro desafiando a los calderos y rompiéndose en mil pedazos tenía algo de imponente: tenía lo sublime de la desesperación. Los días que le dejaban libres los viajes, los empleaba en recorrer sus campos armado de una escopeta, diciendo que los tulisanes merodeaban y necesitaba defenderse para no caer en sus manos y perder el pleito. Y como si tratase de afinar su puntería, tiraba sobre las aves y las frutas, tiraba sobre las mariposas con tanto tino que el lego administrador ya no se atrevió a ir a Sapgang sin acompañamiento de guardias civiles, y el paniaguado que divisó de lejos la imponente estatura de Cabesang Tales recorriendo sus campos como un centinela sobre las murallas, renunció lleno de miedo a arrebatarle su propiedad.

Pero los jueces de paz y los de la cabecera no se atrevían a darle la razón, temiendo la cesantía, escarmentados en la cabeza de uno que fue inmediatamente depuesto. Y no eran malos por cierto aquellos jueces, eran hombres concienzudos, morales, buenos ciudadanos, excelentes padres de familia, buenos hijos... y sabían considerar la situación del pobre Tales mejor de lo que el mismo Tales podía. Muchos de ellos conocían los fundamentos científicos e históricos de la propiedad, sabían que los frailes por sus estatutos no podían tener propiedades, pero también sabían que venir de muy lejos, atravesar los mares con un destino ganado a duras penas, correr a desempeñarlo con la mejor intención y perderlo porque a un indio se le antoje que la justicia se ha de hacer en la tierra como en el cielo, ¡vamos, que también es ocurrencia! Ellos tenían sus familias y con más necesidades seguramente que la familia de aquel indio: el uno tenía una madre que pensionar y ¿qué cosa hay más sagrada que alimentar a una madre? el otro tenía hermanas todas casaderas, el de más allá numerosos hijos pequeñitos que esperan el pan como pajaritos en el nido y se morirían de seguro el día en que su destino le faltase; y el que menos, el que menos tenía allá lejos, muy lejos, una mujer que si no recibe la pensión mensual puede verse en apuros... Y todos aquellos jueces, hombres de conciencia los más y de la más sana moralidad creían hacer todo lo que podían aconsejando la transacción, que Cabesang Tales pagase el canon exigido. Pero Tales como todas las conciencias sencillas, una vez que veía lo justo, a ello iba derecho. Pedía pruebas, documentos, papeles, títulos, y los frailes no tenían ninguno y solo se fundaban en las complacencias pasadas.

Pero Cabesang Tales replicaba:

—Si yo todos los días doy limosna a un pobre por evitar que me moleste ¿quién me obligará a mí después que le siga dando si abusa de mi bondad?

Y de allí nadie le podía sacar y no había amenazas capaces de intimidarle. En vano el gobernador hizo un viaje expresamente para hablarle y meterle miedo; él a todo respondía:

—Podéis hacer lo que queráis, señor gobernador, yo soy un ignorante y no tengo fuerzas. Pero he cultivado esos campos, mi mujer y mi hija han muerto ayudándome a limpiarlos y no los he de ceder sino a aquel que pueda hacer por ellos más de lo que he hecho yo. ¡Que los riegue primero con su sangre y que entierre en ellos a su esposa y a su hija!

Resultas de esta terquedad los honrados jueces daban la razón a los frailes y todos se le reían diciendo que con la razón no se ganan los pleitos. Pero apelaba, cargaba su escopeta y recorría pausadamente los linderos. En este intervalo su vida parecía un delirio. Su hijo Tanò, un mozo alto como su padre y bueno como su hermana, cayó quinto; él le dejó partir en vez de comprarle un sustituto.

—Tengo que pagar abogados —decía a su hija que lloraba—; si gano el pleito ya sabré hacerle volver y si lo pierdo no tengo necesidad de hijos.

El hijo partió y nada más se supo sino que le raparon el pelo y que dormía debajo de una carreta. Seis meses después se dijo que le habían visto embarcado para las Carolinas; otros creyeron haberle visto con el uniforme de la Guardia civil.

—¡Guardia civil Tanò! *isusmariosep!* —exclamaban unos y otros juntando las manos—; ¡Tanò tan bueno y tan honrado! ¡Requimiternam!

El abuelo estuvo muchos días sin dirigir la palabra al padre, Julî cayó enferma, pero Cabesang Tales no derramó una sola lágrima; durante dos días no salió de casa como si temiese las miradas de reproche de todo el barrio; temía que le llamasen verdugo de su hijo. Al tercer día, sin embargo, volvió a salir con su escopeta.

Atribuyéronle propósitos asesinos y hubo bienintencionado que susurró haberle oído amenazar con enterrar al lego en los surcos de sus campos; el fraile entonces le cobró verdadero miedo. A consecuencia de esto, bajó un decreto del capitán general prohibiendo a todos el uso de las armas de fuego y mandándolas recoger. Cabesang Tales tuvo que entregar su escopeta, pero armado de un largo bolo prosiguió sus rondas.

—¿Qué vas a hacer con ese bolo si los tulisanes tienen armas de fuego? —le decía el viejo Selo.

—Necesito vigilar mis sembrados —respondía—; cada caña de azúcar que allí crece es un hueso de mi esposa.

Le recogieron el bolo por encontrarlo demasiado largo. Él entonces cogió la vieja hacha de su padre y con ella al hombro proseguía sus tétricos paseos.

Cada vez que salía de casa, Tandang Selo y Julî temblaban por su vida. Esta se levantaba de su telar, se iba a la ventana, oraba, hacía promesas a los santos, rezaba novenas. El abuelo no sabía a veces cómo terminar el aro de una escoba y hablaba de volver al bosque. La vida en aquella casa se hacía imposible.

Al fin sucedió lo que temían. Como los terrenos estaban muy lejos de poblado, Cabesang Tales a pesar de su hacha cayó en manos de los tulisanes, que tenían revólvers y fusiles. Los tulisanes le dijeron que, pues que tenía dinero para dar a los jueces y a los abogados, debe tenerlo también para los abandonados y perseguidos. Por lo cual le exigieron 500 pesos de rescate por medio de un campesino asegurando que si algo le pasaba al mensajero, el prisionero lo pagaría con su vida. Daban dos días de tregua.

La noticia sumió a la pobre familia en el mayor terror y más aun cuando se supo que la Guardia civil iba a salir en persecución de los bandidos. Si llegaba a haber un encuentro, el primer sacrificado sería el prisionero, eso lo sabían todos. El viejo se quedó sin movimiento y la hija, pálida y aterrada, intentó varias veces hablar y no pudo. Pero un pensamiento más terrible, una idea más cruel les sacó de su estupor. El campesino enviado de los tulisanes dijo que probablemente la banda tendría que alejarse, y si tardan mucho en entregarle el rescate, pasarían los dos días y Cabesang Tales sería degollado.

Esto volvió locos a aquellos dos seres, ambos débiles, ambos impotentes. Tandang Selo se levantaba, se sentaba, bajaba las escaleras, subía, no sabía a dónde ir, a dónde acudir. Julî acudía a sus imágenes, contaba y recontaba el dinero, y los 200 pesos no se aumentaban, no querían multiplicarse; de pronto se vestía, reunía todas sus alhajas, pedía consejos al abuelo, iría a ver al gobernadorcillo, al juez, al escribiente, al teniente de la Guardia civil. El viejo a todo decía sí, y cuando ella decía no, no decía también. Al fin vinieron algunas vecinas entre parientes y amigas, unas más pobres que otras, a cual más sencillas y aspaventeras. La más lista de todas era Hermana Balî, una gran panguinguera que había estado en Manila para hacer ejercicios en el beaterio de la Compañía.

Julî vendería todas sus alhajas menos un relicario de brillantes y esmeraldas que le había regalado Basilio. Aquel relicario tenía su historia: lo había dado una monja, la hija de capitán Tiago, a un lazarino; Basilio, habiéndole asistido a éste en su enfermedad, lo recibió como un regalo. Ella no podía venderlo sin avisárselo antes.

Se vendieron corriendo las peinetas, los aretes y el rosario de Julî a la vecina más rica, y se añadieron 50 pesos; faltaban aún 250. Se empeñaría el relicario, pero Julî sacudió la cabeza. Una vecina propuso vender la casa y Tandang Selo aprobó la idea muy contento con volver al bosque a cortar otra vez leña como en los antiguos tiempos, pero Hma. Balî observó que aquello no podía ser por no estar el dueño presente.

—La mujer del juez me vendió una vez su tapis por un peso, y el marido dijo que aquella venta no servía porque no tenía su consentimiento. ¡Abá! me sacó el tapis y ella no me ha devuelto el peso hasta ahora, pero yo no la pago en el *panguingui*, cuando gana, ¡abá! Así le he podido cobrar 12 cuartos, y por ella solamente voy a jugar. Yo no puedo sufrir que no me paguen una deuda, ¡abá!

Una vecina iba a preguntarle a Hma. Balî por qué entonces no le pagaba un piquillo, pero la lista panguinguera lo olió, y añadió inmediatamente:

—¿Sabes, Julî, lo que se puede hacer? pedir prestado 250 pesos sobre la casa, pagaderos cuando el pleito se gane.

Esta fue la mejor opinión y decidieron ponerla en práctica aquel mismo día. Hma. Balî se prestó a acompañarla y ambas recorrieron las casas de los ricos de Tianì, pero nadie aceptaba la condición; el pleito decían estaba perdido y

41

favorecer a un enemigo de frailes era exponerse a sus venganzas. Al fin una vieja devota se compadeció de su suerte prestó la cantidad a condición de que Julî se quedase con ella a servir hasta tanto que no se pagase la deuda. Por lo demás Julî no tenía mucho que hacer; coser, rezar, acompañarla a misa, y ayunar de cuando en cuando por ella. La joven aceptó con lágrimas en los ojos, recibió el dinero prometiendo entrar al día siguiente, día de la Pascua, a su servicio.

Cuando el abuelo supo aquella especie de venta púsose a llorar como un chiquillo. ¿Cómo? aquella nieta suya que él no dejaba ir al Sol para que su cutis no se quemase, Julî la de los dedos finos y talones de color de rosa, ¿cómo? aquella joven, la más hermosa del barrio y quizás del pueblo, delante de cuyas ventanas muchos vanamente han pasado la noche tocando y cantando, ¿cómo? su única nieta, su única hija, la única alegría de sus cansados ojos, aquella que él soñaba vestida de cola, hablando el español y dándose aire con un abanico pintado como las hijas de los ricos, ¿aquella entrar a servir de criada para que la riñan y la reprendan, para echar a perder sus dedos, para que duerma en cualquiera parte y se levante de cualquiera manera?

Y el abuelo lloraba, hablaba de ahorcarse y dejarse morir de hambre.

—Si tú te vas —decía—, vuelvo al bosque y no pongo los pies en el pueblo.

Julî le calmaba diciendo que era menester que su padre volviese, que ganarían el pleito y pronto la podrían rescatar de la servidumbre.

La noche fue triste: ninguno de los dos pudo probar un bocado y el viejo se obstinó en no acostarse pasando toda la noche sentado en un rincón, silencioso, sin decir una palabra, sin moverse siquiera. Julî por su parte quiso dormir, pero por mucho tiempo no pudo pegar los ojos. Algo más tranquila ya sobre la suerte su padre, ella pensaba en sí misma y lloraba y lloraba ahogando sus sollozos para que el viejo no los oyese. Al día siguiente sería una criada, y era precisamente cuando Basilio tenía llegar de Manila a traerla regalitos... En adelante tenía que renunciar a aquel amor; Basilio que pronto será médico no debe casarse con una pobre... Y ella le veía en su imaginación dirigirse a la iglesia en compañía de la más hermosa y rica muchacha del pueblo, bien vestidos, felices y sonriendo ambos, y mientras que ella, Julî, seguía detrás de su ama, llevando novenas, buyos y la escupidera. Y aquí la joven sentía un inmenso nudo en la garganta, una presión en el corazón y pedía a la Virgen la dejase antes morir.

—Pero, al menos —decía su conciencia—, él sabrá que he preferido empeñarme a empeñar el relicario que él me ha regalado.

Este pensamiento la consolaba en algo y se hacía vanas ilusiones. ¿Quién sabe? puede suceder un milagro: encontrarse ella 250 pesos debajo de la imagen de la Virgen; había leído tantos milagros parecidos. El Sol podía no salir y no venir el mañana y ganarse entretanto el pleito. Podía volver su padre, Basilio presentarse; ella encontraría un talego de oro en la huerta, los tulisanes le enviarían el talego, el cura, el padre Camorra que siempre la embromaba, podía venir con los tulisanes... sus ideas fueron cada vez más confusas y más desordenadas hasta que por fin rendida por la fatiga y el dolor se durmió soñando en su infancia en el fondo del bosque: ella se bañaba en el torrente en compañía de sus dos hermanos, había pececillos de todos colores que se dejaban coger como bobos y ella se impacientaba porque no encontraba gusto en coger unos pececillos tan tontos: Basilio estaba debajo del agua, pero Basilio sin saber ella el porqué, tenía la cara de su hermano Tanò. Su nueva ama les observaba desde la orilla.

V. LA NOCHEBUENA DE UN COCHERO

Basilio llegó a San Diego en el momento en que la procesión de la Nochebuena recorría las calles. Se había retrasado en su camino perdiendo muchas horas porque el cochero que había olvidado su cédula, fue detenido por la Guardia Civil, sacudido con algunos culatazos y llevado después al cuartel delante del comandante.

Ahora la carromata se detenía otra vez para dejar pasar la procesión, y el cochero apaleado se descubría reverentemente y rezaba un *padrenuestro* ante la primera imagen en andas que venía y que parecía ser un gran santo. Representaba un anciano de larguísima barba, sentado al borde de una fosa, debajo de un árbol lleno de toda clase de pájaros disecados. Un *kalán* con una olla, un almirez y un *kalíkut* para triturar el *buyo* eran sus únicos muebles como para indicar que el viejo vivía al borde mismo del sepulcro y allí cocinaba. Aquel era Matusalén en la iconografía religiosa de Filipinas: su colega y quizás contemporáneo se llama en Europa Noël y era más risueño y más alegre.

—En tiempo de los santos —pensaba el cochero—, de seguro que no había Guardias civiles, porque con los culatazos no se puede vivir mucho.

Después del gran anciano, venían los tres Reyes Magos en caballitos que se encabritaban, particularmente el del rey negro Melchor que parecía iba a atropellar a los de sus compañeros.

—No, no debía haber guardias civiles —concluía el cochero envidiando en su interior tan felices tiempos—; porque si no ese negro que se permite tales juegos al lado de esos dos españoles (Gaspar y Baltasar) ya habría ido a la cárcel.

Y como observase que el negro llevaba corona y era rey como los otros dos españoles, pensó naturalmente en el rey de los indios y suspiró.

—¿Sabéis, señor —preguntó respetuosamente a Basilio—, si el pie derecho está suelto ya?

Basilio se hizo repetir la pregunta:

—¿Pie derecho de quién?

—¡Del rey! —contestó el cochero en voz baja, con mucho misterio.

—¿Qué rey?

—Nuestro rey, el rey de los indios...

Basilio se sonrió y se encogió de hombros.

El cochero volvió a suspirar. Los indios de los campos conservan una leyenda de que su rey, aprisionado y encadenado en la cueva de San Mateo, vendrá un día a libertarles de la opresión. Cada cien años rompe una de sus cadenas, y ya tiene las manos y el pie izquierdo libres; solo le queda el derecho. Este rey causa los terremotos y temblores cuando forcejea o se agita, es tan fuerte que, para darle la mano, se le alarga un hueso, que a su contacto se pulveriza. Sin poderse explicar el porqué, los indios le llaman el rey Bernardo, acaso por confundirle con Bernardo del Carpio.

—Cuando se suelte del pie derecho —murmuró el cochero ahogando un suspiro—, le daré mis caballos, me pondré a su servicio y me dejaré matar... Él nos librará de los *civiles*.

Y con mirada melancólica seguía a los tres reyes que se alejaban.

Los muchachos venían después en dos filas, tristes, serios como obligados por la fuerza. Alumbraban unos con *huepes*, otros con cirios y otros con faroles de papel en astas de caña, rezando a voz en grito el rosario como si riñesen con alguien. Después venía San José en modestas andas, con su fisonomía resignada y triste y su bastón con flores de azucenas, en medio de dos guardias civiles como si le llevasen preso: ahora comprendía el cochero la expresión de la fisonomía del santo. Y sea porque la vista de los guardias le turbase o no tuviera en gran respeto al santo que iba en semejante compañía, no rezó ni siquiera un *requiem æternam*. Detrás de San José venían las niñas alumbrando, cubiertas la cabeza con el pañuelo anudado debajo del mentón, rezando igualmente el rosario aunque con menos ira que los muchachos. En medio se veían algunos arrastrando conejitos de papel de Japón, iluminados con una candelita roja, levantada la colita hecha de papel recortado. Los chicos acudían a la procesión con aquellos juguetes para alegrar el nacimiento del Mesías. Y los animalitos, gordos y redondos como un huevo, parecían tan contentos que a lo mejor daban un brinco, perdían el equilibrio, se caían y se quemaban; el dueño acudía a apagar tanto ardor, soplaba, soplaba, extinguía las llamas a fuerza de golpes y viéndolo destrozado se ponía a lo mejor a llorar. El cochero observaba con cierta tristeza que la raza de los animalitos de papel desaparecía cada año como si también les atacase la peste como a los animales vivos. Él, Sinong el apaleado, se acordaba de sus dos magníficos caballos que para preservarlos del contagio había hecho bendecir según los consejos del cura gastándose 10 pesos: —ni el gobierno ni los curas habían encontrado mejor remedio contra la epizootia— y con todo se le murieron. Sin embargo se consolaba porque, desde las rociadas de agua bendita, los latines del padre y las ceremonias, los caballos echaron unos humos, se dieron tal importancia que no se dejaban enganchar y él, como buen cristiano, no se atrevía a castigarlos por haberle dicho un Hermano tercero que estaban *benditados*.

Cerraba la procesión la Virgen, vestida de Divina Pastora con un sombrero de *frondeuse* de anchas alas y largas plumas, para indicar el viaje a Jerusalén. Y a fin de que se explicase el nacimiento, el cura había mandado que abultasen algo más el talle y le pusiesen trapos y algodón debajo de las faldas, de modo que nadie pudiera poner en duda el estado en que se encontraba. Era una bellísima imagen, triste igualmente de expresión como todas las imágenes que hacen los filipinos, con un aire algo avergonzado, de como la había puesto el padre Cura tal vez. Delante venían algunos cantores, detrás algunos músicos y los correspondientes guardias civiles. El cura, como era de esperar después de lo que había hecho, no venía: aquel año estaba muy disgustado por haber tenido que servirse de toda su diplomacia y gramática parda a fin de convencer a los vecinos a que pagasen 30 pesos cada misa de aguinaldo en vez de los 20 que solía costar.

—Os estáis volviendo filibusteros —había dicho.

Muy preocupado debía de estar el cochero con las cosas que había visto en la procesión porque cuando ésta acabó de pasar y Basilio le mandó prosiguiera su camino, no se apercibió de que el farol de la carromata se había apagado. Basilio por su parte tampoco lo notó, ocupado en mirar hacia las casas, iluminadas por dentro y por fuera con farolillos de papel de formas caprichosas y colores varios, por estrellas rodeadas de un aro con largas colas, que agitadas por el aire producían dulce murmullo, y peces de cola y cabeza movibles con su vaso de aceite por dentro, suspendidos de los aleros de las ventanas con un aire tan deliciosamente de fiesta alegre y familiar. Basilio observaba también que las iluminaciones decaían, que las estrellas se eclipsaban y aquel año tenían menos perendengues y colgajos que el anterior, y éste menos que el otro aún... Apenas había música en las calles, los alegres ruidos de la cocina no se dejaban oír en todas las casas y el joven lo atribuyó a que hacía tiempo todo iba mal, el azúcar no se vendía bien, la cosecha del arroz se había perdido, se había muerto más de la mitad de los animales y las contribuciones subían y aumentaban sin saberse cómo ni por qué, mientras que menudeaban los atropellos de la Guardia Civil que mataba las alegrías en los pueblos. En esto precisamente estaba pensando cuando un *¡alto!* enérgico resonó en el aire. Pasaban delante del cuartel y uno de los guardias había visto el farol apagado de la carromata y aquello no podía seguir así. Empezó a llover una granizada de insultos sobre el pobre cochero que en vano se excusaba con la duración de las procesiones, y como iba a ser detenido por contravención a bandos y puesto después en los periódicos, el pacífico y prudente Basilio bajó de la carromata y continuó su camino cargando con su maleta.

Aquel era San Diego, su pueblo, donde no tenía un solo pariente...

La única casa que le pareció alegre era la de capitán Basilio. Pollos y gallinas piaban cantos de muerte con acompañamiento de golpes secos y menuditos como de quien pica carne sobre un tajo, y del chirrido de la manteca que hierve en la sartén. En casa había festín y llegaba hasta la calle tal cual ráfaga de aire impregnada de vapores suculentos, tufillo de guisados y confituras.

En el entresuelo, Basilio vio a Sinang, tan bajita como cuando la conocieron nuestros lectores aunque algo más gruesa y más redonda desde que se ha casado. Y con gran sorpresa suya divisó allá en el fondo, charlando con capitán Basilio, el cura y el alférez de la Guardia civil, nada menos que al joyero Simoun siempre con sus anteojos azules y su aire desembarazado.

—Entendido, señor Simoun —decía capitán Basilio—; iremos a Tianì a ver sus alhajas.

—Yo también iría —decía el alférez—, porque necesito una cadena de reloj, pero tengo tantas ocupaciones... Si capitán Basilio quisiera encargarse...

Capitán Basilio se encargaba con mucho gusto y como quería tener propicio al militar para que no le moleste en las personas de sus trabajadores, no quería aceptar la cantidad que el alférez se esforzaba en sacar de su bolsillo.

—¡Es mi regalo de Pascuas!

—¡No lo permito, capitán, no lo permito!

—¡Bueno, bueno! ¡Ya arreglaremos cuentas después! —decía capitán Basilio con un gesto elegante.

También el cura quería un par de pendientes de señora y encargaba al capitán se los comprase.

—Los quiero de *mabuti*. ¡Ya arreglaremos cuentas!

—No tenga usted cuidado, padre cura —decía el buen hombre que también quería estar en paz con la iglesia.

Un informe malo del cura podía causarle mucho perjuicio y hacerle gastar el doble: aquellos pendientes eran regalos forzados. Simoun entretanto ponderaba sus alhajas.

—¡Este hombre es atroz! —pensó el estudiante—; en todas partes hace negocios... Y si hemos de creer a *alguno*, compra de ciertos señores en la mitad de su precio las alhajas que él mismo ha vendido para que sean regalados... ¡Todos hacen negocio en este país menos nosotros!

Y se dirigió a su casa o sea a la de capitán Tiago, habitada por un hombre de confianza. Este que le tenía mucho respeto desde el día en que le vio hacer operaciones quirúrgicas con la misma tranquilidad como si se tratase de gallinas, le esperaba para darle noticias. Dos de los trabajadores estaban presos, uno iba a ser deportado... se habían muerto varios karabaws.

—¡Lo de siempre, cosas viejas! —replicaba mal humorado Basilio—; ¡siempre me recibís con las mismas quejas!

El joven, sin ser tirano, como a menudo era reñido por capitán Tiago, le gustaba a su vez reñir a los que estaban bajo su dirección. El viejo buscó una noticia nueva.

—¡Se nos ha muerto un aparcero, el viejo que cuida del bosque y el cura no le ha querido enterrar como pobre, alegando que el amo es rico!

—¿Y de qué ha muerto?

—¡De vejez!

—¡Vaya, morirse de vejez! ¡Si al menos hubiese sido de alguna enfermedad!

Basilio en su afán de hacer autopsias quería enfermedades.

—¿No tenéis nada nuevo que contarme? Me quitáis las ganas de comer contándome las mismas cosas. ¿Sabéis algo de Sagpang?

El viejo contó entonces el secuestro de Cabesang Tales. Basilio se quedó pensativo y no dijo nada. Se le había ido por completo el apetito.

VI. BASILIO

Cuando las campanas empezaban a repicar para la misa de la medianoche y los que preferían un buen sueño a todas las fiestas y ceremonias se despertaban refunfuñando contra el ruido y la animación, Basilio bajó cautelosamente de la casa, dio dos o tres vueltas por algunas calles y, convencido de que nadie le seguía ni le observaba, tomó por senderos poco frecuentados el camino que conducía al antiguo bosque de los Ibarras, adquirido por capitán Tiago cuando, confiscados los bienes de estos, se vendieron.

Como aquel año la Navidad correspondía a Luna menguante, reinaba allí oscuridad completa. El repique había cesado y solo los tañidos resonaban en medio del silencio de la noche, al través del murmullo de las ramas agitadas por la brisa y el acompasado clamor de las ondas del vecino lago, como poderosa respiración de la naturaleza sumida en grandioso sueño.

Impresionado por el lugar y el momento caminaba cabizbajo el joven como si tratase de ver en la oscuridad. De cuando en cuando levantaba la cabeza para buscar las estrellas al través de los claros que dejaban entre sí las copas de los árboles, y proseguía su camino apartando los arbustos y rasgando las lianas que le entorpecían la marcha. A veces desandaba lo andado, su pie se enredaba en una mata, tropezaba contra una raíz saliente, un tronco caído. Al cabo de una media hora llegó a un pequeño arroyo en cuya opuesta orilla se levantaba una especie de colina, masa negra e informe que adquiría en la oscuridad proporciones de montaña. Basilio pasó el arroyo saltando sobre piedras que se destacaban negras sobre el fondo brillante del agua, subió la colina y se encaminó a un pequeño recinto encerrado por viejos y medio desmoronados muros. Dirigióse al árbol de balití que se levantaba en el centro, enorme, misterioso, venerable, formado de raíces que subían y bajaban como otros tantos troncos entrelazados confusamente.

Detúvose ante un montón de piedras, se descubrió y pareció orar. Allí estaba sepultada su madre, y su primera visita cada vez que iba al pueblo era para aquella tumba ignorada, desconocida. Teniendo que visitar a la familia de Cabesang Tales al día siguiente, aprovechaba la noche para cumplir con aquel deber.

Sentóse sobre una piedra y pareció reflexionar. Se le presentaba su pasado como una larga cinta negra, rosada en su comienzo, sombría después, con manchas de sangre, después negra, negra, gris y clara, más clara cada vez. La extremidad no la podía ver, oculta por una nube que dejaba trasparentar luces y auroras...

Hacía trece años día por día, hora por hora casi que se había muerto allí su madre en medio de la mayor miseria, en una espléndida noche en que la Luna brillaba y los cristianos en todo el mundo se entregaban al regocijo. Herido y cojeando había llegado allí siguiéndola; ella, loca y llena de terror, huía de su hijo como una sombra. Allí murió; vino un desconocido que le mandó formase una pira, él obedeció maquinalmente y cuando volvió, se encontró con otro desconocido junto al cadáver del primero. ¡Qué mañana y qué noche fueron aquellas! El desconocido le ayudó a levantar la pira donde quemaron el cadáver del hombre, cavó la fosa en que enterraron a su madre y después de darle algunas monedas le mandó abandonase el lugar. Era la primera vez que veía a aquel hombre: alto, los ojos rojos, los labios pálidos, la nariz afilada...

Huérfano por completo, sin padres ni hermanos, abandonó el pueblo cuyas autoridades tanto miedo le infundían y se fue a Manila para servir en casa de algún rico y estudiar a la vez como hacen muchos. Su viaje fue una odisea de insomnios y sobresaltos en los que el hambre entraba por poca cosa. Alimentábase de frutas en los bosques donde se solía internar cuando de lejos descubría el uniforme de la Guardia Civil, uniforme que le recordaba el origen de todas sus desdichas. Una vez en Manila, andrajoso y enfermo, fue de puerta en puerta ofreciendo sus servicios. ¡Un muchachito provinciano que no sabía una palabra de español y por encima enfermizo! ¡Desalentado, hambriento y triste recorría las calles llamando la atención su miserable traje! ¡Cuántas veces no estuvo tentado de arrojarse a los pies de los caballos que pasaban como relámpagos, arrastrando coches relucientes de plata y barniz, para acabar de una vez con sus miserias! Por fortuna vio a capitán Tiago pasar acompañado de la tía Isabel; él los conocía desde San Diego y en su alegría creyó haber visto en ellos casi a unos compoblanos. Siguió al coche, lo perdió de vista, preguntó por su casa y como era precisamente el día en que María Clara acababa de entrar en el convento y capitán Tiago estaba muy abatido, fue admitido en calidad de criado, sin sueldo por supuesto, permitiéndole en cambio estudiar, cuando quisiera, en San Juan de Letrán.

Sucio, mal vestido y por todo calzado un par de zuecos, al cabo de algunos meses de estar en Manila, ingresó en el primer año de latín. Sus compañeros, al ver su traje, procuraban alejarse, y su catedrático, un guapo dominico, nunca le dirigió una pregunta y, cada vez que le veía, fruncía las cejas. Las únicas palabras que en los ocho meses de clase se cruzaron entre ambos, eran el nombre propio leído en la lista y el *adsum* diario con que el alumno contestaba. ¡Con qué amargura salía cada vez de la clase y, adivinando el móvil de la conducta que con él se seguía, qué lágrimas no se asomaban a sus ojos y cuántas quejas estallaban y morían dentro de su corazón! ¡Cómo había llorado y sollozado sobre la tumba de su madre contándole sus ocultos dolores, humillaciones y agravios, cuando al acercarse la Navidad, capitán Tiago le había llevado consigo a San Diego! Y sin embargo se aprendía de memoria la lección sin dejar una coma, ¡aunque sin comprender mucho de ella! Mas al fin llegó a resignarse viendo que entre los trescientos o cuatrocientos de su clase solo unos cuarenta merecían la honra de ser preguntados porque llamaron la atención del catedrático ya sea por el tipo, por alguna truhanería, por simpatía u otra causa cualquiera. Muchos por lo demás se felicitaban porque así se evitaban el trabajo de discurrir y comprender.

—Se va a los colegios, no para saber ni estudiar, sino para ganar el curso y si se puede saber el libro de memoria ¿qué más se les podía exigir? se ganaba el año.

Basilio pasó los exámenes respondiendo a la única pregunta que le dirigieron, como una máquina, sin pararse ni respirar, y ganó con gran risa de los examinadores la nota de aprobado. Sus nueve compañeros —se examinaban de diez en diez para ser más pronto despachados—, no tuvieron la misma suerte y fueron condenados a repetir el año de embrutecimiento.

Al segundo, habiendo ganado una enorme suma el gallo que cuidaba, recibió buena propina de capitán Tiago y la invirtió inmediatamente en la compra de unos zapatos y de un sombrero de fieltro. Con esto y con las ropas que le daba su amo y que él arreglaba a su talla, su aspecto fue haciéndose más decente, más no pasó de allí. En una clase tan numerosa se necesita de mucho para llamar la atención del profesor, y el alumno que desde el primer año no se haga notar por una cualidad saliente o no se capte las simpatías de los profesores, difícilmente se hará conocer en el resto de sus días de estudiante. Sin embargo continuó, pues la constancia era su principal carácter.

Su suerte pareció cambiarse un poco cuando pasó al tercer año. Tocóle por profesor un dominico muy campechano, amigo de bromas y de hacer reír a los alumnos, bastante comodón porque casi siempre hacía explicar la lección a sus favoritos: verdad es también que se contentaba con cualquier cosa. Basilio por esta época ya gastaba botinas y camisas casi siempre limpias y bien planchadas. Como su profesor le observase que se reía poco de los chistes y viese en sus ojos, tristes y grandes, algo como una eterna pregunta, teníale por imbécil y un día quiso ponerle en evidencia preguntándole la lección. Basilio la recitó de cabo a rabo, sin tropezar en una f; motejóle el profesor de papagayo, contó un cuento que hizo reír de buena gana a toda la clase, y para aumentar más la hilaridad y justificar legitimidad del apodo, hizóle algunas preguntas guiñando a sus favoritos como diciéndoles:

—«Vais a ver como nos vamos a divertir.»

Basilio entonces ya sabía el castellano, y supo contestar con el intento manifiesto de no hacer reír a nadie. Aquello disgustó a todos, el disparate que se esperaba no vino, nadie pudo reír y el buen fraile jamás le perdonó el haber defraudado las esperanzas de toda la clase y desmentido sus profecías. Pero ¿quién se iba a esperar que algo discreto pudiese salir de una cabeza tan mal peinada en que terminaba un indio tan mal calzado, clasificado hace poco entre las aves trepadoras? Y así como en otros centros de enseñanza donde hay verdaderos deseos de que los muchachos aprendan, tales descubrimientos suelen alegrar a los profesores, así también en un colegio dirigido por hombres convencidos en su mayor parte de que el saber es un mal, al menos para los alumnos, el caso de Basilio tuvo mal efecto y nunca más se le preguntó en todo el resto del año. ¿Para qué si no hacía reír a nadie?

Bastante desanimado y con ganas de dejar los estudios pasó al cuarto año de latín. ¿Para qué aprender, por qué no dormir como los otros y confiarlo todo al azar?

Uno de los dos profesores era muy popular, querido de todos; pasaba por sabio, gran poeta y tener ideas muy avanzadas. Un día que acompañaba a los colegiales a paseo, tuvo un pique con algunos cadetes, del que resultó primero una escaramuza y después un reto. El profesor que se acordaría tal vez de su brillante juventud, levantó una cruzada y prometió buenas notas a todos los que en el paseo del domingo siguiente tomasen parte en la batalla. Animada fue la semana: hubo encuentros parciales en que se cruzaron el bastón y el sable y en uno de ellos se distinguió Basilio.

Llevado en triunfo por los estudiantes y presentado al profesor, fue desde entonces conocido, llegando a ser su favorito. Parte por esto y parte por su aplicación, aquel año se llevó sobresalientes con medallas inclusive. En vista de esto, capitán Tiago que, desde que su hija se hizo monja, manifestaba cierta aversión a los frailes, en un momento de buen humor indújole a que se trasladase al Ateneo Municipal cuya fama estaba entonces en todo su auge. Un mundo nuevo se abrió a sus ojos, un sistema de enseñanza que él no se sospechaba en aquel colegio. Aparte de nimiedades y ciertas cosas pueriles, le llenaba de admiración el método allí seguido y de gratitud el afán de los profesores. Sus ojos se llenaban a veces de lágrimas pensando en los cuatro años anteriores en que por falta de medios no había podido estudiar en aquel centro. Tuvo que hacer esfuerzos inauditos para ponerse al nivel de los que habían principiado bien y pudo decirse que en aquel solo año aprendió los cinco de la segunda enseñanza. Hizo el bachillerato con gran contento de sus profesores que en los exámenes se mostraron orgullosos de él ante los jueces dominicos, allí enviados para inspeccionarles. Uno de estos, como para apagar un poco tanto entusiasmo, preguntó al examinando dónde había cursado los primeros años de latín.

—En San Juan de Letrán, padre —contestó Basilio.

—¡Ya! en latín no está mal —observó entonces medio sonriendo el dominico.

Por afición y por carácter escogió la Medicina; capitán Tiago prefería el Derecho para tener un abogado de balde, pero no basta saber y conocer a fondo las leyes para tener clientela en Filipinas; es menester ganar los pleitos y para esto se necesitan amistades, influencia en ciertas esferas, mucha gramática parda. Capitán Tiago se plegó al fin acordándose de que los estudiantes de Medicina andaban con los cadáveres a vueltas; hacía tiempo que buscaba un veneno en que templar la navaja de sus gallos y el mejor que sabía era la sangre de un chino, muerto de enfermedad sifilítica.

Con igual aprovechamiento, mayor si cabe, cursó el joven los años de la facultad y ya desde el tercero empezó a curar con mucha suerte, cosa que no solo le preparaba un brillante porvenir sino que también le producía bastante para vestirse hasta con cierta elegancia y hacer algunas economías.

Este año era el último de su carrera y dentro de dos meses será médico, se retirará a su pueblo, se casará con Juliana para vivir felices. El éxito de su licenciatura no solo era seguro, sino que lo esperaba brillante como la corona de su vida escolar. Estaba designado para el discurso de acción de gracias en el acto de la investidura, y ya se veía en medio del Paraninfo delante de todo el claustro, objeto de las miradas y atención del público. Todas aquellas cabezas, eminencias de la ciencia manilense, medio hundidas en sus mucetas de colores, todas las mujeres que allí acudían por curiosidad y que años antes le miraban, si no con desdén, con indiferencia, todos aquellos señores cuyos coches, cuando muchacho le iban a atropellar en medio del barro como si se tratase de un perro, entonces le escucharían atentos, y él les iba a decir algo que no era trivial, algo que no ha resonado nunca en aquel recinto, se iba a olvidar de sí para acordarse de los pobres estudiantes del porvenir, y haría la entrada en la sociedad con aquel discurso...

VII. SIMOUN

En estas cosas pensaba Basilio al visitar la tumba de su madre. Disponíase a volver al pueblo, cuando creyó ver una claridad proyectada en medio de los árboles y oír una crepitación de ramas, ruido de pisadas, roce de hojas... La luz se extinguió pero el ruido se hizo cada vez más distinto, y pronto vio una sombra aparecer en medio del recinto, marchando directamente hacia donde él estaba.

Basilio de por sí no era supersticioso y menos después de haber descuartizado tantos cadáveres y asistido a tantos moribundos; pero las antiguas leyendas sobre aquel fúnebre paraje, la hora, la oscuridad, el silbido melancólico del viento y ciertos cuentos oídos en su niñez influyeron algo en su ánimo y sintió que su corazón latía con violencia.

La sombra se detuvo al otro lado del *balitì* y el joven la podía ver al través de una hendidura que dejaban entre sí dos raíces que habían adquirido con el tiempo las proporciones de dos troncos. Produjo debajo de su traje una lámpara de poderoso lente refractor, que depositó sobre el suelo alumbrando unas botas de montar: el resto quedaba oculto en la oscuridad. La sombra pareció registrar sus bolsillos, después se encorvó para adaptar la hoja de una azada al extremo de un grueso bastón: Basilio creyó distinguir con gran sorpresa suya algo de los contornos del joyero Simoun. Era el mismo en efecto.

El joyero cavaba la tierra, y de cuando en cuando la lámpara le iluminaba el rostro: no tenía los anteojos azules que tanto le desfiguraban. Basilio se entremeció. Aquel era el mismo desconocido que trece años antes había cavado allí la fosa de su madre, solo que ahora había envejecido, sus cabellos se habían vuelto blancos y usaba bigote y barba, pero la mirada era la misma, la misma expresión amarga, la misma nube en la frente, los mismos brazos musculosos, algo más secos ahora, la misma energía iracunda. Las impresiones pasadas renacieron en él: creyó sentir el calor de la hoguera, el hambre, el desaliento de entonces, el olor de la tierra removida... Su descubrimiento le tenía aterrado.

De modo que el joyero Simoun que pasaba por indio inglés, portugués, americano, mulato, el Cardenal Moreno, la Eminencia Negra, el espíritu malo del capitán general como le llamaban muchos, no era otro que el misterioso desconocido cuya aparición y desaparición coincidían con la muerte del heredero de aquellos terrenos. Pero de los dos desconocidos que se le presentaron, del muerto y del vivo ¿quién era el Ibarra?

Esta pregunta que él se había dirigido varias veces siempre que se hablaba de la muerte de Ibarra, acudía de nuevo a su mente ante aquel hombre enigma que allí veía.

El muerto tenía dos heridas que debieron ser de armas de fuego según lo que él estudió después y serían las resultas de la persecución en el lago. El muerto sería entonces el Ibarra que vendría para morir sobre la tumba de su antepasado, y su deseo de ser quemado se explica muy bien por su estancia en Europa donde se estila la cremación. ¿Entonces quién era el otro, el vivo, este joyero Simoun, entonces de apariencia miserable y que ahora volvía cubierto de oro y amigo de las autoridades? Allí había un misterio y el estudiante, con su sangre fría característica, se prometió aclararlo, y aguardó una ocasión.

Simoun cavaba y cavaba en tanto, pero Basilio veía que el antiguo vigor se había amenguado: Simoun jadeaba, respiraba con dificultad y tenía que descansar a cada momento.

Basilio temiendo fuese descubierto tomó una resolución súbita, se levantó de su asiento y con la voz más natural.

—¿Le puedo ayudar, señor...? —preguntó saliendo de su escondite.

Simoun se enderezó y dio un salto como un tigre atacado infraganti, se llevó la mano al bolsillo de su americana y miró al estudiante pálido y sombrío.

—Hace trece años me ha prestado usted un gran servicio, señor —prosiguió Basilio sin inmutarse—, en este mismo sitio, enterrando el cadáver de mi madre y me consideraría feliz si yo le pudiese servir.

Simoun, sin apartar los ojos del joven, sacó de su bolsillo un revólver. Oyóse un chasquido como el de un arma que se amartilla.

—¿Por quién me toma usted? —dijo retrocediendo dos pasos.

—Por una persona para mí sagrada —contestó Basilio algo emocionado creyendo llegada su última hora—: por una persona que todos, menos yo, creen muerta y cuyas desgracias he lamentado siempre.

Imponente silencio siguió a estas palabras, silencio que para el joven le sonaba a eternidad. Simoun no obstante, después de larga vacilación, se le acercó y poniéndole una mano sobre el hombro le dijo en voz conmovida:

—Basilio, usted posee un secreto que me puede perder y ahora acaba de sorprenderme en otro que me pone enteramente en sus manos y cuya divulgación puede trastornar todos mis planes. Para mi seguridad y en bien del objeto que me propongo yo debía sellar para siempre sus labios porque ¿qué es la vida de un hombre ante el fin que persigo? La ocasión me es propicia, nadie sabe que he venido, estoy armado, usted indefenso; su muerte se atribuiría a los tulisanes, sino a otra causa más sobrenatural... y sin embargo yo le dejaré vivir y confío en que no me ha de pesar. Usted ha trabajado, ha luchado con enérgica constancia... y como yo, tiene usted cuentas que arreglar con la sociedad; su hermanito fue asesinado, a su madre la han vuelto loca, y la sociedad no ha perseguido ni al asesino ni al verdugo. Usted y yo pertenecemos a los sedientos de justicia, y, en vez de destruirnos, debemos ayudarnos.

Simoun se detuvo ahogando un suspiro y después continuó lentamente con la mirada vaga.

—Sí, yo soy aquel que ha venido hace trece años enfermo y miserable para rendir el último tributo a un alma grande, noble que ha querido morir por mí. Víctima de un sistema viciado he vagado por el mundo, trabajando noche y día para amasar una fortuna y llevar a cabo mi plan. Ahora he vuelto para destruir ese sistema, precipitar su corrupción, empujarle al abismo a que corre insensato, aun cuando tuviese que emplear oleadas de lágrimas y sangre... Se ha condenado, lo está ¡y no quiero morir sin verle antes hecho trizas en el fondo del precipicio!

Y Simoun extendía ambos brazos hacia la tierra como si con aquel movimiento quisiese mantener allí los restos destrozados. Su voz había adquirido un timbre siniestro, lúgubre que hacía estremecerse al estudiante.

—Llamado por los vicios de los que las gobiernan, he vuelto a estas islas y, bajo la capa del comerciante, he recorrido los pueblos. Con mi oro me he abierto camino y donde quiera he visto a la codicia bajo las formas más execrables, ya hipócrita, ya impúdica, ya cruel, cebarse en un organismo muerto como un buitre en un cadáver, y me he preguntado ¿por qué no fermentaba en sus entrañas la ponzoña, la ptomaina, el veneno de las tumbas, para matar a la asquerosa ave? El cadáver se dejaba destrozar, el buitre se hartaba de carne, y como no me era posible darle la vida para que se volviese contra su verdugo, y como la corrupción venía lentamente, he atizado la codicia, la he favorecido, las injusticias y los abusos se multiplicaron; he fomentado el crimen, los actos de crueldad, para que el pueblo se acostumbrase a la idea de la muerte; he mantenido la zozobra para que huyendo de ella se buscase una solución cualquiera; he puesto trabas al comercio para que empobrecido el país y reducido a la miseria ya nada pudiese temer; he instigado ambiciones para empobrecer el tesoro, y no bastándome esto para despertar un levantamiento popular, he herido al pueblo en su fibra más sensible, he hecho que el buitre mismo insultase al mismo cadáver que le daba la vida y lo corrompiese... Mas, cuando iba a conseguir que de la suprema podredumbre, de la suprema basura, mezcla de tantos productos asquerosos fermente el veneno, cuando la codicia exacerbada, en su atontamiento se daba prisa por apoderarse de cuanto le venía a la mano como una vieja sorprendida por el incendio, he aquí que vosotros surgís con gritos de españolismo, con cantos de confianza en el Gobierno, en lo que no ha de venir; he aquí que una carne palpitante de calor y vida, pura, joven, lozana, vibrante en sangre, en entusiasmo, brota de repente para ofrecerse de nuevo como fresco alimento... ¡Ah, la juventud siempre inexperta y soñadora, siempre corriendo tras las mariposas y las flores! ¡Os ligáis para con vuestros esfuerzos unir vuestra patria a la España con guirnaldas de rosas cuando en realidad forjáis cadenas más duras que el diamante! ¡Pedís igualdad de derechos, españolización de vuestras costumbres y no veis que lo que pedís es la muerte, la destrucción de vuestra nacionalidad, la aniquilación de vuestra patria, la consagración de la tiranía! ¿Qué seréis en lo futuro? Pueblo sin carácter, nación sin libertad; todo en vosotros será prestado hasta los mismos defectos. ¡Pedís españolización y no palidecéis de vergüenza cuando os la niegan! Y aunque os la concedieran ¿qué queréis? ¿qué vais a ganar? ¡Cuando más feliz, país de pronunciamientos, país de guerras civiles, república de rapaces y descontentos como algunas repúblicas de la América de Sur! ¿A qué venís ahora con vuestra enseñanza del castellano, pretensión que sería ridícula si no fuese de consecuencias deplorables? ¡Queréis añadir un idioma más a los cuarenta y tantos que se hablan en las islas para entenderos cada vez menos...!

—Al contrario —repuso Basilio—; si el conocimiento del castellano nos puede unir al gobierno, ¡en cambio puede unir también a todas las islas entre sí!

—¡Error craso! —interrumpió Simoun—; os dejáis engañar por grandes palabras y nunca vais al fondo de las cosas a examinar los efectos en sus últimas manifestaciones. El español nunca será lenguaje general en el país, el pueblo nunca lo hablará porque para las concepciones de su cerebro y los sentimientos de su corazón no tiene frases ese idioma: cada pueblo tiene el suyo, como tiene su manera de sentir. ¿Qué vais a conseguir con el castellano, los pocos que lo habéis de hablar? ¡Matar vuestra originalidad, subordinar vuestros pensamientos a otros cerebros y en vez de haceros libres haceros verdaderamente esclavos! Nueve por diez de los que os presumís de ilustrados, sois renegados de vuestra patria. El que de entre vosotros habla ese idioma, descuida de tal manera el suyo que ni lo escribe ni lo entiende y ¡cuántos he visto yo que afectan no saber de ello una sola palabra! Por fortuna tenéis un gobierno imbécil. Mientras la Rusia para esclavizar a la Polonia le impone el ruso, mientras la Alemania prohibe el francés en las provincias conquistadas, vuestro gobierno pugna por conservaros el vuestro y vosotros en cambio, pueblo maravilloso bajo un gobierno increíble, ¡vosotros os esforzáis en despojaros de vuestra nacionalidad! Uno y otro os olvidáis de que mientras un pueblo conserve su idioma, conserva la prenda de su libertad, como el hombre su independencia mientras conserva su manera de pensar. El idioma es el pensamiento de los pueblos. Felizmente vuestra independencia está asegurada: ¡las pasiones humanas velan por ella...!

Simoun se detuvo y se pasó la mano por la frente. La Luna se levantaba y enviaba su débil claridad de Luna menguante al través de las ramas. Con los cabellos blancos y las facciones duras, iluminadas de abajo arriba por la luz de la lámpara, parecía el joyero el espíritu fatídico del bosque meditando algo siniestro. Basilio, silencioso ante tan duros reproches, escuchaba con la cabeza baja. Simoun continuó:

—Yo he visto iniciarse ese movimiento y he pasado noches enteras de angustia porque comprendía que entre esa juventud había inteligencias y corazones excepcionales sacrificándose por una causa que creían buena, cuando en realidad trabajaban contra su país... Cuantas veces he querido dirigirme a vosotros, desenmascararme y desengañaros, pero en vista de la fama que disfruto, mis palabras se habrían interpretado mal y acaso habrían tenido efecto

contraproducente... Cuantas veces he querido acercarme a vuestro Makaraig, a vuestro Isagani; a veces pensé en su muerte, quise destruirlos...
Detúvose Simoun.

—He aquí la razón por qué le dejo a usted vivir, Basilio, y me expongo a que por una imprudencia cualquiera me delate un día... Usted sabe quien soy, sabe lo mucho que he debido sufrir, cree en mí; usted no es el vulgo que ve en el joyero Simoun al traficante que impulsa a las autoridades a que cometan abusos para que los agraviados le compren alhajas... Yo soy el Juez que quiero castigar a un sistema valiéndome de sus propios crímenes, hacerle la guerra halagándole... Necesito que usted me ayude, que use de su influencia en la juventud para combatir esos insensatos deseos de españolismo, de asimilación, de igualdad de derechos... ¡Por ese camino se llega a lo más a ser mala copia, y el pueblo debe mirar más alto! Locura es tratar de influir en la manera de pensar de los gobernantes; tienen su plan trazado, tienen la venda puesta, y, sobre perder el tiempo inútilmente, engañáis al pueblo con vanas esperanzas y contribuís a doblar su cuello ante el tirano. Lo que debéis hacer es aprovecharos de sus preocupaciones para aplicarlas a vuestra utilidad. ¿No quieren asimilaros al pueblo español? Pues, ¡enhorabuena! distinguíos entonces delineando vuestro propio carácter, tratad de fundar los cimientos de la patria filipina... ¿No quieren daros esperanzas? ¡Enhorabuena! no esperéis en él, esperad en vosotros y trabajad. ¿Os niegan la representación en sus Cortes? ¡Tanto mejor! Aun cuando consigáis enviar diputados elegidos a vuestro gusto, ¿qué vais a hacer en ellas sino ahogaros entre tantas voces y sancionar con vuestra presencia los abusos y faltas que después se cometan? Mientras menos derechos reconozcan en vosotros, más tendréis después para sacudir el yugo y devolverles mal por mal. Si no quieren enseñaros su idioma, cultivad el vuestro extendedlo, conservad al pueblo su propio pensamiento, y en vez de tener aspiraciones de provincia, tenedlas de nación, en vez de pensamientos subordinados, pensamientos independientes, a fin de que ni por los derechos, ni por las costumbres, ni por el lenguaje el español se considere aquí como en su casa, ni sea considerado por el pueblo como nacional, sino siempre como invasor, como extranjero, y tarde o temprano tendréis vuestra libertad. ¡He aquí por qué quiero que usted viva!

Basilio respiró como si un gran peso se le hubiese quitado de encima y respondió después de una breve pausa:

—Señor, el honor que usted me hace confiándome sus planes es demasiado grande para que yo no le sea franco y le diga que lo que me exige está por encima de mis fuerzas. Yo no hago política, y si he firmado la petición para la enseñanza del castellano ha sido porque en ello veía un bien para los estudios y nada más. Mi destino es otro, mi aspiración se reduce a aliviar las dolencias físicas de mis conciudadanos.

El joyero se sonrió.

—¿Qué son las dolencias físicas comparadas con las dolencias morales? —preguntó—; ¿qué es la muerte de un hombre ante la muerte de una sociedad? Un día usted será tal vez un gran médico si le dejan curar en paz; ¡pero más grande será todavía aquel que infunda nueva vida en este pueblo anémico! Usted ¿qué hace por el país que le dio el ser, que le da la vida y le procura los conocimientos? ¿No sabe usted que es inútil la vida que no se consagra a una idea grande? Es un pedrusco perdido en el campo sin formar parte de ningún edificio.

—No, no señor —contestó Basilio modestamente—; yo no me cruzo de brazos, yo trabajo como todos trabajan para levantar de las ruinas del pasado un pueblo cuyos individuos sean solidarios y cada uno de los cuales sienta en sí mismo la conciencia y la vida de la totalidad. Pero, por entusiasta que nuestra generación sea comprendemos que en la gran fábrica social debe existir la subdivisión del trabajo; he escogido mi tarea y me dedico a la ciencia.

—La ciencia no es el fin del hombre —observó Simoun.

—A ella tienden las naciones más cultas.

—Sí, pero como un medio para buscar su felicidad.

—¡La ciencia es más eterna, es más humana, más universal! —replicó el joven en un trasporte de entusiasmo—. Dentro de algunos siglos cuando la humanidad esté ilustrada y redimida, cuando ya no haya razas, cuando todos los pueblos sean libres, cuando no haya tiranos ni esclavos, colonias ni metrópolis, cuando rija una justicia y el hombre sea ciudadano del mundo, solo quedará el culto de la ciencia, la palabra patriotismo sonará a fanatismo, y al que alardee entonces de virtudes patrióticas le encerrarán sin duda como a un enfermo peligroso, a un perturbador de la armonía social.

Simoun se sonrió tristemente.

—Sí, sí —dijo sacudiendo la cabeza—, mas, para que llegue ese estado es menester que no haya pueblos tiranos ni pueblos esclavos, es menester que el nombre sea a donde vaya libre, sepa respetar en el derecho de cualquiera el de su propia individualidad, y para esto hay que verter primero mucha sangre, se impone la lucha como necesaria... Para vencer al antiguo fanatismo que oprimía las conciencias fue menester que muchos pereciesen en las hogueras para que, horrorizada la conciencia social, declarase libre a la conciencia individual. ¡Es menester también que todos respondan a la pregunta que cada día les dirige la patria cuando les tiende las manos encadenadas! El patriotismo solo puede ser crimen en los pueblos opresores porque entonces será la rapiña bautizada con un hermoso nombre, pero por perfecta que pueda ser la humanidad el patriotismo será siempre virtud en los pueblos oprimidos porque significará en todo tiempo amor a la justicia, a la libertad, a la dignidad misma. ¡Nada pues de sueños quiméricos, nada de idilios mujeriles! La grandeza del hombre no está en anticiparse a su siglo, cosa imposible por demás, sino en adivinar sus deseos, responder a sus necesidades y guiarle a marchar adelante. Los genios que el vulgo cree se han adelantado al suyo, solo aparecen así porque el que los juzga los ve desde muy lejos, ¡o toma por siglo la cola en que marchan los rezagados!

Simoun se calló. Viendo que no conseguía despertar el entusiasmo en aquella alma fría, acudió a otro argumento, y preguntó cambiando de tono:

—¿Y por la memoria de su madre y de su hermano, qué hace usted? ¿Basta venir aquí cada año y llorar como una mujer sobre una tumba?

Y se rió burlonamente.

El tiro dio en el blanco; Basilio se inmutó y avanzó un paso.

—¿Qué quiere usted que haga? —preguntó con ira—. Sin medios, sin posición social ¿he de obtener justicia contra sus verdugos? Sería otra víctima y me estrellaría como un pedazo de vidrio lanzado contra una roca. ¡Ah, hace usted mal en recordármelo porque es tocar inútilmente una llaga!

—¿Y si yo le ofrezco a usted mi apoyo?

Basilio sacudió la cabeza y se quedó pensativo.

—¡Todas las reivindicaciones de la justicia, todas las venganzas de la tierra no harán revivir un solo cabello de mi madre, refrescar una sonrisa en los labios de mi hermano! Que duerman en paz... ¿Qué he de sacar aun cuando me vengase?

—Evitar que otros sufran lo que usted ha sufrido, que en lo futuro haya hijos asesinados y madres forzadas a la locura. La resignación no siempre es virtud, es crimen cuando alienta tiranías: no hay déspotas donde no hay esclavos. ¡Ay! el hombre es de suyo tan malo que siempre abusa cuando encuentra complacientes. Como usted pensaba yo también y sabe cual fue mi suerte. Los que han causado su desgracia le vigilan día y noche; sospechan que usted acecha un momento oportuno; interpretan su afán de saber, su amor al estudio, su tranquilidad misma por ardientes deseos de venganza... ¡El día en que puedan deshacerse de usted lo harán como lo hicieron conmigo y no le dejarán crecer porque le temen y le odian!

—¿Odiarme a mí? ¿Odiarme todavía después del mal que me han hecho? —preguntó el joven sorprendido.

Simoun soltó una carcajada.

—Es natural en el hombre odiar a aquellos a quienes ha agraviado —decía Tácito confirmando el *quos læserunt et oderunt* de Séneca—. Cuando usted quiera medir los agravios o los bienes que un pueblo hace a otro, no tiene más que ver si le odia o le ama. Y así se explica el porqué algunos que aquí se han enriquecido desde los altos puestos que desempeñaron, vueltos a la Península se deshacen en injurias y en insultos contra los que fueron sus víctimas. *¡Proprium humani ingenii est odisse quem læseris!*

—Pero si el mundo es grande, si uno les deja gozar tranquilamente del poder... si no pido más que trabajar, que me dejen vivir...

—¡Y criar hijos pacíficos para irlos después a someter al yugo! —continuó Simoun remedando cruelmente la voz de Basilio. ¡Valiente porvenir les prepara usted, y le han de agradecer una vida de humillaciones y sufrimientos! ¡Enhorabuena, joven! Cuando un cuerpo está inerte, inútil es galvanizarlo. Veinte años de esclavitud continua, de humillación sistemática, de postración constante llegan a crear en el alma una joroba que no lo ha de enderezar el trabajo de un día. Los sentimientos buenos o malos se heredan y se trasmiten de padres a hijos. ¡Vivan pues sus ideas idílicas, vivan los sueños del esclavo que solo pide un poco de estopa con que envolver la cadena para que suene menos y no le ulcere la piel! Usted aspira a un pequeño hogar con alguna comodidad; una mujer y un puñado de arroz: ihe ahí el hombre ideal en Filipinas! Bien; si se lo dan, considérese afortunado.

Basilio, acostumbrado a obedecer y a sufrir los caprichos y el mal humor de capitán Tiago y subyugado por Simoun que se le aparecía terrible y siniestro destacándose de un fondo teñido en lágrimas y sangre, trataba de explicarse diciendo que no se consideraba con aptitudes para mezclarse en la política, que no tenía opinión alguna porque no había estudiado la cuestión pero que siempre estaba dispuesto a prestar sus servicios el día en que se los exigiesen, que por el momento solo veía una necesidad, la ilustración del pueblo, etc., etc. Simoun le cortó la palabra con un gesto y como pronto iba a amanecer, dijo:

—Joven, no le recomiendo a usted que guarde mi secreto porque sé que la discreción es una de sus buenas cualidades, y aunque usted me quisiere vender, el joyero Simoun, el amigo de las autoridades y de las corporaciones religiosas merecerá siempre más crédito que el estudiante Basilio sospechoso ya de filibusterismo por lo mismo que siendo indígena se señala y se distingue, y porque en la carrera que sigue se encontrará con poderosos rivales. Con todo aunque usted no ha respondido a mis esperanzas, el día en que cambie de opinión, búsqueme en mi casa de la Escolta y le serviré de buena voluntad.

Basilio dio brevemente las gracias y se alejó.

—¿Me habré equivocado de clave? —murmuró Simoun al encontrarse solo—; ¿es que duda de mí o medita tan en secreto el plan de su venganza que teme confiarlo a la misma soledad de la noche? ¿O será que los años de servidumbre han apagado en su corazón todo sentimiento humano y solo quedan las tendencias animales de vivir y reproducirse? En este caso el molde estaría deforme y hay que volverlo a fundir... La hecatombe se impone pues; iperezcan los ineptos y sobrevivan los más fuertes!

Y añadió lúgubremente como si se dirigiese a alguien:

—iTened paciencia, vosotros que me habéis legado un nombre y un hogar, tened paciencia! Uno y otro los he perdido, patria, porvenir, bienestar, vuestras mismas tumbas... iPero tened paciencia! Y tú, espíritu noble, alma grandiosa, corazón magnánimo que has vivido para un solo pensamiento y has sacrificado tu vida sin contar con la gratitud ni la admiración de nadie, iten paciencia, ten paciencia! Los medios de que me valgo no serán tal vez los tuyos, pero son los más breves... El día se acerca y cuando brille iré yo mismo a anunciároslo a vosotros. ¡Tened paciencia!

VIII. ¡BUENAS PASCUAS!

Cuando Julî abrió los doloridos ojos, vio que la casa estaba todavía oscura. Los gallos cantaban. Lo primero que se le ocurrió fue que quizás la Virgen haya hecho el milagro, y el Sol no iba a salir a pesar de los gallos que lo invocaban. Levantóse, se persignó, rezó con mucha devoción sus oraciones de la mañana y procurando hacer el menor ruido posible, salió al *batalan*.

No había milagro; el Sol iba a salir, la mañana prometía ser magnífica, la brisa era deliciosamente fría, las estrellas en el oriente palidecían y los gallos cantaban a más y mejor. Aquello era mucho pedir; ¡más fácil le era a la Virgen enviar los 250 pesos! ¿Qué le cuesta a ella, la Madre de Dios, dárselos? Pero debajo de la imagen solo encontró la carta de su padre pidiendo los 500 pesos de rescate... No había más remedio que partir. Viendo que su abuelo no se movía, le creyó dormido, e hizo el *salabat* del desayuno. ¡Cosa rara! ella estaba tranquila, hasta tenía ganas de reír. ¿Qué tenía pues para acongojarse tanto aquella noche? No iba lejos, podía venir cada dos días a visitar la casa; el abuelo podía verla y en cuanto a Basilio, él sabía hace tiempo el mal giro que tomaban los asuntos de su padre porque solía decirla a menudo:

—Cuando yo sea médico y nos casemos, tu padre no necesitará de sus campos.

—¡Qué tonta he sido en llorar tanto! —se decía mientras arreglaba su *tampipi*. Y como sus dedos tropezasen con el relicario, lo llevó a sus labios, lo besó, pero se los frotó inmediatamente temiendo el contagio; aquel relicario de brillantes y esmeraldas había venido de un lazarino... ¡Ah! entonces sí, si ella contraía semejante enfermedad, no se casaría.

Como empezaba a clarear y viera a su abuelo sentado en un rincón, siguiendo con los ojos todos sus movimientos cogió su *tampipi* de ropas, se acercó sonriendo a besarle la mano. El viejo la bendijo sin decir una palabra. Ella quiso bromear.

—Cuando el padre vuelva le diréis que al fin me he ido al colegio: mi ama habla español. Es el colegio más barato que se puede encontrar.

Y viendo que los ojos del viejo se llenaban de lágrimas, puso sobre su cabeza el *tampipi* y bajó apresuradamente las escaleras. Sus chinelas resonaban alegremente sobre las gradas de madera.

Pero cuando volvió el rostro para mirar una vez más hacia su casa, la casa donde se habían evaporado sus últimos ensueños de niña y se dibujaron sus primeras ilusiones de joven; cuando la vio triste, solitaria, abandonada, con las ventanas a medio cerrar, vacías y oscuras como los ojos de un muerto; cuando oyó el débil ruido de los cañaverales y los vio balancearse al impulso del fresco viento de la mañana como diciéndole «adiós», entonces su vivacidad se disipó, detúvose, sus ojos se llenaron de lágrimas y dejándose caer sentada sobre un tronco que había caído junto al camino, lloró desconsoladamente.

Hacía horas que Julî se había ido y el Sol estaba ya bastante alto. Tandang Selo desde la ventana miraba a la gente que en traje de fiesta se dirigía al pueblo para oír la misa mayor. Casi todos llevaban de la mano, o cargaban en brazos un niño, una niña, ataviados como para una fiesta.

El día de la Pascua en Filipinas es, según las personas mayores, de fiesta para los niños; los niños acaso no sean de la misma opinión y se puede presumir que le tienen un miedo instintivo. Con efecto: se les despierta temprano, se les lava, se les viste y pone encima todo lo nuevo, caro y precioso que tienen, botines de seda, enormes sombreros, trajes de lana, de seda o de terciopelo sin dejar cuatro o cinco escapularios pequeños que llevan el evangelio de San Juan, y así cargados los llevan a la misa mayor que dura casi una hora, se les obliga a sufrir el calor y el vaho de tanta gente apiñada y sudorosa, y si no les hacen rezar el rosario tienen que estar quietos, aburrirse o dormir. A cada movimiento o travesura que pueda ensuciar el traje, un pellizco, una reprimenda; así es que ni ríen ni están alegres y se lee en los redondos ojos la nostalgia por la vieja camisola de todos los días y la protesta contra tanto bordado. Después se les lleva de casa en casa a visitar a los parientes para el besamanos; allí tienen que bailar, cantar y decir todas las gracias que sepan, tengan o no humor, estén o no incómodos en sus atavíos, con los pellizcos y las represiones de siempre cuando hacen alguna de las suyas. Los parientes les dan cuartos que recogen los padres y de los que regularmente no vuelven a tener noticia. Lo único positivo que suelen sacar de la fiesta son las señales de los pellizcos ya dichos, las incomodidades y a lo mejor una indigestión por un atracón de dulces o bizcochos en casa de los buenos parientes. Pero tal es la costumbre y los niños filipinos entran en el mundo por estas pruebas que después de todo resultan ser las menos tristes, las menos duras en la vida de aquellos individuos...

Las personas de edad que viven independientes participan algo en esta fiesta. Visitan a sus padres y tíos, doblan una rodilla y desean las buenas pascuas: su aguinaldo consiste en un dulce, una fruta, un vaso de agua o un regalito cualquiera insignificante.

Tandang Selo veía pasar a todos sus amigos y pensaba tristemente en que aquel año no tenía aguinaldo para nadie y que su nieta se había ido sin el suyo, sin desearle las felices pascuas. ¿Era delicadeza en Julî o puramente un olvido?

Cuando Tandang Selo quiso saludar a los parientes que venían a visitarle trayéndole sus niños, con no poca sorpresa suya encontró que no podía articular una palabra: en vano se esforzó, ningún sonido pudo modular. Llevábase las manos a la garganta, sacudía la cabeza, ¡imposible! trató de reír y sus labios se agitaron convulsivamente: un ruido opaco como el soplo de un fuelle era lo más que pudo producir. Miráronse las mujeres espantadas.

—¡Está mudo, está mudo! —gritaron llenas de consternación, armando inmediatamente un regular alboroto.

IX. PILATOS

La noticia de aquella desgracia se supo en el pueblo; unos lo lamentaron y otros se encogieron de hombros. Ninguno tenía la culpa y nadie lo cargaba sobre su conciencia.

El teniente de la Guardia Civil ni se inmutó siquiera; tenía orden de recoger todas las armas y había cumplido con su deber; perseguía a los tulisanes siempre que podía, y cuando secuestraron a Cabesang Tales, él organizo inmediatamente una batida y trajo al pueblo maniatados codo con codo a cinco o seis campesinos que le parecieron sospechosos, y si no apareció Cabesang Tales era porque no estaba en los bolsillos ni debajo de la piel de los presos que fueron activamente sacudidos.

El lego hacendero se encogió de hombros. Él nada tenía que ver: ¡cuestión de tulisanes! y él solo cumplía con su obligación. Cierto que si no se hubiese quejado, acaso no hubieran recogido las armas y el pobre Cabesang no habría sido secuestrado, pero él, Fray Clemente, tenía que mirar por su seguridad y aquel Tales tenía una manera de mirar que parecía escoger un buen blanco en alguna parte de su cuerpo. La defensa es natural. Si hay tulisanes, la culpa no es de él; su deber no es perseguirlos, eso le toca a la Guardia Civil. Si Cabesang Tales en vez de vagar por sus terrenos se hubiese quedado en casa, no habría caído prisionero. En fin, aquello era un castigo del cielo contra los que se resisten a las exigencias de su corporación.

Hermana Penchang, la vieja devota en cuya casa servía Julî, lo supo, soltó dos o tres *isusmariosep!* se santiguó y añadió:

—Muchas veces nos envía Dios esas cosas porque somos pecadores o porque tenemos parientes pecadores a quienes debiéramos haber enseñado la piedad y no lo hemos hecho.

Estos *parientes pecadores* querían decir Juliana; para la devota, Julî era una gran pecadora.

—¡Figuraos una joven ya casadera que no sabe todavía rezar! ¡Jesús, qué escándalo! Pues no dice la indigna el *Dios te salve María* sin pararse en *es contigo*, y el *santa María* sin hacer pausa en pecadores, ¿como toda buena cristiana que teme a Dios debe hacer? *isusmariosep!* ¡No sabe el *oremus gratiam* y dice *mentíbus* por *méntibus*! Cualquiera al oírla creería que está hablando de *suman de ibus. isusmariosep!*

Y se hacía una cruz escandalizada y daba gracias a Dios que había permitido fuese secuestrado el padre para que la hija salga del pecado y aprenda las virtudes que según los curas deben adornar a toda mujer cristiana. Y por esto la retenía en su servicio, no la dejaba volver al barrio para cuidar de su abuelo. Julî tenía que aprender a rezar, leer los libritos que distribuyen los frailes y trabajar hasta que pague los 250 pesos.

Cuando supo que Basilio se había ido a Manila para sacar sus economías y rescatar a Julî de la casa en donde servía, creyó la buena mujer que la joven se perdía para siempre y que el diablo se le iba a presentar bajo la forma del estudiante. ¡Fastidioso y todo, cuánta razón tenía aquel librito que le había dado el cura! Los jóvenes que van a Manila para aprender, se pierden y pierden a los demás. Y creyendo salvar a Julî la hacía leer y releer el librito de *Tandang Basio Macunat* recomendándola fuese siempre a verse con el cura en el convento, como hacía la heroína que tanto ensalzaba el fraile, su autor.

Entretanto los frailes estaban de enhorabuena: habían ganado definitivamente el pleito y aprovecharon el cautiverio de Cabesang Tales para entregar sus terrenos al que los había solicitado, sin el más pequeño pundonor, sin la menor pizca de vergüenza. Cuando volvió el antiguo dueño y se enteró de lo que había pasado, cuando vio en poder de otro sus terrenos, aquellos terrenos que le habían costado las vidas de su mujer e hija; cuando halló a su padre mudo, a su hija sirviendo como criada con más una orden del tribunal, trasmitida por el teniente del barrio, para desalojar la casa y abandonarla dentro de tres días, Cabesang Tales no dijo una sola palabra, sentóse al lado de su padre y apenas habló en todo el día.

X. RIQUEZA Y MISERIA

Al día siguiente, con gran sorpresa del barrio, pedía hospitalidad en casa de Cabesang Tales el joyero Simoun, seguido de dos criados que cargaban sendas maletas con fundas de lona. En medio de su miseria, aquel no se olvidaba de las buenas costumbres filipinas y estaba muy confuso al pensar que no tenía nada para agasajar al extranjero. Pero Simoun traía todo consigo, criados y provisiones, y solo deseaba pasar el día y la noche en aquella casa por ser la más cómoda del barrio y por encontrarse entre San Diego y Tianì, pueblos de donde esperaba muchos compradores.

Simoun se enteraba del estado de los caminos y preguntaba a Cabesang Tales si con su revólver tendría bastante para defenderse de los tulisanes.

—¡Tienen fusiles que alcanzan mucho! —observó Cabesang Tales algo distraído.

—Este revólver no alcanza menos —contestó Simoun disparando un tiro contra una palmera de bonga que se encontraba a unos doscientos pasos.

Cabesang Tales vio caer algunas nueces, pero no dijo nada y continuó pensativo.

Poco a poco fueron llegando varias familias atraídas por la fama de las alhajas del joyero: se saludaban deseándose las buenas pascuas, hablaban de misas, santos, malas cosechas, pero con todo iban a gastar sus economías en piedras y baratijas que vienen de Europa. Se sabía que el joyero era amigo del capitán general y no estaba de más estar en buenas relaciones con él por lo que pueda suceder.

Capitán Basilio vino con su señora, su hija Sinang y su yerno, dispuestos a gastar lo menos 3.000 pesos.

Hermana Penchang estaba allí para comprar un anillo de brillantes que tenía prometido a la Virgen de Antipolo: a Julî la había dejado en casa aprendiendo de memoria un librito que le había vendido el cura por 2 cuartos, con cuarenta días de indulgencia concedidos por el arzobispo para todo el que lo leyere u oyere leer.

—¡Jesús! —decía la buena devota a capitana Tikâ—; ¡esa pobre muchacha creció aquí como un hongo sembrado por el *tikbálang*...! La he hecho leer el librito en voz alta lo menos cincuenta veces y nada se le queda en la memoria: tiene la cabeza como un cesto, lleno mientras está en el agua. ¡Todos, de oírla, hasta los perros y los gatos, habremos ganado cuando menos veinte años de indulgencias!

Simoun dispuso sobre la mesa las dos maletas que traía: la una era algo más grande que la otra.

—Ustedes no querrán alhajas de doublé ni piedras de imitación... La señora —dijo dirigiéndose a Sinang—, querrá brillantes...

—Eso, sí señor, brillantes y brillantes antiguos, piedras antiguas, ¿sabe usted? —contestó—; paga papá y a él le gustan las cosas antiguas, las piedras antiguas.

Sinang se guaseaba tanto del mucho latín que sabía su padre como del poco y malo que conocía su marido.

—Precisamente tengo alhajas muy antiguas —contestó Simoun—, quitando la funda de lona de la maleta más pequeña.

Era un cofre de acero pulimentado con muchos adornos de bronce y cerraduras sólidas y complicadas.

Tengo collares de Cleopatra, legítimos y verdaderos, hallados en las pirámides, anillos de senadores y caballeros romanos encontrados en las ruinas de Cartago...

—¡Probablemente los que Aníbal envió después de la batalla de Cannes! —añadió capitán Basilio muy seriamente y estremeciéndose de júbilo.

El buen señor, aunque había leído mucho sobre los antiguos, por falta de museos en Filipinas jamás había visto nada de aquellos tiempos.

—Traigo además, costosísimos pendientes de damas romanas encontrados en la quinta de Annio Mucio Papilino en Pompeya...

Capitán Basilio sacudía la cabeza dando a entender que estaba al corriente y que tenía prisa por ver tantas preciosas reliquias. Las mujeres decían que también querían tener de Roma, como rosarios benditos por el papa, reliquias que perdonan los pecados sin necesidad de confesión, etc.

Abierta la maleta y levantado el algodón en rama que la protegía, descubrióse un compartimento lleno de sortijas, relicarios, guardapelos, cruces, alfileres, etc. Los brillantes, combinados con piedras de diferentes colores, lanzaban chispas y se agitaban entre flores de oro de matices varios, con vetas de esmalte, con caprichosos dibujos y raros arabescos.

Simoun levantó la bandeja y descubrió otra llena de fantásticas alhajas que hubieran podido hartar la imaginación de siete jóvenes en siete vísperas de bailes dados en su honor. Formas a cual más caprichosas, combinaciones de piedras y perlas imitando insectos de azulado lomo y élitros transparentes; el zafiro, la esmeralda, el rubí, la turquesa, el brillante, se asociaban para crear libélulas, mariposas, avispas, abejas, escarabajos, serpientes, lagartos, peces, flores, racimos, etc.: había peinetas en forma de diademas, gargantillas, collares de perlas y brillantes tan hermosos que varias dalagas no pudieron contener un inakú! de admiración y Sinang castañeteó con la lengua, por lo que su madre, capitana Tikâ, la pellizcó temiendo que por ello encareciese más sus alhajas el joyero. Capitana Tikâ seguía pellizcando a su hija aun después que se hubo casado.

—Ahí tiene usted brillantes antiguos —repuso el joyero—; ese anillo perteneció a la princesa de Lamballe, y esos pendientes a una dama de María Antonieta. Eran unos hermosos solitarios de brillantes, grandes como granos de maíz, de brillo algo azulado, llenos de una severa elegancia como si conservasen aún el estremecimiento de los días del Terror.

—¡Esos dos pendientes! —dijo Sinang mirando hacia su padre y protegiendo instintivamente con la mano el brazo que tenía cerca de la madre.

—Otras más antiguas todavía, las romanas —contestaba capitán Basilio guiñando.

La devota Hermana Penchang pensó que con aquel regalo la Virgen de Antipolo se ablandaría y le concedería su deseo más vehemente: hacía tiempo que le pedía un milagro ruidoso en que vaya mezclado su nombre para inmortalizarse en la tierra yendo al cielo después, como la capitana Inés de los curas, y preguntó por el precio. Pero Simoun pedía 3.000 pesos. La buena mujer se santiguó. *¡susmariosep!*

Simoun descubrió el tercer compartimento.

Este estaba lleno de relojes, petacas, fosforeras y relicarios guarnecidos de brillantes y de finísimos esmaltes con miniaturas elegantísimas.

El cuarto contenía las piedras sueltas y al descubrirlo un murmullo de admiración resonó en la sala, Sinang volvió a castañetear con la lengua, su madre la volvió a pellizcar no sin soltar ella misma un *¡Sus María!* de admiración.

Nadie había visto hasta entonces tanta riqueza. En aquel cajón forrado de terciopelo azul oscuro, dividido en secciones, veíanse realizados los sueños de las *Mil y una noches*, los sueños de las fantasías orientales. Brillantes, grandes hasta como garbanzos centelleaban arrojando chispas de movilidad fascinadora como si fuesen a liquidarse o a arder consumidos en las reverberaciones del espectro; esmeraldas del Perú, de diferentes formas y tallado, rubíes de la India, rojos como gotas de sangre, zafiros de Ceilán, azules y blancos, turquesas de Persia, perlas de nacarado oriente, de las cuales algunas, rosadas, plomizas y negras. Los que han visto durante la noche un gran cohete deshacerse sobre el fondo azul oscuro del cielo en millares de lucecitas de todos colores, tan brillantes que hacen palidecer a las eternas estrellas, pueden imaginarse el aspecto que presentaba el compartimento.

Simoun, como para aumentar la admiración de los presentes, removía las piedras con sus morenos y afilados dedos gozándose en su canto cristalino, en su resbalar luminoso como de gotas de agua que colora el arco iris. Los reflejos de tantas facetas, la idea de sus elevadísimos precios fascinaban las miradas. Cabesang Tales que se había acercado curioso, cerró los ojos y se alejó inmediatamente como para ahuyentar un mal pensamiento. Tanta riqueza insultaba su desgracia; aquel nombre venía allí a hacer gala de su inmensa fortuna precisamente en la víspera del día en que él, por falta de dinero, por falta de padrinos tenía que abandonar la casa que había levantado con sus manos.

—Aquí tienen ustedes dos brillantes negros, de los más grandes que existen —repuso el joyero—: son muy difíciles de tallar por ser los más duros... Esta piedra algo rosada es también brillante, lo mismo que esta verde que muchos toman por esmeralda. El chino Quiroga me ha ofrecido por él 6.000 pesos para regalárselo a una poderosísima señora... Y no son los verdes los más caros sino estos azules.

Y separó tres piedras no muy grandes, pero gruesas y muy bien talladas, con una ligera coloración azul.

—Con ser más pequeños que el verde —continuó—, cuestan el doble. Miren ustedes este que es el más pequeño de todos, no pesa más de dos quilates, me ha costado 20.000 pesos y ya no lo doy en menos de 30. He tenido que hacer un viaje expresamente para comprarlo. Este otro, encontrado en las minas de Golconda, pesa tres quilates y medio y vale más de 70.000. El virrey de la India por una carta que recibí antes de ayer me ofrece 12.000 libras esterlinas.

Ante tanta riqueza, reunida en poder de aquel hombre que se expresaba con tanta naturalidad, los circunstantes sentían cierto respeto mezclado de terror. Sinang varias veces castañeteó y su madre no la pellizcó, quizás porque estuviese abismada o porque juzgase que un joyero como Simoun no iba a tratar de ganar 5 pesos más o menos por una exclamación más o menos indiscreta. Todos miraban las piedras, ninguno manifestaba el menor deseo de tocarlas, tenían miedo. La curiosidad estaba embotada por la sorpresa. Cabesang Tales miraba hacia el campo, y pensaba que con un solo brillante, quizás con el más pequeño, podía recobrar a su hija, conservar la casa y quizás labrarse otro campo... ¡Dios! que una de aquellas piedras valiese más que el hogar de un hombre, la seguridad de una joven, ¡la paz de un anciano en sus viejos días! Y como si adivinase su pensamiento, Simoun decía dirigiéndose a las familias que le rodeaban.

—Y vean, vean ustedes; con una de estas piedrecitas azules que parecen tan inocentes e inofensivas, puras como arenillas desprendidas de la bóveda del cielo, con una como ésta, regalada oportunamente, un hombre ha podido desterrar a su enemigo, a un padre de familias, como perturbador del pueblo... y con otra piedrecita igual a ésta, roja como la sangre del corazón, como el sentimiento de la venganza y brillante como las lágrimas de los huérfanos, se le ha dado la libertad, el hombre ha sido vuelto al hogar, el padre a sus hijos, el esposo a la esposa y se ha salvado quizás a toda una familia de un desgraciado porvenir.

Y dando golpecitos a la caja.

—Aquí tengo yo, como en las cajas de los médicos —añadía en voz alta en mal tagalo—, la vida y la muerte, el veneno y la medicina, y con este puñado puedo sumir en lágrimas ¡a todos los habitantes de Filipinas!

Todos le miraban con terror y comprendían que tenía razón. En la voz de Simoun se notaba cierto timbre extraño y siniestros rayos parecían pasar al través de sus anteojos azules.

Como para hacer cesar la impresión que aquellas piedras hacían sobre tan sencillas gentes, Simoun levantó la bandeja y descubrió el fondo donde encerraba los *sancta sanctorum*. Estuches de piel de Rusia, separados entre sí por capas de algodón, llenaban el fondo forrado de terciopelo gris. Todos esperaban maravillas. El marido de Sinang confiaba ver carbunclos, piedras arrojando fuego y brillando en medio de las tinieblas. Capitán Basilio estaba ante las puertas de la inmortalidad; iba a ver algo positivo, algo real, la forma de lo que tanto había soñado.

—Este es el collar de Cleopatra —dijo Simoun sacando con mucho cuidado una caja plana en forma de media Luna—; es una joya que no se puede tasar, un objeto de museo, solo para los gobiernos ricos.

Era una especie de collar formado por diferentes dijes de oro representando idolillos entre escarabajos verdes y azules, y en medio una cabeza de buitre, hecha de una piedra de un jaspe raro, entre dos alas extendidas, símbolo y adorno de las reinas egipcias.

Sinang al verlo arrugó la nariz e hizo una mueca de infantil desprecio, y capitán Basilio con todo su amor a la antigüedad no pudo contener un ¡abá! de desencanto.

—Es una magnífica joya muy bien conservada y cuenta casi dos mil años.

—¡Psh! —se apresuró a decir Sinang para que su padre no cayese en la tentación.

—¡Tonta! —díjole éste que había podido vencer su primer desencanto—; ¿qué sabes tú si se debe a ese collar la faz actual de toda la sociedad? Con ése habrá cautivado Cleopatra a Cesar, a Marco Antonio... ése ha oído las ardientes declaraciones de amor de los dos más grandes guerreros de su tiempo, ¡ése oyó frases en el más puro y elegante latín y ya quisieras tu habértelo puesto!

—¿Yo? ¡No doy 3 pesos!

—20 se pueden dar, ¡gonga! —dijo capitana Tikâ en tono de conocedor—; el oro es bueno y fundido servirá para otras alhajas.

—Este es un anillo que debió pertenecer a Sila —continuó Simoun.

Era un anillo ancho, de oro macizo, con un sello.

—Con él había firmado las sentencias de muerte durante su dictadura —dijo capitán Basilio pálido de emoción.

Y trató de examinarlo y descifrar el sello, pero por más que hizo y le dio vueltas, como no entendía de paleografía, nada pudo leer.

—¡Qué dedo tenía Sila! —observó al fin—; caben dos de los nuestros; como digo, decaemos.

—Tengo aún otras muchas alhajas...

—Si son todas por el estilo, ¡gracias! —contestó Sinang—; prefiero las modernas.

Cada uno escogió una alhaja, quien un anillo, quien un reloj, quien un guardapelo. Capitana Tikâ compró un relicario que contenía un pedazo de la piedra sobre la cual se apoyó N. S. en su tercera caída; Sinang, un par de pendientes y capitán Basilio, la cadena de reloj para el alférez, los pendientes de señora para el cura con más otras cosas de regalo; las otras familias del pueblo de Tianì por no quedarse menos que las S. Diego vaciaron igualmente sus bolsillos. Simoun compraba también alhajas viejas, hacía cambios, y las económicas madres habían traído las que no les servían.

—Y ¿usted, no tiene nada que vender? —preguntó Simoun a Cabesang Tales, viéndole mirar con ojos codiciosos todas las ventas y cambios que se hacían.

Cabesang Tales dijo que las alhajas de su hija habían sido vendidas y las que quedaban no valían nada.

—¿Y el relicario de María Clara? —preguntó Sinang.

—¡Es verdad! —exclamó el hombre, y un momento sus ojos brillaron.

—Es un relicario con brillantes y esmeraldas —dijo Sinang al joyero—; mi amiga lo usaba antes de entrar de monja.

Simoun no contestó: seguía ansioso con la vista a Cabesang Tales.

Después de abrir varios cajones dio con la alhaja. Contemplólo Simoun detenidamente, lo abrió y lo cerró repetidas veces: era el mismo relicario que María Clara llevaba en la fiesta de San Diego y que en un movimiento de compasión había dado a un lazarino.

—Me gusta la forma —dijo Simoun—, ¿cuánto quiere usted por ella?

Cabesang Tales se rascó la cabeza perplejo, después la oreja y miró a las mujeres.

—Tengo un capricho por ese relicario —repitió Simoun—; quiere usted ciento... ¿500 pesos? ¿Quiere usted cambiarlo con otro? ¡Escoja usted lo que quiera!

Cabesang Tales estaba silencioso, y miraba embobado a Simoun como si dudase de lo que oía.

—¿500 pesos? —murmuró.

—500 —repitió el joyero con voz alterada.

Cabesang Tales cogió el relicario y le dio varias vueltas: sus sienes le latían violentamente, sus manos temblaban. ¿Si pidiese él más? aquel relicario les podría salvar; era excelente ocasión aquella, y no se volvería a presentar otra. Todas las mujeres le guiñaban para que lo vendiese menos la Penchang que temiendo rescatasen a Julî observó devotamente:

—Yo lo guardaría como reliquia... Los que vieron a María Clara en el convento la hallaron tan flaca, tan flaca que dicen, apenas podía hablar y se cree que morirá como una santa... El padre Salví habla muy bien de ella como que es su confesor. Por eso será que Julî no ha querido desprenderse de él prefiriendo empeñarse.

La observación surtió efecto.

El recuerdo de su hija detuvo a Cabesang Tales.

—Si me permitís —dijo—, iré al pueblo a consultarlo con mi hija: antes de la noche estaré de vuelta.

Quedáronse en ello y Cabesang Tales bajó inmediatamente.

Mas cuando se encontró fuera del barrio, divisó a lo lejos, en un sendero que se internaba en el bosque, al fraile hacendero, y a un hombre que él reconoció por el que le había tomado sus terrenos. Un marido que ve a su mujer entrando con un hombre en una secreta alcoba, no habría sentido más ira, ni más celos que Cabesang Tales viendo a aquellos dos dirigirse a sus campos, a los campos por él trabajados y que creía poder legar a sus hijos. Se le figuró que aquellos dos se reían, se burlaban de su impotencia; le vino a la memoria lo que él había dicho «no los cederé sino al que los regase con su sangre y enterrase en ellos a su mujer y a su hija»...

Paróse, se pasó una mano por la frente y cerró los ojos; cuando los abrió, vio que el hombre se retorcía riendo y el lego se cogía el vientre como para evitar que estalle de alegría y luego vio que señalaban hacia su casa y volvían a reír.

Un ruido vibró en sus orejas, sintió alrededor de las sienes el chasquido de un latigazo, la nube roja reapareció ante sus ojos, volvió a ver los cadáveres de su mujer e hija, y al lado el hombre y el fraile riendo y cogiéndose la cintura.

Olvidóse de todo, dio media vuelta y siguió el sendero por donde marchaban aquellos: era el sendero que conducía a sus terrenos.

Simoun aguardó en vano que volviese aquella noche Cabesang Tales.

Al día siguiente cuando se levantó, observó que la funda de cuero de su revólver estaba vacía: abrióla y dentro encontró una papel que contenía el relicario de oro con las esmeraldas y brillantes y algunas líneas escritas en tagalo que decían:

Perdonareis, señor, que estando en mi casa os prive de lo que es vuestro, mas, la necesidad me obliga, y en cambio de vuestro revólver os dejo el relicario que tanto deseabais. Necesito armas y parto a reunirme con los tulisanes. Os recomiendo no sigáis vuestro camino, porque si caéis en nuestro poder, como ya no sois mi huésped, os exigiremos un considerable rescate.
Telesforo Juan de Dios.

—¡Al fin tengo a mi hombre! —murmuró respirando Simoun—; es algo escrupuloso... pero tanto mejor: ¡sabrá cumplir con sus compromisos!

Y ordenó a su criado que por el lago se fuese a Los Baños se llevase la maleta grande y le esperase allí, porque él por tierra iba a seguir su viaje llevándose la que contenía sus famosas piedras.

La llegada de cuatro Guardias Civiles acabó de ponerle de buen humor. Venían a prender a Cabesang Tales y no encontrándole se llevaban a Tandang Selo. Tres asesinatos se habían cometido durante la noche. El fraile hacendero y el nuevo inquilino de los terrenos de Cabesang Tales se habían encontrado muertos, rota la cabeza y llena de tierra la boca, en los linderos de los terrenos de aquel; en el pueblo, la mujer del inquilino muerto amaneció también asesinada, la boca llena igualmente de tierra y el cuello cortado, con un papel al lado donde se leía el nombre «Tales» escrito en sangre como trazado por un dedo...

¡Tranquilizaos, pacíficos vecinos de Kalamba! ¡Ninguno de vosotros se llama Tales, ninguno de vosotros ha cometido el crimen! ¡Vosotros os llamáis Luis Habaña, Matías Belarmino, Nicasio Eigasani, Cayetano de Jesús, Mateo Elejorde, Leandro López, Antonino López, Silvestre Ubaldo, Manuel Hidalgo, Paciano Mercado, os llamáis todo el pueblo de Kalamba...! ¡Habéis limpiado vuestros campos, habéis empleado en ellos el trabajo de toda vuestra vida, economías, insomnios, privaciones, y os han despojado de ellos, lanzado de vuestros hogares y han prohibido a los demás os diesen hospitalidad! No se contentaron con violar la justicia, hollaron las sagradas tradiciones de vuestro país... Vosotros habéis servido a España y al rey, y cuando en nombre de ellos pedisteis justicia, y se os desterró sin proceso, se os arrancó de los brazos de vuestras esposas, de los besos de vuestros hijos... Cualquiera de vosotros ha sufrido más que Cabesang Tales y sin embargo ninguno, ninguno se ha hecho justicia... No hubo piedad ni humanidad para vosotros y se os ha perseguido hasta más allá de la tumba como a Mariano Herbosa... ¡Llorad o reíd en las islas solitarias donde vagáis ociosos, inciertos del porvenir! ¡La España, la generosa España vela sobre vosotros y tarde o temprano obtendréis justicia!

XI. LOS BAÑOS

Su Excelencia el capitán general y gobernador de las Islas Filipinas había estado cazando en Bosoboso. Pero como tenía que ir acompañado de una banda de música —porque tan elevado personaje no iba a ser menos que las imágenes de palo que llevan en procesión— y como la afición al divino arte de Santa Cecilia aún no se ha popularizado entre los ciervos y jabalíes de Bosoboso, S. E. con la banda de música y su cortejo de frailes, militares y empleados no pudo pillar ni un solo ratón, ni una sola ave.

Las primeras autoridades de la provincia previeron futuras cesantías o cambios de destino; los pobres gobernadorcillos y cabezas de barangay se inquietaron y no pudieron dormir, temiendo no vaya a antojársele al divino cazador sustituir con sus personas la falta de sumisión de los cuadrúpedos del bosque, como ya lo había hecho años antes un alcalde viajando en hombros de polistas porque no había caballos tan mansos para responder de su persona. No faltó un mal intencionado susurro de que S. E. estaba decidido a hacer algo, porque en aquello veía los primeros síntomas de una rebelión que convenía sofocar en su cuna, que una caza sin resultados desprestigia el nombre español, etc., y ya se echaba el ojo a un infeliz para vestirle de venado, cuando S. E. en un acto de clemencia que Ben Zayb no sabía con qué frases encomiar, disipó todas las inquietudes, declarando que le daba pena sacrificar a su placer los animales del bosque.

A decir verdad, S. E. estaba contento y satisfecho *inter se*, pues ¿qué habría sucedido si hubiese fallado una pieza, un ciervo de esos que no están al tanto de las conveniencias políticas? ¿a dónde iba a parar el prestigio soberano? ¿Cómo? ¿Todo un capitán general de Filipinas errando una pieza, como un cazador novel? ¿Qué dirían los indios entre los cuales hay regulares cazadores? Peligraría la integridad de la patria...

Así es como S. E., con una risa de conejo y echándoselas de cazador descontento, ordenó la inmediata vuelta a Los Baños, no sin hablar durante el viaje de sus hazañas cinegéticas en tal o cual soto de la Península como quien no quiere la cosa, adoptando un tono algo despreciativo, muy conveniente al caso, para las cacerías de Filipinas, ¡psé! Los baños en el Dampalit (Daang pa liit), las estufas a orillas del lago, y los tresillos en el palacio con tal o cual excursión a la vecina cascada o a la laguna de los caimanes ofrecían más atractivos y menos riesgos para la integridad de la patria.

Allá por los últimos días de diciembre encontrábase S. E. en la sala jugando al tresillo, en tanto esperaba la hora del almuerzo. Venía de tomar el baño con el consabido vaso de agua y carne tierna de coco y estaba en la mejor disposición posible para conceder gracias y favores. Aumentaba su buen humor la circunstancia de dar muchos codillos, pues el padre Irene y el padre Sibyla que con él jugaban, desplegaban cada uno toda su inteligencia para hacerse perder disimuladamente, con gran irritación del padre Camorra que por haber llegado, tan solo aquella mañana no estaba al tanto de lo que se intrigaba. El fraile-artillero como jugaba de buena fe y ponía atención, se ponía colorado y se mordía los labios cada vez que el padre Sibyla se distraía o calculaba mal, pero no se atrevía a decir palabra por el respeto que el dominico le inspiraba; en cambio se desquitaba contra el padre Irene a quien tenía por bajo y zalamero y despreciaba en medio de su rudeza. El padre Sibyla ni le miraba siquiera; le dejaba bufar; el padre Irene, más humilde, procuraba excusarse acariciando la punta de su larga nariz. S. E. se divertía y se aprovechaba, a fuer de buen táctico como se lo insinuaba el canónigo, de las equivocaciones de sus contrarios. Ignoraba el padre Camorra que sobre la mesita se jugaba el desenvolvimiento intelectual de los filipinos, la enseñanza del castellano, y a haberlo sabido, acaso con alegría hubiera tomado parte en el *juego*.

Al través del balcón abierto en todo su largo, entraba la brisa, fresca y pura, y se descubría el lago cuyas aguas murmuraban dulcemente al pie del edificio como rindiendo homenaje. A la derecha, a lo lejos, se veía la isla de Talim, de un puro azul; en medio del lago y en frente casi, una islita verde, la isla de Kalamba, desierta, en forma de medialuna, a la izquierda, la hermosa costa bordada de cañaverales, un montecillo que domina el lago, después vastas sementeras después techos rojos por entre el verde oscuro de los árboles, el pueblo de Kalamba, después la costa se pierde a lo lejos, y en el fondo, el cielo cierra el horizonte descendiendo sobre las aguas dando al lago apariencias de mar y justificando la denominación que los indios le dan de *dagat na tabang*.

Hacia un extremo de la sala, sentado y delante de una mesita donde se veían algunos papeles estaba el secretario. Su Excelencia era muy trabajador y no le gustaba perder tiempo así es que despachaba con él mientras servía de alcalde en el tresillo y en los momentos en que se daban las cartas. En el entretanto el pobre secretario bostezaba y se desesperaba. Aquella mañana trabajaba como todos los días en cambios de destino, suspensión de empleos, deportaciones, concesión de gracias, etc. y no se tocaba todavía la gran cuestión que tanta curiosidad despertaba, la petición de los estudiantes solicitando permiso para la creación de una Academia de castellano.

Paseándose de un extremo a otro y conversando animadamente aunque en voz baja se veía a don Custodio, a un alto empleado, y a un fraile que llevaba la cabeza baja con aire de pensativo o disgustado; llamábase el padre Fernández. De una habitación contigua salían ruidos de bolas chocando unas con otras, risas, carcajadas, entre ellas la voz de Simoun seca e incisiva: el joyero jugaba al billar con Ben Zayb.

De repente el padre Camorra se levantó.

—¡Que juegue Cristo, puñales! —exclamó arrojando las dos cartas que le quedaban, a la cabeza del padre Irene—; ¡puñales! ¡la puesta estaba segura cuando no el codillo, y lo perdemos por endose! ¡Puñales, que juegue Cristo!

Y furioso, explicaba a todos los que estaban en la sala el caso dirigiéndose especialmente a los tres paseantes como tomándoles por jueces. Jugaba el general, él hacía la contra, el padre Irene ya tenía su baza; arrastra él con el espadas y ¡puñales! el camote del padre Irene no rinde, no rinde la mala. ¡Que juegue Cristo! El hijo de su madre no se había ido allí a romperse la cabeza inútilmente y a perder su dinero.

—Si creerá el nene —añadía muy colorado—, que los gano de bóbilis bóbilis. ¡Tras de que mis indios ya empiezan a regatear...!

Y gruñendo y sin hacer caso de las disculpas del padre Irene que trataba de explicarse frotándose la trompa para ocultar su fina sonrisa, se fue al cuarto de billar.

—Padre Fernández, ¿quiere usted sentarse? —preguntó el padre Sibyla.

—¡Soy muy mal tresillista! —contesta el fraile haciendo una mueca.

—Entonces que venga Simoun —dijo el general—; ¡eh, Simoun, eh, míster! ¿Quiere usted echar una partida?

—¿Qué se dispone acerca de las armas de salón? —preguntó el secretario aprovechando la pausa.

Simoun asomó la cabeza.

—¿Quiere usted ocupar el puesto del padre Camorra, señor Simbad? —preguntó el padre Irene; usted pondrá brillantes en lugar de fichas.

—No tengo ningún inconveniente —contestó Simoun acercándose y sacudiendo la tiza que manchaba sus manos—; y ustedes, ¿qué ponen?

—¿Qué vamos a poner? —contestó el padre Sibyla—. El general pondrá lo que guste, pero nosotros, religiosos, sacerdotes...

—¡Bah! —interrumpió Simoun con ironía—; usted y el padre Irene pagarán con actos de caridad, oraciones, virtudes, ¿eh?

—Sabe usted que las virtudes que uno pueda tener —arguyó gravemente el padre Sibyla—, no son como los brillantes que pueden pasar de mano en mano, venderse y *revenderse*... residen en el ser, son accidentes inherentes en el sujeto...

—Me contento entonces con que ustedes me paguen de boquilla —replicó alegremente Simoun—; usted, padre Sibyla, en vez de darme cinco tantos me dirá, por ejemplo: renuncio por cinco días a la pobreza, a la humildad, a la obediencia... usted; padre Irene: renuncio a la castidad, a la largueza, etc. ¡Ya ven que es poca cosa y yo doy mis brillantes!

—¡Qué hombre más singular es este Simoun, qué ocurrencias tiene! —dijo el padre Irene riendo.

—Y *éste* —continuó Simoun tocando familiarmente en el hombro a Su Excelencia—, *éste* me pagará cinco tantos, un vale por cinco días de cárcel; un solo, cinco meses; un codillo, orden de deportación en blanco; una bola... digamos una ejecución expedita por la Guardia Civil mientras se le conduce a mi hombre de un pueblo a otro, etc.

El envite era raro. Los tres paseantes se acercaron.

—Pero, señor Simoun —preguntó el alto empleado—, ¿qué saca usted con ganar virtudes de boquilla, y vidas y destierros y ejecuciones expeditas?

—¡Pues mucho! Estoy cansado de oír hablar de virtudes y quisiera tenerlas todas, todas las que hay en el mundo encerradas en un saco para arrojarlas al mar, aun cuando tuviera que servirme de todos mis brillantes como de lastre...

—¡Vaya un capricho! —exclamó el padre Irene riendo—; ¿y de los destierros y ejecuciones expeditas?

—Pues, para limpiar el país y destruir toda semilla mala...

—¡Vamos! todavía está usted furioso con los tulisanes y cuidado que bien podían haberle exigido un rescate mayor o quedarse con todas sus alhajas. ¡Hombre, no sea usted ingrato!

Simoun contaba que había sido atajado por una banda de tulisanes quienes, después de agasajarle por un día le dejaron seguir el viaje sin exigirle más rescate que sus dos magníficos revólvers Smith y las dos cajas de cartuchos que consigo llevaba. Añadía que los tulisanes le habían encargado muchas memorias para su Excelencia, el capitán general.

Y por esto y como contase Simoun que los tulisanes estaban muy bien provistos de escopetas, fusiles y revólvers, y que contra semejantes individuos un hombre solo por bien armado que estuviese no se podía defender, S. E. para evitar en lo futuro que los tulisanes adquieran armas, iba a dictar un nuevo decreto concerniente a las pistolas de salón.

—¡Al contrario, al contrario! —protestaba Simoun—; si para mí los tulisanes son los hombres más honrados del país; son los únicos que ganan su arroz debidamente... Creen ustedes que si hubiera caído en manos... ¡vamos! de usted por ejemplo, ¿me habría dejado escapar sin quitarme la mitad de mis alhajas, cuando menos?

Don Custodio iba a protestar: aquel Simoun era verdaderamente un grosero mulato americano que abusaba de su amistad con el capitán general para insultar al padre Irene. Verdad es también que el padre Irene tampoco le habría soltado por tan poca cosa.

—Si el mal no está —prosiguió Simoun—, en que haya tulisanes en los montes y en el despoblado; el mal está en los tulisanes de los pueblos y de las ciudades...

—Como usted —añadió riendo el canónigo.

—Sí, como yo, como nosotros, seamos francos, aquí no nos oye ningún indio —continuó el joyero—; el mal está en que todos no seamos tulisanes declarados; cuando tal suceda y vayamos a habitar en los bosques, ese día se ha salvado el país, ese día nace una nueva sociedad que se arreglará ella sola... y S. E. podrá entonces jugar tranquilamente al tresillo sin necesidad de que le distraiga el secretario...

El secretario bostezaba en aquel momento extendiendo ambos brazos por encima de la cabeza y estirando en lo posible las piernas cruzadas por debajo de la mesita.

Al verle todos se rieron. Su Excelencia quiso cortar el giro de la conversación y soltando las cartas que había estado peinando dijo entre serio y risueño:

—¡Vaya, vaya! basta de bromas y juegos; trabajemos, trabajemos de firme que aún tenemos media hora antes del almuerzo. ¿Hay muchos asuntos que despachar?

Todos prestaron atención. Aquel día se iba a dar la batalla sobre la cuestión de la enseñanza del castellano por la que estaban allí desde hace días el padre Sibyla y el padre Irene. Se sabía que el primero, como vicerrector, estaba opuesto al proyecto y que el segundo lo apoyaba y sus gestiones lo estaban a su vez por la señora condesa.

—¿Qué hay, qué hay? —preguntaba S. E. impaciente.

—La juehion je lah jamah je jalon —repitió el secretario ahogando un bostezo.

—¡Quedan prohibidas!

—Perdone, mi general —dijo el alto empleado gravemente—: V. E. me permitirá que le haga observar que el uso de las armas de salón está permitido en todos los países del mundo...

El general se encogió de hombros.

—Nosotros no imitamos a ninguna nación del mundo —observó secamente.

Entre S. E. y el alto empleado había siempre divergencia de opinión y basta que el último haga una observación cualquiera para que el primero se mantenga en sus trece.

El alto empleado tanteó otro camino.

—Las armas de salón solo pueden dañar a los ratones y gallinas —dijo—; van a decir que...

—¿Que somos gallinas? —continuó el general encogiéndose de hombros—; y a mí, ¿qué? Pruebas he dado yo de no serlo.

—Pero hay una cosa —observó el secretario—; hace cuatro meses, cuando se prohibió el uso de las armas, se les ha asegurado a los importadores extranjeros que las de salón serían permitidas.

Su Excelencia frunció las cejas.

—Pero la cosa tiene arreglo —dijo Simoun.

—¿Cómo?

—Sencillamente. Las armas de salón tienen casi todas seis milímetros de calibre, al menos las que existen en el mercado. ¡Se autoriza la venta solo para todos los que no tengan esos seis milímetros!

Todos celebraron la ocurrencia de Simoun, menos el alto empleado que murmuró al oído del padre Fernández que aquello no era serio ni se llama gobernar.

—El maestro de Tianì —continuó el secretario hojeando unos papeles—, solicita se le dé mejor local para...

—¿Qué más local si tiene un camarín para él solo? —interrumpió el padre Camorra que había acudido olvidándose ya del tresillo.

—Dice que está destechado —repuso el secretario—, y que habiendo comprado de su bolsillo mapas y cuadros, no puede exponerlos a la intemperie...

—Pero yo nada tengo que ver con eso —murmuró S. E.—; que se dirija al director de Administración, al gobernador de la provincia o al Nuncio...

—Lo que le diré a usted —dijo el padre Camorra—, es que ese maestrillo es un filibusterillo descontento: ¡figúrense ustedes que el hereje propala que lo mismo se pudren los que se entierran con pompa que los que sin ella! ¡Algún día le voy a dar de cachetes!

Y el padre Camorra cerraba sus puños.

—Y a decir verdad —observó el padre Sibyla como dirigiéndose nada más que al padre Irene—; el que quiere enseñar, enseña en todas partes, al aire libre: Sócrates enseñaba en las plazas públicas, Platón en los jardines de Academo, y Cristo en las montañas y lagos.

—Tengo varias quejas contra ese maestrillo —dijo S. E. cambiando una mirada con Simoun—; creo que lo mejor será suspenderle.

—¡Suspendido! —repitió el secretario.

Diole pena al alto empleado la suerte de aquel infeliz que pedía auxilio y se encontró con la cesantía y quiso hacer algo por él.

—Lo cierto es —insinuó con cierta timidez—, que la enseñanza no está del todo bien atendida...

—He decretado ya numerosas sumas para la compra de materiales —dijo con altivez su Excelencia como si quisiese significar—: ¡He hecho más de lo que debía!

—Pero como faltan locales a propósito, los materiales que se compren se echarán a perder...

—No todo se puede hacer de una vez —interrumpió secamente S. E.—; los maestros de aquí hacen mal en pedir edificios cuando los de la Península se mueren de hambre. ¡Mucha presunción es querer estar mejor que en la misma Madre Patria!

—Filibusterismo...

—¡Ante todo la Patria! ¡Ante todo somos españoles! —añadió Ben Zayb con los ojos brillantes de patriotismo y poniéndose algo colorado cuando vio que se quedó solo.

—En adelante —terminó el general—, todos los que se quejen serán suspendidos.

—Si mi proyecto fuese aceptado —se aventuró a decir don Custodio como hablando consigo mismo.

—¿Relativo a los edificios de las escuelas?

—Es sencillo, práctico y económico como todos mis proyectos, nacidos de una larga experiencia y del conocimiento del país. Los pueblos tendrían escuelas sin que le costasen un cuarto al gobierno.

—Enterado —repuso con sorna el secretario—; obligando a los pueblos a que los construyan a su costa.

Todos se echaron a reír.

—No señor, no señor —gritó don Custodio picado y poniéndose colorado—: los edificios están levantados y solo esperan que se los utilice. Higiénicos, inmejorables, espaciosos...

Los frailes se miraron con cierta inquietud. ¿Propondría don Custodio que se convirtiesen en escuelas las iglesias y los conventos o casas parroquiales?

—¡Veámoslo! —dijo el general frunciendo el ceño.

—Pues, mi general, es muy sencillo —repuso don Custodio estirándose y sacando la voz hueca de ceremonia—; las escuelas solo están abiertas en los días de trabajo, y las galleras en los de fiesta... Pues conviértanse en escuelas las galleras, al menos durante la semana.

—¡Hombre, hombre, hombre!

—¡Ya pareció aquello!

—Pero ¡qué cosas tiene usted, don Custodio!

—¡Vaya un proyecto que tiene gracia!

—¡Este les pone a todos la pata!

—Pero, señores —gritaba don Custodio al oír tantas exclamaciones—; seamos prácticos, ¿qué local hay más a propósito que las galleras? Son grandes, están bien construidas, y maldito para lo que sirven durante la semana. Hasta desde un punto de vista moral, mi proyecto es muy aceptable: serviría como una especie de purificación y expiación semanal del templo del juego, digámoslo así.

—Pero es que a veces hay juego de gallos durante la semana —observó el padre Camorra—, y no es justo que pagando los contratistas de las galleras al gobierno...

—¡Vaya! ¡por esos días se cierra la escuela!

—¡Hombre, hombre! —dijo el capitán general escandalizado—; ¡tal horror no sucederá mientras yo gobierne! ¡Que se cierren las escuelas porque se juega! ¡Hombre, hombre, hombre! ¡primero presento la dimisión!

Y S. E. estaba verdaderamente escandalizado.

—Pero, mi general, vale más que se cierren por algunos días que no por meses.

—¡Eso sería inmoral! —añadió el padre Irene más indignado todavía que su Excelencia.

—Más inmoral es que los vicios tengan buenos edificios y las letras ninguno... Seamos prácticos, señores, y no nos dejemos llevar de sentimentalismos. En política no hay cosa peor como el sentimentalismo. Mientras por respetos humanos prohibimos el cultivo del opio en nuestras colonias, toleramos que en ellas se fume, resulta que no combatimos el vicio pero nos empobrecemos...

—Pero observe usted que eso le produce al gobierno sin trabajo ninguno, más de 450.000 pesos —repuso el padre Irene que se hacía más y más guberna-mental...

—¡Basta, basta, señores! —dijo S. E. cortando la discusión—: yo tengo mis pro-yectos sobre el particular y dedico mi particular atención al ramo de instrucción pública. ¿Hay algo más?

El secretario miró con cierta inquietud al padre Sibyla y al padre Irene. Lo gordo iba a salir. Ambos se prepararon.

—La solicitud de los estudiantes pidiendo autorización para abrir una Academia de Castellano —contestó el secretario.

Un movimiento general se notó entre los que estaban en la sala y después de mirarse unos a otros fijaron sus ojos en el general para leer lo que dispondría. Hacía seis meses que la solicitud estaba allí aguardando un dictamen, y se había convertido en una especie de casus belli en ciertas esferas. Su Excelencia tenía los ojos bajos como para impedir que se leyesen sus pensamientos.

El silencio se hacía embarazoso y comprendiólo el general.

—¿Qué opina usted? —preguntó al alto empleado.

—¡Qué he de opinar, mi general! —contestó el preguntado encogiéndose de hombros y sonriendo amargamente—; qué he de opinar sino que la petición es justa, ijustísima y que me parece extraño se hayan empleado seis meses en pensar en ella!

—Es que se atraviesan de por medio consideraciones —repuso el padre Sibyla fríamente y medio cerrando los ojos.

Volvió a encogerse de hombros el alto empleado como quien no comprende qué consideraciones podían ser aquellas.

—Aparte de lo intempestivo del propósito —prosiguió el dominico—, aparte de lo que tiene de atentatorio a nuestras prerrogativas...

El padre Sibyla no se atrevió a continuar y miró a Simoun.

—La solicitud tiene un carácter algo sospechoso —concluyó éste cambiando una mirada con el dominico.

Este pestañeó dos veces. El padre Irene que los vio comprendió que su causa estaba ya casi perdida: Simoun iba contra ella.

—Es una rebelión pacífica, una revolución en papel sellado —añadió el padre Sibyla.

—¿Revolución, rebelión? —preguntó el alto empleado mirando a unos y a otros como si nada comprendiese.

—La encabezan unos jóvenes tachados de demasiado reformistas y avanzados por no decir otra cosa —añadió el secretario mirando al dominico—. Hay entre ellos un tal Isagani, cabeza poco sentada... sobrino de un cura clérigo...

—Es un discípulo mío —repuso el padre Fernández—, y estoy muy contento de él...

—Puñales, ¡también es contentarse! —exclamó el padre Camorra—; en el vapor por poco nos pegamos de cachetes: porque es bastante insolente, ¡le di un empujón y me contestó con otro!

—Hay además un tal Macaragui o Macarai...

—Macarai —repuso el padre Irene terciando a su vez; un chico muy amable y simpático.

Y murmuró al oído del general:

—De ése le he hablado a usted, es muy rico... la señora condesa se lo recomienda eficazmente.

—¡Ah!

—Un estudiante de Medicina, un tal Basilio...

—De ese Basilio no digo nada —repuso el padre Irene levantando las manos y abriéndolas como para decir *dominus vobiscum*—; ese para mí es agua mansa. Nunca he llegado a saber lo que quiere ni lo que piensa. ¡Qué lástima que el padre Salví no esté delante para darnos algunos de sus antecedentes! Creo haber oído decir que cuando niño tuvo peras que partir con la Guardia Civil... su padre fue muerto en no recuerdo qué motín...

Simoun se sonrió lentamente, sin ruido, enseñando sus dientes blancos y bien alineados...

—¡Ajá! ¡ajá! —decía S. E. moviendo la cabeza—: ¿con que esas tenemos? ¡Apunte usted ese nombre!

—Pero, mi general —dijo el alto empleado viendo que la cosa tomaba mal giro—; hasta ahora nada de positivo se sabe contra esos jóvenes; su petición es muy justa, y no tenemos ningún derecho para negársela fundándonos solo en meras conjeturas. Mi opinión es que el gobierno, dando una prueba de su confianza en el pueblo y en la estabilidad de su base, acuerde lo que se le pide; y libre a él después de retirar el permiso cuando vea que se abusa de su bondad. Motivos ni excusas no han de faltar, podemos vigilarles... Para qué disgustar a unos jóvenes que después pueden resentirse, ¿cuando lo que piden está mandado por reales decretos?

El padre Irene, don Custodio y el padre Fernández asentían con la cabeza.

—¿Pero los indios no deben saber castellano, sabe usted? —gritó el padre Camorra—; no deben saber porque luego se meten a discutir con nosotros, y los indios no deben discutir sino obedecer y pagar... no deben meterse a interpretar lo que dicen las leyes ni los libros, ¡son tan sutiles y picapleitos! Tan pronto como saben el castellano se hacen enemigos de Dios y de España... lea usted si no el *Tandang Basio Macunat*; ¡ese sí que es un libro! ¡Tiene verdades como esto!

Y enseñaba sus redondos puños.

El padre Sibyla se pasó la mano por la corona en señal de impaciencia.

—¡Una palabra! —dijo adoptando el tono más conciliador en medio de su irritación—; aquí no se trata solamente de la enseñanza del castellano, aquí hay una lucha sorda entre los estudiantes y la Universidad de Santo Tomás; si los estudiantes se salen con la suya, nuestro prestigio queda por los suelos, dirán que nos han vencido y exultarán y ¡adiós fuerza moral, adiós todo! Roto el primer dique ¿quién contiene a esa juventud? ¡Con nuestra caída no haremos más que anunciar la de ustedes! Después de nosotros el gobierno.

—¡Puñales, eso no! —gritó el padre Camorra—; veremos antes ¡quien tiene más puños!

Entonces habló el padre Fernández que durante la discusión solo se había contentado con sonreír. Todos se pusieron atentos porque sabían que era una buena cabeza.

—No me quiera usted mal, padre Sibyla, si difiero de su manera de ver el asunto, pero es raro destino el mío de estar casi siempre en contradicción con mis hermanos. Digo pues que no debemos ser tan pesimistas. La enseñanza del castellano se puede conceder, sin peligro ninguno y para que no aparezca como una derrota de la Universidad, debíamos los dominicos hacer un esfuerzo y ser los primeros en celebrarla: allí está la política. ¿Para qué vamos a estar en continua tirantez con el pueblo, si después de todo somos los pocos y ellos los más, si nosotros necesitamos de ellos y no ellos de nosotros?

—Espere usted, padre Camorra, ¡espere usted!

—Pase que por ahora el pueblo sea débil y no tenga tantos conocimientos, yo también lo creo así, pero no será mañana, ni pasado. Mañana o pasado serán los más fuertes, sabrán lo que les convendrá y no lo podemos impedir, como no se puede impedir que los niños, llegados a cierta edad, se enteren de muchas cosas... Digo pues, por qué no aprovechamos este estado de ignorancia para cambiar por completo de política, para fundarla sobre una base sólida, imperecedera, ¿la justicia por ejemplo en vez de la base ignorancia?

Porque no hay como ser justos, esto se lo he dicho siempre a mis hermanos y no me quieren creer. El indio, como todo pueblo joven, es idólatra de la justicia; pide el castigo cuando ha faltado, así como le exaspera cuando no lo ha merecido. ¿Es justo lo que desean? pues a concederlo, démosles todas las escuelas que quieran, ya se cansarán: la juventud es holgazana y lo que la pone en actividad es nuestra oposición. Nuestro lazo prestigio, padre Sibyla, está ya muy gastado, preparemos otro, el lazo gratitud por ejemplo. No seamos tontos, hagamos lo que los cucos jesuitas...

—¡Oh, oh, padre Fernández!

No, no; todo lo podía tolerar el padre Sibyla menos proponerle a los jesuitas por modelo. Tembloroso y pálido se deshizo en amargas recriminaciones.

—Primero franciscano... ¡cualquier cosa antes que jesuita! —dijo fuera de sí.

—¡Oh, oh!

—¡Eh, eh! ¡¡padre P-!!

Vino una discusión en que todos, olvidándose del capitán general, intervinieron; hablaban a la vez, gritaban, no se entendían, se contradecían; Ben Zayb las tenía con el padre Camorra y se enseñaban los puños, el uno hablaba de gansos y el otro de chupa-tintas, el padre Sibyla hablaba del Capítulo y el padre Fernández, de la Summa de Santo Tomás, etc. hasta que entró el cura de Los Baños a anunciar que el almuerzo estaba servido.

Su Excelencia se levantó y así se cortó la discusión.

—¡Ea, señores! —dijo—; ¡hoy hemos trabajado como negros y eso que estamos de vacaciones! Alguien dijo que los asuntos graves deben tratarse en los postres. Yo soy en absoluto de esa opinión.

—Podemos indigestarnos —observó el secretario aludiendo al calor de la discusión.

—Entonces lo dejaremos para mañana.

Todos se levantaron.

—Mi general —murmuró el alto empleado—; la hija de ese Cabesang Tales ha vuelto solicitando la libertad de su abuelo enfermo, preso en lugar del padre...

Su Excelencia le miró disgustado y se pasó la mano por la ancha frente.

—¡Carambas! ¡que no le han de dejar a uno almorzar en paz!

—Es el tercer día que viene; es una pobre muchacha...

—¡Ah, demonios! —exclamó el padre Camorra—; yo me decía: algo tengo que decir al general, para eso he venido... ¡para apoyar la petición de esa muchacha!

El general se rascó detrás de la oreja.

—¡Vaya! —dijo—; que el secretario ponga un volante al teniente de la Guardia Civil, ¡para que le suelten! ¡No dirán que no somos clementes ni misericordiosos!

Y miró a Ben Zayb. El periodista pestañeó.

XII. PLÁCIDO PENITENTE

De mala gana y con los ojos casi llorosos iba Plácido Penitente por la Escolta para dirigirse a la Universidad de Santo Tomás.

Hacía una semana apenas que había llegado de su pueblo y ya había escrito dos veces a su madre reiterando sus deseos de dejar los estudios para retirarse y trabajar. Su madre le había contestado que tuviese paciencia, que cuando menos debía graduarse de *bachiller en artes*, pues era triste abandonar los libros después de cuatro años de gastos y sacrificios por parte de uno y otro. ¿De dónde le venía a Penitente el desamor al estudio, cuando era uno de los más aplicados en el famoso colegio que el padre Valerio dirigía en Tanawan? Penitente pasaba allí por ser uno de los mejores latinistas y sutiles argumentadores, que sabían enredar o desenredar las cuestiones más sencillas o abstrusas; los de su pueblo le tenían por el más listo, y su cura, influido por aquella fama, ya le daba el grado de filibustero, prueba segura de que no era tonto ni incapaz. Sus amigos no se explicaban aquellas ganas de retirarse y dejar los estudios; no tenía novias, no era jugador, apenas conocía el *hunkían* y se aventuraba en un *revesino*, no creía en los consejos de los frailes, se burlaba del *tandang Basio*, tenía dinero de sobra, trajes elegantes, y sin embargo iba de mala gana a clase y miraba con asco los libros.

En el Puente de España, puente que solo de España tiene el nombre pues hasta sus hierros vinieron del Extranjero, encontróse con la larga procesión de jóvenes que se dirigían a Intramuros para sus respectivos colegios. Unos iban vestidos a la europea, andaban de prisa, cargando libros y cuadernos, preocupados, pensando en su lección y en sus composiciones; estos eran los alumnos del Ateneo. Los letranistas se distinguían por ir casi todos vestidos a la filipina, más numerosos y menos cargados de libros. Los de la Universidad visten con más esmero y pulcritud, andan despacio y, en vez de libros, suelen llevar un bastón. La juventud estudiosa de Filipinas no es muy bulliciosa ni bullanguera; va como preocupada; al verla cualquiera diría que delante de sus ojos no luce ninguna esperanza, ningún risueño porvenir. Aunque de espacio en espacio alegran la procesión las notas simpáticas y ricas en colores de las educandas de la Escuela Municipal con la cinta sobre el hombro y los libros en la mano, seguidas de sus criadas, sin embargo apenas resuena una risa, apenas se oye una broma; nada de canciones, nada de salidas graciosas; a lo más bromas pesadas, peleas entre los pequeños. Los grandes casi siempre van serios y bien compuestos como los estudiantes alemanes.

Plácido seguía el paseo de Magallanes para entrar por la brecha —antes puerta— de Santo Domingo, cuando de repente recibió una palmada sobre el hombro que le hizo volverse inmediatamente de mal humor.

—¡Olé, Penitente, olé, Penitente!

Era el condiscípulo Juanito Peláez, el barbero o favorito de los profesores, pillo y malo como él solo, de mirada picaresca y sonrisa de truhán. Hijo de un mestizo español —rico comerciante en uno de los arrabales que cifraba todas sus alegrías y esperanzas en el talento del joven— prometía mucho por sus picardías y, gracias a su costumbre de jugar malas pasadas a todos, escondiéndose después detrás de sus compañeros, tenía una particular joroba que se aumentaba cada vez que hacía una de las suyas y se reía.

—¿Cómo te has divertido, Penitente? —preguntaba dándole palmadas fuertes sobre el hombro.

—Así, así —contestó Plácido—, algo cargado, ¿y tú?

—¡Pues, divinamente! Figúrate que el cura de Tianì me invita a pasar las vacaciones en su pueblo, me voy... ¡chico! ¿le conoces al padre Camorra? Pues es un cura liberal, muy campechano, franco, muy franco, de esos por el estilo del padre Paco... Y como había chicas muy guapas, dábamos cada jarana, él con su guitarra y sus peteneras y yo con mi violín... Te digo, chico, que nos divertimos en grande; ¡no hay casa que no hayamos subido!

Y murmuró al oído de Plácido algunas palabras echándose a reír después. Y como Plácido manifestara cierta extrañeza, añadió:

—¡Te lo puedo jurar! No tienen más remedio, porque con un expediente gubernativo se deshace del padre, ¡marido o hermano y santas pascuas! Sin embargo nos hemos encontrado con una tonta, novia creo yo de Basilio, ¿sabes? ¡Mira que tonto es ese Basilio! Tener una novia que no sabe una palabra de español, ¡ni tiene dinero y que ha sido criada! Arisca como ella sola pero bonita: el padre Camorra la emprendió una noche de bastonazos con dos bagontaos que la daban serenata y yo no sé como no los mató. Pero con todo, ¡sigue tan arisca como siempre! Pero tendrá que pasar por ello como todas, ¡como todas!

Juanito Peláez se reía con la boca llena como si aquello le supiese a gloria. Plácido le miró con disgusto.

—Oye y ¿qué explicó ayer el catedrático? —preguntó cambiando de conversación.

—Ayer no hubo clase.

—¡Ojó! ¿Y antes de ayer?

—¡Hombre, jueves!

—Es verdad ¡qué bruto soy! Sabes, Plácido, ¿que me voy volviendo bruto? Y ¿el miércoles?

—¿El miércoles? Aguarda... el miércoles lloviznó.

—¡Magnífico! ¿y el martes, chico?

—El martes era la fiesta del Catedrático y fuimos a festejarle con una orquesta, un ramillete de flores y algunos regalos...

—¡Ah, carambas! —exclamó Juanito—, que lo he olvidado ¡qué bruto soy! Oye, ¿y preguntó por mí?

Penitente se encogió de hombros.

—No lo sé, pero le entregaron la lista de los festejantes.

—¡Carambas...! oye, y el lunes ¿qué hubo?

—Como era el primer día de clase, leyó la lista y señaló la lección: sobre los espejos. ¡Mira! desde aquí hasta allí, de memoria, al pie de la letra... ¡se salta todo este trozo y se da esto!

Y le indicaba con el dedo en la Física de Ramos los puntos que se tenían que aprender, cuando de repente saltó el libro por los aires, merced a una palmada que le aplicó Juanito de abajo arriba.

—Hombre, déjate de lecciones, ¡vamos a hacer día *pichido*!

Día *pichido* llaman los estudiantes de Manila al que encontrándose entre dos de fiesta, resulta suprimido, como estrujado por voluntad de los estudiantes.

—¿Sabes tu que verdaderamente eres un bruto? —replicó furioso Plácido recogiendo su libro y sus papeles.

—¡Vamos a hacer día *pichido*! —repetía Juanito.

Plácido no quería: por dos menos no cierran una clase de más de ciento cincuenta. Se acordaba de las fatigas y economías de su madre que le sustentaba en Manila privándose ella de todo.

En aquel momento entraban por la brecha de Santo Domingo.

—Ahora me acuerdo —exclama Juanito al ver la plazoleta delante del antiguo edificio de la aduana—; ¿sabes que estoy encargado para recoger la contribución?

—¿Qué contribución?

—¡La del monumento!

—¿Qué monumento?

—¡Toma! El del padre Baltasar ¿no lo sabías?

—Y ¿quién es ese padre Baltasar?

—¡Sopla! ¡Pues un dominico! Por eso acuden los padres a los estudiantes. Anda, ¡larga 3 o 4 pesos para que vean que somos espléndidos! Que no se diga jamás que para levantar una estatua han tenido que acudir a sus propios bolsillos. Vamos, Placidete, ¡que no es dinero perdido!

Y acompañó estas palabras con un guiño significativo.

Plácido recordó el caso de un estudiante que ganaba cursos regalando canarios, y dio 3 pesos.

—Mira, ¿sabes? Escribiré claro tu nombre para que el profesor lo lea, ¿ves? Plácido Penitente, 3 pesos. ¡Ah! ¡Escucha! Dentro de quince días es la fiesta del profesor de Historia Natural... Sabes que es muy barbian, que no pone nunca faltas ni pregunta la lección. Chico, ¡hay que ser agradecidos!

—¡Es verdad!

—Pues ¿no te parece que debemos festejarle? La orquesta no ha de ser menos que la que le llevasteis al catedrático de Física.

—¡Es verdad!

—¿Qué te parece si ponemos la contribución a 2 pesos? Anda, Placiding, empieza tú por dar, así te quedas en la cabeza de la lista.

Y como viese que Plácido daba sin vacilar los 2 pesos pedidos, añadió.

—Oye, pon cuatro, que ya después te devolveré los dos; es para que sirvan de gallo.

—Pues si me los has de devolver, ¿para qué dártelos? Basta con que pongas cuatro.

—¡Ah! Es verdad ¡qué bruto soy! ¿Sabes que me voy volviendo bruto? Pero dámelos de todos modos, para enseñarlos.

Plácido, para no desmentir al cura que le bautizó, dio lo que le pedían.

Llegaron a la Universidad.

A la entrada y a lo largo de las aceras que a uno y otro lado de la misma se extendían, estacionaban los estudiantes esperando que bajen los profesores. Alumnos del año preparatorio de Derecho, del quinto de Segunda Enseñanza, del preparatorio de Medicina formaban animados grupos: estos últimos eran fáciles de distinguir por su traje y por cierto aire que no se observa en los otros: vienen en su mayoría del Ateneo Municipal y entre ellos vemos al poeta Isagani explicando a un compañero la teoría de la refracción de la luz. En un grupo se discutía, se disputaba, se citaban frases del profesor, textos del libro, principios escolásticos; en otro gesticulaban con los libros agitándolos en el aire, se demostraba con el bastón trazando figuras sobre el suelo; más allá, entretenidos en observar a las devotas que van a la vecina iglesia, los estudiantes hacen alegres comentarios. Una vieja, apoyada en una joven, cojea devotamente; la joven camina con los ojos bajos, tímida y avergonzada de pasar delante de tantos observadores; la vieja levanta la falda color de café, de las Hermanas de Santa Rita, para enseñar unos pies gorditos y unas medias blancas, riñe a su compañera y lanza miradas furiosas a los curiosos.

—¡Saragates! —gruñe—, no les mires, ¡baja los ojos!

Todo llama la atención, todo ocasiona bromas y comentarios.

Ora es una magnífica victoria que se para junto a la puerta para depositar a una familia devota; van a visitar a la Virgen del Rosario en su día favorito; los ojos de los curiosos se afilan para espiar la forma y el tamaño de los pies de las señoritas al saltar del coche; ora es un estudiante que sale de la puerta con la devoción aún en el rostro: ha pasado por el templo para rogar a la Virgen le hiciese comprensible la lección, para ver si está la novia, cambiar algunas miradas con ella e irse a clase con el recuerdo de sus amantes ojos.

Mas en los grupos se nota cierto movimiento, cierta expectación, e Isagani se interrumpe y palidece. Un coche se ha detenido junto a la puerta: la pareja de caballos blancos es bien conocida. Es el coche de la Paulita Gómez y ella ha saltado ya en tierra, ligera como un ave, sin dar tiempo a que los pícaros le vieran el pie. Con un gracioso movimiento del cuerpo y un pase de la mano se arregla los pliegues de la saya, y con una mirada rápida y como descuidada ha visto a Isagani, ha saludado y ha sonreído. Doña Victorina baja a su vez, mira al través de sus quevedos, ve a Juanito Peláez, sonríe y le saluda afablemente.

Isagani, rojo de emoción, contesta con un tímido saludo; Juanito se dobla profundamente, se quita el sombrero y hace el mismo gesto que el célebre cómico y caricato Panza cuando recibe un aplauso.

—¡Mecáchis! ¡qué chica! —exclama uno disponiéndose a partir—; decid al catedrático que estoy gravemente enfermo.

Y Tadeo, que así se llamaba el enfermo, entró en la iglesia para seguir a la joven.

Tadeo va todos los días a la Universidad para preguntar si hay clase y cada vez se extraña más y más de que la haya: tiene cierta idea de una cuacha latente y eterna y la espera venir de un día a otro. Y todas las mañanas, después de proponer en vano que hagan novillos, se marcha pretextando grandes ocupaciones, compromisos, enfermedades, precisamente en el momento mismo en que sus compañeros entran en la clase. Pero, por no se sabe qué arte de birlibirloque, Tadeo aprueba cursos, es querido de los profesores y tiene delante un hermoso porvenir.

Entretanto un movimiento se inicia y los grupos empiezan a moverse; el catedrático de Física y Química ha bajado a clase. Los alumnos, como burlados en sus esperanzas, se dirigieron al interior del edificio dejando escapar exclamaciones de descontento. Plácido Penitente sigue a la multitud.

—¡Penitente, Penitente! ¡Le llamó uno con cierto misterio firma esto!

—Y ¿qué es eso?

—No importa, ¡fírmalo!

A Plácido le pareció que le tiraban de las orejas; tenía presente en la memoria la historia de un cabeza de barangay de su pueblo, que por haber firmado un documento que no conocía, estuvo preso meses y meses y por poco fue deportado. Un tío suyo, para grabarle la lección en la memoria, le había dado un fuerte tirón de orejas. Y siempre que oía hablar de firmas se reproducía en los cartílagos de sus orejas la sensación recibida.

—Chico, dispensa, pero no firmo nada sin enterarme antes.

—¡Que tonto eres! Si lo firman dos *carabineros celestiales*, ¿qué tienes que temer?

El nombre de *carabineros celestiales* infundía confianza. Era una sagrada compañía, creada para ayudar a Dios en la guerra con el espíritu del mal, y para impedir la introducción del contrabando herético en el mercado de la Nueva Sión.

Plácido iba ya a firmar para acabar porque tenía prisa: sus compañeros rezaban ya el *O Thoma*, pero le pareció que su tío le cogía de la oreja, y dijo:

—¡Después de clase! Quiero leerlo antes.

—Es muy largo, ¿entiendes? Se trata de dirigir una contrapetición, mejor dicho, una protesta. ¿Entiendes? Makaraig y algunos han solicitado que se abra una academia de castellano, lo cual es una verdadera tontería...

—¡Bien, bien! Chico, luego será, que ya están empezando —dijo Plácido tratando de escaparse.

—¡Pero si vuestro profesor no lee la lista!

—Sí, sí, que la lee a veces. ¡Después, después! Además... Yo no quiero ir en contra de Makaraig.

—Pero si no es ir en contra, es solamente...

Plácido ya no oía, ya estaba lejos y andaba de prisa dirigiéndose a su clase. Oyó diferentes *¡adsum! ¡adsum!* ¡carambas, se leía la lista...! apretó los pasos y llegó precisamente a la puerta cuando estaban en la letra Q.

—*¡Tinamáan ng...!* —murmuró mordiéndose los labios.

Vaciló sobre si entrar o no: la raya ya estaba puesta y no se la iban a borrar. A la clase no se va para aprender sino para no tener la raya; la clase se reducía a hacer decir la lección de memoria, leer el libro y, cuando más, a una que otra preguntita abstracta, profunda, capciosa, enigmática; es verdad que no falta el sermoncito —¡el de siempre!— sobre la humildad, la sumisión, el respeto a los religiosos y él, Plácido, era humilde, sumiso y respetuoso. Iba a marcharse ya pero se acordó de que los exámenes se acercaban y su profesor no le había preguntado todavía ni parecía haberse fijado en él: ¡buena ocasión era aquella para llamar la atención y ser conocido! Ser conocido es tener el año ganado, pues, si no cuesta nada suspender a uno que no se conoce, se necesita tener duro el corazón para no impresionarse ante la vista de un joven que con su presencia reprocha diariamente la pérdida de un año de su vida.

Plácido entró pues y no sobre la punta de los pies como solía hacer, sino metiendo ruido con sus tacones. Y ¡demasiado consiguió su intento! El catedrático le miró, frunció las cejas y agitó la cabeza como diciendo:

—¡Insolentillo, ya me las pagarás!

XIII. LA CLASE DE FÍSICA

La clase era un gran espacio rectangular con grandes ventanas enrejadas que daban paso abundante al aire y a la luz. A lo largo de los muros se veían tres anchas gradas de piedra cubiertas de madera, llenas de alumnos colocados en orden alfabético. Hacia el extremo opuesto a la entrada, debajo de una estampa de Santo Tomás de Aquino, se levantaba la cátedra del profesor, elevada, con dos escaleritas a ambos costados. Exceptuando un hermoso tablero con marco de narra sin usar casi, pues en él continuaba aún escrito el *¡viva!* que apareció desde el primer día, no se veía allí ningún mueble útil o inútil. La paredes, pintadas de blanco y protegidas en parte por azulejos para evitar roces, estaban enteramente desnudas: ni un trazado, ni un grabado, ¡ni un esquema siquiera de un instrumento de Física! Los alumnos no tenían necesidad de más, nadie echaba de menos la enseñanza práctica de una ciencia eminentemente experimental; por años y años se ha enseñado así y Filipinas no se ha trastornado, al contrario continúa como siempre. Alguna que otra vez bajaba del cielo un instrumentillo que se enseñaba de lejos a la clase, como el Santísimo a los fieles prosternados, mírame y no me toques. De época en época, cuando venía algún profesor complaciente, se señalaba un día del año para visitar el misterioso Gabinete y admirar desde fuera los enigmáticos aparatos, colocados dentro de los armarios; nadie se podía quejar; aquel día se veía mucho latón, mucho cristal, muchos tubos, discos, ruedas, campanas, etc.; y la feria no pasaba de allí, ni Filipinas se trastornaba. Por lo demás, los alumnos están convencidos de que aquellos instrumentos no se han comprado para ellos; ¡buenos tontos serían los frailes! El Gabinete se ha hecho para enseñárselo a los extranjeros y a los grandes empleados que venían de la Península, para que al verlo muevan la cabeza con satisfacción mientras que el que les guía sonríe como diciendo:

—¿Eh? ¿Ustedes se han creído que se iban a encontrar con unos monjes atrasados? Pues estamos a la altura del siglo; ¡tenemos un gabinete!

Y los extranjeros y los grandes empleados, obsequiados galantemente, escribían después en sus *viajes o memorias* que *La Real y Pontificia Universidad de Santo Tomás de Manila, a cargo de la ilustrada orden dominicana, posee un magnífico Gabinete de Física para la instrucción de la juventud... Cursan anualmente esta asignatura unos doscientos cincuenta alumnos, y sea por apatía, indolencia, poca capacidad del indio u otra causa cualquiera etnológica o suprasensible... hasta ahora no ha despuntado un Lavoisier, un Secchi ni un Tyndall, siquiera en miniatura, iiiide la raza malayo-filipina!!!!*

Sin embargo, para ser exactos, diremos que en este Gabinete tienen sus clases los treinta o cuarenta alumnos de *ampliación* y por cierto bajo la dirección de un catedrático que cumple bastante con su deber, pero, procediendo la mayor parte de estos del Ateneo de los jesuitas donde la ciencia se enseña prácticamente en el gabinete mismo, su utilidad no resulta grande como lo sería si se aprovechasen de él los doscientos cincuenta que pagan su matrícula, compran su libro, estudian y emplean un año para después no saber nada. Resulta de ello, que exceptuando algún raro *capista* o sirviente que tuvo a su cargo los museos durante años y años, jamás se supo de ninguno que haya sacado provecho de las lecciones de memoria con tanto trabajo aprendidas.

Pero volvamos a nuestra clase.

El catedrático era un dominico joven, que había desempeñado con mucho rigor y excelente nombre algunas cátedras en el Colegio de San Juan de Letrán. Tenía fama de ser tan gran dialéctico como profundo filósofo y era uno de los de más porvenir en su partido. Los viejos le consideraban, y le envidiaban los jóvenes, porque entre ellos también existen partidos. Era aquel el tercer año de su profesorado y aunque era el primero en que explicaba Física y Química, pasaba ya por ser un sabio no solo entre los complacientes estudiantes sino también entre los otros nómadas profesores. El padre Millon, no pertenecía al vulgo de los que cada año cambian de cátedra para tener ciertos conocimientos científicos, alumnos entre otros alumnos sin más diferencia que la de cursar una sola asignatura, preguntar en vez de ser preguntados, entender mejor el castellano y no examinarse al fin del curso. El padre Millon profundizaba la ciencia, conocía la Física de Aristóteles y la del padre Amat; leía atentamente el *Ramos* y de cuando en cuando echaba un vistazo al *Ganot*. Con todo, sacudía muchas veces la cabeza con aire de duda, sonreía y murmuraba: *transeat*. En cuanto a Química, se le atribuían poco vulgares conocimientos desde que, fundándose en un dicho de Santo Tomás de que el agua era una mezcla, probó palmariamente que el Angélico Doctor se había con mucho anticipado a los Berzelius, Gay Lussac, Bunsen y otros materialistas más o menos presumidos. No obstante, a pesar de haber sido profesor de Geografía, todavía conservaba ciertas dudas acerca de la redondez de la tierra y se sonreía con malicia al hablar de los movimientos de rotación y revolución en torno del Sol, recitando:

El mentir de las estrellas
Es un cómodo mentir...

Se sonreía con malicia ante ciertas teorías físicas y tenía por visionario cuando no por loco al jesuita Secchi imputándole el trazar triangulaciones sobre la hostia como efecto de sus manías astronómicas, por cuya causa, decía, le prohibieron decir misa; muchos notaron también en él cierta inquina contra la ciencia que explicaba, pero tales lunares son pequeñeces, preocupaciones de escuela y religión y se explican fácilmente no solo porque las ciencias físicas sean eminentemente prácticas, de pura observación y deducción mientras su fuerte estaba en las filosóficas, puramente especulativas, de abstracción e inducción, sino también porque a fuer de buen dominico, amante de las glorias de su orden, no podía sentir cariño por una ciencia en que ninguno de sus hermanos había sobresalido —¡era él el primero en no creer en la Química de Santo Tomás!— y en que tantas glorias habían conquistado órdenes enemigas, digamos sus rivales.

Este era el profesor que aquella mañana, leída la lista, mandaba decir la lección de memoria, al pie de la letra, a muchos de los alumnos. Los fonógrafos funcionaban, unos bien otros mal, otros tartamudeaban, se apuntaban. El que la decía sin falta se ganaba una *raya buena*, y una *mala* el que cometía más de tres equivocaciones.

Un chico gordo, con cara de sueño y cabellos tiesos y duros como barbas de un cepillo, bostezaba hasta dislocarse la mandíbula y se desperezaba extendiendo los brazos, lo mismo como si estuviese en su cama. Vióle el catedrático y quiso asustarle.

—¡Oy! tú, dormilón, ¡abá! ¿cosa? Perezoso también, seguro tú no sabe la lección, ¿ja?

El padre Millon no solo tuteaba a todos los estudiantes como buen fraile, sino les hablaba además en lengua de tienda, práctica que aprendió del catedrático de Cánones. Si el Reverendo quería con ello rebajar a los alumnos o a los sagrados decretos de los concilios es cuestión no resuelta todavía a pesar de lo mucho que sobre ello se ha discutido.

La interpelación, en vez de indignar a la clase, hízole gracia y muchos se rieron: era una cosa de todos los días. Sin embargo el dormilón no se rió; levantóse de un salto, se restregó los ojos, y como si una máquina de vapor hiciese girar el fonógrafo, empezó a recitar:

—Se da el nombre de espejo a toda superficie pulimentada, destinada a producir por la reflexión de la luz las imágenes de los objetos situados delante de dicha superficie por las sustancias que forman estas superficies se dividen en espejos metálicos y espejos de cristal...

—¡Para, para, para! —interrumpió el catedrático—; ¡Jesús, qué matraca...! Estamos en que los espejos se dividen en metálicos y de cristal, ¿ja? Y si yo te presentase una madera, el *kamagon* por ejemplo, bien pulimentada y barnizada, o un pedazo de mármol negro bien bruñido, una capa de azabache que reflejase las imágenes de los objetos colocados delante, ¿cómo clasificarías tú esos espejos?

El preguntado, ya porque no supiese qué responder o no entendiese la pregunta, intentó salir del paso demostrando que sabía la lección y continuó como un torrente:

—«Los primeros son formados por el latón o por una aleación de diferentes metales y los segundos son formados por una lámina de cristal cuyas dos superficies están muy bien pulimentadas y una de ellas tiene adherida una amalgama de estaño.»

—¡Tun, tun, tun! no es eso; ¡te digo *dominus vobiscum* y me contestas *requiescat in pace!*

Y el buen catedrático repitió la pregunta en lengua de tienda insertando *cosas* y *abás* a cada momento.

El pobre joven no salía de apuros: dudaba si incluir el *kamagon* entre los metales, el mármol entre los cristales y el azabache dejarlo como neutro, hasta que su vecino Juanito Peláez le apuntó disimuladamente:

—¡El espejo de *kamagon* entre los espejos de madera...!

El incauto lo repite y media clase se desternilla de risa.

—¡Buen *kamagon* estás tú! —le dice el catedrático riendo a su pesar—. Vamos a ver a qué llamarías tú espejo: a la superficie *per se, in quantum est superficies* o al cuerpo que forma esta superficie o sea la materia sobre que descansa esta superficie, la materia prima, modificada por el accidente superficie, porque, claro está, siendo la superficie accidente a los cuerpos no puede existir sin substancia. Vamos a ver ¿qué dices?

¿Yo? ¡Nada! —iba a contestar el infeliz que ya no sabía de qué se trataba aturdido por tantas superficies y tantos accidentes que le martilleaban cruelmente el oído, pero un instinto de pudor le detuvo y, lleno de angustia y empezando a sudar, púsose a repetir entre dientes:

—Se da el nombre de espejo a toda superficie pulimentada...

—*Ergo, Per te*, el espejo es la superficie —pescó el catedrático—. Pues bien, resuélveme esta dificultad. Si la superficie es el espejo, indiferente debe ser a la esencia del espejo cuanto detrás de esta superficie se pueda encontrar, puesto que lo que está detrás no afecta a la esencia de lo que está delante, *id est*, de la superficie, *quæ super faciem est, quia vocatur superficies facies ea quæ supra videtur*; ¿concedes o no lo concedes?

Los cabellos del pobre joven aún se pusieron más tiesos como animados de una fuerza ascensional.

—¿Concedes o no concedes?

—Cualquier cosa, lo que usted quiera, padre —pensaba él, pero no se atrevía a decirlo de temor se riesen. Aquello se llamaba apuro y jamás las había visto tan gordas. Tenía cierta vaga idea de que a los frailes no se les podía conceder la cosa más inocente sin que de ella sacasen todas las consecuencias y provechos imaginables, díganlo si no sus haciendas y sus curatos. Así que su ángel bueno le sugería negase cualquier cosa con toda la energía de su alma y la rebeldía de sus cabellos, y estaba ya para soltar un soberbio *¡Nego!* y porque quien niega todo no se compromete a nada, le había dicho cierto oficial de un juzgado; mas, la mala costumbre de no escuchar la voz de la propia conciencia, de tener poca fe en la gente de curia y buscar auxilio en los otros cuando se basta uno solo, le perdieron. Los compañeros hacían señas de que lo concediese, sobre todo Juanito Peláez, y dejándose llevar de su mal sino, soltó un «concedo, padre» con voz tan desfallecida como si dijese: *In manus tuas commendo spiritum meum*.

—*Concedo antecedentem* —repitió el catedrático sonriendo maliciosamente—; *Ergo*, puedo raspar el azogue de un espejo de cristal, sustituirlo por un pedazo de bibinka y siempre tendremos el espejo, ¿ja? ¿Qué tendremos?

El joven miró a sus inspiradores y viéndolos atónitos y sin saber qué decir, se dibujó en su cara el más amargo reproche. *Deus meus, Deus meus, quare dereliquiste me*, decían los atribulados ojos mientras que sus labios murmuraban: *ilinintikan!* En vano tosía, estiraba la pechera de su camisa, se apoyaba sobre un pie, luego sobre otro, no encontraba solución.

—Vamos, ¿qué tenemos? —repetía el catedrático gozándose en el efecto de su argumento.

—*¡La bibinka!* —soplaba Juanito Peláez, *¡La bibinka!*

—¡Cállate, bobo! —gritó al fin desesperado el joven que quería salir del apuro transformándolo en querella.

—¡A ver, Juanito, si me resuelves la cuestión! —preguntó entonces el catedrático a Peláez.

Peláez, que era uno de sus favoritos, se levantó lentamente no sin dar antes un codazo a Plácido Penitente, que era el que le seguía por orden de lista. El codazo quería decir:

—¡Atención y apúntame!

—*Nego consecuentiam*, ¡padre! —contestó resueltamente.

—¡Hola, pues *probo consecuentiam*! *Per te*, la superficie pulimentada constituye la esencia del espejo...

—*¡Nego suppositum!* —interrumpió Juanito al sentir que Plácido le tiraba de la americana.

—¿Cómo? *Per te*...

—*¡Nego!*

—*Ergo* ¿tu opinas que lo que está detrás influye sobre lo que está delante?

—*¡Nego!* —gritó con más ardor todavía, sintiendo otro tirón de su americana.

Juanito o mejor Plácido que era el que le apuntaba, empleaba sin sospechar la táctica china: no admitir al más inocente extranjero para no ser invadido.

—¿En qué quedamos pues? —preguntó el catedrático algo desconcertado y mirando con inquietud al intransigente alumno—; ¿influye o no influye la sustancia que está detrás, sobre la superficie?

Ante esta pregunta precisa, categórica, especie de *ultimatum*, Juanito no sabía qué responder y su americana no le sugería nada. En vano hacía señas con la mano a Plácido; Plácido estaba indeciso. Juanito aprovechóse de un momento en que el catedrático miraba a un estudiante que se quitaba disimuladamente las botinas que le venían muy apretadas, y dio un fuerte pisotón a Plácido, diciendo:

—¡Sóplame, anda, sóplame!

—Distingo... ¡Aray! ¡Qué bruto eres! —gritó sin querer Plácido mirándole con ojos iracundos, mientras se llevaba la mano a sus botinas de charol.

El catedrático oyó el grito, les vio y adivinó de qué se trataba.

—¡Oy, tu!, espíritu sastre —le interpeló—; yo no te pregunto a ti, pero ya que te precias de salvar a los demás, a ver, sálvate a ti mismo, *salva te ipsum*, y resuélveme la dificultad.

Juanito se sentó muy contento y en prueba de agradecimiento sacóle la lengua a su apuntador. Este entre tanto, rojo de vergüenza, se levantó y murmuró ininteligibles excusas.

Consideróle por un momento el padre Millon como quien saborea con la vista un plato. ¡Qué bueno debía ser humillar y poner en ridículo a aquel mozo coquetón, siempre bien vestidito, la cabeza erguida y la mirada serena! Era una obra de caridad, así es que el caritativo catedrático se dedicó a ella con toda conciencia repitiendo lentamente la pregunta:

—El libro dice, que los espejos metálicos están formados por el latón o por una aleación de diferentes metales, ¿es cierto o no es cierto?

—Lo dice el libro, padre...

—*Liber dixit ergo ita est*; no vas a pretender saber más que el libro... Añade después que los espejos de cristal están formados por una lámina de cristal cuyas dos superficies están muy pulimentadas, teniendo en una de ellas adherida una amalgama de estaño, ¡nota bene! una amalgama de estaño. ¿Es esto cierto?

—Si lo dice el libro, padre...

—¿El estaño es un metal?

—Parece que sí, padre; lo dice el libro...

—Lo es, lo es, y la palabra amalgama quiere decir que va unida al mercurio que también es otro metal. *Ergo* un espejo de cristal es un espejo de metal; *ergo*

los términos de la división se confunden, *ergo* la clasificación es viciosa, *ergo*...
¿Cómo te explicas tú, *espíritu-sastre?*

Y marcaba los *ergos* y los *tues* con una fruición indecible y guiñaba el ojo como diciendo: ¡estás frito!

—Es que... es decir que... —balbuceaba Plácido.

—Es decir que no has comprendido la lección, espíritu mezquino que ¡no te entiendes y soplas al vecino!

La clase no se indignó, al contrario, muchos encontraron el consonante gracioso y se rieron. Plácido se mordió los labios.

—¿Cómo te llamas tú? —preguntóle el catedrático.

Plácido contestó secamente.

—¡Aja! Plácido Penitente, pues más pareces Plácido Soplón o Soplado. Pero te voy a imponer penitencia por tus *sopladurías.*

Y feliz con el juego de palabras, le mandó dijese la lección. El joven, en el estado de ánimo en que se encontraba, cometió más de tras faltas. El catedrático entonces, moviendo la cabeza de arriba abajo, abrió lentamente la lista y con toda pausa la fue recorriendo mientras repetía el nombre en voz baja.

—Palencia... Palomo... Panganiban... Pedraza... Pelado... Peláez... Penitente, ¡ajá! Plácido Penitente, quince faltas voluntarias de asistencia...

Plácido se irguió:

—¿Quince faltas, padre?

—Quince faltas voluntarias de asistencia —continuaba el catedrático—; con que no te falta más que una para ser borrado.

—¿Quince faltas, quince faltas? —repetía Plácido aturdido—; no he faltado más que cuatro veces y con hoy, cinco, ¡si acaso!

—¡Júsito, júsito, señolía! —contestó el catedrático examinando al joven por encima de sus gafas de oro—. Confiesas que has faltado cinco veces y, sabe Dios, ¡si no has faltado más! *Atqui* como leo la lista muy raramente, y cada vez que le cojo a uno le pongo cinco rayitas, *ergo*, ¿cuántas son cinco por cinco? ¡A que te has olvidado de la tabla de multiplicar! ¿Cinco por cinco?

—Veinticinco...

—¡Júsito, júsito! De manera que todavía te tragas diez, porque no te he pillado más que tres veces... ¡Uy! si te pillo en todas... Y ¿cuántas son tres por cinco?

—Quince...

—Quince, ¡parejo camarón con cangrejo! —concluyó el catedrático cerrando la lista—; si te descuidas una más, *¡sulung! ¡apuera de la fuerta!* ¡Ah! y ahora una faltita de lección diaria.

Y abrió de nuevo la lista, y buscó el nombre y puso la rayita.

—¡Vaya! ¡una rayita! —decía—; como ¡no tienes aún ninguna!

—Pero, padre —exclamaba Plácido conteniéndose—; si V. R. me pone la falta de lección, V. R. ¡me debe borrar las de asistencia que me ha puesto por este día!

La Reverencia no respondió; consignó primero lentamente la falta, la contempló ladeando la cabeza —la rayita debía ser artística— dobló la lista y después con toda sorna preguntó:

—¡Abá! ¿Y por qué, ñol?

—Porque no se concibe, padre, que uno pueda faltar a clase y al mismo tiempo decir la lección en ella... V. R. dice que, estar y no estar...

—¡Nacú! metapísico pa, ¡prematuro no más! Con que no se concibe, ¿ja? *Sed patet experientiâ y contra experentiam negantem, fusilibus est argüendum,* ¿entiendes? ¿Y no concibes tú, cabeza de filósofo, que se pueda faltar a clase y no saber la lección al mismo tiempo? ¿Es que la no-asistencia implica necesariamente la ciencia? ¿Qué me dices, filosofastro?

Este último mote fue la gota de agua que hizo desbordar la vasija. Plácido que entre sus amigos tenía fama de filósofo, perdió la paciencia, arrojó el libro, se levantó y se encaró con el catedrático:

—¡Bastante; padre, bastante! V. R. me puede poner las faltas que quiera, pero no tiene derecho a insultarme. Quédese V. R. con su clase, que yo no aguanto más.

Y sin más despedida, salió.

La clase estaba aterrada: semejante acto de dignidad no se veía casi nunca: ¿quién se iba a figurar que Plácido Penitente...? El catedrático, sorprendido, se mordió los labios y le vio alejarse moviendo la cabeza algo amenazador. Con voz temblorosa empezó entonces el sermón sobre el mismo tema de siempre, aunque con más energía y más elocuencia pronunciado. Versaba sobre el naciente orgullo, la innata ingratitud, la presunción, el poco respeto a los superiores, la soberbia que el espíritu de las tinieblas infundía en los jóvenes, la poca educación, la falta de cortesanía, etc., etc. De allí pasó a echar pullas y sarcasmos sobre la pretensión que tenían algunos sopladillos de enseñar a sus maestros levantando una academia para la enseñanza del castellano.

—¡Ja, ja! —decía—; esos que antes de ayer apenas sabían decir *sí, padre, no, padre*, ¿quieren ahora saber más que los que han encanecido enseñando? ¡El que quiere aprender, aprende, con academias o sin ellas! ¡Seguramente ése, ése que acaba de salir es uno de los del proyecto! ¡Bueno está el castellano con semejantes partidarios! ¿De dónde habéis de sacar el tiempo para frecuentar la academia si apenas tenéis lo bastante para cumplir con los deberes de la clase? Nosotros quisiéramos que sepáis todos el español y que lo pronunciéis bien para que no nos rompáis los tímpanos con vuestros giros y vuestras pés, pero primero la obligación y después la devoción; cumplid antes con vuestros estudios y aprended después el castellano y meteos a escribidores si os da la gana...

Y así siguió hablando y hablando hasta que tocó la campana y se terminó la clase, y los doscientos treinta y cuatro alumnos, después de rezar, salieron tan ignorantes como cuando entraron, pero respirando como si se hubiesen quitado un inmenso peso de encima. Cada joven había perdido una hora más en su vida, y con ella una parte de su dignidad y de la consideración a sí mismo y en cambio ganaba terreno el desaliento, el desamor al estudio y el resentimiento en los corazones. ¡Después de esto pedirles ciencia, dignidad, gratitud!

De nobis, post hœc, tristis sententia fertur!

Y como los doscientos treinta y cuatro, pasaron sus horas de clase los miles y miles de alumnos que les precedieron, y, si las cosas no se arreglan, pasarán todavía los que han de venir y se embrutecerán, y la dignidad herida y el entusiasmo de la juventud viciado se convertirán en odio y en pereza, como las olas que, volviéndose fangosas en cierta parte de la playa, se suceden unas a otras dejando cada vez mayor sedimento de basura. Empero, Aquel que ve desde la eternidad las consecuencias de un acto desenvolverse como un hilo en el transcurso de los siglos, Aquel que pesa el valor de un segundo y ha impuesto para sus criaturas como primera ley el progreso y la perfección. ¡Aquel, si es justo, pedirá estrecha cuenta a quien debiere rendirla, de los millones de inteligencias oscurecidas y cegadas, de la dignidad humana rebajada en millones de criaturas y del incontable número de tiempo perdido y trabajo malogrado! Y si las doctrinas del Evangelio tienen su fondo de verdad, tendrán también

111

que responder los millones y millones que no supieron guardar la luz de su inteligencia y la dignidad de su espíritu, ¡como el señor pide cuenta al siervo de los talentos que se dejó cobardemente robar!

XIV. UNA CASA DE ESTUDIANTES

Era digna de visitarse la casa donde vivía Makaraig.

Grande, espaciosa, con dos pisos entresuelos provistos de elegantes rejas, parecía un colegio en las primeras horas de la mañana y un pandemónium de las diez en adelante. Durante las horas de recreación de los pupilos, desde que se entra en el espacioso zaguán hasta que se llega al piso principal, bullen la risa, la algazara, y el movimiento. Jóvenes en traje ligero de casa juegan a la *sipa*, hacen ejercicios gimnásticos valiéndose de trapecios improvisados: en las escaleras se sostiene un asalto entre ocho o nueve, armados de bastones, picas, ganchos y lazos, pero asaltantes y asaltados no se hacen daño por lo general; los golpes paran de rebote sobre la espalda del chino tendero que en la escalera vende comistrajos e indigestos pasteles. Multitud de niños le rodean, le tiran de la coleta ya deshecha y desarreglada, le arrebatan un pastel, le regatean el precio y le hacen mil diabluras. El chino grita, jura y perjura en todos los idiomas que chapurrea, incluso en el suyo, lloriquea, ríe, suplica, pone buena cara cuando la mala de nada le sirve y viceversa.

—¡Ah, malo esi-Vo cosiesia-No quilistiano-Uste limoño-Salamaje!-itusu tusu! etc.

¡Piff, paff! ¡no importa! Vuelve la cara sonriente; si solo sobre sus espaldas recibe los bastonazos continúa impertérrito su comercio, contentándose con gritar:

—«*No jugalo, ¿eh? ¡no jugalo!*» pero si los recibe sobre el *bilaw* que contiene sus pastas, entonces, jura no volver, arroja por la boca todas las imprecaciones y maldiciones imaginables; los muchachos redoblan para hacerle rabiar más y cuando ven ya la fraseología agotada, y están satisfechos de tanta *jopia* y pepita de sandía salada, entonces le pagan religiosamente y el chino se marcha contento, riendo, guiñando y recibe como caricias los ligeros bastonazos que los estudiantes le propinan a guisa de despedida.

—¡¡Huaya, homia!!

Conciertos de piano y violín, de guitarra y acordeón, alternan con el chocar repetido de bastones de las lecciones de esgrima. En torno de una ancha y larga mesa los alumnos del Ateneo escriben, hacen sus composiciones, resuelven sus problemas al lado de otros que escriben a sus novias en rosados papeles calados, llenos de dibujos; uno compone un melodrama al lado del que aprende la flauta y los consonantes nacen silbados desde un principio. Más allá, los mayores, estudiantes de facultad que lucen calcetines de seda y zapatillas bordadas, se entretienen en hacer rabiar a los pequeñuelos tirándoles de las orejas, ya rojas de tanto recibir papirotazos; dos o tres sujetan a un pequeñito que grita, llora y defiende a puntapiés los cordones de su calzoncillo: cuestión de ponerle como cuando nació... pataleando y llorando. En un cuarto, alrededor de una mesa velador cuatro juegan al *revesino* entre risas y bromas con gran impaciencia de uno que hace de estudiar la lección pero que en realidad espera que le llegue el turno para jugar a su vez. Otro viene con grandes aspavientos, muy escandalizado y se acerca a la mesa.

—¡Qué viciosos sois! —dice—; ¡tan de mañana y ya al juego! ¡A ver, a ver! ¡Tonto! ¡arrastra con el tres de espadas!

Y cierra su libro y se pone también a jugar.

Se oyen gritos, resuenan golpes. Dos se han peleado en el vecino cuarto: un estudiante cojo muy picón y un infeliz recién llegado de provincias. Este que apenas principia a estudiar, da con un tratado de filosofía y lee en voz alta, inocentemente y acentuándolo mal el principio cartesiano:

—¡*Cogito, ergo* sum!

El cojo se da por insultado, los otros intervienen poniendo paz pero en realidad metiendo cizaña y acaban por pegarse.

En el comedor un joven con una lata de sardinas, una botella de vino y las provisiones que acaba de traer de su pueblo, hace heroicos esfuerzos para que sus amigos participen de su tente-en-pie, mientras que los amigos oponen a su vez otra heroica resistencia. Otros se bañan en la azotea y con el agua del pozo se dedican a ejercicios de bomberos, traban combate a calderadas de agua con gran contento de los espectadores.

Pero el ruido y la algazara cesan paulatinamente a medida que llegan caracterizados estudiantes, convocados por Makaraig para darles cuenta de la marcha de la Academia de castellano. Isagani fue saludado cordialmente lo mismo que el peninsular Sandoval, que vino de empleado a Manila y concluía sus estudios, completamente identificado con las aspiraciones de los estudiantes filipinos. Las barreras que la política establece entre las razas, desaparecen en las aulas como derretidas al calor de la ciencia y de la juventud.

A falta de Ateneos y centros científicos, literarios o políticos, Sandoval aprovecha todas las reuniones para desarrollar sus grandes dotes oratorias, pronunciando discursos discutiendo sobre cualquier tema y arrancando aplausos de sus amigos y oyentes. En aquellos momentos el tema de la conversación era la enseñanza del castellano.

Como Makaraig no había llegado aún las conjeturas estaban a la orden del día.

—¿Qué habrá pasado?

—¿Qué ha dispuesto el general?

—¿Ha negado el permiso?

—¿Triunfó el padre Irene?

—¿Triunfó el padre Sibyla?

Estas eran las preguntas que se dirigían unos a otros, preguntas cuyas respuestas solo podía dar Makaraig.

Entre los jóvenes reunidos los había optimistas como Isagani y Sandoval que veían la cosa hecha y hablaban de plácemes y alabanzas del gobierno para el patriotismo de los estudiantes, optimismos que le hacían a Juanito Peláez reclamar para sí gran parte de la gloria en la creación de la sociedad. A todo esto respondía el pesimista Pecson —un gordinflón con risa amplia de calavera— hablando de extrañas influencias, de si el obispo A., el padre B., el Provincial C. fueron o no consultados y de si aconsejaron o no que metiese en la cárcel a todos los de la asociación, noticia que ponía inquieto a Juanito Peláez quien entonces tartamudeaba:

—Carambas, no me metan ustedes...

Sandoval, a fuer de peninsular y liberal, se ponía furioso:

—¡Pero, p! —decía—; ¡eso es tener mala opinión de S. E.! Ya sé que es muy frailuno, ¡pero en cuestión semejante no se deja influir de los frailes! ¿Me querrá usted decir, Pecson, en qué se funda para creer que el general no tiene *propio* criterio?

—No digo eso, Sandoval —contestaba Pecson sonriendo hasta enseñar su muela de juicio—; el general para mí tiene propio criterio, esto es, el criterio de todos los que están al alcance de su mano... ¡Eso está claro!

—¡Dale bola! Pero ícíteme usted un hecho, cíteme un hecho! —gritaba Sandoval—; seamos enemigos de las discusiones huecas, de las frases vacías y vayamos al terreno de los hechos —añadía gesticulando elegantemente—.

Hechos, señores, hechos, lo demás es preocupación que no quiero llamar filibustera.

Pecson se ríe como un bendito y le interrumpe.

—¡Ya está el filibusterismo! Pero ¿es que no se puede discutir sin acudir a acusaciones?

Sandoval protesta, y pide hechos componiendo un pequeño discurso.

—Pues hace poco hubo aquí un pleito entre unos particulares y ciertos frailes, y el general interino lo falló, haciendo que lo sentenciase el Provincial de la orden litigante —contestó Pecson.

Y se echó otra vez a reír como si se tratase de una cosa inocente. Citaba nombres, fechas y prometía traer documentos que prueben la manera como se administró justicia.

—Pero ¿en qué podrá fundarse, dígame usted, en qué podrán fundarse para no permitir lo que salta a los ojos como altamente útil y necesario? —preguntó Sandoval.

Pecson se encogió de hombros.

—En que peligra la integridad de la patria... —repuso en el tono de un curial que lee un alegato.

—¡Esa sí que es gorda! ¿Qué tiene que ver la integridad de la patria con las leyes de la sintaxis?

—Doctores tiene la Santa Madre Iglesia... ¿Qué sé yo? acaso se tema que comprendamos las leyes y las podamos obedecer... ¿Qué será de Filipinas el día en que nos comprendamos los unos a los otros?

A Sandoval no le gustaba el giro dialogado y guasón de la conversación. Por aquel camino no podía asomar ningún discurso que valga la pena.

—No tome usted a guasa las cosas —exclamó—; se trata de cosas muy serias.

—¡Líbreme Dios de guasearme cuando hay frailes de por medio!

—Pero, ¿y en qué pueden basarse...?

—En que teniendo que ser nocturnas las horas de clase —continuó Pecson con el mismo tono como si se tratase de fórmulas conocidas y sabidas—, se puede invocar como inconveniente la inmoralidad como con la escuela de Malolos...

—¡Otra! Pues ¿y no se cobijan acaso bajo el manto oscuro de la noche las clases de la Academia de Dibujo, y los novenarios y procesiones?...

—Atenta a la dignidad de la Universidad —continuó el gordo sin hacer caso de la observación.

—¡Que atente! La Universidad tiene que plegarse a las necesidades de los estudiantes. Y a ser eso cierto ¿qué es Universidad entonces? ¿Es una institución para que no se aprenda? ¿Se han reunido acaso unos cuantos hombres apellidando ciencia e instrucción para impedir que se instruyan los otros?

—Es que las iniciativas que vienen de abajo se llaman descontento...

—Y proyectos las que vienen de arriba, insinuó otro: ¡ahí está la Escuela de Artes y Oficios!

—Poco a poco, señores —dijo Sandoval—; yo no soy frailero, conocidas son mis ideas liberales, pero ¡al César lo que es del César! De esa escuela de Artes y Oficios, de la que soy el defensor más entusiasta y cuya realización habré de saludar como la primera aurora para estas bienaventuradas islas, de esa Escuela de Artes y Oficios se han encargado los frailes...

—O el perro del hortelano que es lo mismo —añadió Pecson interrumpiendo otra vez el discurso.

—¡Vamos p! —dijo Sandoval furioso por la interrupción y perdiendo el hilo de su periodo—; mientras no sepamos nada malo, no seamos pesimistas, no seamos injustos sospechando de la libertad e independencia del gobierno...

E hizo en hermosas frases la apología del gobierno y de sus buenos propósitos, tema que Pecson no se atrevió a interrumpir.

—El gobierno español —decía entre otras frases—, os ha dado todo, ¡no os ha negado nada! Tuvimos en España el absolutismo, y absolutismo tuvisteis, los frailes cubrieron nuestro suelo con sus conventos y conventos ocupan la tercera parte de Manila; en España rige el garrote, y el garrote aquí es la última pena; somos católicos y os hicimos católicos; fuimos escolásticos y el escolasticismo brilla en vuestras aulas, en fin, señores, lloramos cuando lloráis, sufrimos cuando sufrís, tenemos los mismos altares, el mismo tribunal, los mismos castigos, y justo será que os demos también nuestros mismos derechos y nuestras mismas alegrías.

Y como nadie le interrumpía se fue entusiasmando y entusiasmando hasta que pasó a hablar del porvenir de Filipinas.

—Como digo, señores, la aurora no está lejos; España abre el oriente para su querida Filipinas, y los tiempos van cambiando y me consta se hace más de lo que nos figuramos. A ese gobierno que según ustedes vacila y no tiene voluntad, bueno es que le alentemos con nuestra confianza, que le hagamos ver que esperamos en él; recordémosle con nuestra conducta (cuando se olvida lo que no creo pueda suceder), que tenemos fe en sus buenos deseos y que no debe guiarse por otra norma que la de la justicia y el bien de todos sus gobernados.

No, señores —continuó adoptando un tono más y más declamatorio—, no debemos ni siquiera admitir en esta materia la posibilidad de una consulta con otras entidades más o menos opuestas, pues la sola idea implicaría la tolerancia del hecho; vuestra conducta hasta ahora ha sido franca, leal, sin vacilaciones, sin recelos; os dirigís a él sencilla y directamente, las consideraciones que expusisteis no pueden ser más atendibles; vuestro fin es aligerar la tarea de los profesores en los primeros años y facilitar el estudio a centenares de estudiantes que llenan las aulas y de los que no puede cuidarse un solo profesor. Si hasta ahora el expediente no ha sido resuelto ha sido porque, como me consta a mí, hay mucho material acumulado; pero auguro que la campaña está ganada, que la cita de Makaraig es para anunciarnos la victoria, y mañana veremos premiados nuestros esfuerzos con el aplauso y agradecimiento del país iy quién sabe señores si el gobierno no os propone a vosotros para alguna buena condecoración como merecedores que sois de la patria!

Resonaron entusiastas aplausos; todos creían ya en el triunfo y muchos en la condecoración.

—iQue conste, señores —dijo Juanito—, que yo fui uno de los primeros iniciadores!

El pesimista Pecson no estaba entusiasmado.

—iComo no tengamos la condecoración en los tobillos! —dijo.

Pero afortunadamente para Peláez la observación no se oyó en medio de los aplausos. Cuando se calmaron algún tanto, Pecson repuso:

—Bueno, bueno, muy bueno, pero una suposición... ¿Y si a pesar de todo eso, el general consulta, consulta y consulta y después nos niega la autorización?

La suposición cayó como agua fría.

Todos miraron a Sandoval; este se halló entrecortado.

—Entonces —murmuró titubeando.

—¿Entonces?

—Entonces —exclamó Sandoval todavía excitado por los aplausos y en un arranque de entusiasmo—, puesto que en escritos e impresos blasona de querer vuestra instrucción, y la impide y la niega cuando al terreno de los hechos se le cita, entonces, señores, vuestros esfuerzos no habrán sido en vano, habréis conseguido lo que nadie ha podido, ¡que se arranque la máscara y os arroje el guante!

—¡Bravo, bravo! —gritaron entusiasmados algunos.

—¡Bien por Sandoval! ¡Bravo por el guante! —añadieron otros.

—¡Que nos arroje el guante! —repitió Pecson desdeñoso—, y ¿después?

Sandoval se quedó parado en medio de su triunfo, pero con la vivacidad propia de su raza y su sangre de orador se repuso al instante.

—¿Después? —preguntó—; después, si ninguno de los filipinos se atreve a contestar al reto, entonces yo, Sandoval, en nombre de España recojo el guante porque tal política sería un mentís a las buenas intenciones que ella ha abrigado siempre en favor de sus provincias, ¡y porque quien de tal manera prostituye el cargo que se le confía y abusa de sus omnímodas facultades no merece la protección de la patria ni el amparo de ningún ciudadano español!

El entusiasmo de los oyentes rayó en delirio. Isagani abrazó a Sandoval, los otros le imitaron; se hablaba de patria, de unión, de fraternidad, de fidelidad; los filipinos decían que si no hubiese más que Sandovales en España, todos serían Sandovales en Filipinas; Sandoval tenía los ojos brillantes y se podía creer que si en aquel momento le hubiesen arrojado un guante cualquiera, habría montado sobre cualquier caballo para hacerse matar por Filipinas. Solo el agua fría repuso:

—Bien, está muy bien, Sandoval; yo también podría decir lo mismo si fuese peninsular, pero, no siéndolo, si dijese la mitad de lo que usted, usted mismo me tomaría por filibustero.

Sandoval empezaba un discurso lleno de protestas cuando fue interrumpido.

—¡Albricias! Amigos, ¡albricias! ¡Victoria! —gritó en aquel momento un joven entrando y abrazando a todos.

—¡Albricias, amigos! ¡Viva la lengua castellana!

Una salva de aplausos recibió la noticia; todos se abrazaban, todos tenían los ojos brillantes de lágrimas. Pecson era el único que conservaba su sonrisa de escéptico.

El que venía a traer tan buena nueva era Makaraig, el joven que encabezaba el movimiento.

Este estudiante ocupaba en aquella casa, para sí solo, dos habitaciones lujosamente amuebladas, tenía criado y cochero para cuidarle su araña y sus caballos. Era de gallardo continente, maneras finas, elegante, y riquísimo. Aunque estudiaba Derecho solo para tener un título académico, gozaba no obstante fama de aplicado y como dialéctico a la manera escolástica no tenía nada que envidiar a los más furibundos ergotistas del claustro Universitario. No estaba sin embargo muy atrasado respecto a ideas y adelantos modernos; su fortuna le proporcionaba todos los libros y revistas que la previa censura no conseguía detener. Con estas cualidades, con su fama de valiente, sus encuentros afortunados en sus años más juveniles y su galantería fina y delicada, no era extraño que ejerciese tanto influjo sobre sus compañeros, y fuera elegido para dar cima a tan difícil empresa como lo era la enseñanza del castellano.

Pasadas las primeras manifestaciones del entusiasmo que en la juventud siempre toma formas algo más exageradas por lo mismo que ella todo lo ve hermoso, quisieron enterarse de cómo habían ido las cosas.

—Esta mañana me vi con el padre Irene —dijo Makaraig con cierto misterio.

—¡Viva el padre Irene! —gritó un estudiante entusiasta.

—El padre Irene —prosiguió Makaraig—, me ha enterado de todo lo que ha pasado en Los Baños. Parece que estuvieron discutiendo lo menos una semana, él sosteniendo y defendiendo nuestra causa contra todos, contra el padre Sibyla, el padre Hernández, el padre Salví, el general, el segundo cabo, el joyero Simoun...

—¡El joyero Simoun! —interrumpió otro—, pero ¿qué tiene que ver ese judío con las cosas de nuestro país? Y nosotros que le enriquecemos comprando...

—¡Cállate! —le dijo otro, impaciente y ansioso de saber cómo pudo vencer el padre Irene a tan terribles enemigos.

—Hasta había grandes empleados que estaban en contra de nuestro proyecto, el director de Administración, el gobernador civil, el chino Quiroga...

—¡¡El chino Quiroga!! El alcahuete de los...

—¡Cállate, hombre!

—Al fin —prosiguió Makaraig—, iban a encarpetar el expediente y dejarlo dormir por meses y meses cuando el padre Irene se acordó de la Comisión

Superior de Instrucción Primaria y propuso, puesto que se trataba de la enseñanza de la lengua castellana, que el expediente pasara por aquel cuerpo para que dictaminasen sobre él...

—Pero si esa comisión ya no funciona hace tiempo —observó Pecson.

—Eso precisamente le contestaron al padre Irene —continuó Makaraig—, y él replicó que era buena ocasión aquella para que reviva, y aprovechándose de la presencia de don Custodio, uno de los vocales, propuso que en el acto se nombrase una comisión, y vista y conocida la actividad de don Custodio se le nombró ponente y ahora está el expediente en sus manos. Don Custodio prometió despacharlo en todo este mes.

—¡Viva don Custodio!

—¿Y si don Custodio dictamina en contra? —preguntó el pesimista Pecson.

Con eso no contaban, embriagados con la idea de que el asunto no se archivaba. Todos miraron a Makaraig para saber qué se resolvía.

—La misma objeción se la he hecho al padre Irene, pero con su risa picaresca me dijo: Hemos ganado mucho, hemos conseguido que el asunto se encamine hacia una solución, el enemigo se ve obligado a aceptar la batalla... si podemos influir en el ánimo de don Custodio para que, siguiendo sus tendencias liberales, informe favorablemente, todo está ganado; el general se muestra en absoluto neutral.

Makaraig se detuvo.

—¿Y cómo influir? —preguntó un impaciente.

—El padre Irene me indicó dos medios...

—¡El chino Quiroga! —dijo uno.

—¡Ca! Valiente caso hace de Quiroga...

—¡Un buen regalo!

—Menos, se pica de incorruptible.

—Ah ya, ¡ya lo sé! —exclamó Pecson riendo—; Pepay la bailarina.

—¡Ah, sí! ¡Pepay la bailarina! —dijeron algunos.

Esta Pepay era una rozagante moza que pasaba por ser muy amiga de don Custodio: a ella acudían los contratistas, los empleados y los intrigantes cuando algo querían conseguir del célebre concejal. Juanito Peláez que también era amigo de la bailarina se ofrecía a arreglar el asunto, pero Isagani sacudió la cabeza y dijo que era bastante haberse servido del padre Irene y que sería demasiado valerse de la Pepay en asunto semejante.

—¡Veamos el otro medio!

—El otro es acudir a su abogado consultor, al señor Pasta, el oráculo ante quien se inclina don Custodio.

—Prefiero eso —dijo Isagani—; el señor Pasta es filipino, y fue condiscípulo de mi tío. Pero ¿cómo interesarle?

—Allí está el *quid* —repuso Makaraig mirando atentamente a Isagani—; el señor Pasta tiene una bailarina, digo... una bordadora...

Isagani volvió a sacudir la cabeza.

—No sea usted tan puritano —díjole Juanito Peláez—; ¡el fin salva los medios! Yo conozco a la bordadora, la Matea, que tiene un taller donde trabajan muchas chicas...

—No, señores —interrumpió Isagani—; acudamos antes a los medios honestos... Iré yo a presentarme en casa del señor Pasta y si nada consigo, entonces ustedes hacen lo quieran con las bailarinas y las bordadoras.

Tuvieron que acceder a la proposición y quedaron en que Isagani hablaría aquel mismo día al señor Pasta y a la tarde daría cuenta en la Universidad a sus compañeros del resultado de la entrevista.

XV. EL SEÑOR PASTA

Isagani se presentó en casa del abogado, una de las inteligencias más privilegiadas de Manila que los frailes consultaban en sus grandes apuros. Algo tuvo que esperar el joven por haber muchos clientes, pero al fin llegó su turno y pasó al estudio o bufete como se llama generalmente en Filipinas. Recibióle el abogado con una ligera tosecilla mirándole furtivamente a los pies; no se levantó ni se cuidó de hacerle sentar y siguió escribiendo. Isagani tuvo ocasión de observarle y estudiarle bien. El abogado había envejecido mucho, estaba canoso, y la calvicie se extendía casi por toda la parte superior de la cabeza. Era de fisonomía agria y adusta.

En el estudio todo estaba en silencio; solo se oían los cuchicheos de los escribientes o pasantes que trabajaban en el aposento contiguo: sus plumas chillaban como si riñesen con el papel.

Al fin concluyó el abogado con lo que estaba escribiendo, soltó la pluma, levantó la cabeza y al reconocer al joven, su fisonomía se iluminó y le dio la mano afectuosamente.

—¡Adiós, joven! Pero siéntese usted, dispense... No sabía que era usted. ¿Y su tío?

Isagani se animó y creyó que su asunto iría bien. Contóle brevemente lo que pasaba estudiando bien el efecto que hacían sus palabras. El señor Pasta escuchó impasible al principio y, aunque estaba enterado de las gestiones de los estudiantes, se hacía el ignorante como para demostrar que nada tenía que ver con aquellas chiquilladas, pero cuando sospechó lo que de él se quería y oyó que se trataba de vicerrector, frailes, capitán general, proyecto, etc. su cara se oscureció poco a poco y acabó por exclamar:

—¡Este es el país de los proyectos! Pero continúe, continúe usted.

Isagani no se desaminó; habló de la solución que se iba a dar y concluyó expresando la confianza de la juventud en que él, el señor Pasta, intercedería en su favor en el caso de que don Custodio le consultase, como era de esperar. Isagani no se atrevió a decir que aconsejaría en vista de la mueca que hacía el abogado.

Pero el señor Pasta ya tenía tomada su resolución y era no mezclarse para nada en aquel asunto ni consultante ni consultado. Él estaba al tanto de lo que había pasado en Los Baños, sabía que existían dos partidos y que no era el padre Irene el único campeón del lado de los estudiantes, ni fue quien propuso el pase del expediente a la Comisión de Instrucción primaria sino todo lo contrario. El padre Irene, el padre Fernández, la condesa, un comerciante que preveía la venta de materiales para la nueva Academia y el alto empleado que estuvo citando reales decretos sobre reales decretos iban a triunfar, cuando el padre Sibyla, queriendo ganar tiempo recordó la Comisión Superior. Todas estas cosas las tenía el gran abogado presentes en su memoria así es que cuando acabó de hablar Isagani, se propuso marearle con evasivas, embrollar el asunto, llevar la conversación a otro terreno.

—¡Sí! —dijo sacando los labios y rascándose la calva—; no hay otro que me gane en amor al país y en aspiraciones progresistas, pero... no puedo comprometerme... no sé si usted está al tanto de mi posición, una posición muy delicada... tengo muchos intereses... tengo que obrar dentro de los límites de una estricta prudencia... es un compromiso...

El abogado quería aturdir al joven bajo un lujo de palabras y empezó a hablar de leyes, de decretos y tanto habló que en vez de enredar al joven, casi se enredó a sí mismo en un laberinto de citaciones.

—De ninguna manera queremos ponerle en compromiso —repuso Isagani con mucha calma—; ¡líbrenos Dios de molestar en lo más mínimo a las personas cuya vida es tan útil al resto de los filipinos! Pero por poco versado que esté yo en las leyes, reales decretos, provisiones y disposiciones que rigen en nuestro país, no creo que pueda haber mal ninguno en secundar las altas miras del gobierno, en procurar su buena interpretación; perseguimos el mismo fin y solo divergimos en los medios.

El abogado se sonrió; el joven se dejaba llevar a otro terreno y allí le iba él a embrollar, ya estaba embrollado.

—Precisamente ahí está el *quid* como se dice vulgarmente; claro está que es laudable ayudar al gobierno cuando se le ayuda con sumisión, siguiendo sus disposiciones, el recto espíritu de las leyes en consonancia con las rectas creencias de los gobernantes y no estando en contradicción con el primitivo y general modo de pensar de las personas que tienen a su cargo el bienestar común de los individuos que constituyen una sociedad. Y por eso es criminal, es punible, porque es ofensivo al alto principio de autoridad, tentar una acción contraria a su iniciativa aun suponiendo que fuese mejor que la gubernamental, porque semejante hecho podría lastimar el prestigio que es la primera base sobre que descansan todos los edificios coloniales.

Y el viejo abogado, seguro de que aquella tirada había por lo menos vuelto loco a Isagani, se arrellanó en su sillón muy serio aunque riéndose por dentro. Isagani, sin embargo, repuso:

—Yo creía que los gobiernos buscarían bases más sólidas cuanto más amenazados... La base del prestigio para los gobiernos coloniales es la más débil, porque no reside en ellos sino en la buena voluntad de los gobernados mientras quieran reconocerlo... La base justicia o razón me parecía más duradera. El abogado levantó la cabeza; ¿cómo? aquel joven se atrevía a replicarle y a discutir con él, él, ¿el señor Pasta? ¿No estaba todavía aturdido con sus grandes palabras?

—Joven, hay que dejar esas consideraciones a un lado pues son peligrosas — interrumpió el abogado haciendo un gesto—. Lo que yo le digo a usted es que hay que dejar obrar al gobierno.

—Los gobiernos se han hecho para el bien de los pueblos, y para cumplir con su fin debidamente tienen que seguir las indicaciones de los ciudadanos que son los que mejor conocen sus necesidades.

—Los que forman el gobierno son también ciudadanos y de los más ilustrados.

—Pero, como hombres, son falibles, y no deben desoír otras opiniones.

—Hay que confiar en ellos; ellos todo lo han de dar.

—Hay un refrán puramente español que dice, el que no llora no mama. Lo que no se pide, no se da.

—¡Al contrario! —contestó el abogado riendo sarcásticamente—; con el gobierno sucede precisamente todo lo contrario...

Mas se detuvo de repente como si hubiese dicho demasiado, y quiso subsanar la imprudencia:

—El gobierno nos ha dado cosas que no se lo hemos pedido, ni se lo podíamos pedir... porque pedir... pedir supone que falta en algo y por consiguiente no cumple con su deber... insinuarle un medio, tratar de dirigirle, no ya combatirle, es suponerle capaz de equivocarse y ya se lo he dicho a usted, semejantes suposiciones son atentatorias a la existencia de gobiernos coloniales... El vulgo ignora esto y los jóvenes que obran a la ligera no saben, no comprenden, no quieren comprender lo contraproducente que es pedir... lo subversivo que hay en esa idea...

—Usted dispense —interrumpió Isagani ofendido de los argumentos que con él usaba el jurista—; cuando por los medios legales un pueblo pide algo a un gobierno, es porque le supone bueno y dispuesto a concederle un bien, y este acto, en vez de irritarle, le debiera halagar: se pide a la madre, nunca a la madrastra. El gobierno, en mi inexperta opinión, no es un ser omnisciente que puede ver y prever todo y aun cuando lo fuese, no podría ofenderse, porque ahí tiene usted a la misma iglesia que no hace más que pedir y pedir al Dios que todo lo ve y conoce, y usted mismo pide y exige muchas cosas en los tribunales de ese mismo gobierno, y ni Dios ni los tribunales hasta ahora se dieron por ofendidos. Está en la conciencia de todos que el gobierno, como institución humana que es, necesita del concurso de los demás, necesita que le hagan ver y sentir la realidad de las cosas. Usted mismo no está convencido de la verdad de su objeción; usted mismo sabe que es tirano y déspota el gobierno que, para hacer alarde de fuerza e independencia, todo lo niega por miedo o por desconfianza y que solo los pueblos tiranizados y esclavizados son los que tienen el deber de no pedir nada jamás. Un pueblo que deteste a su gobierno no debe exigirle más sino que abandone el poder.

El viejo abogado hacía muecas sacudiendo a un lado y otro la cabeza en señal de descontento y pasándose la mano por la calva; después en tono de protectora compasión dijo:

—¡Hm! malas doctrinas son esas, malas teorías, ¡hm! Como se conoce que es usted joven y no tiene experiencia de la vida. Vea usted lo que les está pasando a los chicos inexpertos que en Madrid piden tantas reformas: están tachados todos de filibusterismo, muchos no se atreven a volver, y sin embargo ¿qué piden? Cosas santas, viejas e inocentes de puro sabidas... Pero hay cosas que no se las puedo explicar, son muy delicadas... vamos... le confieso que existen otras razones que las dichas que impulsan a un gobierno sensato a negarse sistemáticamente a los deseos de un pueblo... no... puede suceder sin embargo que nos encontremos con jefes tan fatuos y ridículos... pero siempre hay otras razones... aunque lo que se pida sea lo más justo... los gobiernos son de distintas condiciones...

Y el viejo vacilaba, miraba fijamente a Isagani, y después tomando una resolución, hizo con la mano un gesto como alejando una idea.

—Adivino lo que usted quiere decir —continuó Isagani sonriendo tristemente—; usted quiere decir que un gobierno colonial, por lo mismo que está constituido de un modo imperfecto y porque se funda en premisas...

—¡No, no, no es eso, no! —interrumpió vivamente el viejo haciendo de buscar algo entre sus papeles—; no, quería decir... pero ¿dónde están mis anteojos?

—Ahí los tiene usted —dijo Isagani.

El señor Pasta se puso los anteojos, hizo de leer algunos papeles y viendo que el joven esperaba, tartamudeó:

—Yo quería decir una cosa... quería decir, pero ya se me pasó... usted, con su vivacidad me interrumpió... es cosa de poca monta... Si supiera usted como tengo la cabeza, ¡tengo tanto que hacer!

Isagani comprendió que le despedía.

—De manera —dijo levantándose—, que nosotros...

—¡Ah...! ustedes harán bien en dejar el asunto en manos del gobierno; él lo resolverá a su gusto... Usted dice que el vicerrector está opuesto a la enseñanza del castellano. Quizás lo estuviera, no en el fondo sino en la forma. Dicen que el Rector que va a venir trae un proyecto-reforma de la enseñanza... Espérense un poco, den tiempo al tiempo, estudien que los exámenes se acercan y ¡qué carambas! Usted que ya habla bien el castellano y se expresa con facilidad, ¿a qué se mete en líos? ¿Qué interés tiene usted en que se enseñe especialmente? ¡De seguro que el padre Florentino opinará como yo! Déle usted muchas memorias...

—Mi tío —contestó Isagani—, me ha recomendado siempre que piense en los demás tanto como en mí... no he venido por mí, he venido en nombre de los que están en peores condiciones...

—¡Qué diantre! Que hagan lo que usted ha hecho, que se quemen las cejas estudiando y se queden calvos como yo me he quedado poniéndome párrafos enteros en la memoria... Y yo creo que si usted habla el español es porque lo habrá aprendido; ¡usted no es de Manila ni es hijo de padres españoles! Pues que aprendan lo que usted y hagan lo que yo... Yo he sido criado de todos los frailes, les he preparado el chocolate y mientras con la derecha lo removía en el batidor, con la izquierda sostenía la gramática, aprendía y, gracias a Dios, que no he necesitado de más maestros ni de más academias ni de permisos del gobierno... Créame usted; el que quiera aprender, ¡aprende y llega a saber!

—¿Pero cuántos hay de entre los que quieren saber llegan a ser lo que usted? ¡Uno entre diez mil y aún!

—¡Psch! ¿y para qué más? —contestó el viejo encogiéndose de hombros—. Abogados los hay de sobra, muchos se meten a escribientes. ¿Médicos? se insultan, se calumnian y se matan por disputarse un enfermo... Brazos, señor, ¡brazos son los que necesitamos para la agricultura!

Isagani comprendió que perdía tiempo, pero quiso replicar.

—Indudablemente —contestó—; hay muchos médicos y abogados, mas no diré que nos sobran pues tenemos pueblos que carecen de ellos, pero si abundan en cantidad quizás nos faltan en calidad. Y, puesto que no se puede impedir que la juventud estudie y aquí no se nos presentan otras carreras ¿por qué dejar que malogren su tiempo y sus esfuerzos? Y si lo defectuoso de la enseñanza no impide el que muchos se hagan abogados o médicos, si los hemos de tener al fin, ¿por qué no tenerlos buenos? Y con todo, aun cuando solo se quiera hacer del país un país de agricultores, un país de braceros, y condenar en él todo trabajo intelectual, no veo mal ninguno en ilustrar a estos mismos agricultores y braceros, en darles por lo menos una educación que les permita después perfeccionarse y perfeccionar sus trabajos, poniéndoles en estado de comprender muchas cosas que al presente desconocen.

—¡Bah, bah, bah! —exclamó el abogado trazando con la mano círculos en el aire como para ahuyentar las ideas evocadas—; para ser buen cosechero no se necesitan tantas retóricas. ¡Sueños, ilusiones, ideología! ¡Ea! ¿quiere usted seguir un consejo?

Y se levantó y poniéndole afectuosamente la mano sobre el hombro, continuó:

—Le voy a dar uno y muy bueno porque veo que es usted listo y el consejo no será perdido. ¿Usted va a estudiar Medicina? Pues limítese a aprender cómo se ponen los emplastos y se aplican las sanguijuelas y no trate jamás de mejorar o empeorar la suerte de sus semejantes. Cuando se reciba de licenciado, cásese con una muchacha rica y devota, trate de curar y cobrar bien; huya de toda cosa que tenga relación con el estado general del país, oiga misa, confiésese y comulgue cuando lo hagan los demás, y verá usted como después me lo agradecerá y yo lo veré si aún vivo. Acuérdese siempre de que la caridad bien entendida empieza por sí mismo; el hombre no debe buscar en la tierra más que la mayor suma de felicidad propia como dice Bentham; si se mete usted en quijotismos ni tendrá carrera, ni se casará, ni será nada. Todos le abandonarán y serán sus mismos paisanos los primeros que se reirán de su inocencia. Créame usted, usted se acordará de mí y me dará la razón cuando tenga canas como yo, ¡canas como estas!

Y el viejo abogado se cogía sus pocos cabellos blancos sonriendo tristemente y agitando la cabeza.

—Cuando tenga canas como esas, señor —contestó Isagani con igual tristeza—, y vuelva la vista hacia mi pasado y vea que solo he trabajado para mí, sin haber hecho lo que buenamente podía y debía por el país que me ha dado todo, por los ciudadanos que me ayudan a vivir, entonces, señor, cada cana me será una espina y en vez de gloriarme de ellas, ¡me he de avergonzar!

Y dicho esto, saludó profundamente y salió.

El abogado se quedó inmóvil en su sitio, con la mirada atónita. Oyó los pasos que se alejaban poco a poco y volvió a sentarse murmurando:

—¡Pobre joven! ¡También parecidos pensamientos cruzaron por mi mente un día! ¿Qué más quisieran todos que poder decir: he hecho esto por mi patria, he consagrado mi vida al bien de los demás...? ¡Corona de laurel, empapada en acíbar, hojas secas que cubren espinas y gusanos! Esa no es la vida, eso no da de comer, ni procura honores; los laureles apenas sirven para una salsa... Ni dan tranquilidad... Ni hacen ganar pleitos, ¡al contrario! Cada país tiene su moral como su clima y sus enfermedades; ¡diferentes del clima y enfermedades de otros países!

Y después añadió:

—¡Pobre joven...! Si todos pensasen y obrasen como él, no digo que no... ¡Pobre joven! ¡Pobre Florentino!

XVI. LAS TRIBULACIONES DE UN CHINO

La noche de aquel mismo sábado, el chino Quiroga que aspiraba a crear un consulado para su nación, daba una cena en los altos de su gran bazar situado en la calle de la Escolta. Su fiesta estaba muy concurrida: frailes, empleados, militares, comerciantes, todos sus parroquianos, socios o padrinos, se encontraban allí; su tienda abastecía a los curas y conventos de todo lo necesario, admitía los vales de todos los empleados, tenía servidores fieles, complacientes y activos. Los mismos frailes no se desdeñaban de pasar horas enteras en su tienda, ya a la vista del público, ya en los aposentos del interior en agradable sociedad...

Aquella noche, pues, la sala presentaba un aspecto curioso. Frailes y empleados la llenaban, sentados en sillas de Viena y banquitos de madera oscura y asiento de mármol, venidos de Cantón, delante de mesitas cuadradas, jugando al tresillo o conversando entre sí, a la luz brillante de las lámparas doradas o a la mortecina de los faroles chinescos vistosamente adornados con largas borlas de seda. En las paredes se confundían en lamentable mezcolanza paisajes tranquilos y azulados, pintados en Cantón y en Hong Kong, con los cromos chillones de odaliscas, mujeres semidesnudas, litografías de Cristos femeniles, la muerte del justo y la del pecador, hechas por casas judías de Alemania para venderse en los países católicos. No faltaban allí las estampas chinescas en papel rojo representando a un hombre sentado, de aspecto venerable y pacífica y sonriente fisonomía, detrás del cual se levanta su servidor, feo, horroroso, diabólico, amenazador, armado de una lanza con ancha hoja cortante; los indios, unos lo llaman Mahoma, y otros Santiago, no sabemos por qué; los chinos tampoco dan una clara explicación de esta popular dualidad. Detonaciones de botellas de champagne, chocar de copas, risas, humo de cigarro y cierto olor particular a casa de chino, mezcla de pebete, opio y frutas conservadas, completaban el conjunto.

Vestido como un mandarín, con gorra de borla azul, se paseaba el chino Quiroga de un aposento a otro, tieso y derecho no sin lanzar acá y allá miradas vigilantes como para asegurarse de que nadie se apoderaba de nada. Y a pesar de esta natural desconfianza, cambiaba sendos apretones de manos, saludaba a unos con una sonrisa fina y humilde, a otros con aire protector, y a algunos con cierta sorna como diciendo:

—¡Ya sé! Usted no viene por mí sino por mi cena.

¡Y el chino Quiroga tenía razón! Aquel señor gordo que ahora le alaba y le habla de la conveniencia de un consulado chino en Manila dando a entender que para ese cargo no podía haber otro que Quiroga, es el señor González que se firma *Pitilí* cuando en las columnas de los periódicos ataca la inmigración china. Aquel otro ya avanzado en edad que examina de cerca los objetos, las lámparas, los cuadros, etc. y hace muecas y exclamaciones de desprecio, es don Timoteo Peláez, padre de Juanito, comerciante que clama contra la competencia del chino que arruina su comercio. Y el otro, el de más allá, aquel señor moreno, delgado, de mirada viva y pálida sonrisa, es el célebre autor de la cuestión de los pesos mexicanos que tanto disgusto dio a un protegido del chino Quiroga; ¡aquel empleado tiene en Manila fama de listo! El de más allá, aquel de mirada fosca y bigotes descuidados, es el empleado que pasa por ser el más digno porque tiene el valor de hablar mal contra el negocio de los billetes de lotería, llevado a cabo entre Quiroga y una alta dama de la sociedad manilense. En efecto, si no la mitad, las dos terceras partes de los billetes van a China y los pocos que en Manila se quedan se venden con una prima de medio real fuerte. El digno señor tiene la convicción de que algún día le ha de tocar el premio gordo y se enfurece al encontrarse delante de semejantes trapicheos.

La cena entretanto tocaba a su fin. Del comedor llegaban hasta la sala trozos de brindis, risas, interrupciones, carcajadas... El nombre de Quiroga se oía varias veces repetido, mezclado con las palabras de cónsul, igualdad, derechos...

El anfitrión que no comía platos europeos se había contentado con beber de cuando en cuando una copa con sus convidados, prometiendo cenar con los que no se habían sentado en la primera mesa.

Simoun había venido ya cenado y hablaba en la sala con algunos comerciantes que se quejaban del estado de los negocios: todo iba mal, se paralizaba el comercio, los cambios con Europa estaban a un precio exorbitante; pedían al joyero luces o le insinuaban algunas ideas con la esperanza de que se las comunicase al capitán general. A cada remedio que proponían, Simoun respondía con una sonrisa sarcástica y brutal: ¡Ca! ¡tontería! hasta que exasperado uno le preguntó por su opinión.

—¿Mi opinión? —preguntó—; estudien ustedes por qué otras naciones prosperan y hagan lo mismo que ellas.

—¿Y por qué prosperan, señor Simoun?

Simoun se encogió de hombros y no contestó.

—¡Las obras del puerto que tanto gravan el comercio y el puerto que no se termina! —suspiró don Timoteo Peláez—, una tela de Guadalupe, como dice mi hijo, se teje y se desteje... los impuestos...

—¡Y usted se queja! —exclamaba otro—. ¡Y ahora que acaba de decretar el general el derribo de las casas de materiales ligeros! ¡Y usted que tiene una partida de hierro galvanizado!

—Sí —respondía don Timoteo—; ¡pero lo que me ha costado ese decreto! Y luego, el derribo no se hace hasta dentro de un mes, hasta que venga la cuaresma; pueden venir otras partidas... yo hubiera querido que se derribasen al instante, pero... Y además, ¿qué me van a comprar los dueños de esas casas si son todos unos más pobres que otros?

—Siempre podrá usted comprarlas casitas por una bicoca...

—Y hacer después que se retire el decreto y revenderlas a un precio doble... ¡He ahí un negocio!

Simoun se sonrió con su sonrisa fría, y viendo adelantarse al chino Quiroga dejó a los quejicosos comerciantes para saludar al futuro cónsul. Este, apenas le vio, perdió su expresión satisfecha, sacó una cara parecida a la de los comerciantes y medio se dobló.

El chino Quiroga respetaba mucho al joyero no solo por saberle muy rico sino también por las susurradas inteligencias que le atribuían con el capitán general. Decíase que Simoun favorecía las ambiciones del chino, era partidario del consulado, y un cierto periódico chinófobo le aludía al través de muchas perífrasis, indirectas y puntos suspensivos, en la célebre polémica con otro periódico partidario de la gente de coleta. Personas prudentísimas añadían entre guiños y palabras entrecortadas que la Eminencia Negra aconsejaba al general se valiese de los chinos para deprimir la tenaz dignidad de los naturales.

—Para tener sumiso a un pueblo, había dicho, no hay como humillarlo y rebajarlo a sus propios ojos.

Pronto se había presentado una ocasión.

Los gremios de los mestizos y de los naturales andaban siempre vigilándose el uno al otro y empleaban su espíritu belicoso y su actividad en recelos y desconfianzas. Un día, en la misa, el gobernadorcillo de los naturales que se sentaba en el banco derecho y era extremadamente flaco, tuvo la ocurrencia de poner una pierna sobre otra, adoptando una posición *nonchalant* para aparentar más muslos y lucir sus hermosas botinas; el del gremio de mestizos que se sentaba en el banco opuesto, como tenía juanetes y no podía cruzar las piernas por ser muy grueso y panzudo, adoptó la postura de separar mucho las piernas para sacar su abdomen encerrado en un chaleco sin pliegues, adornado con una hermosa cadena de oro y brillantes. Los dos partidos se comprendieron y empezó la batalla: en la misa siguiente todos los mestizos, hasta los más flacos, tenían panza y separaban mucho las piernas como si estuviesen a caballo: todos los naturales ponían una pierna sobre otra aun los más gordos y hubo cabeza de barangay que dio una voltereta. Los chinos que los vieron, adoptaron también su postura: se sentaron como en sus tiendas, una pierna encogida y levantada y otra colgando y agitándose. Hubo protestas, escritos, expedientes, etc.; los cuadrilleros se armaron prestos a encender una guerra civil, los curas estaban contentísimos, los españoles se divertían y ganaban dinero a costa de todos, hasta que el general resolvió el conflicto ordenando que se sentasen como los chinos por ser los que más pagaban, aunque no eran los más católicos. Y aquí el apuro de los mestizos y naturales que por tener pantalones estrechos no podían imitar a los chinos. Y para que la intención de humillarles fuese más manifiesta, la medida se llevó a cabo con pompa y aparato, rodeando a la iglesia un cuerpo de caballería, mientras dentro todos sudaban. La causa llegó a las Cortes, pero se repitió que los chinos como pagaban podían imponer su ley aun en las ceremonias religiosas, aun cuando después apostaten y se burlen del cristianismo. Los naturales y los mestizos se dieron por satisfechos y aprendieron a no perder su tiempo en semejantes futesas.

Quiroga con su media lengua y sonrisa la más humilde agasajaba a Simoun: su voz era acariciadora, sus genuflexiones repetidas, pero el joyero le cortó la palabra preguntándole bruscamente:

—¿Gustaron los brazaletes?

133

A esta pregunta toda la animación de Quiroga se deshizo como un sueño; la voz de acariciadora se trasformó en plañidera, se dobló más y juntando ambas manos y elevándolas a la altura de su rostro, forma de la salutación china, gimió:

—*¡Uuh, siño Simoun! imia pelilo, mia luinalo!*

—Cómo, chino Quiroga, ¿perdido y arruinado? ¡Y tantas botellas de champagne y tantos convidados!

Quiroga cerró los ojos e hizo una mueca. ¡Jss! El acontecimiento de aquella tarde, la aventura de los brazaletes, le había arruinado. Simoun se sonrió: cuando un comerciante chino se queja es porque todo le va bien; cuando aparenta que todo va a las mil maravillas es porque prevé una quiebra o se va a escapar para su país.

—¿Suya no sabe *mia* pelilo, *mia* luinalo? Ah, siño Simoun, *imia hapay!*

Y el chino, para hacer más comprensible su situación, ilustraba la palabra *hapay* haciendo ademán de caerse desplomado.

Simoun tenía ganas de reírsele, pero se contuvo y dijo que nada sabía, nada, absolutamente nada.

Quiroga llevóle a un aposento cuya puerta cerró con cuidado y le explicó la causa de su desventura.

Los tres brazaletes de brillantes que había pedido a Simoun para enseñárselos a su señora, no eran para ésta, pobre india encerrada en un cuarto como una china, eran para una bella y encantadora dama, amiga de un gran señor, y cuya influencia le era necesaria para cierto negocio en que podía ganar en limpio unos 6.000 pesos. Y como el chino no entendía de gustos femeniles y quería ser galante, pidió los tres mejores brazaletes que el joyero tenía, que costaban de tres a 4.000 pesos cada uno. El chino, afectando candidez, con su sonrisa la más acariciadora dijo a la dama que escogiese el que más le gustase, pero la dama, más cándida y más acariciadora todavía, declaró que todos los tres le gustaban y se quedó con ellos.

Simoun soltó una carcajada.

—¡Ah, siñolía! i*mia* pelilo, *mia* luinalo! —gritaba el chino dándose ligeras bofetadas con sus finas manos.

El joyero continuaba riendo.

—¡Huu! malo genti, isigulo no siñola bilalelo! —continuaba el chino agitando descontento la cabeza—. ¿Cosa? No tiene biligüensa, más que *mia* chino *mia* siemple gentl. Ah, sigulo no siñola bilalelo; isigalela tiene más biligüensa!

—Le han cogido a usted, le han cogido a usted —exclamaba Simoun dándole golpecitos en el vientre.

—Y tolo mundo pile pilestalo y no pagalo, ¿cosa ese? —y contaba con sus dedos armados de largas uñas— impelealo, opisiá, tinienti, sulalo, ah, siño Simoun, i*mia* pelilo, *mia hapay*!

—Vamos, menos quejas —decía Simoun—; yo le he salvado de muchos oficiales que le pedían dinero... Yo les he prestado para que no le molesten a usted y sabía que no me podían pagar...

—Pelo, siño Simoun, suya pilesta opisia, *mia* pilesta mujé, siñola, malinelo, tolo mundo...

—¡Ya, ya las cobrará usted!

—¿Mía cobalalo? ¡Ah, sigulo suya no sabe! ¡Cuando pelilo ne juego nunca pagalo! Mueno suya tiene consu, puele obiligá, mía no tiene...

Simoun estaba pensativo.

—Oiga, chino Quiroga —dijo algo distraído—: me encargo de cobrar lo que le deben los oficiales y marineros, déme usted sus recibos.

Quiroga volvió a gimotear: no le daban nunca recibos.

—Cuando vengan a pedirle dinero, envíemelos siempre a mí; yo le quiero a usted salvar.

Quiroga dio las gracias muy agradecido, pero pronto volvió a sus lamentaciones, hablaba de los brazaletes y repetía:

—¡Sigalela tiene más biligüensa!

—Carambas —decía Simoun mirando de reojo al chino como para estudiarle—; precisamente necesitaba dinero y creía que usted me podía pagar. Pero todo tiene su arreglo, no quiero que usted quiebre por tan poca cosa. Vamos, un servicio y le reduzco a 7 los 9.000 pesos que me debe. Usted hace entrar por la aduana todo lo que quiere, cajones de lámparas, hierros, vajilla, cobre, pesos mexicanos; ¿usted suministra armas a los conventos?

El chino afirmaba con la cabeza; pero él tenía que sobornar a muchos.

—¡Mía dale tolo a los Pales!

—Pues mire —añadió Simoun en voz baja—: necesito que usted me haga entrar algunas cajas de fusiles que han llegado esta noche... quiero que los guarde en sus almacenes; en mi casa no caben todos.

Quiroga se alarmó.

—No se alarme usted, no corre usted ningún riesgo: esos fusiles se han de esconder poco a poco en ciertas casas, y luego se opera una requisa y se envían a muchos a la cárcel... usted y yo podremos ganar bastante procurando a los detenidos la libertad. ¿Me entiende usted?

Quiroga vacilaba; él tenía miedo a las armas. En su mesa tenía un revólver descargado que nunca tocaba sino volviendo la cabeza y cerrando los ojos.

—Si usted no puede, acudiré a otro, pero entonces necesito mis 9.000 pesos para untar las manos y cerrar los ojos.

—¡Mueno, mueno! —dijo al fin Quiroga—; ¿pelo pone pileso mucha genti? manda liquisa, ¿ja?

Cuando Quiroga y Simoun volvieron a la sala encontraron en ella a los que venían de cenar, discutiendo animadamente: el champagne había soltado las lenguas y excitaba las masas cerebrales. Hablaban con cierta libertad.

En un grupo donde estaban muchos empleados, algunas señoras y don Custodio se hablaba de una comisión enviada a la India para hacer ciertos estudios sobre los calzados de los soldados.

—¿Y quiénes la forman? —preguntaba una señora mayor.

—Un coronel, dos oficiales y el sobrino de S. E.

—¿Cuatro? —preguntó un empleado—: ¡vaya una comisión! ¿y si se dividen las opiniones? ¿Son competentes al menos?

—Eso preguntaba yo —añadió otro—: decía que debía ir un civil, uno que no tenga preocupaciones militares... un zapatero por ejemplo...

—Eso es —repuso un importador de zapatos—; pero como no es cosa de enviar a un indio ni a un macanista y el único zapatero peninsular ha pedido tales dietas...

—Pero y ¿para qué habrán de estudiar el calzado? —preguntó una señora mayor—; ¡no será para los artilleros peninsulares! Los indios pueden seguir descalzos, como en sus pueblos.

—Justamente ¡y la caja economizaría más! —añadió otra señora viuda que no estaba contenta de su pensión.

—Pero, observen ustedes —repuso otro de los presentes, amigo de los oficiales de la comisión—. Es verdad que muchos indios van descalzos en sus pueblos, pero no todos, y no es lo mismo marchar a voluntad que estando en el servicio: no se puede escoger la hora, ni el canino, ni se descansa cuando se quiere. Mire usted, señora, que con el Sol que hace a mediodía, está la tierra que cuece un pan. Y ande usted por arenales, por donde hay piedras, Sol por arriba y fuego por abajo, y balas por delante...

—¡Cuestión de acostumbrarse!

—¡Como el burro que se acostumbró a no comer! En la presente campaña, la mayor parte de nuestras bajas son ocasionadas por heridas en las plantas de los pies... Digo lo del burro, señora, ¡lo del burro!

—Pero, hijo —replica la señora—, considere usted tanto dinero perdido en suelas. Hay para pensionar a muchos huérfanos y viudas para sostener el prestigio. Y no se sonría usted, no hablo de mí que tengo mi pensión aunque poca, muy poca para los servicios que prestó mi marido, pero hablo de otras que arrastran una existencia infeliz: no es justo que después de tanta instancia para venir y después de atravesar el mar, concluyan aquí por morirse de hambre... Lo que usted dice de los soldados será cierto, pero es el caso que cuento con más de tres años de país y no he visto a ninguno cojeando.

—En eso opino como la señora —dijo su vecina—, ¿para qué darles zapatos si han nacido sin ellos?

—¿Y para qué camisa?

—¿Y para qué pantalones?

—¡Figúrese usted lo que ganaríamos con un ejército en cueros! —concluyó el que defendía a los soldados.

En otro grupo la discusión era más acalorada. Ben Zayb hablaba y peroraba, el padre Camorra como siempre le interrumpía a cada instante. El periodista-fraile, a pesar de todo su respeto a la gente de cogulla, se las tenía siempre con el padre Camorra a quien consideraba como un semi-fraile muy simple; así se daba aire de ser independiente y deshacía las acusaciones de los que le llamaban fray Ibáñez. Al padre Camorra le gustaba su adversario: era el único que tomaba en serio lo que él llamaba sus razonamientos.

Se trataba de magnetismo, espiritismo, magia, etc. y las palabras volaban por el aire como los cuchillos y las bolas de los juglares: ellos los arrojaban y ellos los recogían.

Aquel año llamaba mucho la atención en la feria de Kiapò una cabeza, mal llamaba esfinge, expuesta por Mr. Leeds, un americano. Grandes anuncios cubrían las paredes de las casas, misteriosos y fúnebres, que excitaban la curiosidad. Ni Ben Zayb, ni el padre Camorra, ni el padre Irene, ni el padre Salví la habían visto aún; solo Juanito Peláez estuvo a verla una noche y contaba en el grupo su admiración.

Ben Zayb, a fuer de periodista, quería buscar una explicación natural; el padre Camorra hablaba del diablo; el padre Irene sonreía, el padre Salví se mantenía grave.

—Pero, padre, si el diablo ya no viene; nos bastamos para condenarnos...

—De otro modo no se puede explicar...

—Si la ciencia...

—¡Dale con la ciencia! ¡puñales!

—Pero, escúcheme usted, voy a demostrárselo. Todo es cuestión de óptica. Yo no he visto todavía la cabeza ni sé cómo la presentan. El señor —señalando a Juanito Peláez— nos dice que no se parece a las cabezas parlantes que se enseñan de ordinario, ¡sea! Pero el principio es el mismo; todo es cuestión de óptica; espere usted, se pone un espejo así, un espejo detrás, la imagen se refleja... digo, es puramente un problema de Física.

Y descolgaba de los muros varios espejos, los combinaba, los inclinaba y como no le resultaba el efecto, concluía:

—Como digo, ni más ni menos que una cuestión de óptica.

—Pero qué espejos quiere usted, si Juanito nos dice que la cabeza está dentro de una caja que se coloca sobre una mesa... Yo veo en ello el espiritismo porque los espiritistas siempre se valen de mesas y creo que el padre Salví, como gobernador eclesiástico que es, debía prohibir el espectáculo.

El padre Salví estaba silencioso; no decía ni sí ni no.

—Para saber si dentro hay diablos o espejos —repuso Simoun—, ¡lo mejor es que ustedes vayan a ver la famosa esfinge!

La proposición pareció buena y fue aceptada, pero el padre Salví y don Custodio manifestaban cierta repugnancia. ¡Ellos a una feria, codearse con el público y ver esfinges y cabezas parlantes! ¿Qué dirían los indios? Los podían tomar por hombres, dotados de las mismas pasiones y flaquezas que los otros. Entonces Ben Zayb, con su ingenio de periodista, prometió que suplicaría a Mr. Leeds no dejase entrar al público mientras estuviesen dentro: bastante honor le harían con la visita para que no se prestase, y todavía no les ha de cobrar la entrada. Y para cohonestar esta pretensión decía Ben Zayb:

—¡Porque, figúrense ustedes! ¡si descubro la trampa del espejo delante del público de los indios! ¡Le quitaría el pan al pobre americano!

Ben Zayb era un hombre muy concienzudo.

Bajaron unos doce, entre ellos nuestros conocidos don Custodio, el padre Salví, el padre Camorra, el padre Irene, Ben Zayb y Juanito Peláez. Sus coches les dejaron a la entrada de la plaza de Kiapò.

XVII. LA FERIA DE KIAPÒ

La noche era hermosa y la plaza ofrecía un aspecto animadísimo. Aprovechando la frescura de la brisa y la espléndida Luna de enero, la gente llenaba la feria para ver, ser vista y distraerse. Las músicas de los cosmoramas y las luces de los faroles comunicaban la animación y la alegría a todos. Largas filas de tiendas, brillantes de oropel y colorines, desplegaban a la vista racimos de pelotas, de máscaras ensartadas por los ojos, juguetes de hoja de lata, trenes, carritos, caballitos mecánicos, coches, vapores con sus diminutas calderas, vajillas de porcelana liliputienses, belencitos de pino, muñecas extranjeras y del país, rubias y risueñas aquellas, serias y pensativas estas como pequeñitas señoras al lado de niñas gigantescas. El batir de los tamborcitos, el estrépito de las trompetillas de hoja de lata, la música nasal de los acordeones y los organillos se mezclaban en concierto de carnaval, y en medio de todo, la muchedumbre iba y venía empujándose, tropezándose, con la cara vuelta hacia las tiendas de modo que los choques eran frecuentes y no poco cómicos. Los coches tenían que contener la carrera de los caballos, el *itabì! itabì!* de los cocheros resonaba a cada momento; se cruzaban empleados, militares, frailes, estudiantes, chinos, jovencitas con sus mamás o tías, saludándose, guiñándose, interpelándose más o menos alegremente.

El padre Camorra estaba en su quinto cielo viendo tantas muchachas bonitas; se paraba, volvía la cabeza, le daba un empujón a Ben Zayb, castañeteaba con la lengua, juraba y decía: ¿Y esa, y esa, chupa-tintas? y de aquella, ¿qué me dices? En su contento se ponía a tutear a su amigo y adversario. El padre Salví le miraba de cuando en cuando, pero buen caso hacía él del padre Salví; al contrario, hacía de tropezar las muchachas para rozarse con ellas, les guiñaba y ponía ojos picarescos.

—¡Puñales! ¿Cuándo seré cura de Kiapò? —se preguntaba.

De repente Ben Zayb suelta un juramento, salta y se lleva una mano al brazo; el padre Camorra en el colmo de su entusiasmo le había pellizcado. Venía una deslumbrante señorita que atraía la admiración de toda la plaza; el padre Camorra, no cabiendo en sí de gozo, tomó el brazo de Ben Zayb por el de la joven.

Era la Paulita Gómez, la elegante entre las elegantes que acompañaba Isagani; detrás seguía doña Victorina. La joven estaba resplandeciente de hermosura:

todos se paraban, los cuellos se torcían, se suspendían las conversaciones, la seguían los ojos y doña Victorina recibía respetuosos saludos.

Paulita Gómez lucía riquísima camisa y pañuelo de piña bordados, diferentes de los que se había puesto aquella mañana para ir a Santo Domingo. El tejido vaporoso de la piña hacía de su linda cabeza una cabeza ideal, y los indios que la veían, la comparaban a la Luna rodeada de blancas y ligeras nubes. Una saya de seda color de rosa, recogida en ricos y graciosos pliegues por la diminuta mano, daba majestad a su erguido busto cuyos movimientos favorecidos por el ondulante cuello delataban todos los triunfos de la vanidad y de la coquetería satisfecha. Isagani parecía disgustado: le molestaban tantos ojos, tantos curiosos que se fijaban en la hermosura de su amada: las miradas le parecían robos, las sonrisas de la joven le sabían a infidelidades.

Juanito, al divisarla, acentuó su joroba y saludó: Paulita le contestó negligentemente, doña Victorina le llamó. Juanito era su favorito, y ella le prefería a Isagani.

—¡Qué moza, qué moza! —murmuraba el padre Camorra arrebatado.

—Vamos, padre, ¡pellízquese el vientre y déjenos en paz! —decía mal humorado Ben Zayb.

—¡Qué moza, qué moza! —repetía—; y tiene por novio a mi estudiante, ¡el de los empujones!

—¡Fortuna tiene que no sea de mi pueblo! —añadió después volviendo varias veces la cabeza para seguirla con la mirada. Tentado estuvo de dejar a sus compañeros y seguir a la joven. Ben Zayb a duras penas pudo disuadirle.

Paulita seguía andando y se veía su hermoso perfil, su pequeña cabeza graciosamente peinada moverse con natural coquetería.

Nuestros paseantes continuaron su camino no sin suspiros de parte del fraile-artillero, y llegaron a una tienda rodeada de curiosos, que fácilmente les cedieron sus puestos.

Era una tienda de figuritas de madera, hechas en el país, que representaban en todos los tamaños y formas, tipos, razas y profesiones del Archipiélago, indios, españoles, chinos, mestizos, frailes, clérigos, empleados, gobernadorcillos, estudiantes, militares, etc. Sea que los artistas tuviesen más afición a los sacerdotes, los pliegues de cuyos hábitos les conviniesen más para sus fines estéticos, o que los frailes, desempeñando tanto papel en la sociedad

141

filipina preocupasen más la mente del escultor, sea una cosa u otra, el caso es que abundaban sus figuritas, muy bien hechas, muy concluidas, representándoles en los más sublimes instantes de la vida, al revés de lo que se hace en Europa donde se les pinta durmiendo sobre toneles de vino, jugando a las cartas, vaciando copas, refocilándose o pasando la mano por la fresca cara de una muchachota. No: los frailes de Filipinas eran otros: elegantes, pulcros, bien vestidos, el cerquillo bien cortado, las facciones regulares y serenas, la mirada contemplativa, expresión de santo, algo de rosa en las mejillas, bastón de palasan en la mano y zapatitos de charol en los pies, que dan ganas de adorarlos y ponerlos bajo campanas de cristal. En vez de los símbolos de la gula e incontinencia de sus hermanos en Europa, los de Manila tenían el libro, el crucifijo, la palma del martirio; en vez de besar a las simples campesinas, los de Manila daban de besar gravemente la mano a niños y a hombres ya maduros, doblados y casi arrodillados: en vez de la despensa repleta y del comedor, sus escenarios de Europa, en Manila tenían el oratorio, la mesa de estudio; en vez del fraile mendicante que va de puerta en puerta con su burro y su saco pidiendo limosna, el fraile de Filipinas derramaba a manos llenas el oro entre los pobres indios...

—Miren ustedes, ¡aquí está el padre Camorra! —dijo Ben Zayb a quien le duraba todavía el efecto del champagne.

Y señalaba el retrato de un fraile delgado, con aire meditabundo, sentado junto a una mesa, la cabeza apoyada sobre la palma de la mano y escribiendo al parecer un sermón. Una lámpara había para iluminarle.

Lo contrario del parecido hizo reír a muchos.

El padre Camorra que ya se había olvidado de Paulita, notó la intención y preguntó a su vez:

—Y ¿a quién se parece esta otra figura, Ben Zayb?

Y se echó a reír con su risa de paleto.

Era una vieja tuerta, desgreñada, sentada sobre el suelo como los ídolos indios, planchando ropas. El instrumento estaba muy bien imitado: era de cobre, las brasas estaban hechas con oropel y los torbellinos de humo con sendos copos de algodón sucio, retorcido.

—¿Eh, Ben Zayb, no es tonto el que lo ideó? —preguntaba riendo el padre Camorra.

—¡Pues, no le veo la punta! —dijo el periodista.

—Pero, ¡puñales! ¿no ve usted el título, la *prensa filipina*? ¡Ese instrumento con que plancha la vieja, aquí se llama prensa!

Todos se echaron a reír y el mismo Ben Zayb se rió de buena gana.

Dos soldados de la Guardia Civil que tenían por letrero, civiles, estaban colocados detrás de un hombre, maniatado con fuertes cuerdas y la cara tapada con el sombrero: se titulaba *el País del Abaká* y parecía que le iban a afusilar. A muchos de nuestros visitantes no les gustaba la exposición. Hablaban de reglas del arte, buscaban proporciones, el uno decía que tal figura no tenía siete cabezas, que a la cara le faltaba una nariz, no tenía más que tres, lo que ponía algo pensativo al padre Camorra que no comprendía cómo una figura, para estar bien, debía tener cuatro narices y siete cabezas; otro decía que si eran musculosos, si los indios no lo podían ser; si aquello era escultura o puramente carpintería, etc. cada cual metió su cucharada de crítica, y el padre Camorra, por no ser menos que nadie, se aventuró a pedir lo menos treinta piernas para cada muñeco. ¿Por qué, si los otros pedían narices, no iba él a pedir muslos? Y allí mismo estuvieron discutiendo sobre si el indio tenía o no disposiciones para la escultura, si convenía fomentar dicha arte y se inició una general disputa que cortó don Custodio diciendo que los indios tenían disposición pero debían dedicarse exclusivamente a hacer santos.

—Cualquiera diría —repuso Ben Zayb que estaba de ocurrencias aquella noche, que ese chino es Quiroga—, pero observándole bien se parece al padre Irene.

—¿Y qué me dicen ustedes de ese indio-inglés? ¡Se parece a Simoun!

Resonaron nuevas carcajadas. El padre Irene se frotó la nariz.

—¡Es verdad!

—¡Es verdad!

—¡Si es el mismo!

—¿Pero dónde está Simoun? ¡Que lo compre Simoun!

Simoun había desaparecido, nadie le había visto.

—¡Puñales! —dijo el padre Camorra—; ¡que tacaño es el americano! Teme que le hagamos pagar la entrada de todos en el gabinete de Mr. Leeds.

—¡Quiá! —contestó Ben Zayb—; lo que teme es que le comprometan. Habrá presentido la guasa que le espera a su amigo Mr. Leeds y se desentiende.

Y sin comprar el más pequeño monigote prosiguieron su camino para ver la famosa esfinge.

Ben Zayb se ofrecía a tratar la cuestión; el americano no podría desairar a un periodista que puede vengarse en un artículo desacreditador.

—Van ustedes a ver como todo es cuestión de espejos —decía—, porque miren ustedes...

Y se internó de nuevo en una larga explicación, y como no tenía delante ningún espejo que pueda comprometer su teoría, insertó todos los disparates posibles que acabó por no saber él mismo lo que se decía.

—En fin, ya verán ustedes como todo es cuestión de óptica.

XVIII. SUPERCHERÍAS

Mr. Leeds, un verdadero yankee, vestido todo de negro, les recibió con mucha deferencia. Hablaba bien el castellano por haber estado muchos años en la América del Sur. No opuso ninguna dificultad a la pretensión de nuestros visitadores, dijo que podían examinar todo, todo, antes y después de la representación; durante ella les suplicaba se estuviesen tranquilos. Ben Zayb se sonreía y saboreaba el disgusto que preparaba al americano. La sala, tapizada toda de negro, estaba alumbrada por lámparas antiguas, alimentadas con espíritu de vino. Una barrera cubierta de terciopelo negro la dividía en dos partes casi iguales, una, llena de sillas para los espectadores, y otra, ocupada por un entarimado con una alfombra a cuadros. Sobre este entarimado, en la parte media, se elevaba una mesa cubierta por un rico paño negro, lleno de calaveras y otras figuras cabalísticas. La mise en scène resultaba lúgubre, e impresionó a los alegres visitadores. Las bromas cesaron, se hablaba en voz baja y por más que algunos se querían mostrar despreocupados, en los labios no cuajaba la risa. Todos sentían como si entrasen en una casa donde hay un muerto. Un olor a incienso y a cera aumentaban esta ilusión. Don Custodio y el padre Salví se consultaron en voz baja sobre si sería o no conveniente prohibir semejantes espectáculos.

Ben Zayb, para animar a los impresionables y poner en aprieto a Mr. Leeds, le dijo en tono familiar:

—Eh, míster, puesto que no hay más que nosotros y no somos indios que se dejan pescar, ¿permite usted que les haga ver la trampa? Ya sabemos que es cuestión de óptica pura, pero como el padre Camorra no quiere convencerse...

Y se dispuso a saltar la barrera sin pasar por la debida puerta, mientras el padre Camorra se deshacía en protestas temiendo que Ben Zayb tuviese razón.

—¿Y cómo no, señor? —contestó el americano—; ¿pero no me rompa nada, estamos?

El periodista estaba ya sobre el entarimado.

—¿Permite usted? —decía.

Y sin aguardar el permiso, temiendo que Mr. Leeds no se lo concediese, levantó el paño y buscó los espejos que esperaba debía haber entre los pies. Ben Zayb soltó una media palabrota, retrocedió, volvió a introducir ambas manos debajo de la mesa agitándolas: se encontraba con el vacío. La mesa tenía tres pies delgados de hierro que se hundían en el suelo. El periodista miró a todas partes como buscando algo.

—¿Dónde están los espejos? —preguntó el padre Camorra.

Ben Zayb miraba y miraba, palpaba la mesa, levantaba el paño, y se llevaba de cuando en cuando la mano a la frente como para recordar algo.

—¿Se le ha perdido algo? —preguntó Mr. Leeds.

—Los espejos, míster, ¿dónde están los espejos?

—Los de usted no sé dónde estarán, los míos los tengo en la Fonda... ¿Quiere usted mirarse? Está usted algo descompuesto y pálido.

Muchos, a pesar de la impresión, al ver la calma guasona del americano se rieron y Ben Zayb muy corrido volvió a su asiento, murmurando:

—No puede ser; verán ustedes como no lo hace sin espejos; tendrá luego que cambiar de mesa...

Mr. Leeds volvió a colocar el paño sobre la mesa y dirigiéndose a los ilustres curiosos les preguntó:

—¿Están ustedes satisfechos? ¿Podemos empezar?

—¡Anda, que tiene flema! —dijo la señora viuda.

—Pues tomen asiento las señoras y señores y piensen en lo que quieran preguntar.

Mr. Leeds desapareció por una puerta y al cabo de algunos segundos volvió con una caja de madera oscura, carcomida, con algunas inscripciones representadas por aves, mamíferos, flores, cabezas humanas, etc.

—Señoras y señores —dijo Mr. Leeds con cierta gravedad—: visitando una vez la gran pirámide de Khufu, faraón de la cuarta dinastía, di con un sarcófago de granito rojo, en un aposento olvidado. Mi gozo fue grande creyendo encontrarme con una momia de la familia real, mas, cual no sería mi desencanto cuando, abierto el sarcófago después de infinitos trabajos, no encontré más que esta caja que ustedes pueden examinar.

Y paseó la caja a los que estaban en primera fila. El padre Camorra echó el cuerpo hacia atrás como si tuviese asco, el padre Salví la miró de cerca como si le atrajesen las cosas sepulcrales; el padre Irene sonreía con la sonrisa del inteligente; don Custodio afectaba gravedad y desdén, y Ben Zayb buscaba su espejo; allí debía estar, pues de espejos se trataba.

—¡Como huele a cadáver! —dijo una señora; ¡puff!

Y se abanicó furiosamente.

—¡Huele a cuarenta siglos! —observó uno con énfasis.

Ben Zayb se olvidó del espejo para ver quién había dicho aquella frase. Era un militar que había leído la historia de Napoleón. Ben Zayb le tuvo envidia y para soltar otra frase que molestase en algo al padre Camorra, dijo:

—¡Huele a Iglesia!

—Esta caja, señoras y señores —continuó el americano—, contenía un puñado de cenizas y un pedazo de papiro, donde había algunas palabras escritas. Véanlo ustedes, pero les suplico no respiren con fuerza porque si parte de la ceniza se pierde, mi esfinge aparecerá mutilada.

La farsa, dicha con tanta seriedad y convicción, se imponía poco a poco, de tal suerte que cuando la caja pasó, ninguno se atrevió a respirar. El padre Camorra que tantas veces había descrito en el púlpito de Tianì las torturas y sufrimientos del infierno mientras se reía para sus adentros de las miradas aterradas de las pecadoras, se tapó la nariz; y el padre Salví, el mismo padre Salví que había hecho en el día de difuntos una fantasmagoría de las almas del Purgatorio, con fuegos y figuras iluminadas al transparente, con lámparas de alcohol, trozos de oropel, en el altar mayor de la iglesia de un arrabal para conseguir misas y limosnas, el flaco y silencioso padre Salví contuvo su inspiración y miró con recelo aquel puñado de cenizas.

—*¡Memento, homo, quia pulvis es!* —murmuró el padre Irene sonriendo.

—¡P-! —soltó Ben Zayb.

Él tenía preparada la misma reflexión y el canónigo se la quitaba de la boca.

—No sabiendo qué hacer —prosiguió Mr. Leeds cerrando cuidadosamente la caja—, examiné el papiro y vi dos palabras de sentido para mí desconocido. Las descifré, y traté de pronunciarlas en voz alta, y apenas articulé la primera cuando sentí que la caja se deslizaba de mis manos como arrebatada por un peso enorme y rodaba por el suelo de donde en vano la intenté remover. Mi sorpresa se convirtió en espanto, cuando, abierta, me encontré dentro con una cabeza humana que me miraba con extraordinaria fijeza. Aterrado y no sabiendo que hacer ante semejante prodigio, quedéme atónito por un momento temblando como un azogado... Me repuse... Creyendo que aquello era vana ilusión traté de distraerme prosiguiendo la lectura de la segunda palabra. Apenas la pronuncio, la caja se cierra, la cabeza desaparece y en su lugar encuentro otra vez el puñado de cenizas. Sin sospecharlo había descubierto las dos palabras más poderosas en la naturaleza, las palabras de la creación y de la destrucción, ¡la de la vida y la de la muerte!

Detúvose algunos momentos como para ver el efecto de su cuento. Después con paso grave y mesurado, se acercó a la mesa colocando sobre ella la misteriosa caja.

—¡Míster, el paño! —dijo Ben Zayb incorregible.

—¿Y cómo no? —contestó Mr. Leeds muy complaciente.

Y levantando con la mano derecha la caja, recogió con la izquierda el paño descubriendo completamente la mesa, sostenida sobre sus tres pies. Volvió a colocar la caja encima, en el centro, y con mucha gravedad se acercó al público.

—¡Aquí le quiero ver! —decía Ben Zayb a su vecino—; verá usted como se sale con alguna excusa.

La atención más grande se leía en los rostros de todos; el silencio reinaba. Se oían distintamente el ruido y la algazara de la calle, pero estaban todos tan emocionados que un trozo de diálogo que llegó hasta ellos, no les causó ningún efecto.

—¿Porque ba no di podí nisós entrá? —preguntaba una voz de mujer.

—Abá, ñora, porque 'tallá el maná prailes y él maná empleau —contestó un hombre—; 'ta jasí solo para ilós el cabesa de espinge.

—¡Curioso también el maná prailes! —dijo la voz de mujer alejándose—; ¡no quiere pa que di sabé nisos cuando ilos ta sali ingañau! ¡Cosa! ¿querida ba de praile el cabesa?

En medio de un profundo silencio, y con voz emocionada prosiguió el americano:

—Señoras y señores: con una palabra voy ahora a reanimar el puñado de cenizas y ustedes hablarán con un ser que conoce lo pasado, lo presente, ¡y mucho del porvenir!

Y el mágico lanzó lentamente un grito, primero plañidero, luego enérgico, mezcla de sonidos agudos como imprecaciones, y de notas roncas como amenazas que pusieron de punta los cabellos de Ben Zayb.

—¡Deremof! —dijo el americano.

148

Las cortinas en torno del salón se agitaron, las lámparas amenazaron apagarse, la mesa crujió. Un gemido débil contestó desde el interior de la caja. Todos se miraron pálidos e inquietos: una señora llena de terror y sintiendo un líquido caliente dentro de su traje, se cogió al padre Salví.

La caja entonces se abrió por sí sola y a los ojos del público se presentó una cabeza de un aspecto cadavérico, rodeada de una larga y abundante cabellera negra. La cabeza abrió lentamente los ojos y los paseó por todo el auditorio. Eran de un fulgor vivísimo aumentado tal vez por sus ojeras, y como *abyssus abyssum invocat*, aquellos ojos se fijaron en los profundos y cóncavos del padre Salví que los tenía desmesuradamente abiertos como si viesen algún espectro. El padre Salví se puso a temblar.

—Esfinge —dijo Mr. Leeds—, ¡dile al auditorio quién eres!

Reinó un profundo silencio. Un viento frío recorrió la sala e hizo vacilar las azuladas llamas de las lámparas sepulcrales. Los más incrédulos se estremecieron.

—Yo soy Imuthis —contestó la cabeza con voz sepulcral pero extrañamente amenazadora—; nací en tiempo de Amasis y fui muerto durante la dominación de los Persas, mientras Cambyses volvía de su desastrosa expedición al interior de la Libia. Venía de completar mi educación después de largos viajes por Grecia, Asiria y Persia y me retiraba a mi patria para vivir en ella hasta que Thot me llamase delante de su terrible tribunal. Mas por desgracia mía, al pasar por Babilonia descubrí un terrible secreto, el secreto del falso Smerdis que usurpaba el poder, el temerario mago Gaumata que gobernaba merced a una impostura. Temiendo le descubriese a Cambyses, determinó mi perdición valiéndose de los sacerdotes egipcios. En mi patria entonces gobernaban estos; dueños de las dos terceras partes de las tierras, monopolizadores de la ciencia, sumían al pueblo en la ignorancia y en la tiranía, lo embrutecían y lo hacían apto para pasar sin repugnancia de una a otra dominación. Los invasores se valían de ellos y conociendo su utilidad los protegían y enriquecían, y algunos no solo dependieron de su voluntad sino que se redujeron a ser sus meros instrumentos. Los sacerdotes egipcios prestáronse a ejecutar las órdenes de Gaumata con tanto más gusto cuanto que me temían y porque no revelase al pueblo sus imposturas. ¡Valiéronse para sus fines de las pasiones de un joven sacerdote de Abydos que pasaba por santo...!

149

Silencio angustioso siguió a estas palabras. Aquella cabeza hablaba de intrigas e imposturas sacerdotales y aunque se referían a otra época y otras creencias, molestaban con todo a los frailes allí presentes, acaso porque vieran en el fondo alguna analogía con la actual situación. El padre Salví, presa de temblor convulsivo, agitaba los labios y seguía con ojos desencajados la mirada de la cabeza como si le fascinase. Gotas de sudor empezaban a brotar de su descarnada frente, pero ninguno lo notaba, vivamente distraídos y emocionados como estaban.

—¿Y cómo fue la trama que contra ti urdieron los sacerdotes de tu país? —preguntó Mr. Leeds.

La cabeza lanzó un gemido doloroso como salido del fondo del corazón y los espectadores vieron sus ojos, aquellos ojos de fuego, nublarse y llenarse de lágrimas. Estremeciéronse muchos y sintieron sus pelos erizarse. No, aquello no era ficción, no era charlatanería; la cabeza era una víctima y lo que contaba era su propia historia.

—¡Ay! —dijo agitándose con desconsuelo—; yo amaba a una joven, hija de un sacerdote, pura como la luz, ¡como el loto cuando se acaba de abrir! El joven sacerdote de Abydos la codiciaba también, y urdió un motín valiéndose de mi nombre y merced a unos papiros míos que sonsacó a mi amada. El motín estalló en el momento en que Cambyses volvía furioso de los desastres de su desgraciada campaña. Fui acusado de rebelde, preso, y habiéndome escapado, en la persecución fui muerto en el lago Mœris... Yo vi desde la eternidad triunfar a la impostura, veo al sacerdote de Abydos perseguir noche y día a la virgen refugiada en un templo de Isis en la isla de Philœ... yo le veo perseguirla y acosarla hasta en los subterráneos, volverla loca de terror y de sufrimiento, como un gigantesco murciélago a una blanca paloma... ¡Ah! sacerdote, ¡sacerdote de Abydos! vuelvo a la vida para revelar tus infamias, y después de tantos años de silencio te llamo asesino, sacrílego, ¡¡calumniador!!

Una carcajada seca, sepulcral siguió a estas palabras mientras una voz ahogada respondía:

—¡No! ¡piedad...!

Era el padre Salví que rendido por el terror extendía ambas manos y se dejaba caer.

—¿Qué tiene V. R. padre Salví? ¿Se siente mal? —preguntó el padre Irene.

—Es el calor de la sala...

—Es el olor a muerto que aquí se respira...

—¡Asesino, calumniador, sacrílego! —repetía la cabeza—; te acuso, ¡asesino, asesino, asesino!

Y resonaba otra vez la carcajada seca, sepulcral y amenazadora como si absorta la cabeza en la contemplación de sus agravios no viese el tumulto que reinaba en la sala. El padre Salví se había desmayado por completo.

—¡Piedad! ¡vive todavía...! —repitió el padre Salví y perdió conocimiento—. Estaba pálido como un muerto. Otras señoras creyeron deber desmayarse también y así lo hicieron.

—Delira... ¡padre Salví!

—¡Ya le decía que no comiese la sopa de nido de golondrina! —decía el padre Irene—; eso le ha hecho mal.

—¡Si no ha comido nada! —contestaba don Custodio temblando—; como la cabeza le ha estado mirando fijamente le ha magnetizado...

Aquí fue el barrullo; la sala parecía un hospital, un campo de batalla. El padre Salví parecía muerto y las señoras viendo que no acudían a ellas tomaron el partido de volver en sí.

Entre tanto la cabeza se había reducido a polvo y Mr. Leeds colocaba otra vez el paño negro sobre la mesa y saludaba a su auditorio.

—Es menester que el espectáculo se prohiba —decía don Custodio al salir—; ¡es altamente impío e inmoral!

—¡Sobre todo, porque no se sirve de espejos! —añadió Ben Zayb.

Mas, antes de dejar la sala quiso asegurarse por última vez, saltó la barrera, se acercó a la mesa y levantó el paño: nada, siempre nada.[1]

---

1 Sin embargo Ben Zayb no estaba muy errado. Los tres pies de la mesa tienen ranuras por donde se deslizan los espejos, ocultos debajo del entarimado y disimulados por los cuadros de la alfombra. Al colocar la caja sobre la mesa se comprime un resorte y suben suavemente los espejos; se quita después el paño teniendo cuidado de levantarlo en vez de dejarlo deslizar, y entonces se tiene la mesa ordinaria de las cabezas parlantes. La mesa comunica con el fondo de la caja. Terminado el espectáculo, el prestidigitador cubre otra vez la mesa, aprieta otro resorte y descienden los espejos.

Al día siguiente escribía un artículo en que hablaba de ciencias ocultas, del espiritismo, etc.; inmediatamente vino una orden del gobernador eclesiástico suspendiendo las funciones, pero ya Mr. Leeds había desaparecido llevándose a Hong Kong su secreto.

XIX. LA MECHA

Plácido Penitente salió de clase con el corazón rebosando hiel y con sombrías lágrimas en la mirada. Él era muy digno de su nombre cuando no se le sacaba de sus casillas, pero una vez que se irritaba, era un verdadero torrente, una fiera que solo se podía detener muriendo o matando. Tantas afrentas, tantos alfilerazos que día por día, habían hecho estremecerse su corazón depositándose en él para dormir con el sueño de víboras aletargadas, se levantaban ahora y se agitaban rugiendo de ira. Los silbidos resonaban en sus oídos con las frases burlonas del catedrático, las frases en lengua de tienda, y le parecía oír latigazos y carcajadas. Mil proyectos de venganza surgían en su cerebro atropellándose unos a otros y desapareciendo inmediatamente como imágenes de un sueño. Su amor propio con la tenacidad de un desesperado le gritaba que debía obrar.

—Plácido Penitente —decía la voz—, demuestra a toda esa juventud que tienes dignidad, que eres hijo de una provincia valerosa y caballeresca donde el insulto se lava con sangre. ¡Eres batangueño, Plácido Penitente! ¡Véngate, Plácido Penitente!

Y el joven rugía y rechinaban sus dientes y tropezaba con todo el mundo en la calle, en el puente de España, como si buscase querella. En este último punto vio un coche donde iba el vicerrector padre Sibyla, acompañado de don Custodio, y diéronle grandes ganas de coger al religioso y arrojarlo al agua.

Siguió por la Escolta y estuvo tentado de empezar a cachetes con dos agustinos que sentados a la puerta del bazar de Quiroga reían y bromeaban con otros frailes que debían estar en el fondo de la tienda ocupados en alguna tertulia; se oían sus alegres voces y sonoras carcajadas. Algo más lejos dos cadetes cerraban la acera charlando con un dependiente de un almacén en mangas de camisa: Plácido Penitente se dirigió a ellos para abrirse paso, y los cadetes que vieron la sombría intención del joven y estaban de buen humor, se apartaron prudentemente. Plácido estaba en aquellos momentos bajo el influjo del hamok que dicen los malayistas.

Plácido, a medida que se acercaba a su casa —la casa de un platero en donde vivía como pupilo—, procuraba coordinar sus ideas y maduraba un plan. Retirarse a su pueblo y vengarse para demostrar a los frailes que no se insulta impunemente a un joven ni se puede burlar de él. Pensaba escribir inmediatamente una carta a su madre, a Cabesang Andang, para enterarla de lo que había pasado y decirle que las aulas se le cerraban para siempre, que si bien existía el Ateneo de los jesuitas para cursar aquel año, era muy probable que no le concediesen los dominicos el traslado y que aun cuando lo consiguiera, en el curso siguiente tendría que volver a la Universidad.

—¡Dicen que no sabemos vengarnos! —decía—; ¡que el rayo estalle y lo veremos!

Pero Plácido no contaba con lo que le esperaba en casa del platero. Cabesang Andang acababa de llegar de Batangas y venía a hacer compras, visitar a su hijo y traerle dinero, tapa de venado y pañuelos de seda.

Pasados los primeros saludos, la pobre mujer que desde un principio había notado la sombría mirada de su hijo, no pudo más contenerse y empezó con sus preguntas. A las primeras explicaciones, Cabesang Andang las tomó por añagaza, se sonrió y estuvo apaciguando a su hijo, recordándole los sacrificios, las privaciones, etc., y habló del hijo de Capitana Simona que, por haber entrado en el Seminario, se daba en el pueblo aires de obispo: Capitana Simona se consideraba ya como Madre de Dios, claro, ¡su hijo va a ser otro Jesucristo!

—Si el hijo se hace sacerdote —decía Cabesang Andang—, la madre no nos ha de pagar lo que nos debe... ¿quién la cobra entonces?

Pero al ver que Plácido hablaba en serio y leyó en sus ojos la tempestad que rugía en su interior, comprendió que por desgracia lo que contaba era la pura verdad. Quedóse por algunos momentos sin poder hablar y después se deshizo en lamentaciones.

—¡Ay! —decía—; y yo que he prometido a tu padre cuidarte, ¡educarte y hacer de ti un abogado! ¡Me privaba de todo para que pudieses estudiar! En vez de ir al *panguingui* donde se juega a medio peso, solo me iba al de a medio real, ¡sufriendo el mal olor y las cartas sucias! ¡Mira mis camisas zurcidas! En vez de comprar otras nuevas, gasto el dinero en misas y regalos a San Sebastián, aunque no creo mucho en su virtud porque el cura las dice de prisa y corriendo y el santo es enteramente nuevo, y todavía no sabe hacer milagros, y no está hecho de *batikulin* sino de *laniti*... ¡Ay! ¿Qué va a decirme tu padre cuando me muera y le vea?

Y la pobre mujer se lamentaba y lloraba; Plácido se ponía más sombrío y de su pecho se escapaban ahogados suspiros.

—¿Qué saco con ser abogado? —respondía.

—¿Qué va a ser de ti? —continuaba la madre juntando las manos—: ¡te van a llamar *pilibistiero* y serás ahorcado! ¡Yo ya te decía que tuvieses paciencia, que seas humilde! No te digo que beses la mano a los curas, sé que tienes el olfato delicado como tu padre que no podía comer el queso de Europa... pero tenemos que sufrir, callarnos, decir a todo sí... ¿Qué vamos a hacer? Los frailes tienen todo; si ellos no quieren, ninguno saldrá abogado ni médico... Ten paciencia, hijo mío, ¡ten paciencia!

—Si la he tenido mucha, madre; ¡por meses y meses he sufrido!

Cabesang Andang seguía sus lamentaciones. Ella no le pedía que se declarase partidario de los frailes, ella tampoco lo era; bastante sabía que por uno bueno hay diez malos que sacan el dinero de los pobres y envían al destierro a los ricos. Pero uno debe callarse, sufrir y aguantar; no hay más remedio. Y citaba tal y tal señor que por mostrarse paciencioso y humilde, aunque en el fondo de su corazón odiaba a sus amos, de criado que era de frailes llegó a ser promotor fiscal; y tal fulano que ahora es rico y puede cometer atrocidades seguro de tener padrinos que le amparen contra la ley, era no más que un pobre sacristán, humilde y obediente que se casó con una muchacha bonita y de cuyo hijo fue padrino el cura...

Cabesang Andang continuaba con su letanía de filipinos humildes y pacienciosos como ella decía e iba a citar otros que por no serlo se veían desterrados y perseguidos, cuando Plácido, con un pretexto insignificante, dejó la casa y se puso a vagar por las calles.

Recorrió Sibakong, Tondo, San Nicolás, Santo Cristo, distraído y de mal humor, sin hacer caso del Sol ni de la hora y solamente cuando sintió hambre y se apercibió que no tenía dinero por haberlo dado todo a fiestas y contribuciones, retiróse a su casa. Esperaba no encontrar a su madre por tener esta la costumbre, siempre que se iba a Manila, de ir a esa hora a una vecina casa donde se juega *panguingui*. Pero Cabesang Andang le aguardaba para comunicarle su proyecto: ella se valdría del procurador de los agustinos para hacer entrar a su hijo en gracia de los dominicos. Plácido le cortó la palabra con un gesto.

—Primero me arrojo al mar —dijo—: primero me hago tulisan que volver a la Universidad.

Y como su madre empezase con su sermón sobre la paciencia y la humildad, Plácido sin haber comido nada volvió a salir y se dirigió a los muelles donde fondean los vapores.

La vista de un vapor que levaba anclas para Hong Kong le inspiró una idea: irse a Hong Kong, escaparse, hacerse rico allí para hacer la guerra a los frailes. La idea de Hong Kong despertó en su mente un recuerdo, una historia de frontales, ciriales y candelabros de plata pura que la piedad de los fieles había regalado a cierta iglesia; los frailes, contaba un platero, habían mandado hacer en Hong Kong otros frontales, ciriales y candelabros enteramente iguales, pero de plata Ruolz, con que sustituyeron los verdaderos que mandaron acuñar y convertir en pesos mexicanos. Esta era la historia que él había oído y aunque no pasaba de cuento o murmuración, su resentimiento lo pintaba con carácter de verdad y le recordaba otros rasgos más por el estilo. El deseo de vivir libre y ciertos planes a medio bosquejar le hicieron decidirse por la idea de ir a Hong Kong. Si allí llevaban las corporaciones todo su dinero, el comercio debe ir bien y podrá enriquecerse.

—Quiero ser libre, ¡vivir libre...!

Sorprendióle la noche vagando por San Fernando y no dando con ningún marinero amigo decidió retirarse. Y como la noche era hermosa y la Luna brillaba en el cielo transformando la miserable ciudad en un fantástico reino de las hadas, fuese a la feria. Allí estuvo yendo y viniendo, recorriendo tiendas sin fijarse en los objetos, con el pensamiento en Hong Kong para vivir libre, enriquecerse...

Iba ya a abandonar la feria cuando creyó distinguir al joyero Simoun despidiéndose de un extranjero y hablando ambos en inglés. Para Plácido, todo idioma hablado en Filipinas por los europeos, que no sea español, tiene que ser inglés: además pescó nuestro joven la palabra Hong Kong.

¡Si el joyero Simoun pudiese recomendarle a aquel extranjero que debe partir para Hong Kong!

Plácido se detuvo. Conocía al joyero por haber estado en su pueblo vendiendo alhajas. Le había acompañado en un viaje y por cierto que Simoun se había mostrado muy amable con él contándole la vida que se lleva en las Universidades de los países libres: ¡qué diferencia!

Plácido le siguió al joyero.

—¡Señor Simoun, señor Simoun! —dijo.

El joyero en aquel momento se disponía a subir en un coche. Así que conoció a Plácido, se detuvo.

—Quisiera pedirle un favor..., ¡decirle dos palabras! —dijo.

Simoun hizo un gesto de impaciencia que Plácido en su turbación no observó. En pocas palabras contó el joven lo que le había pasado manifestando su deseo de irse a Hong Kong.

—¿Para qué? —preguntó Simoun mirando a Plácido fijamente al través de sus anteojos azules.

Plácido no contestó. Entonces Simoun levantó la cabeza, sonrióse con su sonrisa silenciosa y fría y dijo a Plácido:

—¡Está bien! véngase usted conmigo. ¡A la calzada del Iris! —dijo al cochero.

Simoun permaneció silencioso durante todo el trayecto como si estuviese absorto en una meditación muy importante. Plácido, esperando que le hablase, no decía una sola palabra y se distraía mirando hacia los muchos paseantes que aprovechaban la claridad de la Luna. Jóvenes, parejas de novios, enamorados, seguidos detrás de cuidadosas madres o tías; grupos de estudiantes en traje blanco que la Luna hacía más blanco todavía; soldados medio borrachos, en coche, seis a la vez, yendo de visita en algún templo de nipa dedicado a Citéres; niños que juegan al *tubigan*, chinos vendedores de cañadulce, etc., llenaban el camino y adquirían a la luz resplandeciente de la Luna formas fantásticas y contornos ideales. En una casa tocaba la orquesta valses y se veían algunas parejas bailar a la luz de los quinqués y lámparas... ¡qué mezquino espectáculo le pareció comparado con el que se ofrecía en las calles! Y pensando en Hong Kong se preguntó si las noches de Luna en aquella isla serían tan poéticas, tan dulcemente melancólicas como las de Filipinas y una profunda tristeza se apoderó de su corazón.

Simoun mandó parar el coche y ambos bajaron. En aquel momento pasaron a su lado Isagani y Paulita Gómez murmurándose dulces palabras; detrás venía doña Victorina con Juanito Peláez que hablaba en voz alta, gesticulaba mucho y se quedaba más jorobado. Peláez distraído no vio a su ex condiscípulo.

—¡Ese sí que es feliz! —murmuró Plácido suspirando y mirando hacia el grupo que se convertía en vaporosas siluetas donde se distinguían muy bien los brazos de Juanito que subían y bajaban como aspas de un molino.

—¡Solo sirve para eso! —murmuraba a su vez Simoun—; ¡buena está la juventud!

¿A quién aludían Plácido y Simoun?

Este hizo una seña al joven, dejaron la calzada y se internaron en un laberinto de senderos y pasadizos que formaban entre sí varias casas; tan pronto saltaban sobre piedras para evitar pequeñas charcas, como se bajaban para pasar un cerco mal hecho y peor conservado. Extrañábase Plácido de ver al rico joyero andar por semejantes sitios como si estuviese muy familiarizado con ellos. Llegaron al fin a una especie de solar grande donde había una miserable casita aislada, rodeada de platanares y palmeras de bonga. Algunos armazones de caña y pedazos de tubos de ídem hicieron sospechar a Plácido que se encontraban en casa de algún *castillero* o pirotécnico.

Simoun tocó a la ventana. Un hombre se asomó.

—¡Ah! señor...

Y bajó inmediatamente.

—¿Está la pólvora? —preguntó Simoun.

—En sacos; espero los cartuchos.

—¿Y las bombas?

—Dispuestas.

—Muy bien, maestro... Esta misma noche parte usted y habla con el teniente y el cabo... e inmediatamente prosigue usted su camino; en Lamayan encontrará un hombre en una *banka*; dirá usted «Cabesa» y el contestará «Tales.» Es menester que esté aquí mañana. ¡No hay tiempo que perder!

Y le dio algunas monedas de oro.

—¿Cómo, señor? —preguntó el hombre en muy buen español—; ¿hay algo nuevo?

—Sí, se hará dentro de la semana que viene.

—¡La semana que viene! —repitió el desconocido retrocediendo—: los arrabales no están preparados; esperan que el general retire el decreto... ¡yo creía que se dejaba para la entrada de la cuaresma!

Simoun movió la cabeza.

—No tendremos necesidad de los arrabales —dijo—: con la gente de Cabesang Tales, los ex carabineros y un regimiento tenemos bastante. Más tarde, iacaso María Clara ya esté muerta! ¡Parta usted enseguida!

El hombre desapareció.

Plácido había asistido a esta corta entrevista y había oído todo; cuando creyó comprender algo se le erizaron los cabellos y miró a Simoun con ojos espantados. Simoun se sonreía.

—Le extraña a usted —dijo con su sonrisa fría—, ¿que ese indio tan mal vestido hable bien el español? Era un maestro de escuela que se empeñó en enseñar el español a los niños y no paró hasta que perdió su destino y fue deportado por perturbador del orden público y por haber sido amigo del desgraciado Ibarra. Le he sacado de la deportación donde se dedicaba a podar cocoteros y le he hecho pirotécnico.

Volvieron a la calzada y a pie se dirigieron hacia Trozo. Delante de una casita de tabla, de aspecto alegre y aseado, había un español apoyado en una muleta, tomando la luz de la Luna. Simoun se dirigió a él; el español al verle procuró levantarse ahogando un quejido.

—¡Estése usted preparado! —le dijo Simoun.

—¡Siempre lo estoy!

—¡Para la semana que viene!

—¿Ya?

—¡Al primer cañonazo!

Y se alejó seguido de Plácido que empezaba a preguntarse si no soñaba.

—¿Le sorprende a usted —preguntóle Simoun—, ver a un español tan joven y tan maltratado por las enfermedades? Dos años hace era tan robusto como usted, pero sus enemigos consiguieron enviarle a Balábak para trabajar en una compañía disciplinaria y allí le tiene usted con un reumatismo y un paludismo que le lleva a la tumba. El infeliz se había casado con una hermosísima mujer...

Y como un coche vacío pasase, Simoun lo paró y con Plácido se hizo conducir a su casa de la calle de la Escolta. En aquel momento daban los relojes de las iglesias las diez y media.

Dos horas después, Plácido dejaba la casa del joyero, y grave y meditabundo seguía por la Escolta, ya casi desierta a pesar de los cafés que aun continuaban bastante animados. Alguno que otro coche pasaba rápido produciendo un ruido infernal sobre el gastado adoquinado.

Simoun desde un aposento de su casa que da al Pásig, dirigía la vista hacia la ciudad murada, que se divisaba al través de las ventanas abiertas, con sus techos de hierro galvanizado que la Luna hacía brillar y sus torres que se dibujaban tristes, pesadas, melancólicas, en medio de la serena atmósfera de la noche. Simoun se había quitado las gafas azules, sus cabellos blancos como un marco de plata rodeaban su enérgico semblante bronceado, alumbrado vagamente por una lámpara, cuya luz amenazaba apagarse por falta de petróleo. Simoun, preocupado al parecer por un pensamiento, no se apercibía de que poco a poco la lámpara agonizaba y venía la oscuridad.

—Dentro de algunos días —murmuró—, cuando por sus cuatro costados arda esa ciudad maldita, albergue de la nulidad presumida y de la impía explotación del ignorante y del desgraciado; cuando el tumulto estalle en los arrabales y lance por las calles aterradas mis turbas vengadoras, engendradas por la rapacidad y los errores, entonces abriré los muros de tu prisión, te arrancaré de las garras del fanatismo, y blanca paloma, ¡serás el Fénix que renacerá de las candentes cenizas...! Una revolución urdida por los hombres en la oscuridad me ha arrancado de tu lado; ¡otra revolución me traerá a tus brazos, me resucitará y esa Luna, antes que llegue al apogeo de su esplendor, iluminará las Filipinas, limpias de su repugnante basura!

Simoun se calló de repente como entrecortado. Una voz preguntaba en el interior de su conciencia si él, Simoun, no era parte también de la basura de la maldita ciudad, acaso el fermento más deletéreo. Y como los muertos que han de resucitar al son de la trompeta fatídica, mil fantasmas sangrientos, sombras desesperadas de hombres asesinados, mujeres deshonradas, padres arrancados a sus familias, vicios estimulados y fomentados, virtudes escarnecidas, se levantaban ahora al eco de la misteriosa pregunta. Por primera vez en su carrera criminal desde que en La Habana, por medio del vicio y del soborno, quiso fabricarse un instrumento para ejecutar sus planes, un hombre sin fe, sin patriotismo y sin conciencia, por primera vez en aquella vida se rebelaba algo dentro de sí y protestaba contra sus acciones. Simoun cerró los ojos, y se estuvo algún tiempo inmóvil; después se pasó la mano por la frente, se negó a mirar en su conciencia y tuvo miedo. No, no quiso analizarse, le faltaba valor para volver la vista hacia su pasado... Faltarle el valor precisamente cuando el momento de obrar se acerca, faltarle la convicción, ¡la fe en sí mismo! Y como los fantasmas de los infelices en cuya suerte había él influido, continuaban flotando delante de sus ojos como si saliesen de la brillante superficie del río e invadiesen el aposento gritándole y tendiéndole las manos; como los reproches y los lamentos parecían que llenaban el aire oyéndose amenazas y acentos de venganza, apartó su vista de la ventana y acaso por primera vez empezó a temblar.

—No, yo debo estar enfermo, yo no debo sentirme bien —murmuró—; muchos son los que me odian, los que me atribuyen su desgracia, pero...

Y sintiendo que su frente ardía, levantóse y se acercó a la ventana para aspirar la fresca brisa de la noche. A sus pies arrastraba el Pásig su corriente de plata, en cuya superficie brillaban perezosas las espumas, giraban, avanzaban y retrocedían siguiendo el curso de los pequeños torbellinos. La ciudad se levantaba a la otra orilla y sus negros muros aparecían fatídicos, misteriosos, perdiendo su mezquindad a la luz de la Luna que todo lo idealiza y embellece.

Pero Simoun volvió a estremecerse; le pareció ver delante de sí el rostro severo de su padre, muerto en la cárcel pero muerto por hacer el bien, y el rostro de otro hombre más severo todavía, de un hombre que había dado su vida por él porque creía que iba a procurar la regeneración de su país.

—No, no puedo retroceder —exclamó enjugando el sudor de su frente—; la obra está adelantada y su éxito me va a justificar... Si me hubiese portado como vosotros, habría sucumbido... ¡Nada de idealismos, nada de falaces teorías! Fuego y acero al cáncer, castigo al vicio, ¡y rómpase después si es malo el instrumento! No, yo he meditado bien, pero ahora tengo fiebre... mi razón vacila... es natural... si he hecho el mal es con el fin de hacer el bien y el fin salva los medios... Lo que haré es no exponerme...

Y con el cerebro trastornado acostóse y trató de conciliar el sueño.

Plácido, a la mañana siguiente, escuchó sumiso y con la sonrisa en los labios el sermón de su madre. Cuando ésta le habló de sus proyectos de interesar al procurador de los agustinos, no protestó, ni se opuso, antes al contrario, se ofreció él mismo a hacerlo para evitar molestias a su madre a quien suplicaba se volviese cuanto antes a la provincia, si pudiese ser, aquel mismo día.

Cabesang Andang le preguntó por qué.

—Porque... porque si el procurador llega a saber que está usted aquí no lo hará sin que antes usted le envíe un regalo y algunas misas.

XX. EL PONENTE

Cierto era lo que había dicho el padre Irene: la cuestión de la Academia de castellano, tanto tiempo ha presentada, se encaminaba a una solución. Don Custodio, el activo don Custodio, el más activo de todos los ponentes del mundo según Ben Zayb, se ocupaba de ella y pasaba los días leyendo el expediente y se dormía sin haber podido decidir nada: se levantaba al siguiente, hacía lo mismo, volvía a dormirse y así sucesivamente. ¡Cuánto trabajaba el pobre señor, el más activo de todos los ponentes del mundo! Quería salir del paso dando gusto a todos, a los frailes, al alto empleado, a la condesa, al padre Irene y a sus principios liberales. Había consultado con el señor Pasta y el señor Pasta le dejó tonto y mareado después de aconsejarle un millón de cosas contradictorias e imposibles; consultó con Pepay la bailarina, y Pepay la bailarina que no sabía de qué se trataba, hizo una pirueta, le pidió 25 pesos para enterrar a una tía suya que acababa de morir de repente por quinta vez, o por la quinta tía que se le moría según más latas explicaciones, no sin exigir que hiciese nombrar a un primo suyo que sabía leer, escribir y tocar el violín, auxiliar de fomento, cosas todas que estaban muy lejos para inspirarle a don Custodio una idea salvadora.

Dos días después de los acontecimientos de la feria de Kiapò, estaba don Custodio trabajando como siempre, estudiando el expediente sin encontrar la dichosa solución. Pero mientras bosteza, tose, fuma y piensa en las piruetas y en las piernas de Pepay, vamos a decir algo sobre este elevado personaje para que se comprenda la razón por qué el padre Sibyla le propuso para terminar tan espinoso asunto y por qué le aceptaron los del otro partido.

Don Custodio de Salazar y Sánchez de Monteredondo (a) Buena Tinta, pertenecía a esa clase de la sociedad manilense que no da un paso sin que los periódicos le cuelguen por delante y por detrás mil apelativos llamándole *infatigable, distinguido, celoso, activo, profundo, inteligente, conocedor, acaudalado*, etc., etc., como si temiesen se confundiese con otro del mismo nombre y apellidos, haragán e ignorante. Por lo demás, mal ninguno resultaba de ello y la previa censura no se inquietaba. El *Buena Tinta* le venía de sus amistades con Ben Zayb, cuando éste, en las dos ruidosísimas polémicas que sostuvo durante meses y semanas en las columnas de los periódicos sobre si debía usarse sombrero hongo, de copa o salakot, y sobre si el plural de carácter debía ser *carácteres* y no *caractéres*, para robustecer sus razones siempre se salía con «cónstanos de buena tinta», «lo sabemos de buena tinta», etc., sabiéndose después, porque en Manila se sabe todo, que esta buena tinta no era otro que don Custodio de Salazar y Sánchez de Monteredondo.

Había llegado a Manila muy joven, con un buen empleo que le permitió casarse con una bella mestiza perteneciente a una de las familias más acaudaladas de la ciudad. Como tenía talento natural, atrevimiento y mucho aplomo, supo utilizar bien la sociedad en que se encontraba y con el dinero de su esposa se dedicó a negocios, a contratas con el Gobierno y el Ayuntamiento, por lo que le hicieron concejal, después alcalde, vocal de la Sociedad Económica de Amigos del País, consejero de Administración, presidente de la Junta Administrativa de Obras Pías, vocal de la Junta de la Misericordia, consiliario del Banco Español Filipino, etc., etc., etc. Y no se crea que estos etcéteras se parecen a los que se ponen de ordinario después de una larga enumeración de títulos: don Custodio, con no haber visto nunca un tratado de Higiene, llegó a ser hasta vice presidente de la Junta de Sanidad de Manila, verdad es también que de los ocho que la componen solo uno tenía que ser médico y este uno no podía ser él. Asimismo fue vocal de la Junta Central de vacuna, compuesta de tres médicos y siete profanos entre estos el arzobispo y tres provinciales: fue hermano de cofradías y archicofradías y como hemos visto, vocal ponente de la Comisión Superior de Instrucción Primaria que no suele funcionar, razones todas más que suficientes para que los periódicos le rodeen de adjetivos así cuando viaja como cuando estornuda.

A pesar de tantos cargos, don Custodio no era de los que se dormían en las sesiones contentándose, como los diputados tímidos y perezosos, con votar con la mayoría. Al revés de muchos reyes de Europa que llevan el título de rey de Jerusalén, don Custodio hacía valer su dignidad y sacaba de ella todo el jugo que podía, fruncía mucho las cejas, ahuecaba la voz, tosía las palabras y muchas veces hacía el gasto de toda la sesión contando un cuento, presentando un proyecto o combatiendo a un colega que se le había puesto entre ceja y ceja. A pesar de no pasar de los cuarenta, hablaba entonces de obrar con tiento, de dejar que se maduren las brevas, y añadía por lo bajo, ¡melones! —de pensar mucho y andar con pies de plomo—, de la necesidad de conocer el país, porque las condiciones del indio, porque el prestigio del nombre español, porque primero eran españoles, porque la religión, etc., etc. Todavía se acuerdan en Manila de un discurso suyo cuando por primera vez se propuso el alumbrado de petróleo para sustituir el antiguo de aceite de coco: en aquella innovación, lejos de ver la muerte de la industria del aceite, solo columbró los intereses de cierto concejal —porque don Custodio ve largo— y opúsose con todos los ecos de su cavidad bucal, encontrando el proyecto demasiado prematuro y vaticinando grandes cataclismos sociales. No menos célebre fue su oposición a una serenata sentimental que algunos querían dar a cierto gobernador en la víspera de su marcha: don Custodio que estaba algo resentido por no recordamos qué desaires, supo insinuar la especie de si el astro veniente era enemigo mortal del saliente, con lo que atemorizados los de la serenata, desistieron.

Un día, aconsejáronle volver a España para curarse de una enfermedad del hígado, y los periódicos hablaron de él como de un Anteo que necesitaba poner el pie en la Madre Patria para recobrar nuevas fuerzas; mas el Anteo manileño se encontró en medio de la Corte, tamañito e insignificante. Allí él no era nadie y echaba de menos sus queridos adjetivos. No alternaba con las primeras fortunas, su carencia de instrucción no le daba mucha importancia en los centros científicos y academias, y por su atraso y su política de convento, salía alelado de los círculos, disgustado, contrariado, no sacando nada en claro sino que allí se pegan sablazos y se juega fuerte. Echaba de menos los sumisos criados de Manila que le sufrían todas las impertinencias, y entonces le parecían preferibles; como el invierno le pusiese entre un brasero y una pulmonía, suspiraba por el invierno de Manila en que le bastaba una sencilla bufanda; en el verano le faltaba la silla perezosa y el *batà* para abanicarle, en suma, en Madrid era él uno de tantos y, a pesar de sus brillantes, le tomaron una vez por un paleto que no sabe andar, y otra por un *indiano*, se burlaron de sus aprensiones y le tomaron el pelo descaradamente unos sablacistas por él desairados. Disgustado de los conservadores que no hacían gran caso de sus consejos, como de los gorristas que le chupaban los bolsillos, declaróse del partido liberal volviéndose antes del año a Filipinas, si no curado del hígado, trastornado por completo en sus ideas.

Los once meses de vida de Corte, pasados entre políticos de café, cesantes casi todos; los varios discursos pescados aquí y allí, tal o cual artículo de oposición y toda aquella vida política que se absorbe en la atmósfera, desde la peluquería entre el tijeretazo y tijeretazo del Fígaro que expone su programa hasta los banquetes donde se diluyen en periodos armoniosos y frases de efecto los distintos matices de credos políticos, las divergencias, disidencias, descontentos, etc., todo aquello, a medida que se alejaba de Europa renacía con potente savia dentro de sí como semilla sembrada, impedida de crecer por espeso follaje, y de tal manera que, cuando fondeó en Manila, se creyó que la iba a regenerar y en efecto tenía los más santos propósitos y los más puros ideales.

A los primeros meses de su llegada, todo era hablar de la Corte, de sus buenos amigos, de ministro Tal, ex-ministro Cual, diputado C, escritor B; no había suceso político, escándalo cortesano del que no estuviese enterado en sus mínimos detalles, ni hombre público de cuya vida privada no conociese los secretos, ni podía suceder nada que no hubiese previsto ni dictarse una reforma sobre la que no le hubiesen pedido anticipadamente su parecer y todo esto sazonado de ataques a los conservadores, con verdadera indignación, de apologías del partido liberal, de un cuentecillo aquí, una frase allá de un grande hombre, intercalando como quien no quiere ofrecimientos y empleos que rehusó por no deber nada a los conservadores. Tal era su ardor en aquellos primeros días que varios de los contertulios en el almacén de comestibles que visitaba de vez en cuando, se afiliaron al partido liberal y liberales se llamaron don Eulogio Badana, sargento retirado de carabineros, el honrado Armendía piloto y furibundo carlista, don Eusebio Picote, vista de aduanas y don Bonifacio Tacón, zapatero y talabartero.

Sin embargo, los entusiasmos, faltos de aliciente y de lucha, fueron apagándose poco a poco. Él no leía los periódicos que le llegaban de España, porque venían por paquetes y su vista le hacía bostezar; las ideas que había pescado, usadas todas, necesitaban refuerzo y no estaban allí sus oradores: y aunque en los casinos de Manila se juega bastante y se dan bastantes sablazos como en los círculos de la Corte, no se permitía en aquellos sin embargo ningún discurso para alimentar los ideales políticos. Pero don Custodio no era perezoso, hacía algo más que querer, obraba, y previendo que iba a dejar sus huesos en Filipinas y juzgando que aquel país era su propia esfera, dedicóle sus cuidados y creyó liberalizarlo imaginando una serie de reformas y proyectos a cual más peregrinos. Él fue quien habiendo oído en Madrid hablar del pavimento de madera de las calles de París, entonces no adoptado todavía en España, propuso su aplicación en Manila, extendiendo por las calles tablas, clavadas al modo como se ven en las casas; él fue quien lamentando los accidentes de los vehículos de dos ruedas, para prevenirlos discurrió que les pusieran lo menos tres; él fue también quien, mientras actuaba de vice presidente de la Junta de Sanidad, le dio por fumigarlo todo, hasta los telegramas que venían de los puntos infestados; él fue también quien, compadeciendo por una parte a los presidiarios que trabajaban en medio del Sol y queriendo por otra ahorrar al gobierno de gastar en el equipo de los mismos, propuso vestirlos con un simple taparrabo y hacerlos trabajar, en vez de día, de noche. Se extrañaba, se ponía furioso de que sus proyectos encontrasen impugnadores, pero se consolaba con pensar que el hombre que vale enemigos tiene, y se vengaba atacando y desechando cuantos proyectos buenos o malos presentaban los demás.

Como se picaba de liberal, al preguntarle qué pensaba de los indios solía responder, como quien hace un gran favor, que eran aptos para trabajos mecánicos y *artes imitativas* (él quería decir música, pintura y escultura), y añadía su vieja coletilla de que para conocerlos hay que contar muchos, muchos años de país. Sin embargo si oía que alguno sobresalía en algo que no sea trabajo mecánico o *arte imitativa*, en química, medicina o filosofía por ejemplo, decía: ¡Psh! promeeete... ¡no es tonto! y estaba él seguro de que mucho de sangre española debía correr por las venas del tal indio, y si no lo podía encontrar a pesar de toda su buena voluntad, buscaba entonces un origen japonés: empezaba a la sazón la moda de atribuir a japoneses y a árabes, cuanto de bueno los filipinos podían tener. Para don Custodio el *kundiman*, el *balitaw*, el *kumingtang* eran músicas árabes como el alfabeto de los antiguos filipinos y de ello estaba seguro aunque no conocía ni el árabe ni había visto aquel alfabeto.

—¡Árabe y del más puro árabe! —decía a Ben Zayb en tono que no admitía réplica; cuando más, chino.

Y añadía con un guiño significativo:

—Nada puede ser, nada debe ser original de los indios, ¿entiende usted? Yo les quiero mucho, pero nada se les debe alabar pues cobran ánimos y se hacen unos desgraciados.

167

Otras veces decía:

—Yo amo con delirio a los indios, me he constituido en su padre y defensor, pero es menester que cada cosa esté en su lugar. Unos han nacido para mandar y otros para servir; claro está que esta verdad no se puede decir en voz alta, pero se la practica sin muchas palabras. Y mire usted, el juego consiste en pequeñeces. Cuando usted quiera sujetar al pueblo, convénzale de que está sujeto; el primer día se va a reír, el segundo va a protestar; el tercero dudará y el cuarto estará convencido. Para tener al filipino dócil, hay que repetirle día por día de que lo es y convencerle de que es incapaz. ¿De qué le serviría por lo demás creer en otra cosa si se hace desgraciado? Créame usted, es un acto de caridad mantener cada ser en la posición en que está; allí está el orden, la armonía. En eso consiste la *ciencia* de gobernar.

Don Custodio refiriéndose a su política ya no se contentaba con la palabra *arte*. Y al decir *gobernar* extendía la mano bajándola a la altura de un hombre de rodillas, encorvado.

En cuanto a ideas religiosas preciábase de ser católico, muy católico, ¡ah! la católica España, la tierra de María Santísima... un liberal puede y debe ser católico donde los retrógrados se las echan de dioses o santos cuando menos, así como un mulato pasa por blanco en la Cafrería. Con todo, comía carne durante la Cuaresma menos el Viernes santo, no se confesaba jamás, no creía en milagros ni en la infalibilidad del papa y cuando oía misa, se iba a la de diez o a la más corta, la misa de tropa. Aunque en Madrid había hablado mal de las órdenes religiosas para no desentonar del medio en que vivía, considerándolas como anacronismos, echando pestes contra la Inquisición y contando tal o cual cuento verde o chusco donde bailaban los hábitos o, mejor, frailes sin hábitos, sin embargo al hablar de Filipinas que deben regirse por leyes especiales, tosía, lanzaba una mirada de inteligencia, volvía a extender la mano a la altura misteriosa.

—Los frailes son necesarios, son un mal necesario —decía.

Y se enfurecía cuando algún indio se atrevía a dudar de los milagros o no creía en el papa. Todos los tormentos de la Inquisición eran pocos para castigar semejante osadía.

Si le objetaban que dominar o vivir a costa de la ignorancia tiene otro nombre algo mal sonante y lo castigan las leyes cuando el culpable es uno solo, él se salía citando otras colonias.

—Nosotros —decía con su voz de ceremonia—, ¡podemos hablar muy alto! No somos como los ingleses y holandeses que para mantener en la sumisión a los pueblos se sirven del látigo... disponemos de otros medios más suaves, más seguros; el saludable influjo de los frailes es superior al látigo inglés...

Esta frase suya hizo fortuna y por mucho tiempo Ben Zayb la estuvo parafraseando y con él toda Manila, la Manila pensadora la celebraba; la frase llegó hasta la Corte, se citó en el Parlamento como de *un liberal de larga residencia*, etc., etc., etc., y los frailes, honrados con la comparación y viendo afianzado su prestigio, le enviaron arrobas de chocolate, regalo que devolvió el incorruptible don Custodio, cuya virtud inmediatamente Ben Zayb comparó con la de Epaminondas. Y sin embargo, el Epaminondas moderno se servía del bejuco en sus momentos de cólera, ¡y lo aconsejaba!

Por aquellos días, los conventos, temerosos de que diese un dictamen favorable a la petición de los estudiantes, repetían sus regalos y la tarde en que le vemos, estaba más apurado que nunca, pues su fama de activo se comprometía. Hacía más de quince días que tenía en su poder el expediente y aquella mañana el alto empleado, después de alabar su celo, le había preguntado por su dictamen. Don Custodio respondió con misteriosa gravedad dando a entender que ya lo tenía terminado: el alto empleado se sonrió, y aquella sonrisa ahora le molestaba y perseguía.

Como decíamos, bostezaba y bostezaba. En uno de esos movimientos, en el momento en que abría los ojos y cerraba la boca, se fijó en la larga fila de cartapacios rojos, colocados ordenadamente en el magnífico estante de *kamagon*: al dorso de cada uno se leía en grandes letras: PROYECTOS.

Olvidóse por un momento de sus apuros y de las piruetas de Pepay, para considerar ¡que todo lo que se contenía en aquellas gradas había salido de su fecunda cabeza en momentos de inspiración! ¡Cuántas ideas originales, cuántos pensamientos sublimes, cuántos medios salvadores de la miseria filipina! ¡La inmortalidad y la gratitud del país las tenía él seguras!

Como un viejo pisaverde que descubre mohoso paquete de epístolas amatorias, levantóse don Custodio y se acercó al estante. El primer cartapacio, grueso, hinchado, pletórico, llevaba por título «PROYECTOS *en proyecto*».

—¡No! —murmuró—; hay cosas excelentes, pero se necesitaría un año para releerlos.

El segundo, bastante voluminoso también, se titulaba «PROYECTOS *en estudio*».

—¡No, tampoco!

Luego venían los «PROYECTOS *en maduración*...» «PROYECTOS *presentados*...» «PROYECTOS *rechazados*...» «PROYECTOS *aprobados*...» «PROYECTOS *suspendidos*...» Estos últimos cartapacios contenían poca cosa, pero el último menos todavía, el de los «PROYECTOS *en ejecución*».

Don Custodio arrugó la nariz, ¿qué tendrá? Ya se había olvidado de lo que podía haber dentro. Una hoja de papel amarillento asomaba por entre las dos cubiertas, como si el cartapacio le sacase la lengua.

Sacólo del armario y lo abrió: era el famoso proyecto de la Escuela de Artes y Oficios.

—¡Qué diantre! —exclamó—; pero si se han encargado de ella los padres Agustinos...

De repente se dio una palmada en la frente, arqueó las cejas, una expresión de triunfo se pintó en su semblante.

—¡Si tengo la solución, c-! —exclamó lanzando una palabrota que no era el *eureka* pero que principia por donde este termina—; mi dictamen está hecho.

Y repitiendo cinco o seis veces su peculiar *eureka* que azotaba el aire como alegres latigazos, radiante de júbilo se dirigió a su mesa y empezó a emborronar cuartillas.

170

XXI. TIPOS MANILENSES

Aquella noche había gran función en el Teatro de Variedades. La compañía de opereta francesa de Mr. Jouy daba su primera función, *Les Cloches de Corneville*, e iba a exhibir a los ojos del público su selecta *troupe* cuya fama venían hace días pregonando los periódicos. Decíase que entre las actrices las había de hermosísima voz, pero de figura más hermosa todavía y si se ha de dar crédito a murmuraciones, su amabilidad estaba por encima aun de la voz y la figura.

A las siete y media de la noche ya no había billetes ni para el mismo padre Salví moribundo, y los de la entrada general formaban larguísima cola. En la taquilla hubo alborotos, peleas, se habló de filibusterismo y de razas, pero no por eso se consiguieron billetes. A las ocho menos cuarto se ofrecían precios fabulosos por un asiento de anfiteatro. El aspecto del edificio profusamente iluminado, con plantas y flores en todas las puertas, volvía locos a los que llegaban tarde, que se deshacían en exclamaciones y manotadas. Una numerosa muchedumbre hervía en los alrededores mirando envidiosa a los que entraban, a los que llegaban temprano temerosos de perder sus asientos: risas, murmullos, expectación saludaban a los recién venidos, que desconsolados, se reunían con los curiosos y, ya que no podían entrar, se contentaban con ver a los que entraban.

Había sin embargo uno que parecía extraño a tanto afán, a tanta curiosidad. Era un hombre alto, delgado, que andaba lentamente arrastrando una pierna rígida. Vestía una miserable americana color de café y un pantalón a cuadros, sucio, que modelaba sus miembros huesudos y delgados. Un sombrero hongo, artístico a fuerza de estar roto, le cubría la enorme cabeza dejando escapar unos cabellos de un gris sucio, casi rubio, largos, ensortijados en sus extremos como melenas de poeta. Lo más notable en aquel hombre no era ni su traje, ni su cara europea sin barba ni bigote, sino el color rojo subido de ella, color que le ha valido el apodo de *Camaróncocido* bajo el cual se le conocía. Era un tipo raro: perteneciente a una distinguida familia, vivía como un vagabundo, un mendigo; de raza española, se burlaba del prestigio que azotaba indiferente con sus harapos; pasaba por ser una especie de repórter y a la verdad sus ojos grises tanto saltones, tanto fríos y meditabundos, aparecían allí donde acontecía algo publicable. Su manera de vivir era un misterio para muchos, nadie sabía dónde comía ni dónde dormía: acaso tuviera un tonel en alguna parte. Camaróncocido no tenía en aquel momento la expresión dura e indiferente de costumbre: algo como una alegre compasión se reflejaba en su mirada. Un hombrecillo, un vejete diminuto le abordó alegremente.

—¡Amigooó! —dijo con voz ronca, quebrada como de rana, enseñando unos cuantos pesos mexicanos.

Camaróncocido vio los pesos, y se encogió de hombros. A él ¿qué le importaban?

El vejete era su digno contraste. Pequeñito, muy pequeñito, cubierta la cabeza con un sombrero de copa transformado en colosal gusano de pelo, se perdía en una levita ancha, muy ancha y demasiado larga, para encontrarse al fin de unos pantalones demasiado cortos que no pasaban de las pantorrillas. Su cuerpo parecía el abuelo y las piernas los nietos, mientras que por sus zapatos tenía aire de navegar en seco —¡eran unos enormes zapatos de marinero que protestaban del gusano de pelo de su cabeza con la energía de un convento al lado de una Exposición Universal!—. Si Camaróncocido era rojo, él era moreno; aquel siendo de raza española no gastaba un pelo en la cara, él, indio, tenía perilla y bigotes blancos, largos y ralos. Su mirada era viva. Llamábanle Tío Quico y, como su amigo, vivía igualmente de la publicidad: pregonaba las funciones y pegaba los carteles de los teatros. Era quizás el único filipino que podía impunemente ir a pie con chistera y levita así como su amigo era el primer español que se reía del prestigio de la raza.

—El francés me ha gratificado muy bien —decía sonriendo y enseñando sus pintorescas encías que parecían una calle después de un incendio—; ¡he tenido buena mano en pegar los carteles!

Camaróncocido volvió a encogerse de hombros.

—Quico —repuso en voz cavernosa—, si te dan 6 pesos por tu trabajo, ¿cuánto darán a los frailes?

Tío Quico con su vivacidad natural levantó la cabeza.

—¿A los frailes?

—¡Porque has de saber —continuó Camaróncocido—, que toda esta entrada se la han procurado los conventos!

En efecto, los frailes, a su cabeza el padre Salví y algunos seglares capitaneados por don Custodio se habían opuesto a semejantes representaciones. El padre Camorra que no podía asistir encandilaba los ojos y se le hacía agua la boca, pero disputaba con Ben Zayb que se defendía débilmente pensando en los billetes gratis que le enviaría la empresa. Don Custodio le hablaba de moralidad, de religión, buenas costumbres, etc.

—Pero —balbuceaba el escritor—, si nuestros sainetes con sus juegos de palabras y frases de doble sentido...

—¡Pero al menos están en castellano! —le interrumpía gritando el virtuoso concejal, encendido en santa ira—; ¡¡¡obscenidades en francés, hombre, Ben Zayb, por Dios, en francés!!! ¡Eso, jamás!

Y decía el ¡jamás! con la energía de un triple Guzmán a quien le amenazasen con matarle una pulga si no rendía veinte Tarifas. El padre Irene naturalmente opinaba como don Custodio y execraba las operetas francesas. ¡Pfui! Él había estado en París, pero ni siquiera pisó la acera de un teatro, ¡Dios le libre!

Pero la opereta francesa contaba también con numerosos partidarios. Los oficiales del ejército y de la armada, entre ellos los ayudantes del general, los empleados y muchos grandes señores estaban ansiosos de saborear las delicadezas de la lengua francesa en boca de legítimas parisiennes; uníanse a ellos los que viajaron por las M. M. y chapurrearon un poco de francés durante el viaje, los que visitaron París y todos aquellos que querían echárselas de ilustrados. Dividióse pues la sociedad de Manila en dos bandos, en operetistas y antioperetistas que se vieron secundados por señoras de edad, esposas celosas y cuidadosas del amor de sus maridos, y por las que tenían novio, mientras las libres y las hermosas se declaraban furibundas operetistas. Cruzáronse volantes y más volantes, hubo idas y venidas, dimes y diretes, juntas, cabildeos, discusiones, se habló hasta de insurrección de los indios, de la indolencia, de razas inferiores y superiores, de prestigio y otras patrañas y después de mucha chismografía y mucha murmuración, el permiso se concedió y el padre Salví publicó una pastoral que nadie leyó sino el corrector de la imprenta. Díjose que si el general riñó con la condesa, si ésta pasaba su vida en las quintas de placer, si S. E. estaba aburrido, si el cónsul francés, si hubo regalos, etc., etc., y danzaron muchos nombres, el del chino Quiroga, el de Simoun y hasta los de muchas actrices.

Gracias a este escandaloso preliminar, la impaciencia de la gente se había excitado y desde la víspera, que fue cuando llegaron los artistas, solo se hablaba de ir a la primera función. Desde que aparecieron los carteles rojos anunciando *Les Cloches de Corneville*, los vencedores se aprestaron a celebrar la victoria. En algunas oficinas, en vez de pasar el tiempo leyendo periódicos y charlando, se devoraba el argumento, se leían novelitas francesas y muchos se iban al escusado y fingían una disentería para consultar a ocultis el diccionario de bolsillo. No por esto los expedientes se despachaban, al contrario, hacían volver a todos para el día siguiente, pero el público no podía enfadarse: se encontraba con unos empleados muy corteses, muy afables, que les recibían y les despedían con grandes saludos a la francesa: los empleados se ensayaban, sacudían el polvo a su francés y se lanzaban mutuamente *oui monesiour, s'il bous plaît*, y *¡pardon!* a cada paso que era una felicidad verlos y oírlos. Pero, donde la animación y el apuro llegaban a su colmo, era en las redacciones de los periódicos; Ben Zayb, señalado como crítico y traductor del argumento, temblaba como una pobre mujer acusada de brujería; veía a sus enemigos cazándole los gazapos y echándole en cara sus pocos conocimientos de francés. Cuando la Opera italiana, a poco más tuvo un desafío por haber traducido mal el nombre de un tenor; cierto envidioso publicó inmediatamente un artículo tratándole de ignorante, a él, ¡la primera cabeza pensante de Filipinas! ¡Lo que le costó defenderse! lo menos tuvo que escribir diecisiete artículos y consultar quince diccionarios. Y con este saludable recuerdo el pobre Ben Zayb andaba con manos de plomo, no decimos pies, por no imitar al padre Camorra que tenía la avilantez de reprocharle que escribía con ellos.

—¿Ves, Quico? —decía Camaróncocido—; la mitad de la gente viene por haber dicho los frailes que no vengan, es una especie de manifestación; y la otra mitad, porque se dicen: ¿los frailes lo prohíben? pues debe ser instructivo. Créeme, Quico, tus programas eran buenos, ¡pero mejor es aún el Pastoral y cuenta que no lo ha leído nadie!

—Amigoóó, ¿crees tuú —preguntó inquieto Tío Quico—, que por la competencia del padre Salví en adelanteee se supriman mis funcioneees?

—Puede ser, Quico, puede ser —contestó el otro mirando hacia el cielo—; el dinero empieza a escasear...

Tío Quico murmuró algunas palabras y frases incoherentes; si los frailes se meten a anunciadores de teatro se metería él a fraile. Y después de despedirse de su amigoó se alejó tosiendo y haciendo sonar sus pesos.

Camaróncocido, con su indiferencia de siempre, continuó vagando acá y allá con la pierna a cuestas y la mirada soñolienta. Llamaron su atención la llegada de fisonomías extrañas, venidas de diferentes puntos y que se hacían señas con un guiño, una tos. Era la primera vez que veía en tales ocasiones semejantes individuos, él que conocía todas las facciones de la ciudad y todas sus fisonomías. Hombres de cara oscura, espaldas dobladas, aire inquieto y poco seguro, y mal disfrazados como si se pusiesen por primera vez la americana. En vez de colocarse en primera fila para ver a sus anchas, se ocultaban entre sombras como evitando ser vistos.

—¿Policía secreta o ladrones? —se preguntó Camaróncocido e inmediatamente se encogió de hombros—; y a mí ¿qué me importa?

El farol de un coche que venía alumbró al pasar un grupo de cuatro o cinco de estos individuos hablando con uno que parecía militar.

—¡Policía secreta! ¡será un nuevo cuerpo! —murmuró.

E hizo su gesto de indiferencia. Pero luego observó que el militar, después de comunicar con dos o tres grupos más, se dirigió a un coche y pareció hablar animadamente con una persona en el interior. Camaróncocido dio algunos pasos y sin sorprenderse creyó reconocer al joyero Simoun, mientras sus finos oídos percibían este corto diálogo:

—¡La señal es un disparo!

—Sí, señor.

—No tengáis cuidado; es el general quien lo manda; pero cuidado con decirlo. Si seguís mis instrucciones, ascenderéis.

—Sí, señor.

—¡Con que estad dispuestos!

La voz calló y segundos después el coche se puso en movimiento.

Camaróncocido, a pesar de toda su indiferencia, no pudo menos de murmurar:

—Algo se trama... ¡atención a los bolsillos!

Y sintiendo que los suyos estaban vacíos, volvió a encogerse de hombros. ¿A él qué le importaba que el cielo se venga abajo?

Y siguió haciendo su ronda. Al pasar delante de dos personas que hablaban, pescó lo que una de ellas que tenía en el cuello rosarios y escapularios, decía en tagalo:

—Los frailes pueden más que el general, no seas simple; éste se va y ellos se quedan. Con tal de que lo hagamos bien nos haremos ricos. ¡La señal es un disparo!

—¡Aprieta, aprieta! —murmuró Camaróncocido sacudiendo los dedos—; allá el general, y aquí el padre Salví... ¡Pobre país...! Pero ¿y a mí qué?

Y encogiéndose de hombros y escupiendo al mismo tiempo, dos gestos que en él eran los signos de la mayor indiferencia, prosiguió sus observaciones...

Entretanto los coches venían en vertiginosa carrera, paraban de firme junto a la puerta depositando a la alta sociedad. Las señoras, aunque apenas hacía fresco, lucían magníficos chales, pañolones de seda y hasta abrigos de entre-tiempo; los caballeros, los que iban de frac y corbata blanca usaban gabanes, otros los llevaban sobre el brazo luciendo los ricos forros de seda.

En el grupo de los curiosos, Tadeo, el que se enferma en el momento que baja el catedrático, acompaña a su compoblano, el novato que vimos sufrir las consecuencias del mal leído principio de Descartes. El novato es muy curioso y preguntón y Tadeo se aprovecha de su ingenuidad e inexperiencia para contarle las más estupendas mentiras. Cada español que le saluda, sea empleadillo o dependiente de almacén, lo endosa a su compañero por jefe de negociado, marqués, conde, etc.; en cambio si pasaba de largo, ¡psh! es un *bago*, un oficial quinto, ¡un cualquiera! Y cuando faltaban los pedestres para mantener la admiración del novato, abusaba de los coches flamantes que des-filaban; Tadeo saludaba graciosamente, hacía un signo amistoso con la mano, soltaba un ¡adiós! familiar.

—¿Quién es?

—¡Bah! —contesta negligentemente—; el gobernador civil... el segundo cabo... el magistrado tal... la señora de... ¡amigos míos!

El novato le admira, le escucha embobado y se cuida muy bien de ponerse a la izquierda. Tadeo, ¡¡amigo de magistrados y gobernadores!!

Y Tadeo le nombra todas las personas que llegan y, cuando no las conoce, inventa apellidos, historias y da curiosos detalles.

—¿Ves? aquel señor alto, de patillas negras, algo bizco, vestido de negro, es el magistrado A, amigo íntimo de la señora del coronel B; un día, a no ser por mí, se pegan los dos... ¡adiós! Mira, allí llega precisamente el coronel, ¿si se pegarán?

El novato suspende la respiración, pero el coronel y el magistrado se estrechan afectuosamente la mano; el militar, un solterón, pregunta por la salud de la familia, etc.

—¡Ah! ¡gracias a Dios! —respira Tadeo—; soy yo quien les ha hecho amigos.

—¿Si les pidiera usted que nos hagan entrar? —pregunta con cierta timidez el novato.

—¡Ca, hombre! ¡Yo no pido nunca favores! —dice majestuosamente Tadeo; los hago, pero desinteresadamente.

El novato se muerde los labios, se queda más pequeño y pone una respetuosa distancia entre él y su compoblano.

Tadeo continúa:

—Ese es el músico H... ese, el abogado J que pronunció como suyo un discurso impreso en todos los libros y los oyentes le felicitaron y le admiraron...

El médico K, ese que baja de un hansomcab, especialista en enfermedades de niños, por eso le llaman Herodes... Ese es el banquero L que solo sabe hablar de sus riquezas y almorranas... el poeta M que siempre trata de estrellas y del *más allá*... Allí va la hermosa señora de N que el padre Q suele encontrar cuando visita al marido ausente... el comerciante judío P que se vino con 1.000 pesos y ahora es millonario... Aquel de larga barba es el médico R que se ha hecho rico creando enfermos mejor que sanando...

—¿Creando enfermos?

—Sí, hombre, en el reconocimiento de los quintos... ¡atención! Ese respetable señor que va elegantemente vestido, no es médico pero es un homeópata *sui generis*: profesa en todo el *similia similibus*... El joven capitán de caballería que con él va, es su discípulo predilecto... Ese con traje claro que tiene el sombrero ladeado, es el empleado S cuya máxima es no ser nunca cortés y se le llevan los diablos cuando ve un sombrero puesto sobre la cabeza de otro; dicen que lo hace para arruinar a los sombrereros alemanes... Ese que llega con su familia es el riquísimo comerciante C que tiene más de 100.000 pesos de renta... pero

¿qué me dirás si te cuento que me debe todavía 4 pesos 5 reales y 12 cuartos?
Pero ¿quién cobra a un ricacho como ése?

—¿Le debe a usted ese señor?

—¡Claro! un día le saqué de un gran apuro, era un viernes a las siete y media de la mañana, todavía me acuerdo, yo no había almorzado aún... Esa señora que va seguida de una vieja es la célebre Pepay la bailarina... ahora ya no baila desde que un señor muy católico y muy amigo mío... se lo ha prohibido... Allí está el calavera Z, de seguro que va tras la Pepay para hacerla bailar otra vez. Es un buen chico, muy amigo mío; no tiene más defectos que uno: es mestizo chino y se llama a sí mismo español peninsular. ¡Sst! Mira a Ben Zayb, ese con cara de fraile, que lleva un lápiz en la mano y un rollo de papeles, es el gran escritor Ben Zayb, muy amigo mío; ¡tiene un talento...!

—Diga usted, y ese hombrecillo con patillas blancas...

—Ese es el que ha hecho de sus hijas, esas tres pequeñitas, auxiliares de Fomento para que cobren en la nómina... Es un señor muy listo, ¡pero muy listo! comete una tontería y la atribuye... a los otros, se compra camisas y las paga la Caja. Es listo, muy listo, ¡pero muy listo...!

Tadeo se interrumpe.

—Y ese señor ¿que tiene aire feroz y mira a todo el mundo por encima de sus hombros? —pregunta el novato señalando a un hombre que mueve la cabeza con altanería.

Pero Tadeo no responde, alarga el cuello para ver a la Paulita Gómez que venía en compañía de una amiga, de doña Victorina y de Juanito Peláez. Este les había regalado un palco y estaba más jorobado que nunca.

Llegan coches y más coches, llegan los artistas que entran por otra puerta seguidos de amigos y admiradores.

Paulita ya ha entrado y continúa Tadeo:

—Esas son las sobrinas del rico capitán D, esas que vienen en el landó; ¿ves qué hermosas y sanas son? Pues dentro de algunos años estarán muertas o locas... capitán D se opone a que se casen, y la locura del tío se manifiesta en las sobrinas... Esa es la señorita E, la riquísima heredera que se disputan el mundo y los conventos... ¡Calla! ¡a ese le conozco! El padre Irene, disfrazado, ¡con bigotes postizos! ¡Le conozco en su nariz! ¡Y él que tanto se oponía...!

El novato mira escandalizado y ve desaparecer una bien cortada levita detrás de un grupo de señoras.

—¡Las tres Parcas! —continuó Tadeo viendo llegar a tres señoritas secas, huesudas, ojerosas, de ancha boca y cursimente vestidas—. Se llaman...

—¿Atropos?... —balbucea el novato que quería hacer ver que también sabía algo, al menos la mitología...

—No, hombre, se llaman las señoritas de Balcón, criticonas, solteronas, pelonas... Profesan odio a todo, a hombres a mujeres, a niños... Pero, mira como al lado del mal Dios pone el remedio, solo que a veces llega tarde. Detrás de las Parcas, espanto de la ciudad, vienen esos tres, el orgullo de sus amigos, entre los cuales yo me cuento. Ese joven delgado, de ojos saltones, algo encorvado, que gesticula con viveza porque no ha encontrado billetes, es el químico S, autor de muchos estudios y trabajos científicos, premiados algunos y notables todos; los españoles dicen de él que *promete*, *promete*... El que le apacigua con su risa volteriana es el poeta T, chico de talento, muy amigo mío, y por lo mismo que es de talento ha arrojado la pluma. El otro que les propone entrar con los actores por la otra puerta, es el joven médico U, que ha hecho muchas buenas curas; de él dicen también que promete... no está tan jorobado como Peláez pero es más listo y más pillo todavía. Yo creo que a la misma Muerte le cuenta bolas y la marea.

—¿Y ese señor moreno con bigotes como cerdas?

—¡Ah! es el comerciante F que todo lo falsifica hasta su fe de bautismo; quiere a toda costa ser mestizo español y hace heroicos esfuerzos por olvidarse de su idioma.

—Pero, sus hijas son muy blancas...

—¡Sí, razón por la cual el arroz ha subido de precio y eso que no comen más que pan!

El novato no comprende la relación del precio del arroz con la blancura de aquellas muchachas.

—Allí está el novio, ese joven delgado, moreno, de andar lento que las sigue y que saluda con aire protector a los tres amigos que se ríen de él... es un mártir de sus ideas, de su consecuencia.

El novato se sintió lleno de admiración y respeto hacia el joven.

—Tiene aire de tonto, pero lo es —continuó Tadeo—; nació en San Pedro Makati y se priva de muchas cosas; no se baña casi nunca ni prueba el cerdo porque, según él, los españoles no lo comen y por la misma razón no toma arroz, patís ni bagoon, aunque se muera de hambre y se le haga agua la boca... Todo lo que venga de Europa, podrido o en conserva, le sabe a cielo y hace un mes Basilio le salvó de una feroz gastritis: ¡se había comido un tarro de mostaza para probar que es europeo!

En aquel momento la orquesta empezó a tocar un vals.

—¿Ves ese señor? ¿Ese enclenque que va volviendo la cabeza buscando saludos? Es el célebre gobernador de Pangasinan, un buen hombre que pierde el apetito cuando algún indio deja de saludarle... A poco más se muere si no suelta el *bando de los saludos* a que debe su celebridad. ¡Pobre señor! hace tres días que ha venido de la provincia y ¡cuánto ha enflaquecido! ¡oh! he aquí al grande hombre, al insigne, ¡abre tus ojos!

—¿Quién? ¿Ese de las cejas fruncidas?

—Sí, ese es don Custodio, el liberal don Custodio, tiene las cejas fruncidas porque medita algún proyecto importante... si se llevaran a cabo las ideas que tiene en la cabeza, ¡otra cosa sería! ¡Ah! aquí viene Makaraig, ¡tu compañero de casa!

En efecto venía Makaraig con Pecson, Sandoval, e Isaganl. Tadeo al verlos se adelantó y les saludó.

—¿No viene usted? —preguntóle Makaraig.

—No hemos encontrado billetes...

—A propósito, tenemos un palco —repuso Makaraig—; Basilio no puede venir... vengan ustedes con nosotros.

Tadeo no se hizo repetir la invitación. El novato, temiendo molestar, con la timidez propia de todo indio provinciano, se excusó y no hubo medio de hacerle entrar.

XXII. LA FUNCIÓN

El aspecto que ofrecía el teatro era animadísimo; estaba lleno de bote en bote, y en la entrada general, en los pasillos se veía mucha gente de pie, pugnando por sacar la cabeza o meter un ojo entre un cuello y una oreja. Los palcos descubiertos, llenos en su mayor parte de señoras, parecían canastillas de flores, cuyos pétalos agitara una leve brisa (hablo de los abanicos), y en donde zumban insectos mil. Solo que como hay flores de delicado y fuerte perfume, flores que matan y flores que consuelan, en las canastillas de nuestro teatro también se aspiran perfumes parecidos, se oyen diálogos, conversaciones, frases que pican o corroen. Solo tres o cuatro de los palcos estaban aún vacíos a pesar de lo avanzado de la hora; para las ocho y media se había anunciado la función, eran ya las nueve menos cuarto, y el telón no se levantaba porque S. E. no había llegado todavía. Los de la entrada general, impacientes e incómodos en sus asientos, armaban un alboroto pataleando y golpeando el suelo con sus bastones.

—¡Bum-bum-bum! ¡qué se abra el telón! ¡bum-bum-bum!

Los artilleros no eran los menos alborotadores. Los émulos de Marte, como los llama Ben Zayb, no se contentaban con esta música; creyéndose tal vez en una plaza de toros, saludaban a las señoras que pasaban delante de ellos con frases que por eufemismo se llaman en Madrid flores cuando a veces se parecen a humeante basura. Sin hacer caso de las miradas furibundas de los maridos, pregonan en alta voz los sentimientos y deseos que en ellos despiertan tantas hermosuras...

En las butacas —a donde parece que temen bajar las señoras tan no se ve a ninguna— reina un murmullo de voces, de risas reprimidas, entre nubes de humo... Discuten el mérito de las artistas, hablan de escándalos, si S. E. ha reñido con los frailes, si la presencia del general en semejante espectáculo es una provocación o sencillamente una curiosidad; otros no piensan en estas cosas, sino en cautivar las miradas de las señoras adoptando posturas más o menos interesantes, más o menos estatuarias, haciendo jugar los anillos de brillantes, sobre todo cuando se creen observados por insistentes gemelos; otros dirigen respetuosos saludos a tal señora o señorita bajando la cabeza con mucha gravedad, mientras le susurran al vecino:

—¡Qué ridícula es! ¡qué cargante!

181

La dama contesta con la más graciosa de sus sonrisas y un movimiento encantador de cabeza y murmura a la amiga que asiente, entre dos indolentes abanicazos:

—¡Qué pretencioso! Chica, está loco enamorado.

Entre tanto los golpes menudean: ¡bum-bum-bum! ¡toc-toc-toc! ya no quedan más que dos palcos vacíos y el de S. E. que se distingue por sus cortinas rojas de terciopelo. La orquesta toca otro vals, el público protesta; afortunadamente se presenta un héroe caritativo que distrae la atención y redime al empresario; es un señor que ha ocupado una butaca y se niega a cederla a su dueño, el filósofo don Primitivo. Viendo que sus argumentos no le convencían, don Primitivo acude al acomodador.

—¡No me da la gana! —le responde el héroe fumando tranquilamente su cigarrillo. El acomodador acude al director.

—¡No me da la gana! —repite y se arrellana en la butaca. El director sale, mientras los artilleros de las galerías empiezan a cantar en coro:

—¡A que no! ¡A que sí! ¡A que no! ¡A que sí!

Nuestro actor que ya ha llamado la atención de todos cree, que ceder sería rebajarse y se agarra a la butaca mientras repite su contestación a la pareja de la Veterana que fue a llamar el director. Los guardias, teniendo en consideración la categoría del rebelde, van a buscar al cabo, mientras casi toda la sala se deshace en aplausos, celebrando la entereza del señor que continúa sentado como un senador romano.

Resuenan silbidos, el señor que tiene firmeza de carácter vuelve la cabeza airado creyendo que le silban; se oye galopar de caballos, se nota movimiento; cualquiera diría que ha estallado una revolución o cuando menos un motín; no, la orquesta suspende el vals y toca la marcha real; es S. E. el capitán general y gobernador de las Islas el que llega: todas las miradas le buscan, le siguen, le pierden y aparece al fin en su palco y, después de mirar a todas partes y hacer felices a algunos con un omnipotente saludo, se sienta como si fuera un hombre sobre el sillón que le espera. Los artilleros se callan entonces y la orquesta ataca la introducción.

Nuestros estudiantes ocupan un palco frente a frente del de Pepay la bailarina. Este palco era un regalo de Makaraig que ya se había puesto en inteligencia con ella para tener a don Custodio propicio. La Pepay había escrito aquella misma tarde una carta al célebre ponente esperando una contestación y dándole una cita en el teatro. Por esta razón don Custodio, a pesar de la ruda oposición que había desplegado contra la opereta francesa, se iba al teatro, lo cual le valió finas pullas de parte de don Manuel, su antiguo adversario en las sesiones del Ayuntamiento.

—¡Vengo para juzgar la opereta! —había replicado con el tono de un Catón satisfecho de su conciencia.

Makaraig pues, cambaba miradas de inteligencia con la Pepay, quien le daba a entender que algo tenía que decirle; y como la bailarina tenía cara alegre, todos auguraban que el éxito estaba asegurado. Sandoval, que acababa de llegar de unas visitas que había hecho en otros palcos, aseguró que el dictamen había sido favorable y que aquella tarde misma lo había examinado la comisión superior y lo había aprobado. Todo pues era júbilo, Pecson mismo se olvidaba de sus pesimismos viendo a la Pepay enseñar sonriendo una cartita; Sandoval y Makaraig se felicitaban mutuamente, solo Isagani permanecía algo frío y apenas se sonreía. ¿Qué le había pasado al joven?

Isagani, al entrar en el teatro, vio a Paulita en un palco y a Juanito Peláez conversando con ella. Púsose pálido y creyó que se equivocaba. Pero no, era ella misma, ella que le saludaba con una graciosa sonrisa mientras sus hermosos ojos parecían pedirle perdón y prometerle explicaciones. En efecto, habían convenido en que Isagani iría primero al teatro para ver si en el espectáculo no había nada inconveniente para una joven, y ahora la encontraba él, y nada menos que en compañía de su rival. Lo que pasó por el alma de Isagani era indescriptible: ira, celos, humillación, resentimiento rugieron en su interior; hubo un momento en que deseó que el teatro se desplomase; tuvo ganas violentas de reír a carcajadas, de insultar a su amada, provocar a su rival, armar un escándalo, pero se contentó con sentarse lentamente y no dirigirla jamás la mirada. Oía los hermosos proyectos que hacían Makaraig y Sandoval y le sonaban a ecos lejanos; las frases del vals le parecían tristes y lúgubres, todo aquel público, fatuo e imbécil, y varias veces tuvo que hacer esfuerzos para contener las lágrimas. De la cuestión del caballero que no quería dejar la butaca, de la llegada del capitán general se apercibió apenas; miraba hacia el telón de boca que representaba una especie de galería entre suntuoso cortinaje rojo, con vista a un jardín en medio del cual se levanta un surtidor.

183

¡Cuán triste se le antojaba la galería y qué melancólico el paisaje! Mil reminiscencias vagas surgían en su memoria como lejanos ecos de música oída durante la noche, como aires de una canción de la infancia, murmullo de bosques solitarios, riachuelos sombríos, noches de Luna a los bordes del mar que se extendía inmenso delante de sus ojos... Y el enamorado joven que se consideraba muy desgraciado, se puso a mirar al techo para que las lágrimas no cayesen de sus ojos.

Una salva de aplausos le sacó de su meditación.

El telón acababa de levantarse y el alegre coro de campesinos de Corneville se presentaba a sus ojos, vestidos con sus gorros de algodón y pesados zuecos de madera en los pies. Ellas, unas seis o siete muchachas, bien pintadas de carmín en los labios y mejillas, con grandes circulos negros en torno de los ojos para aumentar su brillo, enseñaban blancos brazos, dedos llenos de brillantes y piernas redondas y bien torneadas. Y mientras cantaban la frase normanda *allez, marchez! allez, marchez!* sonreían a sus respectivos adoradores de las butacas con tanta desfachatez que don Custodio, después de mirar al palco de la Pepay como para asegurarse de que no hacía lo mismo con otro admirador, consignó en la cartera esta indecencia y para estar más seguro, bajó un poco la cabeza para ver si las actrices no enseñaban hasta las rodillas.

—¡Oh, estas francesas! —murmuró mientras su imaginación se perdía en consideraciones de un grado más elevado y hacía comparaciones y proyectos.

Quoi v'là tous les cancans d'la s'maine...!

Canta Gertrude, una soberbia moza que mira picarescamente de reojo al capitán general.

—¡Cancán tenemos! —exclamó Tadeo—, el primer premio de francés en su clase, y que pudo pescar esta palabra. Makaraig, ivan a bailar el cancán!

Y se frotó alegremente las manos.

Tadeo, desde que se levantó el telón, no hacía caso de la música; solo buscaba lo escandaloso, lo indecente, lo inmoral en los gestos y en los trajes, y con su poco de francés aguzaba el oído para pillar las obscenidades que tanto habían pregonado los censores severos de su patria.

Sandoval que se las daba de saber francés, se había convertido en una especie de intérprete para sus amigos. Sabía tanto como Tadeo pero se ayudaba del argumento publicado por los periódicos y lo demás se lo suplía su fantasía.

—Sí —dijo—, van a bailar el cancán y ella lo va a dirigir.

Makaraig y Pecson se pusieron atentos sonriéndose de antemano. Isagani miró a otra parte, avergonzado de que Paulita asistiese a semejante espectáculo y pensaba que debía desafiarle a Juanito Peláez al día siguiente. Pero nuestros jóvenes esperaron en vano. Vino la Serpolette, una deliciosa muchacha con su gorro de algodón igualmente, provocadora y belicosa;

Hein! qui parle de Serpolette?

pregunta a las chismosas, con los brazos en jarras y aire batallador. Un caballero aplaudió y después siguieron todos los de las butacas. Serpolette, sin dejar su actitud de buena moza, miró al que primero la aplaudió y le pagó con una sonrisa enseñando unos diminutos dientes que parecían collarcito de perlas en un estuche de terciopelo rojo. Tadeo siguió la mirada y vio a un caballero, con unos bigotes postizos y una nariz muy larga.

—¡Voto al chápiro! —dijo, ¡Irenillo!

—Sí —contestó Sandoval—, le he visto dentro hablando con las actrices.

En efecto, el padre Irene que era un melómano de primer orden y conocía muy bien el francés, fue enviado por el padre Salví al teatro como una especie de policía secreta religiosa, así al menos lo decía él a las personas que le reconocían. Y como buen crítico que no se contenta con ver las piezas de lejos, quiso examinar de cerca a las artistas, confundióse en el grupo de los admiradores y elegantes, se introdujo en el vestuario donde se cuchicheaba y se hablaba un francés de necesidad, un francés de *tienda*, idioma que es muy comprensible para la vendedora cuando el parroquiano parece dispuesto a pagar bien.

La Serpolette estaba rodeada de dos gallardos oficiales, de un marino y un abogado, cuando le divisó rondando y metiendo en todas partes y rendijas la punta de su larga nariz como si sondease con ella los misterios de la escena. La Serpolette suspendió su charla, frunció las cejas, las levantó, abrió los labios y con la vivacidad de una parisienne dejó a sus admiradores y se lanzó como un torpedo contra nuestro crítico.

185

—Tiens, tiens, Toutou! mon lapin! —exclamó cogiéndole del brazo al padre Irene y sacudiéndole alegremente mientras hacía vibrar el aire de notas argentinas.

—Chut, chut! —dijo el padre Irene procurando esconderse.

—Mais, comment! toi ici, grosse bête! Et moi qui t'croyais...

—Tais pas d'tapage, Lily! il faut m'respecter! 'suis ici l'Pape!

A duras penas pudo el padre Irene hacerla entrar en razón. La alegre Lily estaba *enchantée* de encontrar en Manila a un antiguo amigo que le recordaba las *coulisses* del teatro de la Grande Opéra. Y así fue como el padre Irene, cumpliendo a la vez con sus deberes de amistad y de crítico, iniciaba un aplauso para animarla: la Serpolette lo merecía.

Entre tanto nuestros jóvenes esperaban el cancán, Pecson se volvía todo ojos; todo menos cancán había. Hubo un momento en que si no llega gente de curia, se iban a pegar las mujeres, y arrancarse los moños, azuzadas por los pícaros paisanos que esperaban, como nuestros estudiantes, ver algo más que un cancán.

Scit, scit, scit, scit, scit, scit,
Disputez-vous, battez-vous,
Scit, scit, scit, scit, scit, scit
Nous allons compter les coups.

La música cesó, se fueron los hombres, volvieron poco a poco las mujeres y empezó entre ellas un diálogo del que nada comprendieron nuestros amigos. Estaban hablando mal de una ausente.

—¡Parecen los macanistas de la *pansitería*! —observó Pecson en voz baja.

—¿Y el cancán? —preguntó Makaraig.

—¡Están discutiendo el sitio más a propósito para bailarlo! —repuso gravemente Sandoval.

—¡Parecen los macanistas de la *pansitería*! —repitió Pecson disgustado.

Una señora, acompañada de su marido, entraba en aquel momento y ocupaba uno de los dos palcos vacíos. Tenía el aire de una reina y miraba con desdén a toda la sala como si dijese: «¡He llegado más tarde que todas vosotras, montón de cursis y provincianas, he llegado más tarde que vosotras!». En efecto personas hay que van a los teatros como los burros en una carrera: gana el que llega el último. Hombres muy sensatos conocemos que primero subían al patíbulo que entraban en el teatro antes del primer acto. Pero el gozo de la dama fue de corta duración; había visto el otro palco que continuaba vacío; frunció las cejas, y se puso a reñir a su cara mitad armando tal escándalo que muchos se impacientaron.

—¡Sst! ¡sst!

—¡Los estúpidos! ¡como si entendieran el francés! —dijo la dama mirando con soberano desprecio a todas partes y fijándose en el palco de Juanito de donde creyó oír partir un imprudente sst.

Juanito en efecto era culpable; desde el principio se las echaba de entender todo y se daba aires, sonriendo, riendo y aplaudiendo a tiempo como si nada de lo que decían se le escapase. Y eso que no se guiaba de la mímica de los artistas porque miraba apenas hacia la escena. El truhán decía muy intencionadamente a Paulita, que, habiendo mujeres muchísimo más hermosas, no quería cansarse mirando a lo lejos... Paulita se ruborecía, se cubría la cara con el abanico y miraba de hurtadillas hacía donde estaba Isagani, que sin reírse ni aplaudir presenciaba distraído el espectáculo.

Paulita sintió despecho y celos; ¿se enamoraría Isagani de aquellas provocadoras actrices? Este pensamiento la puso de mal humor y apenas oyó las alabanzas que doña Victorina prodigaba a su favorito.

Juanito desempeñaba bien su papel: a veces movía la cabeza en señal de disgusto y entonces se oían toses, murmullos en algunas partes; a veces sonreía, aprobaba y un segundo después resonaban aplausos. Doña Victorina estaba encantada y hasta concibió vagos deseos de casarse con el joven el día que don Tiburcio se muriera. ¡Juanito sabía francés y de Espadaña no! ¡Y empezó a hacerle zalamerías! Pero Juanito no se apercibía del cambio de táctica, atento como estaba en observar a un comerciante catalán que estaba junto al cónsul suizo: Juanito que los había visto hablando en francés, se inspiraba en sus fisonomías y daba soberanamente el pego.

Vinieron escenas sobre escenas, personajes sobre personajes, cómicos y ridículos como el *bailli* y Grenicheux, nobles y simpáticos como el marqués y Germaine; el público se rió mucho del bofetón de Gaspard, destinado para el cobarde Grenicheux y recibido por el grave *bailli*, de la peluca de éste que vuela por los aires, del desorden y alboroto cuando cae el telón.

187

—¿Y el cancán? —pregunta Tadeo.

Pero el telón se levanta inmediatamente y la escena representa el mercado de criados, con tres postes cubiertos de banderolas y llevando los anuncios de *servantes*, *cochers* y *domestiques*. Juanito aprovecha la ocasión y, en voz bastante alta para que le oiga Paulita y esté convencida de su saber, se dirige a doña Victorina.

—*Servantes* significa sirvientes, *domestiques* domésticos...

—¿Y en qué se diferencian los *servantes* de los *domestiques*? —pregunta Paulita.

Juanito no se queda corto.

—*Domestiques*, los que están domesticados: ¿no ha observado usted como algunos tenían aire de salvajes? Esos son los *servantes*.

—¡Es verdad! —añade doña Victorina—; algunos tenían muy malas maneras... y yo que creía que en Europa todos eran finos y... pero, como pasa en Francia... ¡ya lo veo!

—¡Sst, sst!

Pero el apuro de Juanito cuando, llegada la hora del mercado y abierta la barrera, los criados que se alquilaban se colocaban al lado de los respectivos anuncios que señalaban su clase. Los criados, unos diez o doce tipos rudos, vestidos de librea y llevando una ramita en la mano, se situaban debajo del anuncio *domestiques*.

—¡Esos son los domésticos! —dice Juanito.

—A la verdad que tienen aire de recién domesticados —observa doña Victorina—; ¡vamos a ver a los medio salvajes!

Después, la docena de muchachas, a su cabeza la alegre y viva Serpolette, ataviadas con sus mejores trajes, llevando cada una un gran ramillete de flores a la cintura, risueñas, sonrientes, frescas, apetitosas, se colocan con gran desesperación de Juanito junto al poste de las *servantes*.

—¿Cómo? —preguntó cándidamente Paulita—; ¿son esas las salvajes que usted dice?

—No —contesta Juanito imperturbable—; se han equivocado... se han cambiado... Esos que vienen detrás.

—¿Esos que vienen con un látigo?

Juanito hace señas de que sí, con la cabeza, muy inquieto y apurado.

—¿De modo que esas mozas son los *cochers*?

A Juanito le ataca un golpe de tos tan violenta que provoca la impaciencia de algunos espectadores.

—¡Fuera ese! ¡fuera el tísico! —grita una voz.

¿Tísico? ¿Llamarle tísico delante de la Paulita? Juanito quiere ver al deslenguado y hacerle tragar la tisis. Y viendo que las mujeres se interponían, se envalentonó más y le crecieron los ánimos. Por fortuna era don Custodio el que había hecho el diagnóstico y temiendo llamar la atención se hacía el desentendido escribiendo al parecer la crítica de la pieza.

—¡Si no fuera porque voy con ustedes! —dice Juanito haciendo girar los ojos como los de ciertos muñecos que mueve el péndulo da un reloj—. Y para ser más parecido, sacaba de tiempo en tiempo la lengua.

Aquella noche se conquistó a los ojos de doña Victorina la fama de valiente y pundonoroso y ella decidió dentro de su tórax casarse con él tan pronto se muera don Tiburcio.

Paulita se ponía más triste cada vez, pensando en como unas muchachas que se llaman *cochers* podían ocupar la atención de Isaganl. *Cochers* le recordaba ciertas denominaciones que las colegialas usan entre sí para explicar una especie de afectos.

Al fin termina el primer acto y el marqués se lleva como criadas a Serpolette y a Germaine, el tipo de la belleza tímida de la *troupe* y por cochero al estúpido Grenicheux. Una salva de aplausos los hace reaparacer cogidos de la mano los que hace cinco segundos se perseguían y se iban a pegar, saludando aquí y allá al galante público manileño y cambiando ellas miradas inteligentes con varios espectadores.

Mientras reina el pasajero tumulto, causado por los que se atropellan para ir al vestuario y felicitar a las actrices, por los que van a saludar a las señoras en los palcos, algunos emiten su juicio sobre la pieza y los artistas.

—Indudablemente, la Serpolette es la que más vale —dice uno dándose aires de inteligente.

—Prefiero la Germaine, es una rubia ideal.

—¡Si no tiene voz!

—¿Y qué me hago con la voz?

—¡Pues, como formas, la alta!

—¡Psh! —dice Ben Zayb—, ninguna vale un comino, ninguna es artista.

Ben Zayb es el crítico de «*El Grito* de la Integridad» y su aire desdeñoso le da mucha importancia a los ojos de los que se contentan con tan poco.

—¡Ni la Serpolette tiene voz, ni la Germaine tiene gracia, ni eso es música ni es arte ni es nada! —termina con marcado desdén.

Para echárselas de gran crítico no hay como mostrarse descontento de todo.

La empresa no había mandado más que dos asientos a la Redacción.

En los palcos se preguntaba quién sería el dueño del palco vacío. Aquel ganaba en *chic* a todos pues llegaría el último.

Sin saberse de dónde vino la especie, díjose que era de Simoun. El rumor se confirmó. Nadie había visto al joyero en las butacas, ni en el vestuario, ni en ninguna parte.

—¡Y sin embargo le he visto esta tarde con Mr. Jouy! —dijo uno.

—Y ha regalado un collar a una de las actrices...

—¿A cual de ellas? —preguntan algunas curiosas.

—A la mejor de todas, ¡la que seguía con la vista su Excelencia!

Miradas de inteligencia, guiños exclamaciones de duda, de afirmación, frases entrecortadas.

—¡Se las está echando de Monte-Cristo! —observó una que se preciaba de literata.

—¡O de proveedor de la Real Casa! —añadió su adorador, celoso ya de Simoun.

En el palco de nuestros estudiantes se habían quedado Pecson, Sandoval e Isaganl. Tadeo se había ido para distraer a don Custodio dándole conversación y hablándole de sus proyectos favoritos mientras Makaraig se entrevistaba con la Pepay.

—Nada, como le decía a usted, amigo Isagani, peroraba Sandoval haciendo grandes gestos y sacando una voz armoniosa para que las vecinas del palco, las hijas del rico que debía a Tadeo, le oyesen; nada, la lengua francesa no tiene la rica sonoridad ni la varia y elegante cadencia del idioma castellano. Yo no concibo, yo no me imagino, yo no puedo formarme una idea de los oradores franceses y dudo que los haya habido jamás y los pueda haber en el verdadero sentido de la palabra, en el estricto sentido del concepto oradores. Porque no confundamos la palabra orador con la palabra hablador o charlatán. Habladores o charlatanes los puede haber en todos los países, en todas las regiones del mundo habitado, en medio de los fríos y secos ingleses así como entre los vivos e impresionables franceses...

Y seguía una hermosísima revista de los pueblos con sus poéticos caracteres y epítetos más sonoros. Isagani asentía con la cabeza mientras pensaba en Paulita a quien había sorprendido mirándole, una mirada que hablaba y quería decir muchas cosas. Isagani quería descifrar lo que expresaban aquellos ojos; ¡estos sí que eran elocuentes y nada charlatanes!

—Y usted que es poeta, esclavo de la rima y del metro, hijo de las Musas — continuaba Sandoval haciendo un elegantísimo gesto con la mano como si saludase en el horizonte a las nueve hermanas—, ¿comprende usted, puede usted figurarse cómo con un idioma tan ingrato y poco cadencioso como es el francés se puedan formar poetas de la talla gigantesca de nuestros Garcilasos, nuestros Herreras, nuestros Esproncedas y Calderones?

—Sin embargo —observa Pecson, Victor Hugo...

—Victor Hugo, amigo Pecson, Victor Hugo si es poeta es porque lo debe a España... porque es cosa averiguada, es cosa fuera de toda duda, cosa admitida aun por los mismos franceses que tanta envidia tienen de España, que si Victor Hugo tiene genio, si es poeta, es porque su niñez la ha pasado en Madrid, allí ha bebido las primeras impresiones, allí se ha formado su cerebro, allí se ha coloreado su imaginación, su corazón se ha modelado y han nacido las más bellas concepciones de su mente. Y después de todo ¿quién es Victor Hugo? ¿Es comparable acaso con nuestros modernos...?

Pero la llegada de Makaraig con aire abatido y una sonrisa amarga en los labios cortó la peroración del orador. Makaraig tenía en las manos un papel que entregó a Sandoval sin decir una palabra.

Sandoval leyó:

Pichona: Tu carta ha llegado tarde; he presentado ya mi dictamen y ha sido aprobado. Sin embargo, como si hubiese adivinado tu pensamiento, he resuelto el asunto según el deseo de tus protegidos.

Me iré al teatro y te esperaré a la salida.

Tu tierno palomillo,

Custodining.

—¡Qué bueno es el hombre! —exclamó Tadeo enternecido.

—¿Y bien? —dijo Sandoval—, no veo nada malo, ¡todo lo contrario!

—Sí —contestó Makaraig con su sonrisa amarga—; ¡resuelto favorablemente! ¡Acabo de verme con el padre Irene!

—¿Y qué dice el padre Irene? —preguntó Pecson.

—Lo mismo que don Custodio, ¡y el pillo todavía se atrevió a felicitarme! La comisión que ha hecho suyo el dictamen del ponente, aprueba el pensamiento y felicita a los estudiantes por su patriotismo y deseo de aprender...

—¿Entonces?

—Solo que, considerando nuestras ocupaciones, y a fin, dice, de que no se malogre la idea, entiende que debe encargarse de la dirección y ejecución del pensamiento una de las corporaciones religiosas, ¡en el caso de que los dominicos no quieran incorporar la academia a la Universidad!

Exclamaciones de desengaño saludaron estas palabras: Isagani se levantó, pero no dijo nada.

—Y para que se vea que participamos en la dirección de la academia —continuó Makaraig—, se nos comete la cobranza de las contribuciones y cuotas, con la obligación de entregarlas después al tesorero que designará la corporación encargada, el cual tesorero nos librará recibos...

—¡Cabezas de barangay entonces! —observó Tadeo.

—Sandoval —dijo Pecson—, allí está el guante, ¡a recogerlo!

—¡Puf! ese no es ningún guante, pero por el olor parece un calcetín.

—Y lo más gracioso —continuó Makaraig—, es que el padre Irene nos recomienda celebremos el hecho con un banquete o una serenata con antorchas, ¡una manifestación de los estudiantes en masa dando gracias a todas las personas que en el asunto han intervenido!

—Sí, después del palo, ¡que cantemos y demos gracias! *¡Super flumina Babylonis sedimus!*

—¡Sí, un banquete como el de los presos! —dijo Tadeo.

—Un banquete en que estemos todos de luto y pronunciemos discursos fúnebres —añadió Sandoval.

—Una serenata con la *Marsellesa* y marchas fúnebres —propuso Isagani.

—No, señores —dijo Pecson con su risa de calavera—: para celebrar el hecho no hay como un banquete en una *pansitería* servido por chinos sin camisa, ¡pero sin camisa!

La idea por lo sarcástica y grotesca fue aceptada; Sandoval fue el primero en aplaudirla; hacía tiempo quería ver el interior de esos establecimientos que de noche parecen tan alegres y animados.

Y precisamente en el momento en que la orquesta tocaba para empezar el segundo acto, nuestros jóvenes se levantaron abandonando el teatro con escándalo de toda la sala.

XXIII. UN CADÁVER

Simoun en efecto no había ido al teatro.

Desde las siete de la noche había salido de casa, agitado y sombrío; sus criados le vieron entrar dos veces acompañado de diferentes individuos; a las ocho Makaraig le encontró rondando por la calle del Hospital, cerca del convento de Santa Clara, a la sazón que doblaban las campanas de la iglesia; a las nueve Camaróncocido le vio otra vez en los alrededores del teatro hablando con uno que parecía estudiante, franquear la puerta y volver a salir y desaparecer en las sombras de los árboles.

—¿Y a mi qué? —volvió a decir Camaróncocido—; ¿qué saco con prevenir al pueblo?

Basilio, como decía Makaraig, tampoco había asistido a la función. El pobre estudiante, desde que volvió de San Diego para rescatar de la servidumbre a Julî, su prometida, había vuelto a sus libros, pasando el tiempo en el hospital, estudiando o cuidando a capitán Tiago, cuya enfermedad trataba de combatir. El enfermo se había vuelto de un carácter insoportable; en sus malos ratos, cuando se sentía abatido por falta de dosis de opio que Basilio procuraba moderar, le acusaba, le maltrataba, le injuriaba; Basilio sufría resignado con la conciencia de que hacía el bien a quien tanto debía, y solo en último extremo cedía; satisfecha la pasión, el monstruo del vicio, capitán Tiago se ponía de buen humor, se enternecía, le llamaba su hijo, lloriqueaba recordando los servicios del joven, lo bien que administraba sus fincas y hablaba de hacerle su heredero; Basilio sonreía amargamente y pensaba que en esta vida la complacencia con el vicio se premia mejor que el cumplimiento del deber. No pocas veces se le ocurrió dar curso libre a la enfermedad y conducir a su bienhechor a la tumba por un sendero de flores e imágenes risueñas, mejor que alargar su vida por un camino de privaciones.

—¡Tonto de mí! —se decía muchas veces—; el vulgo es necio y pues lo paga... Pero sacudía la cabeza pensando en Julî, en el extenso porvenir que tenía delante: contaba con vivir sin manchar su conciencia. Seguía el tratamiento prescrito y vigilaba.

Con todo, el enfermo iba cada día, con ligeras intermitencias, peor. Basilio que se había propuesto reducir paulatinamente la dosis o al menos no dejarle abusar fumando más de lo acostumbrado, le encontraba, al volver del hospital o de alguna visita, durmiendo el pesado sueño del opio, babeando y pálido como un cadáver. El joven no se podía explicar de dónde le podía venir la droga; los únicos que frecuentaban la casa eran Simoun y el padre Irene, aquel venía raras veces, y éste no cesaba de recomendarle fuese severo e inexorable en el régimen y no hiciese caso de los arrebatos del enfermo, pues lo principal era salvarle.

—Cumpla usted con su deber, joven —le decía—, cumpla usted con su deber. Y le hacía un sermoncito sobre este tema, con tanta convicción y entusiasmo que Basilio llegaba a sentir simpatías por el predicador. El padre Irene prometía además procurarle un buen destino, una buena provincia, y hasta le hizo entrever la posibilidad de hacerle nombrar catedrático. Basilio, sin dejarse llevar de las ilusiones, hacía de creer y cumplía con lo que le decía la conciencia.

En aquella noche, mientras representaban *Les Cloches de Corneville*, Basilio estudiaba delante de una vieja mesa, a la luz de una lámpara de aceite, cuya pantalla de cristal opaco sumía en media claridad su melancólico semblante. Una vieja calavera, algunos huesos humanos, y unos cuantos volúmenes cuidadosamente ordenados se veían cubriendo la mesa, donde había además una palangana de agua con una esponja. Un olor a opio que se escapaba del vecino aposento, hacía pesada la atmósfera y le daba sueño, pero el joven se resistía mojándose de tiempo en tiempo las sienes y los ojos, dispuesto a no dormir hasta concluir con el volumen. Era un tomo de la *Medicina Legal y Toxicología* del doctor Mata, obra que le habían prestado y debía devolver al dueño cuanto antes. El catedrático no quería explicar menos que por aquel autor y Basilio no tenía dinero bastante para comprarse la obra, pues, con el pretexto de que estaba prohibida por la censura de Manila y había que sobornar a muchos empleados para introducirla, los libreros pedían elevados precios. Tan absorto estaba el joven en sus estudios que ni siquiera se había ocupado de unos folletos que le enviaron de fuera, sin saber de dónde, folletos que se ocupaban de Filipinas, entre los cuales figuraban los que más llamaban la atención en aquella época por la manera dura e insultante con que trataban a los hijos del país. Basilio no tenía tiempo suficiente para abrirlos, acaso le detuviera también el pensamiento de que no es nada agradable recibir un insulto o una provocación y no tener medios de defenderse o contestar. La censura, en efecto, permitía los insultos a los filipinos pero les prohibía a estos la réplica.

En medio del silencio que reinaba en la casa, turbado solo por alguno que otro débil ronquido que partía del vecino aposento, Basilio oyó pasos ligeros en las escaleras, pasos que cruzaron después la caída dirigiéndose a donde él estaba. Levantó la cabeza, vio abrirse la puerta y con gran sorpresa suya, aparecer la figura sombría del joyero Simoun.

Desde la escena de San Diego Simoun no había vuelto a ver ni al joven ni a capitán Tiago.

—¿Cómo está el enfermo? —preguntó echando una rápida ojeada por el cuarto y fijándose en los folletos que mencionamos cuyas hojas aún no estaban cortadas.

—Los latidos del corazón, imperceptibles... pulso muy débil... apetito, perdido por completo —repuso Basilio con sonrisa triste y en voz baja—; suda profusamente a la madrugada...

Y viendo que Simoun, por la dirección de la cara, se fijaba en los dichos folletos y temiendo volviese a reanudar el asunto de que hablaron en el bosque, continuó:

—El organismo está saturado de veneno; de un día a otro puede morir como herido del rayo... la causa más pequeña, un nada, una excitación le puede matar...

—¡Como Filipinas! —observó lúgubremente Simoun.

Basilio no pudo reprimir un gesto y, decidido a no resucitar el asunto, prosiguió como si nada hubiese oído:

—Lo que más le debilita son las pesadillas, sus terrores...

—¡Como el gobierno! —volvió a observar Simoun.

—Hace unas noches se despertó sin luz y creyó que se había vuelto ciego; estuvo alborotando, lamentándose e insultándome, diciendo que le había sacado los ojos... Cuando entré con una luz me tomó por el padre Irene y me llamó su salvador...

—¡Como el gobierno, exactamente!

—Anoche —prosiguió Basilio haciéndose el sordo—, se levantó pidiendo su gallo, su gallo muerto hace tres años, y tuve que presentarle una gallina, y entonces me colmó de bendiciones y me prometió muchos miles...

En aquel momento en un reloj dieron las diez y media.

Simoun se estremeció e interrumpió con un gesto al joven.

—Basilio —dijo en voz baja—, escúcheme usted atentamente, que los momentos son preciosos. Veo que usted no ha abierto los libros que le he enviado; usted no se interesa por su país...

El joven quiso protestar.

—¡Es inútil! —continuó Simoun secamente—. Dentro de una hora la revolución va a estallar a una señal mía, y mañana no habrá estudios, no habrá Universidad, no habrá más que combates y matanzas. Yo lo tengo todo dispuesto y mi éxito está asegurado. Cuando nosotros triunfemos, todos aquellos que pudiendo servirnos no lo han hecho, serán tratados como enemigos. Basilio, ¡vengo a proponerle su muerte o su porvenir!

—¡Mi muerte o mi porvenir! —repitió como si no comprendiese nada.

—Con el gobierno o con nosotros —repuso Simoun—; con sus opresores o con su país. ¡Decídase usted que el tiempo urge! ¡Vengo a salvarle en vista de los recuerdos que nos ligan!

—¡Con los opresores o con mi país! —repetía en voz baja.

El joven estaba atontado; miraba al joyero con ojos donde se pintaba el terror, sintió que sus extremidades se enfriaban y mil confusas ideas cruzaban por su mente; veía las calles ensangrentadas, oía el tiroteo, se encontraba entre muertos y heridos y ¡singular fuerza de la afición! se veía a sí mismo con su blusa de operador cortando piernas y extrayendo balas.

—Tengo en mis manos la voluntad del gobierno —continuó Simoun—; he empeñado y gastado sus pocas fuerzas y recursos en tontas expediciones, deslumbrándole con las ganancias que podía sisar; sus cabezas están ahora en el teatro tranquilas y distraídas pensando en una noche de placeres, pero ninguna volverá a reposar sobre la almohada... Tengo regimientos y hombres a mi disposición, a unos les he hecho creer que la revolución la ordena el general, a otros que la hacen los frailes; a algunos les he comprado con promesas, con empleos, con dinero; muchos, muchísimos obran por venganza, porque están oprimidos y porque se ven en el caso de morir o matar... ¡Cabesang Tales está abajo y me ha acompañado hasta aquí! Vuelvo a repetirle, ¿viene usted con nosotros o prefiere exponerse a los resentimientos de los míos? En los momentos graves, declararse neutro es exponerse a las iras de ambos partidos enemigos.

Basilio se pasó varias veces la mano por la cara como si quisiese despertarse de una pesadilla; sintió que su frente estaba fría.

—¡Decídase usted! —repitió Simoun.

—¿Y qué... tendría yo que hacer? —preguntó con voz ahogada, quebrada, débil.

—Una cosa muy sencilla —repuso Simoun cuyo semblante se iluminó con un rayo de esperanza—: como tengo que dirigir el movimiento, no puedo distraerme en ninguna acción. Necesito que, mientras toda la atención de la ciudad está en diferentes puntos, usted a la cabeza de un peloton fuerze las puertas del convento de Santa Clara y saque de allí a una persona que usted, fuera de mí y de capitán Tiago, solo puede reconocer... Usted no corre peligro alguno.

—¡María Clara! —exclamó el joven.

—¡Sí, María Clara! —repitió Simoun y por primera vez su acento tomaba notas tristes y humanas—; la quiero salvar, por salvarla he querido vivir, he vuelto... ¡hago la revolución porque solo una revolución podrá abrirme las puertas de los conventos!

—¡Ay! —dijo Basilio, juntando las manos—; llega usted tarde, ¡demasiado tarde!

—Y ¿por qué? —preguntó Simoun frunciendo las cejas.

—¡María Clara se ha muerto!

Simoun se levantó de un salto y se abalanzó al joven.

—¿Se ha muerto? —preguntó con acento terrible.

—Esta tarde, a las seis; ahora debe estar...

—¡No es verdad! —rugió Simoun pálido y desencajado—, ¡no es verdad! María Clara vive, ¡María Clara tiene que vivir! Es un pretexto cobarde... no se ha muerto, ¡y esta noche la he de libertar o mañana muere usted!

Basilio se encogió de hombros.

—Hacía días que se puso mala y yo iba al convento para tener noticias. Mire usted, aquí esta la carta del padre Salví que trajo el padre Irene. Capitán Tiago estuvo llorando toda la noche, besando y pidiendo perdón al retrato de su hija hasta que concluyó por fumarse una enorme cantidad de opio... Esta tarde han tocado sus agonías.

—¡Ah! —exclamó Simoun, y cogiéndose la cabeza con ambas manos se quedó inmóvil.

Se acordaba de haber oído en efecto el toque de agonías mientras rondaba en los alrededores del convento.

—¡Muerta! —murmuró en voz tan baja como si hablase una sombra—, ¡muerta! muerta sin haberla visto, muerta sin saber que vivía por ella, muerta sufriendo... Y sintiendo que una tempestad horrible, una tempestad de torbellinos y truenos sin gota de lluvia, sollozos sin lágrimas, gritos sin palabras, rugía en su pecho e iba a desbordarse como lava candente largo tiempo comprimida, salió precipitadamente del cuarto. Basilio le oyó bajar las escaleras con paso desigual, atropellado; oyó un grito ahogado, grito que parecía anunciar la llegada de la muerte, profundo, supremo, lúgubre, tanto que el joven se levantó de su silla, pálido y tembloroso, pero oyó los pasos que se perdían y la puerta de la calle que se cerraba con estrépito.

—¡Pobre señor! —murmuró, y sus ojos se llenaron de lágrimas.

Y sin acordarse de estudiar, con la mirada vaga en el espacio estuvo pensando en la suerte de aquellos dos seres, el uno joven, rico, ilustrado, libre, dueño de sus destinos, con un brillante porvenir en lontananza, y ella, hermosa como un ensueño, pura, llena de fe y de inocencia, mecida entre amores y sonrisas, destinada a una existencia feliz, a ser adorada en familia y respetada en el mundo, y sin embargo, de aquellos dos seres llenos de amor, de ilusiones y esperanzas, por un destino fatal él vagaba por el mundo arrastrado sin cesar por un torbellino de sangre y lágrimas, sembrando el mal en vez de hacer el bien, abatiendo la virtud, y fomentando el vicio, mientras ella se moría en las sombras misteriosas del claustro, donde buscara paz y acaso encontrara sufrimientos, ¡donde entraba pura y sin mancha y espiraba como una ajada flor...! ¡Duerme en paz, hija infeliz de mi desventurada patria! ¡Sepulta en la tumba los encantos de tu juventud, marchita en su vigor! ¡Cuando un pueblo no puede brindar a sus vírgenes un hogar tranquilo, al amparo de la libertad sagrada; cuando el hombre solo puede legar sonrojos a la viuda, lágrimas a la madre y esclavitud a los hijos, hacéis bien vosotras en condenaros a perpetua castidad, ahogando en vuestro seno el germen de la futura generación maldita! ¡Ah, bien hayas tú que no te has de estremecer en tu tumba oyendo el grito de los que agonizan en sombras, de los que se sienten con alas y están encadenados, de los que se ahogan por falta de libertad! Ve, ve con los sueños del poeta a la región del infinito, sombra de mujer vislumbrada en un rayo de Luna, murmurada por las flexibles ramas de los cañaverales... ¡Feliz la que muere llorada, la que deja en el corazón del que la ama una pura visión, un santo recuerdo, no manchado por mezquinas pasiones que fermentan con los años! ¡Ve, nosotros te recordaremos! ¡En el aire puro de nuestra patria, bajo su cielo azul, sobre las ondas del lago que aprisionan montañas de zafiro y orillas de esmeralda; en sus cristalinos arroyos que sombrean las cañas, bordan las flores y animan las libélulas y mariposas con su vuelo incierto y caprichoso como si jugasen con el aire; en el silencio de nuestros bosques, en el canto de nuestros arroyos, en la lluvia de brillantes de nuestras cascadas, a la luz resplandeciente de nuestra Luna, en los suspiros de la brisa de la noche, en todo en fin que evoque la imagen de lo amado, te hemos de ver eternamente como te hemos soñado, bella, hermosa, sonriente como la esperanza, pura como la luz, y sin embargo, triste y melancólica contemplando nuestras miserias!

XXIV. SUEÑOS

¡Amor, qué astro eres?

Al día siguiente, un jueves, horas antes de ocultarse el Sol, encaminábase Isagani por el hermoso paseo de María Cristina en dirección al Malecón, para acudir a la cita que aquella mañana Paulita le había dado. El joven no dudaba que iban a hablar de lo acontecido en la noche anterior, y como estaba decidido a pedirla explicaciones y sabía lo orgullosa y altiva que era, preveía un rompimiento. Ante esta eventualidad trajo consigo las dos únicas cartitas de la Paulita, dos pedacitos de papel, donde apenas había algunas líneas escritas a prisa, con varios borrones y regular ortografía, cosas que no impedían las conservara el enamorado joven con más amor aún que si fuesen autógrafos de la misma Safo o de la musa Polimnia.

Esta decisión de sacrificar el amor en aras de la dignidad, la conciencia de sufrir cumpliendo con el deber no impedían que una profunda melancolía se apoderase de Isagani y le hiciese pensar en los hermosos días y noches más hermosas todavía, en que se murmuraban dulces necedades al través de las rejas floridas del entresuelo, necedades que para el joven tenían tal carácter de seriedad e importancia que le parecían las únicas dignas de merecer la atención del más elevado entendimiento humano. Isagani pensaba en los paseos en las noches de Luna, en la feria, en las madrugadas de diciembre después de la misa de gallo, en el agua bendita que la solía ofrecer y ella se lo agradecía con mirada llena de un poema de amor, estremeciéndose ambos al ponerse en contacto los dedos. Sonoros suspiros como pequeños cohetes salían de su pecho y se le ocurrían todos los versos, todas las frases de los poetas y escritores sobre la inconstancia de la mujer. Maldecía en su interior la creación de los teatros, la opereta francesa, prometía vengarse de Peláez a la primera oportunidad. Todo cuanto le rodeaba se le aparecía bajo los más tristes y negros colores; la bahía, desierta y solitaria, parecía más solitaria todavía por los pocos vapores que en ella fondeaban; el Sol iba a morir detrás de Mariveles, sin poesía y sin encantos, sin las nubes caprichosas y ricas en colores de las tardes bienaventuradas; el monumento de Anda, de mal gusto, mezquino y recargado, sin estilo, sin grandeza: parecía un sorbete o a lo más un pastel; los señores que se paseaban por el Malecón, a pesar de tener un aire satisfecho y contento, le parecían huraños, altivos y vanos; traviesos y mal educados, los chicos que jugaban en la playa haciendo saltar sobre las ondas las piedras planas de la ribera, o buscando en la arena moluscos y crustáceos que cogen por coger y los matan sin sacar de ellos provecho, en fin hasta las eternas obras del puerto a que había dedicado más de tres odas, le parecían absurdas, ridículas, juego de chiquillos.

—El puerto, ¡ah! el puerto de Manila, ¡bastardo que, desde que se concibe, hace llorar a todos de humillación y vergüenza! ¡si al menos después de tantas lágrimas no saliese el feto hecho un inmundo aborto!

Saludó distraídamente a dos jesuitas, sus antiguos profesores; apenas se fijó en un *tándem* que conducía un americano y excitaba las envidias de algunos elegantes que guiaban sus calesas; cerca del monumento de Anda oyó que Ben Zayb hablaba con otro de Simoun, que en la noche anterior se había puesto súbitamente enfermo; Simoun se negaba a recibir a nadie, a los mismos ayudantes del general.

—¡Ya! —exclamó Isagani con risa amarga—; para ése las atenciones porque es rico... vuelven los soldados de las expediciones, enfermos y heridos, ¡y a ellos nadie los visita!

Y pensando en estas expediciones, en la suerte de los pobres soldados y en la resistencia que oponían los insulares al yugo extranjero, pensó que, muerte por muerte, si la de los soldados era sublime porque cumplían con su deber, la muerte de los insulares era gloriosa porque defendían su hogar.

—¡Extraño destino, el de algunos pueblos! —dijo—. Porque un viajero arriba a sus playas, pierden su libertad y pasan a ser súbditos y esclavos, no solo del viajero, no solo de los herederos de éste, sino aun de todos sus compatriotas, ¡y no por una generación sino para siempre! ¡Extraña concepción de la justicia! ¡Tal situación da amplio derecho para exterminar a todo forastero como al más feroz monstruo que puede arrojar el mar!

Y pensaba que aquellos insulares, contra los cuales su patria estaba en guerra, después de todo no tenían más crimen que el de su debilidad. Los viajeros abordaron también a las playas de otros pueblos, pero por hallarlos fuertes, no trataron de su singular pretensión. Débiles y todo le parecía hermoso el espectáculo que daban, y los nombres de los enemigos, que los periódicos no se descuidaban de llamar cobardes y traidores, le parecían gloriosos, sucumbían con gloria al pie de las ruinas de sus imperfectas fortificaciones, con más gloria aun que los antiguos héroes troyanos; aquellos insulares no habían robado ninguna Helena filipina. Y con su entusiasmo de poeta, pensaba en los jóvenes de aquellas islas que podían cubrirse de gloria a los ojos de sus mujeres, y como enamorado en desesperación les envidiaba porque podían hallar un brillante suicidio. Y exclamaba:

—¡Ah! quisiera morir, reducirme a la nada, dejar a mi patria un nombre glorioso, ¡morir por su causa, defendiéndola de la invasión extranjera y que el Sol después alumbre mi cadáver como centinela inmóvil en las rocas del mar!

Y el conflicto con los alemanes se le venía a la memoria, y casi sentía que se hubiese allanado; él hubiera muerto con gusto por el pabellón español-filipino antes de someterse al extranjero:

—Porque después de todo —pensaba—, con España nos unen sólidos lazos, el pasado, la historia, la religión, el idioma...

—¡El idioma, sí, el idioma! —una sonrisa sarcástica se dibujó en sus labios; aquella noche tenían ellos el banquete en la *pansitería* para celebrar la muerte de la Academia de Castellano.

—¡Ay! —suspiró—; como los liberales en España sean cual los tenemos aquí, ¡dentro de poco la Madre Patria podrá contar el número de sus fieles!

La noche descendía poco a poco y con ella aumentábase la melancolía en el corazón del joven, que perdía casi la esperanza de ver a Paulita. Los paseantes abandonaban poco a poco el Malecón para irse a la Luneta, cuya música dejaba oír pedazos de melodías traídas hasta allí por la fresca brisa de la tarde; los marineros de un barco de guerra, anclado en el río, ejecutaban las maniobras de antes de la noche, trepando por las cuerdas ligeros como arañas; las embarcaciones encendían poco a poco sus fanales dando señales de vida y la playa

Do el viento riza las calladas olas
Que con blando murmullo en la ribera
Se deslizan veloces por sí solas...

que dice Alaejos, exhalaba a lo lejos tenues vapores que la luz de la Luna, ahora en todo su lleno, convertía poco a poco en gasa trasparente y misteriosa...

Un ruido lejano se percibe, ruido que se acerca más y más; Isagani vuelve la cabeza y su corazón comienza a latir violentamente; un coche viene tirado por caballos blancos, los caballos blancos que distinguiría entre cien mil. En el coche vienen Paulita, doña Victorina y la amiga de la noche anterior.

Antes que pudiese dar un paso el joven, Paulita ha saltado ya en tierra con su agilidad de sílfide y sonríe a Isagani con sonrisa llena de conciliación; Isagani sonríe a su vez y le parece que todas las nubes, todas las negras ideas que antes le asediaban, se disipaban como humo; luces tenía el cielo, cantos el aire, y flores cubrían las yerbas del camino. Desgraciadamente, doña Victorina estaba allí, doña Victorina que cogía para sí al joven para pedirle noticias de don Tiburcio. Isagani se había encargado de descubrir su escondite valiéndose de los estudiantes que conocía.

—Ninguno me ha sabido dar razón hasta ahora —respondía y decía la verdad—, porque don Tiburcio estaba escondido precisamente en casa del mismo tío del joven, el padre Florentino.

—Hágale usted saber —decía doña Victorina furiosa—, que me valdré de la Guardia Civil; vivo o muerto quiero saber dónde está... ¡Porque tener que esperar diez años para poderse una casar!

Isagani la miró espantado; doña Victorina pensaba en casarse. ¿Quién sería el infeliz?

—¿Qué le parece a usted Juanito Peláez? —preguntó ella de repente.

—¿Juanito?...

Isagani no sabía qué contestar; dábanle ganas de decir todo lo malo que sabía de Peláez, pero la delicadeza triunfó en su corazón y habló bien de su rival por lo mismo que lo era. Doña Victorina, toda contenta y entusiasmada, se deshizo entonces en ponderar los méritos de Peláez, e iba ya a hacer de Isagani confidente de sus nuevos amores, cuando la amiga de Paulita vino corriendo a decir que el abanico de esta se había caído entre las piedras que había en la playa, junto al Malecón. Estratagema o casualidad, es el caso que este percance dio motivo a que la amiga se quedase con la vieja e Isagani se entendiese con Paulita. Por lo demás, doña Victorina se alegraba, y por quedarse con Juanito, favorecía ella los amores de Isagani.

Paulita tenía su táctica; al darle las gracias se hizo la ofendida, la resentida, y delicadamente dio a entender que se extrañaba de encontrarle allí cuando todo el mundo estaba en la Luneta, hasta las actrices francesas...

—Me había dado usted cita, ¿cómo podía yo menos...?

—Sin embargo, anoche ni siquiera se apercibió usted de que estaba en el teatro; todo el tiempo le estuve observando y no apartaba usted sus ojos de aquellas *cochers*...

Se cambiaron los papeles; Isagani que venía para pedir explicaciones, las tuvo que dar y se consideró muy feliz cuando Paulita le dijo que le perdonaba. En cuanto a la presencia de ésta en el teatro, todavía era de agradecérsela; ella, forzada por la tía, solo se había decidido con la esperanza de verle durante la función. ¡Bien se burlaba ella de Juanito Peláez!

—¡Mi tía es quien está enamorada! —dijo riendo alegremente.

Riéronse ambos, el casamiento de Peláez con doña Victorina les puso locos de contento y lo vieron ya como realizado; pero Isagani se acordó de que don Tiburcio vivía y confió a su amada el secreto, después de hacerla prometer que no lo diría a nadie. Paulita prometió pero con la reserva mental de contárselo a su amiga.

Esto llevó la conversación al pueblo de Isagani, rodeado de bosques y situado a orillas del mar que ruge al pie de las elevadas rocas.

La mirada de Isagani se iluminaba al hablar de aquel oscuro rincón; el fuego del orgullo encendía sus mejillas, vibraba su voz, su imaginación de poeta se caldeaba, las palabras le venían ardientes, llenas de entusiasmo como si hablase al amor de su amor y no pudo menos de exclamar:

—¡Oh! en la soledad de mis montañas me siento libre, libre como el aire, ¡como la luz que se lanza sin frenos por el espacio! Mil ciudades, mil palacios diera yo por el rincón de Filipinas, ¡donde lejos de los hombres me siento con verdadera libertad! Allí, con la naturaleza cara a cara, delante del misterio y del infinito, el bosque y el mar, pienso, ¡hablo y obro como un hombre que no reconoce tiranos!

Paulita, ante tanto entusiasmo por el pueblo natal, entusiasmo que no comprendía, ella que estaba acostumbrada a oír hablar mal de su país y hacer de vez en cuando coro, manifestó ciertos celos haciéndose como siempre la resentida.

Pero Isagani la tranquilizó muy pronto.

—Sí —dijo—, ¡yo le amaba sobre todas las cosas antes de conocerte!

Gustábame vagar en la espesura, dormir a la sombra de los árboles, sentarme sobre la cima de una roca para abarcar con la mirada el Pacífico que revuelve delante de mí sus azules olas, trayéndome el eco de los cantos aprendidos en las playas de la América libre... Antes de conocerte, aquel mar era para mí mi mundo, mi encanto, mi amor, mis ilusiones. Cuando duerme en calma y el Sol brilla en la altura, me deleitaba mirando al abismo, a cincuenta metros a mis pies, buscando monstruos en los bosques de madréporas y corales que se columbran al través del límpido azul, las enormes serpientes que, al decir de los campesinos, dejan los bosques para vivir en el mar y adquirir formas espantosas... Por las tardes que es cuando, dicen, aparecen las sirenas, las espiaba yo entre una y otra ola, con tanto afán que una vez creí distinguirlas en medio de la espuma, ocupadas en sus divinos juegos; oí distintamente sus cantos, cantos de libertad, y percibí los sonidos de sus argentinas arpas. Antes pasaba horas y horas mirando transformarse las nubes, contemplando un árbol solitario en el llano, una roca, sin poder darme razón del porqué, sin poder definir el vago sentimiento que en mí despertaban. Mi tío me solía predicar largos sermones y temiendo me volviese hipocondríaco hablaba de llevarme a casa de un médico. Pero te vi, te amé, y en estas vacaciones, parecíame que algo me faltaba allí, el bosque estaba oscuro, triste el río que corre en la espesura, monótono el mar, desierto el horizonte... ¡Ah! si fueses una sola vez, si tus plantas hollasen aquellos senderos, si agitases con la punta de tus dedos las aguas del arroyo, si mirases al mar, te sentases en la roca e hicieses vibrar el aire con tus melodiosos cantos, mi bosque se trasformaría en Edén, las ondas del arroyo cantarían, brotaría la luz de las oscuras hojas, ¡se convertirían en brillantes las gotas de rocío y en perlas las espumas del mar!

Pero Paulita había oído decir que para ir al pueblo de Isagani era necesario pasar por montañas donde abundaban pequeñas sanguijuelas, y a este solo pensamiento, la cobarde se estremecía convulsivamente. Comodona y mimada, dijo que solo viajaría en coche o en ferrocarril.

Isagani, que había olvidado todos sus pesimismos y solo veía en todas partes rosas sin espinas, respondía:

—Dentro de muy poco, todas las islas van a estar cruzadas de redes de hierro,

Por donde rápidas
Y voladoras
Locomotoras
Corriendo irán

como dijo uno; entonces los rincones más hermosos del archipiélago estarán
abiertos a todos...

—Entonces, pero ¿cuándo? Cuando sea una vieja...

—¡Bah! no sabes lo que podemos hacer dentro de algunos años —contestó
Isagani—; no sabes la energía y el entusiasmo que en el país se despiertan
después de un letargo de siglos... España nos atiende; nuestros jóvenes en
Madrid trabajan noche y día y dedican a la patria toda su inteligencia, todos
sus instantes, todos sus esfuerzos; voces generosas se unen allá a las nuestras, políticos que comprenden que no hay mejor lazo que la comunidad de
intereses y sentimientos; ¡se nos hace justicia y todo augura para todos un
brillante porvenir...! Verdad es que acabamos de sufrir un pequeño desastre,
nosotros los estudiantes, pero la victoria va triunfando en toda la línea... ¡está
en todas las conciencias! La traidora derrota que sufrimos atestigua las últimas
hoqueadas, ¡las últimas convulsiones del moribundo! Mañana seremos ciudadanos de Filipinas, cuyo destino será hermoso porque estará en amantes
manos; ¡oh, sí! el porvenir es nuestro, lo veo de rosa, veo el movimiento agitar
la vida en estas regiones largo tiempo muertas, aletargadas... Veo surgir pueblos a lo largo de los caminos de hierro, ¡y por donde quiera fábricas, edificios
como aquel de Mandaloyon...! Oigo el vapor silbar, el traqueteo de los trenes,
el estruendo de las máquinas... miro subir el humo, su potente respiración,
y aspiro el olor de aceite, el sudor de los monstruos ocupados en incesante
faena... Ese puerto, de gestación laboriosa, ese río donde parece agoniza el
comercio, los veremos llenos de mástiles y nos darán una idea del invierno en
los bosques de Europa... Este aire puro y estas piedras tan limpias se llenarán
de carbón, de cajas y barriles, productos de la industria humana, pero, ¡no
importa! iremos en rápido movimiento, en coches cómodos, a buscar en el
interior otros aires, otros panoramas en otras playas, más frescas temperaturas
en las faldas de los montes... Los acorazados de nuestra marina guardarán las

costas; el español y el filipino rivalizarán en celo para rechazar toda invasión extranjera, para defender vuestros hogares y dejaros a vosotras reír y gozar en paz, amadas y respetadas. Libres del sistema de explotación, sin despechos ni desconfianzas; el pueblo trabajará porque entonces el trabajo dejará de ser infamante, dejará de ser servil, como imposición al esclavo; entonces el español no agriará su carácter con ridículas pretensiones despóticas y, franca la mirada, robusto el corazón, nos daremos la mano, y el comercio, la industria, la agricultura, las ciencias se desenvolverán al amparo de la libertad y de leyes sabias y equitativas como en la próspera Inglaterra...

Paulita sonreía con aire de duda y sacudía la cabeza.

—¡Sueños, sueños! —suspiró—; he oído decir que tenéis muchos enemigos... Tía Torina dice que este país será siempre esclavo.

—Porque tu tía es una tonta, porque no puede vivir sin esclavos, y cuando no los tiene, los sueña en el porvenir, y si no son posibles, los forja en su imaginación. Cierto que tenemos enemigos, que habrá lucha, pero venceremos. El viejo sistema podrá convertir las ruinas de su castillo en informes barricadas, nosotros se las tomaremos al canto de libertad, a la luz de vuestros ojos, ¡al aplauso de vuestras adoradas manos! Por lo demás, no te inquietes; la lucha será pacifica; basta que vosotras nos lancéis al estudio, despertéis en nosotros nobles, elevados pensamientos y nos alentéis a la constancia, ¡al heroísmo con el premio de vuestra ternura!

Paulita conservaba su risa enigmática y parecía pensativa; miraba hacia el río dándose en las mejillas ligeros golpecitos con el abanico.

—¿Y si nada conseguís? —preguntó distraída.

La pregunta le hizo daño a Isagani; fijó los ojos en los de su amada, cogióle suavemente una mano y repuso:

—Escucha: si nada conseguimos...

Y se detuvo vacilando.

—Escucha —Paulita, continuó—; sabes cuanto te amo y cuanto te adoro, sabes que me siento otro cuando me envuelve tu mirada, cuando sorprendo en ella una centella de amor... sin embargo, si nada conseguimos, soñaría en otra mirada tuya y moriría dichoso porque un rayo de orgullo pudiese brillar en tus ojos y dijeses un día al mundo señalando mi cadáver: ¡mi amor ha muerto luchando por los derechos de mi patria!

—¡A casa, niña, que vas a coger un resfriado! —chilló en aquel momento doña Victorina.

La voz les trajo a la realidad. Era la hora de volver, y por amabilidad invitaron a Isagani a subir en el coche, invitación que el joven no se hizo repetir. Como el coche era de Paulita, naturalmente ocuparon el testero doña Victorina y la amiga, y en el banquito los dos enamorados.

¡Ir en el mismo coche, tenerla al lado, aspirar su perfume, rozar la seda de su traje, verla pensativa, con los brazos cruzados, bañada por la Luna de Filipinas que presta a las cosas más vulgares idealidad y encantos, era un sueño que Isagani no se esperaba! ¡Qué miserables eran los que se retiraban a pie, solos, y tenían que apartarse para dejar paso al rápido coche! De todo aquel trayecto, a lo largo de la playa, por el paseo de la Sabana, el puente de España, Isagani no ha visto más que un suave perfil peinado graciosamente, terminado por un flexible cuello que se perdía entre las gasas de la piña. Un brillante le guiñaba desde el lóbulo de la diminuta oreja, como una estrella entre plateadas nubes. Isagani ha oído ecos lejanos preguntándole por don Tiburcio de Espadaña, el nombre de Juanito Peláez, pero le sonaban a campanadas que se oyen de lejos, voces confusas percibidas durante el sueño.

Fue necesario advertirle que habían llegado a la plaza de Santa Cruz.

XXV. RISAS-LLANTOS

La sala de la «*Pansitería* Macanista de buen gusto» ofrecía en aquella noche un aspecto extraordinario.

Catorce jóvenes, de las principales islas del Archipiélago, desde el indio puro (si es que los hay puros) al español peninsular, se reunían para celebrar el banquete que el padre Irene aconsejaba, en vista de la resolución dada al asunto de la enseñanza del castellano. Habían alquilado para sí todas las mesas, mandando aumentar las luces y pegar en la pared, junto a los paisajes y kakémonos chinescos, este extraño versículo:

iGloria a Custodio por sus listuras y *pansit* an la tierra a los chicos de buena voluntad!

En un país donde todo lo grotesco se cubre con capa de seriedad, donde muchos se elevan a fuerza de humo y aire calentado; en un país donde lo profundamente serio y sincero daña al salir del corazón y puede ocasionar disturbios, probablemente aquella era la mejor manera de celebrar la ocurrencia del insigne don Custodio. Los burlados contestaban a la sorna con una carcajada, al pastel gubernamental respondían con un plato de *pansit*, iy todavía!

Se reía, se chanceaba, pero era visible que en la alegría había esfuerzo; las risas vibraban de cierto temblor nervioso, de los ojos saltaban rápidas chispas y en más de uno se vio una lágrima brillar. Y sin embargo, aquellos jóvenes eran crueles, ieran injustos! No era la primera vez que se resolvían así los más hermosos pensamientos, que se defraudaban las esperanzas con grandes palabras y pequeñas acciones: antes de don Custodio, hubo otros muchos, imuchísimos!

En medio de la sala y bajo los faroles rojos, se veían cuatro mesas redondas, dispuestas simétricamente formando un cuadrado; servían de asiento banquillos de madera igualmente redondos. En el centro de cada mesa, según el uso del establecimiento, se presentaban cuatro platitos de colores con cuatro pasteles cada uno, y cuatro tazas de té con sus correspondientes cubiertas, todas de porcelana roja; delante de cada banquillo se veían una botella y dos copas de luciente cristal.

Sandoval, a fuer de curioso, miraba, escudriñaba todo, probaba las pastas, examinaba los cuadros, leía la lista de los precios. Los demás hablaban del tema del día, de las actrices de la opereta francesa y la enfermedad misteriosa de Simoun a quien, según unos, habían encontrado herido en la calle, según otros, había intentado suicidarse: como era natural se perdían en conjeturas. Tadeo daba su versión particular, según él, tomada de buena fuente. Simoun había sido atacado por un desconocido en la antigua plaza del Vivac; los motivos eran la venganza, y en prueba de ello el mismo Simoun se negaba a dar la más mínima explicación. De allí pasaron a hablar de venganzas misteriosas, y naturalmente de hazañas frailunas contando cada uno las proezas de los respectivos curas de sus pueblos.

Una cuarteta, en grandes letras negras, coronaba el friso de la sala y decía:
De esta fonda el cabecilla
Al público advierte
Que nada dejen absolutamente
Sobre alguna mesa o silla.

—¡Vaya una advertencia! —exclamó Sandoval—; si habrá confianza en la cuadrilla, ¿eh? Y ¡qué versos! Don Tiburcio convertido en redondilla, ¡dos pies, uno más largo que otro entre dos muletas! Si los ve Isagani, ¡los regala a su futura tía!

—¡Aquí está Isagani! —contestó una voz desde las escaleras.

Y el dichoso joven apareció radiante de alegría, seguido de dos descamisados chinos que llevaban en enormes bandejas fuentes que esparcían apetitoso olor. Alegres exclamaciones los saludaron.

Faltaba Juanito Peláez, mas habiendo pasado ya la hora, sentáronse a la mesa alegremente. Juanito siempre iba a ser informal.

—Si en su lugar hubiésemos invitado a Basilio —dijo Tadeo—, nos divertiríamos más. Le emborracharíamos para sacarle algunos secretos.

—Qué, ¿el prudente Basilio posee secretos?

—¡Vaya! —contestó Tadeo—, ¡y de los más importantes! Hay ciertos enigmas de los cuales él solo conoce la llave... el muchacho desaparecido, la monja...

—Señores, ¡el *pansit* lang-lang es la sopa por excelencia! —gritaba Makaraig—; como usted verá, Sandoval, se compone de setas, langostinos o camarones, pasta de huevos, *sotanjun*, trozos de gallina y qué sé yo más. Como primicias, ofrezcamos los huesos a don Custodio; a ver ¡que proyecte algo sobre ellos!

Una alegre carcajada recibió esta arenga.

—Si lo llega a saber...

—¡Se viene corriendo! —añadió Sandoval—; la sopa es excelente, ¿cómo se llama?

—*Pansit* lang-lang, esto es, *pansit* chino para diferenciarlo del otro que es propio del país.

—¡Bah! es nombre difícil de retener. ¡En honor a don Custodio le bautizo proyecto de sopa!

El nombre nuevo quedó aceptado.

—Señores —dijo Makaraig que era el que había dispuesto el menú—; ¡aún tenemos tres platos! Lumpiâ de chino hecho de carne de cerdo...

—¡Que se ofrece al padre Irene!

—¡Sopla! El padre Irene no come cerdo si no se quita la nariz —observó en voz baja un joven de Iloilo a su vecino.

—¡Se quitará la nariz!

—¡Abajo la nariz del padre Irene! —gritaron todos en coro.

—¡Respeto, señores, más respeto! —reclamó Pecson con cómica gravedad.

—El tercer plato es una torta de cangrejos...

—Que se dedica a los frailes —añadió el de Visayas.

—Por lo cangrejos —terminó Sandoval.

—¡Justo, y se llamará torta de frailes!

Todos repitieron en coro: ¡torta de frailes!

—¡Protesto en nombre de uno! —dijo Isagani.

—¡Y yo, en nombre de los cangrejos! —añadió Tadeo.

—¡Respeto, señores, más respeto! —volvió a gritar Pecson con la boca llena.

—El cuarto es el *pansit* guisado que se dedica... ¡al gobierno y al país!

Todos se volvieron hacia Makaraig.

—Hasta hace poco, señores —continuó—, el *pansit* se creía chino o japonés, pero es el caso que no conociéndose ni en la China ni en el Japón, parece ser filipino, y sin embargo los que lo guisan y benefician son los chinos: ídem de ídem de ídem lo que les pasa al gobierno y a Filipinas: parecen chinos pero si lo son o no lo son, doctores tiene la Santa Madre... Todos comen y gustan de él y sin embargo hacen melindres y ascos; lo mismo le pasa al país, lo mismo al gobierno. Todos viven a su costa, todos participan de la fiesta y después no hay país más malo que Filipinas, no hay gobierno más desorganizado. ¡Dediquemos pues el *pansit* al país y al gobierno!

—¡Dedicado! —dijeron en coro.

—¡Protesto! —exclamó Isagani...

—¡Respeto a los menores, respeto a las víctimas! —gritó en voz hueca Pecson levantando en el aire un hueso de gallina.

—¡Dediquemos el *pansit* al chino Quiroga, uno de los cuatro poderes del mundo filipino! —propuso Isagani.

—¡No, a la Eminencia Negra!

—¡Silencio! —exclamó uno con misterio—; en la plaza hay grupos que nos contemplan y las paredes oyen.

En efecto, grupos de curiosos estacionaban delante de las ventanas, mientras que la algazara y la risa en los establecimientos contiguos habían cesado por completo, como si prestasen atención a lo que pasaba en el banquete. El silencio tenía algo de extraordinario.

—Tadeo, ¡pronuncia tu discurso! —le dijo en voz baja Makaraig.

Se había convenido que Sandoval, como el que más cualidades de orador tenía, resumiría los brindis.

Tadeo, perezoso como siempre, nada había preparado y se veía en un apuro. Mientras aspiraba un largo *sotanjun*, pensaba en cómo salir del paso, hasta que recordó un discurso aprendido en la clase y se dispuso a plagiarlo y adulterarlo.

—¡Queridos hermanos en proyecto! —comenzó gesticulando con los dos palitos de comer que usan los chinos.

—¡Animal! ¡suelta el sípit que me has despeinado! —dijo un vecino.

—«Llamado por vuestra elección a llenar el vacío que ha dejado en»...

—¡Plagiario! —le interrumpió Sandoval—; ¡ese discurso es del presidente de nuestro Liceo!

—«Llamado por vuestra elección —continuó Tadeo imperturbable—, a llenar el vacío que ha dejado en mi... mente (y se señaló el abdomen) un varón ilustre por su doctrina cristiana y por sus ocurrencias y proyectos merecedor de tener un poquito más de memoria, ¿qué podrá deciros quien como yo tiene mucha hambre porque no ha almorzado?»

—¡Toma un cuello, chicooó! —díjole el vecino presentándole un cuello de gallina.

—«Hay un plato, señores, tesoro de un pueblo que es hoy fábula y ludibrio de la tierra, en donde han ido a meter su hambrienta cucharada los más grandes tragones de las regiones occidentales del globo...» —señalando con sus palitos a Sandoval en lucha con una recalcitrante ala de gallina.

—¡Y ¡orientales! —replicó el aludido trazando un círculo con la cuchara para comprender a todos los comensales.

—¡No valen interrupciones!

—¡Pido la palabra!

—¡Pido patís! —añadió Isagani.

—¡Que venga el lumpiâ!

Todos pidieron el lumpiâ y Tadeo se sentó muy contento de haber salido del paso.

El plato consagrado al padre Irene no pareció famoso y Sandoval lo manifestó así cruelmente:

—¡Brillante de grasa por fuera y puerco por dentro! ¡Que venga el tercer plato, la torta de frailes!

La torta no estaba hecha todavía; se oía el chirrido de la manteca en la sartén.

El intermedio lo aprovecharon para beber y pidieron que Pecson hablase.

Pecson se persignó seriamente, se levantó conteniendo a duras penas su risa de bobo, e imitando a cierto predicador agustino famoso entonces, principió a murmurar como si recitase la tesis de un sermón.

«Si tripa plena laudat Deum, tripa famelica laudabit fratres; si tripa llena alaba a Dios, tripa hambrienta alabará a los frailes. Palabras que dijo el señor Custodio por boca de Ben Zayb, periódico *El Grito de la Integridad*, artículo segundo, tontería ciento cincuenta y siete.»

«¡Queridos hermanos en Jesucristo!

«¡El mal sopla su impuro aliento sobre las verdes costas de la Frailandia, vulgo Archipiélago filipino! No brilla un día sin que resuene un ataque, sin que se escuche un sarcasmo contra las reverendas, venerandas y predicandas corporaciones, indefensas y faltas de todo apoyo. Permitidme, hermanos, que un momento me haga caballero andante para salir en defensa del desvalido, de las santas corporaciones que nos educaron, confirmando una vez más la idea complementaria del adagio, tripa llena alaba a Dios, cual es, tripa hambrienta alabará a los frailes.»

—¡Bravo, bravo!

—Oye —dijo Isagani seriamente—; te advierto que tratándose de frailes, respeto a uno.

Sandoval que ya estaba alegre se puso a cantar:

> ¡Un fraile, dos frailes, tres frailes en el coooro
> Hacen el mismo efecto que un solo tooooro!

—Escuchad, hermanos; volved la vista hacia los hermosos días de vuestra infancia; tratad de examinar el presente y preguntaos el porvenir. ¿Qué tenéis? ¡Frailes, frailes y frailes! Un fraile os bautiza, confirma, visita en la escuela con amoroso afán; un fraile escucha vuestros primeros secretos, es el primero en haceros comer a un Dios, en iniciaros en la senda de la vida; frailes son vuestros primeros y últimos maestros, fraile es el que abre el corazón de vuestras novias, disponiéndolas a vuestros suspiros, un fraile os casa, os hace viajar por diferentes islas proporcionándoos cambios de clima y distracciones; él os asiste en vuestra agonía y aunque subáis al cadalso, allí está el fraile para acompañaros con sus rezos y lágrimas y podéis estar tranquilos que no os ha de abandonar, hasta veros bien muertos y ahorcados. Mas su caridad no termina allí; muertos ya procurará enterraros con toda pompa, luchará para que vuestro cadáver pase por la iglesia, reciba los sufragios y solo descansará satisfecho cuando os pueda entregar en manos del Criador purificados aquí en la tierra, gracias a temporales castigos, torturas y humillaciones. ¡Conocedores de la doctrina de Cristo que cierra el cielo a los ricos, ellos, nuevos redentores, verdaderos ministros del Salvador, inventan todas las astucias para aligeraros de vuestros pecados, vulgo cuapì, y los trasportan lejos, muy lejos, allá donde los condenados chinos y protestantes viven, y dejan esta atmósfera límpida, pura, saneada, de tal modo que aunque quisiéramos después, no pudiésemos encontrar un real para nuestra condenación!

«Si pues su existencia es necesaria a nuestra felicidad, si do quiera que llevemos la nariz nos hemos de encontrar con la fina mano, hambrienta de besos, que aplana cada día más el maltrecho apéndice que en el rostro ostentamos ¿por qué no mimarlos y engordarlos y por qué pedir su antipolítica expulsión? ¡Considerad un momento el inmenso vacío que en nuestra sociedad dejaría su ausencia! ¡Obreros incansables, mejoran y multiplican las razas; desunidos

215

como estamos merced a celos y susceptibilidades, los frailes nos unen en una suerte común, en un apretado haz, tan apretado que muchos no pueden mover los codos! ¡Quitad al fraile, señores, y veréis cómo el edificio filipino tambaleará, falto de robustos hombros y velludas piernas, la vida filipina se volverá monótona sin la nota alegre del fraile juguetón y zandunguero, sin los libritos y sermones que hacen desternillar de risa, sin el gracioso contraste de grandes pretensiones en insignificantes cráneos, sin la representación viva, cotidiana, de los cuentos de Boccacio y Lafontaine! Sin las correas y escapularios, ¿qué queréis que en adelante hagan nuestras mujeres sino economizar ese dinero y volverse acaso avaras y codiciosas? Sin las misas, novenarios y procesiones, ¿dónde encontrareis panguinguis para entretener sus ocios? tendrán que reducirse a las faenas de la casa y en vez de leer divertidos cuentos de milagros, ¡tendremos que procurarles las obras que no existen! Quitad al fraile, y se desvanecerá el heroísmo, serán del dominio del vulgo las virtudes políticas; quitadle y el indio dejará de existir; el fraile es el padre, el indio el Verbo; aquel el artista, éste la estatua, ¡porque todo lo que somos, lo que pensamos y lo que hacemos, al fraile se lo debemos, a su paciencia, a sus trabajos, a su constancia de tres siglos para modificar la forma que nos dio Naturaleza! Y Filipinas sin fraile y sin indio, ¿qué le pasará al pobre gobierno en manos con los chinos?»

—¡Comerá torta de cangrejos! —contestó Isagani a quien le aburría el discurso de Pecson.

—¡Y es lo que debemos hacer! ¡Basta de discursos!

Como no aparecía el chino que debía traer el plato, levantóse uno de los estudiantes y se fue al fondo, hacia el balcón que daba al río; mas se volvió inmediatamente haciendo señas misteriosas.

—Nos espían; ¡he visto al favorito del padre Sibyla!

—¿Sí? —exclamó Isagani levantándose.

—Es inútil; al verme se ha ido.

Y acercándose a la ventana, miró hacia la plaza. Después hizo señas a sus compañeros para que se acercasen. Vieron salir por la puerta de la *pansitería* un joven que miraba a todas partes y entraba con un desconocido en un coche que esperaba junto a la acera. Era el coche de Simoun.

—¡Ah! —exclamó Makaraig—; ¡el esclavo del vicerrector servido por el Amo del general!

XXVI. PASQUINADAS

Muy de mañana levantóse Basilio para ir al Hospital. Tenía su plan trazado, visitar a sus enfermos, ir después a la Universidad para enterarse algo de su licenciatura, y verse después con Makaraig para los gastos que esta le ocasionaría. Había empleado gran parte de sus economías en rescatar a Julî y procurarle una cabaña donde vivir con el abuelo, y no se atrevía a acudir a capitán Tiago, temiendo no interpretase el paso como un adelanto de la herencia que siempre le prometía.

Distraído con estas ideas, no se fijó en los grupos de estudiantes que tan de mañana volvían de la ciudad como si se hubiesen cerrado las aulas; menos aún pudo notar el aire preocupado que tenían algunos, las conversaciones en voz baja, la señas misteriosas que entre sí cambiaban. Así es que cuando, al llegar a San Juan de Dios, sus amigos le preguntaron acerca de una conspiración, Basilio pegó un salto acordándose de la que tramaba Simoun, abortada por el misterioso accidente del joyero. Lleno de temor y con voz alterada preguntó tratando de hacerse del ignorante:

—¡Ah! ¿la conspiración?

—¡Se ha descubierto! —repuso otro—, y parece que hay muchos complicados.

Basilio procuró dominarse.

—¿Muchos complicados? —repitió tratando de leer algo en las miradas de los demás—; y ¿quiénes...?

—¡Estudiantes, la mar de estudiantes!

Basilio no creyó prudente preguntar más temiendo venderse, y pretextando la visita de sus enfermos, se alejó del grupo. Un catedrático de clínica le salió al paso y poniéndole misteriosamente la mano sobre el hombro —el catedrático era su amigo— le preguntó en voz baja:

—¿Estuvo usted en la cena de anoche?

Basilio, en el estado de ánimo en que se encontraba, creyó oír anteanoche. Anteanoche fue la conferencia con Simoun. Quiso explicarse.

—Le diré a usted —balbuceó—, como capitán Tiago estaba malo y además tenía que concluir con el Mata...

—Hizo usted bien en no ir —dijo el profesor—; pero ¿usted forma parte de la asociación de estudiantes?

—Doy mi cuota...

—Pues entonces, un consejo: retírese ahora mismo y destruya cuantos papeles tenga que le puedan comprometer.

Basilio se encogió de hombros. Papeles no tenía ninguno, tenía apuntes clínicos, nada más.

—¿Es que el señor Simoun...?

—Simoun nada tiene que ver en el asunto, ¡gracias a Dios! —añadió el médico; ha sido oportunamente herido por mano misteriosa y está en cama. No, aquí andan otras manos, pero no menos terribles.

Basilio respiró. Simoun era el único que le podía comprometer. Sin embargo pensó en Cabesang Tales.

—¿Hay tulisanes...?

—Nada, hombre, nada más que estudiantes.

Basilio recobró su serenidad.

—¿Qué ha pasado, pues? —se atrevió a preguntar.

—Se han encontrado pasquines subversivos, ¿no lo sabía usted?

—¿Dónde?

—¡C-! en la Universidad.

—¿Nada más que eso?

—¡P-! ¿qué más quiere usted? —preguntó el catedrático casi furioso—; los pasquines se atribuyen a los estudiantes asociados, pero, ¡silencio!

Venía el catedrático de Patología, un señor que tenía más cara de sacristán que de médico. Nombrado por la poderosísima voluntad del vicerrector sin exigirle más méritos ni más títulos que la adhesión incondicional a la corporación, pasaba por ser un espía y un soplón a los ojos de los otros catedráticos de la Facultad.

El primer catedrático le devolvió el saludo fríamente y guiñando a Basilio, le dijo en voz alta:

—Ya sé que capitán Tiago huele a cadáver; los cuervos y los buitres le han visitado.

Y entró en la sala de los profesores.

Algo más tranquilo, Basilio se aventuró a averiguar más pormenores. Todo lo que pudo saber era que se encontraron pasquines en las puertas de la Universidad, pasquines que el vicerrector mandó arrancar para enviarlos al

Gobierno Civil. Decían que estaban llenos de amenazas, degüello, invasión y otras bravatas.

Sobre este hecho hacían los estudiantes sus comentarios. Las noticias venían del conserje, éste las tenía de un criado de Santo Tomás, quien a su vez las supo de un *capista*. Pronosticaban futuros suspensos, prisiones, etc. y se designaban los que iban a ser víctimas, naturalmente los de la Asociación. Basilio recordó entonces las palabras de Simoun: El día en que puedan deshacerse de usted... Usted no terminará su carrera...

—¿Si sabrá algo? —se preguntó—; veremos quien puede más.

Y recobrando su sangre fría, para saber a qué atenerse y a la vez para gestionar su licenciatura, Basilio se encaminó a la Universidad. Tomó por la calle de Legazpi, siguió la del Beaterio y al llegar al ángulo que forma ésta con la calle de la Solana, observó que efectivamente algo importante debía haber ocurrido.

En vez de los grupos alegres y bulliciosos de antes, en las aceras se veían parejas de la Guardia Veterana haciendo circular a los estudiantes, que salían de la Universidad silenciosos unos, taciturnos, irritados otros, estacionaban a cierta distancia o se volvían a sus casas. El primero con quien se encontró fue Sandoval. En vano le llamó Basilio; parecía que se había vuelto sordo.

—¡Efectos del temor en los jugos gastrointestinales! —pensó Basilio.

Después se encontró con Tadeo que tenía cara de Pascuas. Al fin la cuacha eterna parecía realizarse.

—¿Qué hay, Tadeo?

—¡Que no tendremos clase, lo menos por una semana, chico! ¡sublime! ¡Magnífico!

Y se frotaba las manos de contento.

—Pero ¿qué ha pasado?

—¡Nos van a meter presos a los de la Asociación!

—¿Y estás alegre?

—¡No hay clase, no hay clase! —y se alejó no cabiendo en sí de alegría.

Vio venir a Juanito Peláez pálido y receloso; aquella vez su joroba alcanzaba el máximum, tanta prisa se daba en huir. Había sido de uno de los más activos promovedores de la asociación mientras las cosas se presentaban bien.

—¿Eh, Peláez, qué ha pasado?

—¡Nada, no sé nada! Yo nada tengo que ver —contestaba nerviosamente—; yo les estuve diciendo: esas son quijoterías... ¿Verdad, tú, que lo he dicho?

Basilio no sabía si lo había dicho o no, pero por complacerle contestó:

—¡Sí, hombre! pero ¿qué sucede?

—¿Verdad que sí? Mira, tú eres testigo: yo siempre he sido opuesto... tú eres testigo, mira, ¡no te olvides!

—Sí, hombre, sí, pero ¿qué pasa?

—Oye, ¡tú eres testigo! Yo no me he metido jamás con los de la asociación, ¡sino para aconsejarles...! ¡no vayas a negarlo después! Ten cuidado, ¿sabes?

—No, no lo negaré, pero ¿qué ha pasado, hombre de Dios?

Juanito ya estaba lejos; había visto que se acercaba un guardia y temió que le prendiera.

Basilio se dirigió entonces a la Universidad para ver si acaso la secretaría estaba abierta y para recoger noticias. La secretaría estaba cerrada, y en el edificio había extraordinario movimiento. Subían y bajaban las escaleras frailes, militares, particulares, antiguos abogados y médicos, acaso para ofrecer sus servicios a la causa que peligraba.

Divisó de lejos a su amigo Isagani que, pálido y emocionado, radiante de belleza juvenil, arengaba a unos cuantos condiscípulos levantando la voz como si le importase poco el ser oído de todo el mundo.

—¡Parece mentira, señores, parece mentira que un acontecimiento tan insignificante nos ponga en desbandada y huyamos como gorriones porque se agita el espantajo! ¿Es la primera vez acaso que los jóvenes entran en la cárcel por la causa de la libertad? ¿Dónde están los muertos, dónde los afusilados? ¿Por qué apostatar ahora?

—Pero ¿quién será el tonto que ha escrito semejantes pasquines? —preguntaba uno indignado.

—¿Qué nos importa? —contestaba Isagani—; nosotros no tenemos por qué averiguarlo, ¡que lo averigüen ellos! Antes de saber cómo están redactados, nosotros no tenemos necesidad de hacer alardes de adhesión en los momentos como éste. Allí donde hay peligro, ¡allí debemos acudir porque allí está el honor! Si lo que dicen los pasquines está en armonía con nuestra dignidad y nuestros sentimientos, quien quiera que los haya escrito, ha obrado bien, ¡debemos darle las gracias y apresurarnos a unir a la suya nuestras firmas! Si son indignos de nosotros, nuestra conducta y nuestra conciencia protestan por sí solas y nos defienden de toda acusación...

Basilio al oír semejante lenguaje, aunque quería mucho a Isagani, dio media vuelta y salió. Tenía que ir a casa de Makaraig para hablarle del préstamo. Cerca de la casa del rico estudiante, notó cuchicheos y señas misteriosas entre los vecinos. El joven, no sabiendo de que se trataba, continuó tranquilamente su camino y entró en el portal. Dos guardias de la Veterana se le adelantaron preguntándole qué quería. Basilio comprendió que había obrado de ligero, pero ya no podía retroceder.

—Vengo a ver a mi amigo Makaraig —contestó tranquilamente.

Los guardias se miraron.

—Espérese usted aquí —díjole uno—; espere usted a que baje el cabo.

Basilio se mordió los labios, y las palabras de Simoun resonaron otra vez en sus oídos... ¿Habrán venido a prender a Makaraig? —pensó, pero no se atrevió a preguntarlo.

No esperó mucho tiempo; en aquel momento bajaba Makaraig hablando alegremente con el cabo, precedidos ambos de un alguacil.

—¿Cómo? ¿Usted también, Basilio? —preguntó.

—Venía a verle...

—¡Noble conducta! —dijo Makaraig riendo—; en los tiempos de calma, usted nos evita...

El cabo preguntó a Basilio por su nombre, y hojeó una lista.

—¿Estudiante de Medicina, calle de Anloague? —preguntó el cabo.

Basilio se mordió los labios.

—Usted nos ahorra un viaje —añadió el cabo—, poniéndole la mano sobre el hombro; ¡dése usted preso!

—¿Cómo, yo también?

Makaraig soltó una carcajada.

—No se apure usted, amigo; vamos en coche, y así le contaré la cena de anoche.

Y con un gesto muy gracioso, como si estuviese en su casa, invitó al auxiliante y al cabo a que subiesen en el coche que les esperaba en la puerta.

—¡Al Gobierno Civil! —dijo al cochero.

Basilio que ya se había recobrado, contaba a Makaraig el objeto de su visita. El rico estudiante no le dejó terminar y le estrechó la mano.

—Cuente usted conmigo, cuente usted conmigo y a la fiesta de nuestra investidura convidaremos a estos señores —dijo señalando al cabo y al alguacil.

XXVII. EL FRAILE Y EL FILIPINO

Vox populi, vox Dei.

Hemos dejado a Isagani arengando a sus amigos. En medio de su entusiasmo, se le acercó un *capista* para decirle que el padre Fernández, uno de los catedráticos de ampliación, le quería hablar.

Isagani se inmutó. El padre Fernández era para él persona respetabilísima: era el uno que él exceptuaba siempre cuando de atacar a los frailes se trataba.

—Y ¿qué quiere el padre Fernández? —preguntó.

El *capista* se encogió de hombros; Isagani de mala gana le siguió.

El padre Fernández, aquel fraile que vimos en Los Baños, esperaba en su celda grave y triste, fruncidas las cejas como si estuviese meditando. Levantóse al ver entrar a Isagani, le saludó dándole la mano, y cerró la puerta; después se puso a pasear de un extremo a otro de su aposento. Isagani de pie esperaba a que le hablase.

—Señor Isagani —dijo al fin en voz algo emocionada—; desde la ventana le he oído a usted perorar porque, como tísico que soy, tengo buenos oídos, y he querido hablar con usted. A mí me han gustado siempre los jóvenes que se expresan claramente y tienen su manera propia de pensar y obrar, no me importa que sus ideas difieran de las mías. Ustedes, por lo que he oído, han tenido anoche una cena, no se excuse usted...

—¡Es que yo no me excuso! —interrumpió Isagani.

—Mejor que mejor, eso prueba que usted acepta la consecuencia de sus actos. Por lo demás, haría usted mal en retractarse, yo no le censuro, no hago caso de lo que anoche se haya dicho allí, yo no le recrimino, porque después de todo, usted es libre de decir de los dominicos lo que le parezca, usted no es discípulo nuestro; solo este año hemos tenido el gusto de tenerle y probablemente no le tendremos ya más. No vaya usted a creer que yo voy a invocar cuestiones de gratitud, no; no voy a perder mi tiempo en tontas vulgaridades. Le he hecho llamar a usted, porque he creído que es uno de los pocos estudiantes que obran por convicción y como a mí me gustan los hombres convencidos, me dije, con el señor Isagani me voy a explicar.

El padre Fernández hizo una pausa y continuó sus paseos con la cabeza baja, mirando al suelo.

—Usted puede sentarse si gusta —continuó—; yo tengo la costumbre de hablar andando porque así se me vienen mejor las ideas.

Isagani siguió de pie, con la cabeza alta, esperando que el catedrático abordase el asunto.

—Hace más de ocho años que soy catedrático —continuó el padre Fernández paseándose—, y he conocido y tratado a más de dos mil y quinientos jóvenes; les he enseñado, los he procurado educar, les he inculcado principios de justicia, de dignidad y sin embargo, en estos tiempos en que tanto se murmura de nosotros, no he visto a ninguno que haya tenido la audacia de sostener sus acusaciones cuando se ha encontrado delante de un fraile... ni siquiera en voz alta delante de cierta multitud... ¡Jóvenes hay que detrás nos calumnian y delante nos besan la mano y con vil sonrisa mendigan nuestras miradas! ¡Puf! ¿Qué quiere usted que hagamos nosotros con semejantes criaturas?

—La culpa no es toda de ellos, padre —contestó Isagani—; la culpa está en los que les han enseñado a ser hipócritas, en los que tiranizan el pensamiento libre, la palabra libre. Aquí todo pensamiento independiente, toda palabra que no sea un eco de la voluntad del poderoso, se califica de filibusterismo y usted sabe muy bien lo que esto significa. ¡Loco el que por darse gusto de decir en voz alta lo que piensa, se aventure a sufrir persecuciones!

—¿Qué persecuciones ha tenido usted que sufrir? —preguntó el padre Fernández levantando la cabeza—; ¿no le he dejado a usted expresarse libremente en mi clase? Y sin embargo, usted es una excepción que, a ser cierto lo que dice, yo debía corregir, para universalizar en lo posible la regla, ¡para evitar que cunda el mal ejemplo!

Isagani se sonrió.

—Le doy a usted las gracias y no discutiré si soy o no una excepción; aceptaré su calificativo para que usted acepte el mío: usted también es una excepción; y como aquí no vamos a hablar de excepciones, ni abogar por nuestras personas, al menos pienso por mí, le suplico a mi catedrático dé otro giro al asunto.

El padre Fernández, a pesar de sus principios liberales, levantó la cabeza y miró lleno de sorpresa a Isagani. Era aquel joven más independiente aún de lo que él se creía; aunque le llamaba catedrático, en el fondo le trataba de igual a igual, puesto que se permitía insinuaciones. Como buen diplomático, el padre Fernández no solo aceptó el hecho, sino que él mismo lo planteó.

—¡Enhorabuena! —dijo—; pero no vea usted en mí a su catedrático; yo soy un fraile y usted un estudiante filipino, ¡nada más, nada menos! y ahora le pregunto a usted ¿qué quieren de nosotros los estudiantes filipinos?

La pregunta llegaba de sorpresa; Isagani no estaba preparado. Era una estocada que se desliza de repente mientras hacen el muro, como dicen en la esgrima. Isagani así sorprendido, respondió por una violenta parada como un aprendiz que se defiende:

—¡Que ustedes cumplan con su deber! —dijo.

Fray Fernández se enderezó: la respuesta le sonó a cañonazo.

—¡Que cumplamos con nuestro deber! —repitió irguiéndose—; pues ¿no cumplimos con nuestro deber? ¿Qué deberes nos asignan ustedes?

—¡Los mismos que ustedes libérrimamente se han impuesto al entrar en su orden y los que después, una vez en ella, se han querido imponer! Pero, como estudiante filipino, no me creo llamado a examinar su conducta en relación con sus estatutos, con el catolicismo, con el gobierno, el pueblo filipino y la humanidad en general: cuestiones son esas que ustedes tienen que resolver con sus fundadores, con el papa, el gobierno, el pueblo en masa o con Dios; como estudiante filipino, me limitaré a sus deberes respecto a nosotros. Los frailes, en general, al ser los inspectores locales de la enseñanza en provincias, y los dominicos, en particular, al monopolizar en sus manos los estudios todos de la juventud filipina, han contraído el compromiso, ante los ocho millones de habitantes, ante España y ante la humanidad, de la que nosotros formamos parte, de mejorar cada vez la semilla joven, moral y físicamente, para guiarla a su felicidad, crear un pueblo honrado, próspero, inteligente, virtuoso, noble y leal. Y ahora pregunto yo a mi vez, ¿han cumplido los frailes con su compromiso?

—Estamos cumpliendo...

—¡Ah! padre Fernández —interrumpió Isagani—; usted con la mano sobre su corazón puede decir que está cumpliendo, pero con la mano sobre el corazón de la orden, sobre el corazón de todas las órdenes, ¡no lo puede decir sin engañarse! ¡Ah, padre Fernández! cuando me encuentro ante una persona que estimo y respeto, prefiero ser el acusado a ser el acusador, prefiero defenderme a ofender. Pero, ya que hemos entrado en explicaciones, ¡vamos hasta el fin! ¿Cómo cumplen con su deber los que en los pueblos inspeccionan la enseñanza? ¡Impidiéndola! Y los que aquí han monopolizado los estudios, los que quieren modelar la mente de la juventud, con exclusión de otros cualesquiera, ¿cómo cumplen con su misión? Escatimando en lo posible los conocimientos, apagando todo ardor y entusiasmo, ¡rebajando toda dignidad, único resorte del alma, e inculcando en nosotros viejas ideas, rancias nociones, falsos principios incompatibles con la vida del progreso! ¡Ah! si, cuando se trata de alimentar a presos, de proveer a la manutención de criminales, el gobierno propone una subasta para hallar al postor que ofrezca las mejores condiciones de alimentación, al que menos les ha de dejar perecer de hambre, cuando se trata de nutrir moralmente a todo un pueblo, nutrir a la juventud, a la parte más sana, a la que después ha de ser el país y el todo, el gobierno no solo no propone ninguna subasta, sino que vincula el poder en aquel cuerpo que precisamente hace alardes de no querer la instrucción, de no querer ningún adelanto. ¿Qué diríamos nosotros si el abastecedor de cárceles, después de haberse apoderado por intrigas de la contrata, dejase luego languidecer a sus presos en la anemia, dándoles todo lo rancio y pasado, y se excusase después diciendo que no conviene que los presos tengan buena salud, porque la buena salud trae alegres pensamientos, porque la alegría mejora al hombre, y el hombre no debe mejorar porque le conviene al abastecedor que haya muchos criminales? ¿Qué diríamos si después el gobierno y el abastecedor se coaligasen porque de los 10 o 12 cuartos que percibe por cada criminal el uno, recibe 5 el otro? El padre Fernández se mordía los labios.

—Esas son muy duras acusaciones —dijo—, y usted traspasa los límites de nuestra convención.

—No, padre; sigo tratando de la cuestión estudiantil. Los frailes, y no digo ustedes, porque a usted no le confundo en la masa general, los frailes de todas las órdenes se han convertido en nuestros abastecedores intelectuales y dicen y proclaman, sin pudor ninguno, ¡que no conviene que nos ilustremos porque vamos un día a declararnos libres! Esto es no querer que el preso se nutra para que no se mejore y salga de la cárcel. La libertad es al hombre lo que la instrucción a la inteligencia, ¡y el no querer los frailes que la tengamos es el origen de nuestros descontentos!

—¡La instrucción no se da más que al que se la merece! —contestó secamente el padre Fernández—; dársela a hombres sin carácter y sin moralidad es prostituirla.

—Y ¿por qué hay hombres sin carácter y sin moralidad?

El dominico se encogió de hombros.

—Defectos que se maman con la leche, que se respiran en el seno de las familias... ¿qué sé yo?

—¡Ah no, padre Fernández! —exclamó impetuosamente el joven—; usted no ha querido profundizar el tema, usted no ha querido mirar al abismo por temor de encontrarse allí con la sombra de sus hermanos. Lo que somos, ustedes lo han hecho. Al pueblo que se tiraniza, se le obliga a ser hipócrita; a aquel a quien se le niega la verdad, se le da la mentira; el que se hace tirano, engendra esclavos. ¡No hay moralidad, dice usted, sea! aunque las estadísticas podrían desmentirle porque aquí no se cometen crímenes como los de muchos pueblos, cegados por sus humos de moralizadores. Pero, y sin querer ahora analizar qué es lo que constituye el carácter y por cuanto entra en la moralidad la educación recibida, convengo con usted en que somos defectuosos. ¿Quién tiene la culpa de ello? ¿O ustedes que hace tres siglos y medio tienen en sus manos nuestra educación o nosotros que nos plegamos a todo? si después de tres siglos y medio, el escultor no ha podido sacar más que una caricatura, bien torpe debe ser.

—O bien mala la masa de que se sirve.

—Más torpe entonces aún, porque, sabiendo que es mala, no renuncia a la masa y continúa perdiendo tiempo... y no solo es torpe, defrauda y roba, porque conociendo lo inútil de su obra, la continúa para percibir el salario... y no solo es torpe y ladrón, es infame, ¡porque se opone a que todo otro escultor ensaye su habilidad y vea si puede producir algo que valga la pena! ¡Celos funestos de la incapacidad!

La réplica era viva y el padre Fernández se sintió cogido. Miró a Isagani y le pareció gigantesco, invencible, imponente, y por primera vez en su vida creyó ser vencido por un estudiante filipino. Se arrepintió de haber provocado la polémica, pero era tarde. En su aprieto y encontrándose delante de tan temible adversario, buscó un buen escudo y echó mano del gobierno.

—Ustedes nos achacan a nosotros todas las faltas porque no ven más que nosotros que estamos cerca —dijo en acento menos arrogante—; es natural, ino me extraña! el pueblo odia al soldado o al alguacil que le prende y no al juez que dictó la prisión. Ustedes y nosotros estamos todos danzando al compás de una música: si por la misma levantan el pie al mismo tiempo que nosotros, no nos culpen de ello; es la música quien dirige nuestros movimientos. ¿Creen ustedes que los frailes no tenemos conciencia y no queremos el bien? ¿Creen ustedes que no pensamos en vosotros, que no pensamos en nuestro deber, y que solo comemos para vivir y vivimos para reinar? iOjalá así fuera! Pero, como vosotros, seguimos el compás; nos encontramos entre la espada y la pared: o ustedes nos echan o nos echa el gobierno. El gobierno manda, y quien manda, manda, iy cartuchera al cañón!

—De eso se puede inferir —observó Isagani con amarga sonrisa—, ¿que el gobierno quiere nuestra desmoralizacion?

—Oh, no, iyo no he querido decir eso! Lo que he querido decir es que hay creencias, hay teorías y leyes que, dictadas con la mejor intención, producen las más deplorables consecuencias. Me explicaré mejor citándole un ejemplo. Para conjurar un pequeño mal, se dictan numerosas leyes que causan mayores males todavía: corruptissima in republica plurimæ leges, dijo Tácito. Para evitar un caso de fraude, se dictan un millón y medio de disposiciones preventivas e insultantes, que producen el efecto inmediato de despertar en el público las ganas de eludir y burlar tales prevenciones: para hacer criminal a un pueblo no hay más que dudar de su virtud. Díctese una ley, no ya aquí, sino en España y verá usted como se estudia el medio de trampearla, y es que los legisladores han olvidado el hecho de que cuanto más se esconde un objeto más se le desea ver. ¿Por qué la picardía y la listura se consideran grandes cualidades en el pueblo español cuando no hay otro como él tan noble, tan altivo y tan hidalgo? iPorque nuestros legisladores, con la mejor intención, han dudado de su nobleza, herido su altivez y desafiado su hidalguía! ¿Quiere usted abrir en España un camino en medio de rocas? Pues ponga allí un cartel imperioso prohibiendo el paso, y el pueblo, protestando contra la imposición, dejará la carretera para trepar el peñasco. El día que en España un legislador prohiba la virtud e imponga el vicio, ial siguiente todos serán virtuosos!

El dominico hizo una pausa, y después continuó:

—Pero, usted dirá que nos apartamos de la cuestión; vuelvo a ella... Lo que puedo decir para convencerle, es que los vicios de que ustedes adolecen, no se nos deben achacar ni a nosotros ni al gobierno; están en la imperfecta organización de nuestra sociedad, *qui multum probat, nihil probat,* que se pierde por exceso de precaución, falta en lo necesario y sobra en lo superfluo.

—Si usted confiesa esos defectos en su sociedad —repuso Isagani—, ¿por qué entonces meterse a arreglar sociedades ajenas en vez de ocuparse antes de sí misma?

—Vamos alejándonos de nuestra cuestión, joven; la teoría de los hechos consumados debe aceptarse...

—¡Sea! la acepto porque es un hecho y sigo preguntando: ¿por qué, si su organización social es defectuosa, no la cambian o al menos escuchan la voz de los que salen perjudicados?

—Todavía estamos lejos: hablábamos de lo que quieren los estudiantes de los frailes...

—Desde el instante en que los frailes se esconden detrás del gobierno, los estudiantes tienen que dirigirse a éste.

La observación era justa; por allí no había escapatoria.

—Yo no soy el gobierno y no puedo responder de sus actos. ¿Qué quieren los estudiantes que hagamos por ellos dentro de los límites en que estamos encerrados?

—No oponerse a la emancipación de la enseñanza, sino favorecerla.

El dominico sacudió la cabeza.

—Sin decir mi propia opinión, eso es pedirnos el suicidio —dijo.

—Al contrario, es pedirles paso para no atropellarlos y aplastarlos.

—¡Hm! —dijo el padre Fernández parándose y quedándose pensativo—. Empiecen ustedes por pedir algo que no cueste tanto, algo que cada uno de nosotros pueda conceder sin menoscabo de su dignidad y privilegios, porque si podemos entendernos y vivir en paz, ¿a qué los odios, a qué las desconfianzas?

—Descendemos entonces a detalles...

—Sí, porque si tocamos a los cimientos, echaremos abajo el edificio.

—Vayamos pues a los detalles, dejemos la esfera de los principios —repuso Isagani sonriendo—; y sin decir también mi propia opinión —y aquí acentuó el joven la frase— los estudiantes cesarían en su actitud y se suavizarían ciertas asperezas si los profesores supiesen tratarlos mejor de lo que hasta ahora han hecho... Esto está en sus manos.

—¿Qué? —preguntó el dominico—; ¿tienen los alumnos alguna queja de mi conducta?

—Padre, nos hemos convenido desde un principio en no hablar ni de usted ni de mí. Hablamos en general: los estudiantes, tras de no sacar gran provecho de los años pasados en las clases, suelen muchos dejar allí jirones de su dignidad, si no toda.

El padre Fernández se mordió los labios.

—Nadie les obliga a estudiar; los campos no están cultivados —observó secamente.

—Sí, que algo les obliga a estudiar —replicó en el mismo tono Isagani mirando cara a cara al dominico—. Aparte del deber de cada uno de buscar su perfección, hay el deseo innato en el hombre de cultivar su inteligencia, deseo aquí más poderoso cuanto más reprimido; y el que da su oro y su vida al Estado, tiene derecho a exigirle que le dé la luz para ganar mejor su oro y conservar mejor su vida. Sí, padre; hay algo que les obliga, y ese algo es el mismo gobierno, son ustedes mismos que se burlan sin compasión del indio no instruido y le niegan sus derechos, fundándose en que es ignorante. ¡Ustedes le desnudan y luego se burlan de sus vergüenzas!

El padre Fernández no contestó; siguió paseándose pero febrilmente, como muy excitado.

—¡Usted dice que los campos no están cultivados! —continuó Isagani en otro tono, después de una breve pausa—; no entremos ahora a analizar el porqué, porque nos iríamos lejos; pero, usted, padre Fernández, usted, profesor, usted, hombre de ciencia, usted quiere un pueblo de braceros, ¡de labradores! ¿Es para usted el labrador el estado perfecto a que puede llegar el hombre en su evolución? ¿O es que quiere usted la ciencia para sí y el trabajo para los demás?

—No, yo quiero la ciencia para el que se la merezca, para el que la sepa guardar —contestó—; cuando los estudiantes den pruebas de amarla; cuando se vean jóvenes convencidos, jóvenes que sepan defender su dignidad y hacerla respetar, habrá ciencia, ¡habrá entonces profesores considerados! ¡Si hay profesores que abusan es porque hay alumnos que condescienden!

—Cuando haya profesores, ¡habrá estudiantes!

—Empiecen ustedes por transformarse, que son los que tienen necesidad de cambio, y nosotros seguiremos.

—Sí —dijo Isagani con risa amarga—; ¡que empecemos porque por nuestro lado está la dificultad! Bien sabe usted lo que le espera al alumno que se pone delante de un profesor: usted mismo, con todo su amor a la justicia, con todos sus buenos sentimientos, ha estado conteniéndose a duras penas cuando yo le decía amargas verdades, ¡usted mismo, padre Fernández! ¿Qué bienes ha sacado el que entre nosotros quiso sembrar otras ideas? Y ¿qué males han llovido sobre usted porque quiso ser bueno y cumplir con su deber?

—Señor Isagani —dijo el dominico, tendiéndole la mano—; aunque parezca que de esta conversación nada práctico resulta, sin embargo algo se ha ganado; hablaré a mis hermanos de lo que usted me ha dicho y espero que algo se podrá hacer. Solo temo que no crean en su existencia de usted...

—Lo mismo me temo —repuso Isagani, estrechando la mano del dominico—; me temo que mis amigos no crean en su existencia de usted, tal como hoy se me ha presentado.

Y el joven, dando por terminada la entrevista, se despidió.

El padre Fernández le abrió la puerta, le siguió con los ojos hasta que le vio desaparecer al doblar el corredor. Estuvo oyendo mucho tiempo el ruido de sus pasos, después entró en su celda y esperó que apareciera en la calle.

Vióle, en efecto, oyó que decía a un compañero que le preguntaba a donde iba:

—¡Al Gobierno Civil! ¡Voy a ver los pasquines y a reunirme con los otros!

El compañero, asustado, se quedó mirándole como quien mira a uno que se suicida y se alejó corriendo.

—¡Pobre joven! —murmuró el padre Fernández, sintiendo que sus ojos se humedecían—; ¡te envidio a los jesuitas que te han educado!

El padre Fernández se equivocaba de medio en medio; los jesuitas renegaban de Isagani y cuando a la tarde supieron que había sido preso, dijeron que les comprometía.

—¡Ese joven se pierde y nos va a hacer daño! ¡Que se sepa que de aquí no ha aprendido esas ideas!

Los jesuitas no mentían, no: esas ideas solo las da Dios por medio de la Naturaleza.

XXVIII. TATAKUT

Ben Zayb tuvo inspiración de profeta al sostener días pasados en su periódico que la instrucción era funesta, funestísima para las Islas Filipinas: ahora en vista de los acontecimientos de aquel viernes de las pasquinadas, cacareaba el escritor y cantaba su triunfo, dejando tamañito y confuso a su adversario Horatius, que se había atrevido a ridiculizarle en la sección de Pirotecnia de la manera siguiente:

...

De nuestro colega *El Grito*:

«La instrucción es funesta, ¡funestísima para las Islas Filipinas!»

Entendido.

Hace tiempo que *El Grito* cree representar al pueblo filipino; *ergo*... como diría Fray Ibáñez, si supiese latín.

Pero Fray Ibáñez se vuelve musulmán cuando escribe, y sabemos como tratan los musulmanes a la instrucción.

Testiga, como decía un real predicador, ¡la biblioteca de Alejandría!

...

Ahora tenía él razón, él, ¡Ben Zayb! ¡Si es el único que piensa en Filipinas, el único que prevé los acontecimientos!

En efecto, la noticia de haberse encontrado pasquines subversivos en las puertas de la Universidad, no solo quitó el apetito a muchos y trastornó la digestión a otros, sino que también puso intranquilos a los flemáticos chinos, que no se atrevieron a sentarse en sus tiendas con una pierna recogida como de costumbre, por temor de que les faltase tiempo de extenderla para echarse a correr. A las once de la mañana, aunque el Sol continuaba su curso y su Excelencia, el capitán general, no aparecía al frente de sus cohortes victoriosas, sin embargo el desasosiego había aumentado: los frailes que solían frecuentar el bazar de Quiroga, no aparecían y este síntoma presagiaba terribles cataclismos. Si el Sol hubiese amanecido cuadrado y los Cristos, vestidos de pantalones, Quiroga no se habría alarmado tanto: habría tomado al Sol por un *liampó* y a las sagradas imágenes por jugadores de *chapdiquí* que se quedan sin camisa; pero, ¡no venir los frailes cuando precisamente acaban de llegarle novedades!

Por encargo de un provincial amigo suyo, Quiroga prohibió la entrada en sus casas de *liampó* y *chapdiquí* a todo indio que no fuese de antiguo conocido; el futuro cónsul de los chinos temía se apoderasen de las cantidades que allí los miserables perdían. Después de disponer su bazar de manera que se pudiese cerrar rápidamente en un momento apurado, se hizo acompañar de un guardia veterano para el corto camino que separaba su casa de la de Simoun. Quiroga encontraba aquella ocasión la más propicia para emplear los fusiles y cartuchos que tenía en su almacén, de la manera como el joyero había indicado: era de esperar que en los días sucesivos se operasen requisas y entonces ¡cuántos presos, cuanta gente acoquinada no daría todas sus economías! Era el juego de los antiguos carabineros de deslizar debajo de las casas tabacos y hojas de contrabando, simular después una requisa ¡y obligar al infeliz propietario a sobornos o multas! ¡Solo que el arte se perfeccionaba y, desestancado el tabaco, se recurría ahora a las armas prohibidas!

Pero Simoun no quería ver a nadie e hizo decir al chino Quiroga que dejase las cosas como estaban, con lo que éste se fue a ver a don Custodio para preguntarle si debía o no armar su bazar, pero don Custodio tampoco recibía: estaba a la sazón estudiando un proyecto de defensa en el caso de verse sitiado. Acordóse de Ben Zayb para pedirle noticias, mas, al encontrarle armado hasta los dientes y sirviéndose de dos revólvers cargados como de pesa-papeles, Quiroga se despidió lo más pronto que pudo y se metió en su casa, acostándose so pretexto de que se sentía mal.

A las cuatro de la tarde ya no se hablaba de simples pasquinadas. Se susurraban rumores de inteligencias entre los estudiantes y los remontados de San Mateo; se aseguraba que en una *pansitería* juraron sorprender la cindad; se habló de barcos alemanes, fuera de la bahía, para secundar el movimiento, de un grupo de jóvenes que, so capa de protesta y españolismo, se iban a Malakañang para ponerse a las órdenes del general, y que fueron presos por descubrirse que iban armados. La Providencia había salvado a su Excelencia, impidiéndole recibir a aquellos precoces criminales, por estar a la sazón conferenciando con los Provinciales, el vicerrector y el padre Irene, comisionado por el padre Salví. Mucho de verdad había en estos rumores si hemos de creer al padre Irene, que a la tarde se fue a visitar a capitán Tiago. Según él, ciertas personas habían aconsejado a S. E. aprovechase la ocasión para inspirar el terror y dar para siempre una buena lección a los filibusterillos.

—Unos cuantos afusilados, había dicho uno, unas dos docenas de reformistas, enviados al destierro inmediatamente y en medio del silencio de la noche, iapagarían para siempre los humos de los descontentos!

—No —replicaba otro que tenía buen corazón—; basta con que las tropas recorran las calles, el batallón de caballería por ejemplo, con el sable desenvainado; basta arrastrar algunos cañones... ibasta eso! El pueblo es muy tímido y todos entrarán en sus casas.

—No, no, insinuaba otro; esta es la ocasión de deshacerse del enemigo; no basta que entren en sus casas, hay que hacerlos salir, como los malos humores, por medio de sinapismos. Si no se deciden a armar motines, hay que excitarlos por medio de agentes provocadores... Yo soy de opinión que las tropas estén sobre las armas y se aparente abandono e indiferencia, para que se envalentonen y a cualquier disturbio, allá encima, iy energía!

—El fin justifica los medios —decía otro—; nuestro fin es nuestra santa Religión y la integridad de la Patria. Declárese el estado de sitio, y al más pequeño disturbio, coger a todos los ricos e ilustrados y... ilimpiar el país!

—Si no llego a tiempo para aconsejar la moderación —añadía el padre Irene, dirigiéndose a capitán Tiago—, de seguro que la sangre corría ahora por las calles. Yo pensaba en usted, capitán... El partido de los violentos no pudo conseguir mucho del general, y echaban de menos a Simoun... iAh! si Simoun no llega a enfermarse...

Con la prisión de Basilio y la requisa que se hizo después entre sus libros y papeles, capitán Tiago se había puesto ya bastante malo. Ahora venía el padre Irene a aumentar su terror con historias espeluznantes. Apoderóse del infeliz un miedo indecible que se manifestó primero por ligero temblor, que se fue acentuando rápidamente hasta no dejarle hablar. Con los ojos abiertos, la frente sudorosa, se cogió del brazo del padre Irene, trató de incorporarse, pero no pudo y, lanzando dos ronquidos, cayó pesadamente sobre la almohada.

Capitán Tiago tenía los ojos abiertos y babeaba: estaba muerto. Aterrado el padre Irene huyó y, como el cadáver se le había agarrado, en su huida lo arrastró fuera de la cama, dejándolo en medio del aposento.

A la noche el terror llegó a su máximum. Habían tenido lugar varios hechos que hacían creer a los timoratos en los agentes provocadores.

Con ocasión de un bautismo, arrojáronse algunos cuartos a los chicos y naturalmente hubo cierto tumulto en la puerta de la iglesia. Acertó entonces pasar por allí un bravo militar que, algo preocupado, tomó el barullo por filibusterada, y arremetiendo sable en mano a los chicos, entra en el templo, y si no se enreda en la cortina suspendida del coro, no iba a dejar dentro títere con cabeza. Verlo esto los timoratos y echarse a correr propalando que la revolución había comenzado, fue cosa de un segundo. Cerráronse atropelladamente las pocas tiendas que quedaban abiertas, chinos hubo que se dejaron fuera piezas de tela, y no pocas mujeres perdieron sus chinelas al correr por las calles. Afortunadamente no hubo más que un herido y unos cuantos contusos, entre ellos el mismo militar al caerse luchando con la cortina, que olía a capa del filibusterismo. Tal proeza le dio tanto renombre y un renombre tan puro que iojalá todas las famas se conquistasen de análoga manera! ilas madres llorarían menos y estaría más poblada la tierra!

En un arrabal sorprendieron los vecinos a dos individuos que enterraban armas debajo de una casa de tabla. Alborotóse el barrio; los habitantes quisieron perseguir a los desconocidos para matarlos y entregarlos a las autoridades, pero un vecino les calmó diciéndoles que bastaba con presentar al tribunal el cuerpo del delito. Eran por lo demás viejas escopetas que de seguro habrían herido al primero que hubiese querido servirse de ellas.

—iBueno! —decía un valentón—; si quieren que nos alzemos, iadelante!

Pero el valentón fue sacudido a golpes y a puñetazos, pellizcado por las mujeres como si fuese el propietario de las escopetas.

En la Ermita la cosa ya fue más grave si bien metió menos ruido y eso que hubo tiros. Cierto empleado precavido que se había armado hasta los dientes, vio, al anochecer, un bulto cerca de su casa, lo tomó sin más ni más por estudiante y le soltó dos tiros de revólver. El bulto resultó después ser un guardia veterano y le enterraron y, ipax Christi! iMutis!

En Dulumbayan resonaron también varios tiros, de los que resultaron muertos un pobre viejo sordo, que no había oído el quien vive del centinela, y un cerdo que lo oyó y no contestó España. Al viejo no le enterraron fácilmente pues no tenía con que pagar las exequias, y al cerdo se lo comieron.

En Manila, en una dulcería que había cerca de la Universidad, muy frecuentada por estudiantes, se comentaban las prisiones de esta manera:

—¿Ya cogí ba con Tadeo? —preguntaba la dueña.

—Abá, ñora —contestaba un estudiante que vivía en Parían—, ¡pusilau ya!

—¡Pusilau! ¡Nakú! ¡no pa ta pagá conmigo su deuda!

—¡Ay! no jablá vos puelte, ñora, baká pa di quedá vos cómplice. ¡Ya quemá yo g̃a el libro que ya dale prestau conmigo! ¡Baká pa di riquisá y di encontrá! ¡andá vos listo, ñora!

—¿Ta quedá —dice— preso Isagani?

—¡Loco-loco también aquel Isagani —decía el estudiante indignado—; no sana di cogí con ele, ta andá pa presentá! O, bueno g̃a, ¡que topá rayo con ele! ¡Siguro pusilau!

La señora se encogió de hombros.

—¡Conmigo no ta debí nada! ¿Y cosa di jasé Paulita?

—No di faltá novio, ñora. Siguro di llorá un poco, ¡luego di casá con un español!

La noche fue de las más tristes. En las casas se rezaba el rosario y piadosas mujeres dedicaban sendos padrenuestros y réquiems a las almas de parientes y amigos. A las ocho de la noche apenas se veía un transeúnte: solo de tiempo en tiempo se oía el galopar de un caballo cuyos flancos golpea escandalosamente un sable, después pitadas de guardias, coches que pasan a todo escape como perseguidos por turbas filibusteras.

Sin embargo no en todas partes reinaba el terror.

En la platería donde se hospedaba Plácido Penitente, se comentaban también los acontecimientos y se discutían con cierta libertad.

—¡Yo no creo en los pasquines! —decía un obrero delgaducho y seco a fuerza de manejar el soplete—; ¡para mí es obra del padre Salví!

—¡Ejem, ejem! —tosió el maestro platero, hombre muy prudente que, temiendo pasar por cobarde, no se atrevía a cortar la conversación. El buen hombre se contentaba con toser, guiñaba a su oficial y miraba hacia la calle, como para decirle:

—¡Pueden espiarnos!

—¡Por lo de la opereta! —continuó el obrero.

—¡Ohó! —exclamó uno que tenía cara de simple—; ¡ya lo decía yo! Por eso...

—¡Hm! —repuso un escribiente en tono de compasión—; lo de los pasquines es cierto, Chichoy, ¡pero te daré su explicación!

Y añadió en voz misteriosa:

—¡Es una jugada del chino Quiroga!

—¡Ejem, ejem! —volvió a toser el maestro pasando el *sapá* del *buyo* de un carrillo a otro.

—Créeme, Chichoy, ¡del chino Quiroga! ¡Lo he oído en la oficina!

—Nakú, ¡seguro pues! —exclamó el simple, creyéndolo ya de antemano.

—Quiroga —continuó el escribiente—, tiene 100.000 pesos en plata mexicana en la bahía. ¿Cómo hacerlos entrar? Pues sencillamente; inventa los pasquines, aprovechándose de la cuestión de los estudiantes, y mientras todo el mundo está alborotado, ¡pum! ¡unta a los empleados y pasan las cajas!

—¡Justo, justo! —exclamó el crédulo pegando un puñetazo sobre la mesa—. ¡Justo! Por eso palá el chino Quiroga... ¡por eso!

Y tiene que callarse no sabiendo qué decir del chino Quiroga.

—¿Y nosotros pagaremos los platos rotos...? —preguntaba Chichoy indignado.

—¡Ejem, ejem, ejjjem! —tosió el platero oyendo acercarse pasos en la calle.

En efecto los pasos se acercaban, y en la platería todos se callaron.

—San Pascual Bailón es un gran santo —dijo hipócritamente en voz alta el platero, guiñando a los otros—; san Pascual Bailón...

En aquel momento asomó la cara Plácido Penitente, acompañado del pirotécnico que vimos recibiendo las órdenes de Simoun. Todos rodearon a los recién llegados preguntando por novedades.

—No he podido hablar con los presos —respondió Plácido—; ¡hay unos treinta!

—¡Estaos alerta! —añadió el pirotécnico, cambiando una mirada de inteligencia con Plácido—; dicen que esta noche va a haber un degüello...

—¿Ja? ¡Rayo! —exclamó Chichoy, buscando con los ojos un arma y no viendo ninguna, cogió su soplete.

El maestro se sentó; le temblaban las piernas. El crédulo ya se veía degollado y lloraba de antemano por la suerte de su familia.

—¡Ca! —dijo el escribiente—; ¡degüello no va a haber! —el consejero hizo una seña misteriosa— está por fortuna enfermo.

—¡Simoun!

—¡Ejem, ejem, ejjjem!

Plácido y el pirotécnico se cambiaron otra mirada.

—Si no llega a estar enfermo ese...

—¡Se simula una revolución! —añadió negligentemente el pirotécnico, encendiendo un cigarrillo por encima del tubo del quinqué—; y ¿qué haríamos entonces?

—Pues hacerla ya de veras, porque, ya que nos van a degollar...

La tos violenta que se apoderó del platero impidió que se oyese la continuación de la frase. Debía Chichoy decir cosas terribles porque hacía gestos asesinos con su soplete y ponía cara de trágico japonés.

—¡Digan ustedes que se finge enfermo porque tiene miedo de salir! Como le vea...

Al maestro le atacó otra violentísima tos y acabó por suplicar a todos se retirasen.

—Sin embargo, prepararse, prepararse —decía el pirotécnico—. Si quieren forzarnos a matar o a morir...

Otra tos le volvió a atacar al infeliz patrón y los obreros u oficiales se retiraron a sus casas, llevándose martillos, sierras y otros instrumentos más o menos cortantes, más o menos contundentes, disponiéndose a vender caras sus vidas. Plácido y el pirotécnico volvieron a salir.

—¡Prudencia, prudencia! —recomendaba el maestro con voz lacrimosa.

—¡Usté ya no más cuidado con mi viuda y mis huérfanos! —suplicaba el crédulo con voz más lacrimosa todavía.

El infeliz ya se veía acribillado de balas y enterrado.

Aquella noche los guardias de las puertas de la ciudad fueron sustituidos por artilleros peninsulares y al día siguiente, a los primeros rayos del Sol, Ben Zayb que se aventuró a dar un paseo matinal para ver el estado de las murallas, encontró en el glacis, cerca de la Luneta, el cadáver de una jovencita india, medio desnuda y abandonada. Ben Zayb se horrorizó y después de tocarla con su bastón, y mirar hacia la dirección de las puertas, continuó su camino, pensando componer sobre el hecho un cuentecito sentimental. Ninguna alusión, sin embargo, apareció en los periódicos de los días sucesivos, los cuales se ocuparon de caídas y resbalones, ocasionados por cáscaras de plátanos, y, como falto de noticias, el mismo Ben Zayb tuvo que comentar largamente cierto ciclón que en América destruyó pueblos y causó la muerte a más de dos mil personas. Entre otras lindezas decía:

El sentimiento de la caridad MÁS LATENTE EN LOS PUEBLOS CATÓLICOS QUE EN OTRO ALGUNO y el recuerdo de Aquel que a impulsos de la misma se sacrificó por la humanidad, nos mueve (sic) a compasión por las desgracias de nuestros semejantes ¡y a hacer votos por que en este país, tan castigado por los ciclones, no se produzcan escenas tan desoladoras como las que han debido presenciar los habitantes de los Estados Unidos!

Horatius no perdonó la ocasión y, sin hablar tampoco ni de los muertos, ni de la pobre india asesinada, ni de los atropellos, le contestó en su Pirotecnia:

Después de tanta caridad y tanta humanidad, Fray Ibáñez, digo Ben Zayb, se reduce a pedir para Filipinas.
Pero se comprende.
Porque no es católico y el sentimiento de la caridad es más latente, etc., etc., etc.

XXIX. ÚLTIMAS PALABRAS SOBRE CAPITÁN TIAGO
Talis vita finis ita.

Capitán Tiago tuvo buen fin, esto es, un entierro como pocos. Es cierto que el cura de la parroquia había hecho observar al padre Irene que capitán Tiago se había muerto sin confesión, pero el buen sacerdote, sonriendo burlonamente, se frotó la punta de su nariz y respondió:

—Vamos ia mí con esas! Si hubiéramos de negar las exequias a todos los que se mueren sin confesión, nos olvidaríamos del De profundis. Esos rigores, como usted sabe bien, se conservan cuando el impenitente es también insolvente, pero icon capitán Tiago...! ¡Vaya! isi chinos infieles ha enterrado usted y con misa de réquiem!

Capitán Tiago había nombrado albacea y ejecutor testamentario al padre Irene, y legaba sus bienes parte a Santa Clara, parte al papa, al arzobispo, a las Corporaciones religiosas, dejando 20 pesos para las matrículas de los estudiantes pobres. Esta última cláusula se dictó a propuesta del padre Irene, a fuer de protector de la juventud estudiosa. Capitán Tiago había anulado un legado de 25 pesos que dejaba a Basilio, en vista de la ingrata conducta observada por el joven en los últimos días, pero el padre Irene lo restablecía y anunciaba que lo tomaba sobre su bolsillo y su conciencia.

En la casa del muerto, a donde habían acudido al día siguiente antiguos conocidos y amigos, se comentaba mucho un milagro. Decíase que en el momento mismo en que agonizaba, el alma de capitán Tiago se había aparecido a las monjas, rodeada de brillante luz. Dios la salvaba, gracias a las numerosas misas que había mandado decir y a los piadosos legados. El rumor se comentaba, se dibujaba, adquiría detalles y ninguno lo ponía en duda. Se describía el traje de capitán Tiago, por supuesto, el frac, la mejilla levantada por el *sapá* del *buyo*, sin olvidar la pipa para fumar opio ni el gallo sasabugĩn. El sacristán mayor que se encontraba en el grupo, afirmaba gravemente con la cabeza, y pensaba que, muerto él, se aparecería con su tasa de *tajú* blanco porque, sin aquel desayuno refrescante, no se comprendía la felicidad ni en el cielo ni en la tierra. Sobre este tema y por no poder hablar de los acontecimientos del día anterior y por haber allí tahúres, se emitían pareceres muy peregrinos, se hacían conjeturas sobre si capitán Tiago invitaría o no a San

Pedro para una soltada, si se cruzarían apuestas, si los gallos serían inmortales, si invulnerables, y en este caso, quién sería el sentenciador, quién ganaría, etc., discusiones muy al gusto de los que fundan ciencias, teorías, sistemas basados en un testo que reputan infalible, revelado o dogmático. Se citaban, además, pasajes de novenas, libros de milagros, dichos de curas, descripciones del cielo y otras zarandajas. Don Primitivo, el filósofo, estaba en sus glorias citando opiniones de teólogos.

—Porque ninguno puede perder —decía con mucha autoridad—; perder ocasiona disgusto y en el cielo no puede haber disgustos.

—Pero alguno tiene que ganar —replicaba el tahúr Aristorenas—; ¡en ganar está la gracia!

—¡Pues ganan ambos, sencillamente!

Eso de ganar ambos no lo podía admitir Martín Aristorenas, él que ha pasado su vida en la gallera y siempre ha visto que un gallo perdía y otro ganaba; a lo más puede haber tablas. En vano habló don Primitivo en latín, Martín Aristorenas sacudía la cabeza, y eso que el latín de don Primitivo era fácil de entenderse; hablaba de *an gallus talisainus, acuto tari armatus, an gallus beati Petri bulikus sasabungus sit*, etc., hasta que se decidió a emplear el argumento de que se valen muchos para hacer callar y convencer:

—¡Te vas a condenar, amigo Martín, vas a caer en una herejía! *¡Cave ne cadas!* ¡Ya no voy a jugar contigo al monte! ¡Ya no haremos vacas! ¡Niegas la omnipotencia de Dios, *peccatum mortale!* ¡Niegas la evidencia de la Santísima Trinidad: tres son uno y uno son tres! ¡Cuidadito! ¡Niegas indirectamente que dos naturalezas, dos entendimientos y dos voluntades puedan tener una sola memoria! ¡Cuidado! *¡Quicumque non crederit, anathema sit!*

Martín Aristorenas se encogió pálido y tembloroso, y el chino Quiroga que había escuchado con mucha atención el razonamiento, con mucha deferencia ofreció al filósofo un magnífico cigarro y le preguntó con su voz acariciadora:

—*Sígulo, puele contalata aliendo galela con Kilisto, ¿ja? Cuando mia muele, mia contalatista, ¿ja?*

En otros corros se hablaba más del muerto; al menos se discutía el traje que le iban a poner. Capitán Tinong proponía el hábito de un franciscano; precisamente tenía él uno, viejo, raído y remendado, preciosa pieza que, según el fraile que se lo dio de limosna en cambio de 36 pesos, preservaba al cadáver de las

243

llamas del infierno y contó en su apoyo varias anécdotas piadosas sacadas de los libros que distribuyen los curas. Capitán Tinong, aunque tenía en mucho aquella reliquia, estaba dispuesto a cedérsela a su íntimo amigo, a quien no había podido visitar durante su enfermedad. Pero un sastre objetó con mucha razón que, pues que las monjas le vieron a capitán Tiago subiendo al cielo de frac, de frac tenían que vestirle aquí en la tierra y no había necesidad de preservativos ni impermeables; se va de frac cuando se va a un baile, a una fiesta, y no otra cosa le debe esperar en las alturas... y ¡miren! casualmente tiene él uno hecho, que lo puede ceder por 32 pesos, 4 más barato que el hábito del franciscano, porque con capitán Tiago no quiere él ganar nada: ¡fue su parroquiano en vida y ahora será su patrón en el cielo! Pero el padre Irene, albacea y ejecutor testamentario, rechazó una y otra proposición y mandó vistiesen al cadáver con cualquiera de sus antiguos trajes, diciendo con santa unción que Dios no se fijaba en vestiduras.

Las exequias fueron, pues, de primerísima clase. Hubo responsos en casa, en la calle, oficiaron tres frailes como si uno no pudiese bastar con tanta alma, se hicieron todos los ritos y ceremonias posibles, y es fama que se improvisaron otras, habiendo extras como en los beneficios de los teatrillos. Aquello fue una delicia: se quemó mucho incienso, se cantó mucho en latín, se gastó mucha agua bendita —el padre Irene en obsequio de su amigo cantó con voz de falsete el *Dies iræ*, desde el coro— y los vecinos cogieron verdadero dolor de cabeza con tanto doblar a muerto.

Doña Patrocinio, la antigua rival de capitán Tiago en religiosería, deseó de todas veras morirse al día siguiente para encargar exequias aún más soberanas. La piadosa vieja no podía sufrir que aquel, que ella tenía ya para siempre vencido, al morir, resucitase con tanta pompa. Sí, deseaba morirse y le parecía escuchar las exclamaciones de la gente que presenciará sus responsos:

—¡Esto, sí, que es entierro! ¡esto, sí, que es saber morir, doña Patrocinio!

XXX. JULÎ

La muerte de capitán Tiago y la prisión de Basilio se supieron pronto en la provincia, y para honra de los sencillos habitantes de San Diego diremos que se sintió más la última y solo de ella se habló casi. Y como era de esperar, la noticia fue adoptando diferentes formas, se dieron detalles tristes, pavorosos, se explicó lo que no se comprendía, se supieron las lagunas con conjeturas, estas pasaron por hechos acontecidos y el fantasma así engendrado aterró a sus mismos progenitores.

En el pueblo de Tianì se decía que, cuando menos, cuando menos, el joven iba a ser deportado y muy probablemente asesinado durante el viaje. Los timoratos y pesimistas no se contentaban con esto y hablaban de horcas y consejos de guerra; enero era un mes fatal, en enero fue lo de Cavite y aquellos, con ser curas, fueron ahorcados; con que un pobre Basilio sin amparo ni amistades...

—¡Yo ya le decía! —suspiraba el Juez de Paz, como si alguna vez hubiese dado un consejo a Basilio—; yo ya le decía...

—¡Era de prever! —añadía hermana Penchang—: entraba en la iglesia y cuando veía algo sucia el agua bendita, ¡no se santiguaba! Hablaba de animalitos y enfermedades, abá, ¡castigo de Dios! ¡Merecido lo tiene! ¡Como si el agua bendita pudiese trasmitir enfermedades! ¡Todo lo contrario, abá!

Y contaba cómo se había curado de una indigestión mojándose el ombligo con el agua bendita al mismo tiempo que rezaba el Sanctus Deus, y recomendaba el remedio a los presentes cuando padezcan disenterías o ventosidades o reine la peste, solo que entonces deben rezar en español:

Santo Dios
Santo fuerte
Santo inmortal
Líbranos señor de la peste
Y de todo mal.

—El remedio es infalible, pero hay que llevar el agua bendita a la parte dolorida o enferma —decía.

Pero muchos hombres no creían en estas cosas ni atribuían la prisión de Basilio a castigo de Dios. Tampoco creían en insurrecciones ni en pasquines, conocido

245

el carácter ultrapacífico y prudente del estudiante, y prefirieron atribuirla a venganzas de frailes, por haber sacado de la servidumbre a Julî, hija de tulisan, enemigo mortal de cierta poderosa corporación. Y como tenían bastante mala idea de la moralidad de la misma corporación y se recordaban mezquinas venganzas, la conjetura se creyó la más probable y justificada.

—¡Qué bien hice en echarla de mi casa! —decía hermana Penchang—; no quiero tener disgustos con los frailes, así que la apuré a que buscase dinero. La verdad era que sentía la libertad de Julî: Julî rezaba y ayunaba por ella y si se hubiera quedado más tiempo habría hecho también penitencia. ¿Por qué, si los curas rezan por nosotros y Cristo muere por nuestros pecados, Julî no iba a hacer lo mismo por hermana Penchang?

Cuando las noticias llegaron a la cabaña donde vivían la pobre Julî y su abuelo, la joven tuvo necesidad de que se lo repitieran dos veces. Miró a hermana Balî que era quien se lo decía, como sin comprenderla, sin poder coordinar las ideas; le zumbaron los oídos, sintió opresión en el corazón y tuvo como un vago presentimiento de que aquel suceso iba a influir desastrosamente en su porvenir. Sin embargo, quiso agarrarse a un rayo de esperanza, sonrió, creyó que hermana Balî le daba una broma, bastante pesada, pero se la perdonaba de antemano si le decía que lo era; pero hermana Balî hizo una cruz con el pulgar y el índice y la besó, en prueba de que decía la verdad. Entonces la risa abandonó para siempre los labios de la joven, púsose pálida, espantosamente pálida, sintió que la abandonaban las fuerzas y, por primera vez en su vida, perdió el conocimiento desmayándose.

Cuando a fuerza de golpes, pellizcos, rociadas de agua, cruces y aplicaciones de palmas benditas volvió la joven en sí y diose cuenta de su estado, ¡las lágrimas brotaron silenciosas de sus ojos, gota a gota, sin sollozos, sin lamentos, sin quejas! Ella pensaba en Basilio que no tenía más protectores que capitán Tiago, y que, muerto éste, se quedaba por completo sin amparo y sin libertad. En Filipinas es cosa sabida que para todo se necesitan padrinos, desde que uno se bautiza hasta que se muere, para obtener justicia, sacar un pasaporte o explotar una industria cualquiera. Y como se decía que aquella prisión obedecía a venganzas por causa de ella y de su padre, la tristeza de la joven, rayaba en desesperación. Ahora le tocaba a ella libertarle, como él lo había hecho sacándola de la servidumbre, y una voz interior le sugería la idea y presentaba a su imaginación un horrible medio.

—¡El padre Camorra, el cura! —decía la voz.

Julî se mordía los labios y quedaba sumida en sombría meditación. A raíz del crimen de su padre, habían preso al abuelo esperando que por aquel medio aparecería el hijo. El único que le pudo dar la libertad fue el padre Camorra, y el padre Camorra se había mostrado mal satisfecho con palabras de gratitud y con su franqueza ordinaria había pedido sacrificios... Desde entonces Julî evitaba encontrarse con él, pero el cura le hacía besar la mano, la cogía de la nariz, de las mejillas, le daba bromas con guiños y riendo la pellizcaba. Julî fue la causa de la paliza, que el buen cura administró a unos jóvenes que recorrían el barrio, dando serenata a las muchachas. Los maliciosos, al verla pasar seria y cabizbaja, decían de manera que ella oyese:

—¡Si quisiese, Cabesang Tales sería indultado!

La joven llegaba a su casa sombría y los ojos extraviados.

Julî se había cambiado mucho; había perdido su alegría, nadie la veía sonreír, hablaba apenas y hasta al parecer tenía miedo de verse la cara. Un día la vieron en el pueblo con una gran mancha de carbón en la frente, ella que solía ir bien arregladita y compuesta. Una vez preguntó a hermana Balî si los que se suicidaban se iban al infierno.

—¡De seguro! —contestó la mujer y le pintó el sitio como si en él hubiera estado.

Con la prisión de Basilio, los sencillos y agradecidos parientes propusieron hacer toda clase de sacrificios para salvar al joven; pero como entre todos no reunían 30 pesos, hermana Balî, como siempre, tuvo la mejor idea.

—Lo que debemos hacer es pedir un consejo al escribiente —dijo.

Para aquellas pobres gentes, el escribiente del tribunal era el oráculo de Delfos para los antiguos griegos.

—Dándole un real y un tabaco —añadió—, te dice todas las leyes que se te hincha la cabeza oyéndole. Si tienes un peso, te salva aunque estés al pie de la horca. Cuando a mi vecino Simón le metieron en la cárcel y le dieron de palos, por no poder declarar en un robo que se cometió cerca de su casa, ¡abá! por 2 reales y medio y una rosca de ajos, le sacó el escribiente. Y yo le vi a Simón que apenas podía andar y tuvo que guardar cama lo menos un mes. ¡Ay! se le pudrió el trasero, ¡abá! ¡y murió de resultas!

El consejo de hermana Balî fue admitido y la misma se encargó de hablar con el escribiente; Julî le dio 4 reales y añadió pedazos de tapa de venado que el abuelo había cazado. Tandang Selo se dedicaba de nuevo a la caza. Pero el escribiente nada podía: el preso estaba en Manila y hasta allí no llegaba su poder.

—¡Si al menos estuviera en la cabecera, todavía...! —dijo haciendo alarde de su poder.

El escribiente sabía muy bien que su poder no pasaba de los límites de Tianì, pero le convenía conservar su prestigio y quedarse con la tapa de venado.

—Pero, os puedo dar un sabio consejo y es que vayáis con Julî, al Juez de Paz. Es menester que vaya Julî.

El Juez de Paz era un hombre muy brusco, pero viendo a Julî acaso se portase menos groseramente: aquí estaba la sabiduría del consejo.

Con mucha gravedad oyó el señor Juez a hermana Balî, que era quien tomaba la palabra, no sin mirar de cuando en cuando a la joven que tenía los ojos bajos y estaba muy avergonzada. La gente diría de ella que se interesaba mucho por Basilio, la gente no se acordaba de su deuda de gratitud y de que aquella prisión, según se decía, era por causa de ella.

Después de eructar tres o cuatro veces, porque el señor Juez tiene esta fea costumbre, dijo que la única persona que podía salvar a Basilio era el padre Camorra, en el caso de que lo quisiese —y miraba con mucha intención a la joven—. Él la aconsejaba tratase de hablar con el cura en persona.

—Ya sabéis la influencia que tiene; ha sacado a vuestro abuelo de la cárcel... Basta un informe suyo para desterrar a un recién nacido o salvar de la muerte a un ahorcado.

Julî no decía nada, pero hermana Balî encontraba el consejo como si lo hubiese leído en una novena: estaba dispuesta a acompañarla al convento. Precisamente iba a tomar de limosna un escapulario mediante el cambio de 4 reales fuertes.

Pero Julî sacudía la cabeza y no quería ir al convento. Hermana Balî que creía adivinar el motivo —el padre Camorra se llamaba Si cabayo por otro nombre y era muy travieso— la tranquilizaba:

—¡Nada tienes que temer! ¡si voy contigo! —decía—; ¿no has leído en el librito de *Tandang Basio* dado por el cura, que las jóvenes deben ir al convento, aun sin saberlo sus mayores, para contar lo que pasa en la casa? ¡Abá! Aquel libro está impreso con permiso del arzobispo, ¡abá!

Julî, impaciente y deseando cortar la conversación, suplicó a la devota que fuese si gustaba, pero el señor Juez observó eructando que las súplicas de una cara joven mueven más que las de una vieja, que el cielo derramaba su rocío sobre las flores frescas en más abundancia que sobre las secas. La metáfora resultaba hermosamente malvada. Julî no contestó y ambas mujeres bajaron. En la calle, la joven se negó tenazmente a ir al convento y se retiraron a su barrio. Hermana Balî que se sentía ofendida de la falta de confianza yendo con ella, se vengaba endilgándola un largo sermón.

La verdad era que la joven no podía dar aquel paso sin condenarse a sí misma, sin que la condenen los hombres, ¡sin que la condene Dios! Le habían hecho oír varias veces, con razón o sin ella, que si hacía aquel sacrificio, indultarían a su padre, y sin embargo ella se había negado, a pesar de los gritos de su conciencia recordándola su deber filial. ¿Y ahora debía hacerlo por Basilio, por su novio? Sería caer al son de las burlas y carcajadas de toda la creación, Basilio mismo la despreciaría; ¡no, jamás! Primero se ahorcaría o saltaría en cualquier precipicio. De todos modos estaba ya condenada por ser mala hija.

La pobre Julî tuvo aún que sufrir todas las recriminaciones de sus parientes que, no sabiendo nada de lo que había podido pasar entre ella y el padre Camorra, se burlaban de sus temores. ¿Acaso el padre Camorra se iba a fijar en una campesina habiendo tantas en el pueblo? Y las buenas mujeres citaban nombres de solteras ricas y bonitas, más o menos desgraciadas. Y entretanto ¿si le afusilan a don Basilio?

Julî se tapaba los oídos, miraba a todas partes como buscando una voz que hablase por ella, miraba a su abuelo; pero el abuelo estaba mudo y tenía la vista fija en su pica de cazador.

Aquella noche durmió apenas. Ensueños y pesadillas, ya fúnebres ya sangrientos, danzaban delante de su vista, y se despertaba a cada momento nadando en frío sudor. Creía oír tiros, creía ver a su padre, su padre que tanto había hecho por ella, luchando en los bosques, cazado como un animal porque había vacilado en salvarle. Y la figura del padre se transformaba y reconocía a Basilio, agonizando y dirigiéndola miradas de reproche. La desgraciada se levantaba, oraba, lloraba, invocaba a su madre, a la muerte, y hubo un momento en que, rendida por el terror, a no haber sido de noche habría corrido derecha al convento, suceda lo que suceda.

El día llegó y los tristes presentimientos, los terrores de las sombras se disiparon en parte. La luz le trajo esperanzas. Mas, las noticias de la tarde fueron terribles; se habló de afusilados y la noche para la joven fue espantosa. En su desesperación decidió entregarse tan pronto como brillase el día y matarse después: ¡todo, menos pasar semejantes torturas!

Pero la aurora trajo nuevas esperanzas y la joven no quiso bajar de casa, ni irse a la iglesia. Temía ceder.

Y así pasaron algunos días: orando y maldiciendo, invocando a Dios y deseando la muerte. El día era una tregua, Julî confiaba en algún milagro; las noticias que venían de Manila, si bien llegaban abultadas, decían que de los presos algunos habían conseguido su libertad gracias a padrinos y a influencias... Alguno tenía que salir sacrificado, ¿quién sería? Julî se estremecía y se retiraba a su casa mordiéndose las uñas de los dedos. Y así venía la noche en que los temores, adquiriendo doble proporción, parecían convertirse en realidades. Julî temía el sueño, temía dormirse, pues su sueño era una continuada pesadilla. Miradas de reproche traspasaban sus párpados tan pronto como los cerraba, quejas y lamentos barrenaban sus oídos. Veía a su padre vagando, hambriento, sin tregua ni reposo; veía a Basilio agonizando en el camino, herido de dos balazos, como había visto el cadáver de aquel vecino, que fue muerto mientras le conducía la Guardia Civil. Y ella veía las ligaduras que habían penetrado la carne, veía la sangre saliendo por la boca y oía que Basilio le decía:

—«¡Sálvame, sálvame! ¡tú sola me puedes salvar!» Resonaba después una carcajada, volvía los ojos y veía a su padre, que la miraba con ojos llenos de reproche. Y Julî se despertaba, se incorporaba sobre su petate, se pasaba las manos por la frente para recoger su cabellera: ¡frío sudor, como el sudor de la muerte, la humedecía!

—¡Madre, madre! —sollozaba.

Y entre tanto los que disponían tan alegremente de los destinos de los pueblos, el que mandaba los asesinatos legales, el que violaba la justicia y hacía uso del derecho para sostener a la fuerza, dormían en paz.

Al fin, llegó un viajero de Manila y contó como habían sido puestos en libertad todos los presos todos menos Basilio que no tenía protector. En Manila se decía —añadió el viajero—, que el joven sería desterrado a Carolinas, habiéndole hecho firmar de antemano una petición en que se hacía constar que así voluntariamente lo pedía. El viajero había visto el vapor que le iba a conducir.

Aquella noticia acabó con las vacilaciones de la joven cuya mente, por lo demás, estaba ya bastante trabajada merced a tantas noches en vela y a sus horribles ensueños. Pálida y con los ojos extraviados, buscó a hermana Balî y, en voz que daba miedo, le dijo que estaba dispuesta y la preguntaba si la quería acompañar.

Hermana Balî se alegró y procuró tranquilizarla, pero Julî no escuchaba y parecía que solo tenía prisa por llegar al convento. Ella se había arreglado, se había puesto sus mejores trajes y hasta parecía que estaba muy animada. Hablaba mucho aunque algo incoherente.

Echaron a andar. Julî iba delante y se impacientaba porque su compañera se quedaba detrás. Pero a medida que se acercaban al pueblo, la energía nerviosa la abandonaba poco a poco, se volvía silenciosa, perdía su decisión, acortaba el paso, y después se quedaba detrás. Hermana Balî tenía que animarla.

—¡Que vamos a llegar tarde! —decía.

Julî seguía pálida, con los ojos bajos, sin atreverse a levantarlos. Creía que todo el mundo la miraba y la señalaban con el dedo. Un nombre infame silbaba en sus oídos pero se hacía la sorda y continuaba su camino. No obstante, cuando vio el convento, se detuvo y empezó a temblar.

—¡Volvamos al barrio, volvamos! —suplicó deteniendo a su compañera.

Hermana Balî tuvo que cogerla del brazo y medio arrastrarla, tranquilizándola y hablándola de libros de frailes. Ella no la iba a abandonar, nada tenía que temer; el padre Camorra tenía otras cosas en la cabeza; Julî no era más que una pobre campesina...

Pero al llegar a la puerta del convento o casa parroquial, Julî se negó tenazmente a subir y se cogió a la pared.

—¡No, no! —suplicaba llena de terror—; ¡oh, no, no, tened piedad...!

—Pero que tonta...

Hermana Balî la empujaba dulcemente; Julî resistía, pálida, con las facciones desencajadas. Su mirada decía que veía delante de sí a la muerte.

—¡Bien, volvamos si no quieres! —exclamó al fin despechada la buena mujer que no creía en ningún peligro real. El padre Camorra, a pesar de toda su fama, no se atrevería delante de ella.

—¡Que le lleven al destierro al pobre don Basilio, que le afusilen en el camino diciendo que ha querido escaparse! —añadió—; cuando ya esté muerto entonces vendrán los arrepentimientos. Por mí, yo no le debo ningún favor. ¡De mí no se podrá quejar!

Aquello fue el golpe decisivo. Ante este reproche, con ira, con desesperación, como quien se suicida, Julî cerró los ojos para no ver el abismo en que se iba a lanzar y entró resuelta en el convento. Un suspiro que más parecía estertor se escapó de sus labios. Hermana Balî la siguió haciéndole advertencias...

A la noche se comentaban en voz baja y con mucho misterio varios acontecimientos que tuvieron lugar aquella tarde.

Una joven había saltado por la ventana del convento, cayendo sobre unas piedras y matándose. Casi al mismo tiempo, otra mujer salía por la puerta y recorría las calles gritando y chillando como una loca. Los prudentes vecinos no se atrevían a pronunciar los nombres y muchas madres pellizcaron a sus hijas por dejar escapar palabras que podían comprometer. Después, pero mucho después, al caer la tarde, un anciano vino de un barrio y estuvo llamando a la puerta del convento, cerrada y guardada por sacristanes. El viejo llamaba con los puños, con la cabeza, lanzando gritos ahogados, inarticulados como los de un mudo, hasta que fue echado a palos y a empujones. Entonces se dirigió a casa del gobernadorcillo, pero le dijeron que el gobernadorcillo no estaba, que estaba en el convento; se fue al Juez de Paz, pero el Juez de Paz tampoco estaba, había sido llamado al convento; se fue al teniente mayor, tampoco estaba en el convento; se dirigió al cuartel, el teniente de la Guardia Civil estaba en el convento... El viejo entonces se volvió a su barrio llorando como un niño: sus aullidos se oían en medio de la noche; ¡los hombres se mordían los labios, las mujeres juntaban las manos, y los perros entraban en sus casas, medrosos, con la cola entre piernas!

—¡Ah, Dios, ah Dios! —decía una pobre mujer, demacrada a fuerza de ayunar—; delante de ti no hay rico, no hay pobre, no hay blanco, no hay negro... ¡tú nos harás justicia!

—Sí —le contestaba el marido—; con tal que ese Dios que predican no sea pura invención, ¡un engaño! ¡Ellos son los primeros en no creer en él!

A las ocho de la noche, se decía que más de siete frailes, venidos de los pueblos comarcanos, se encontraban en el convento celebrando una junta. Al día siguiente, Tandang Selo desaparecía para siempre del barrio llevándose su pica de cazador.

XXXI. EL ALTO EMPLEADO

L'Espagne et sa vertu, l'Espagne et sa grandeur
Tout s'en va!
Victor Hugo

Los periódicos de Manila estaban tan ocupados por la reseña de un asesinato célebre cometido en Europa, por los panegíricos y bombos a varios predicadores de la capital, por el éxito cada vez más ruidoso de la opereta francesa, que apenas podían dedicar alguno que otro artículo a las fechorías que cometía en provincias una banda de tulisanes capitaneada por un jefe terrible y feroz que se llamaba Matangláwin. Solo, cuando el asaltado era un convento o un español, entonces aparecían largos artículos dando pavorosos detalles y pidiendo el estado de sitio, enérgicas medidas, etc., etc. Así es que tampoco pudieron ocuparse de lo ocurrido en el pueblo de Tianì, ni hubo una alusión ni un rumor. En círculos privados se susurraba algo, pero todo tan confuso, tan incierto, tan poco consistente que ni siquiera se supo el nombre de la víctima, y los que más interés manifestaron, lo olvidaron pronto, creyendo en alguna componenda con la familia o parientes ofendidos. Lo único que se supo de cierto fue que el padre Camorra tuvo que dejar el pueblo para trasladarse a otro o estar algún tiempo en el convento de Manila.

—¡Pobre padre Camorra! —exclamaba Ben Zayb echándoselas de generoso—; ¡era tan alegre, tenía tan buen corazón!

Era cierto que los estudiantes habían recobrado su libertad gracias a las instancias de sus parientes, que no perdonaron gastos, regalos ni sacrificio alguno. El primero que se vio libre fue, como era de esperar, Makaraig y el último, Isagani, porque el padre Florentino no llegó a Manila sino una semana después de los acontecimientos. Tantos actos de clemencia le valieron al general el epíteto de clemente y misericordioso, que Ben Zayb se apresuró a añadir a la larga lista de sus adjetivos.

El único que no obtuvo la libertad fue el pobre Basilio, acusado además de tener en su poder libros prohibidos. No sabemos si se referirían al tratado de Medicina Legal y Toxicología del doctor Mata, o a los varios folletos que se le encontraron sobre asuntos de Filipinas o a ambas cosas juntas; es el caso que se dijo también que vendía clandestinamente obras prohibidas y sobre el infeliz cayó todo el rigor de la romana de la justicia.

Contaban que a su Excelencia le habían dicho:

—Es menester que haya alguno para que quede en salvo el prestigio de la autoridad y no se diga que hemos metido mucho ruido para nada. La autoridad ante todo. ¡Es menester que se quede alguno!

—Queda uno solo, uno que, según el padre Irene, fue criado de capitán Tiago... No hay quien le reclama...

—¿Criado y estudiante? —preguntó S. E.—; ¡pues entonces ése, que se quede ése!

—Me permitirá V. E. —observó el alto empleado que se hallaba presente, por casualidad—; pero me han dicho que ese chico es estudiante de Medicina, sus profesores hablan bien de él... si continúa preso pierde un año, y como este año termina...

La intervención del alto empleado en favor de Basilio, en vez de hacerle bien, le perjudicó. Hacía tiempo que entre el empleado y S. E. había cierta tirantez, ciertos disgustos, aumentados por dimes y diretes. S. E. se sonrió nerviosamente y contestó:

—¿Sí? pues razón de más para que continúe preso; un año más de carrera, en vez de hacerle daño, le hará bien, a él y a todos los que después caigan en sus manos. Por mucha práctica no es uno mal médico. ¡Razón de más para que se quede! ¡Y luego dirán los reformistas filibusterillos que nosotros no nos cuidamos del país! —añadió S. E. riendo sarcásticamente.

El alto empleado comprendió su falta y tomó a pecho la causa de Basilio.

—Pero es que ese joven me parece el más inocente de todos —repuso con cierta timidez.

—Se le han ocupado libros —contestó el secretario.

—Sí, obras de Medicina y folletos escritos por peninsulares... aún sin cortar las hojas... y ¿qué quiere eso decir? Además, ese joven no ha estado en el banquete de la *pansitería*, ni se ha metido en nada... Como dije, es el más inocente...

—¡Mejor que mejor! —exclamó alegremente S. E.—; ¡así el castigo resulta más saludable y ejemplar como que infunde más terror! Gobernar es obrar así, señor mío; hay que sacrificar muchas veces el bien de uno por el bien de muchos... Pero yo hago más: del bien de uno, saco el bien de todos, salvo el principio de autoridad que peligra, el prestigio se respeta y se mantiene. ¡Con este acto mío corrijo errores de propios y extraños!

Hizo un esfuerzo para contenerse el alto empleado, y desentendiéndose de las alusiones, quiso apelar a otro medio.

—Pero V. E. no teme... ¿la responsabilidad?

—¿Qué he de temer? —interrumpió el general impaciente—; ¿no dispongo yo de poderes discrecionales? ¿no puedo hacer lo que me dé la gana para el mejor gobierno de estas islas? ¿Qué tengo que temer? ¿Puede acaso un criado acusarme ante los tribunales y pedirme responsabilidad? ¡Ca! Y aunque dispusiera de medios, tendría antes que pasar por el Ministerio, y el Ministro...

Hizo un gesto con la mano y se echó a reír.

—El Ministro que me nombró, sabe el diablo dónde está, ¡y se tendrá por honrado con poderme saludar cuando vuelva! El actual, a ese me le paso... y también se lo llevará pateta... El que le sustituya se verá tan apurado con su nuevo cargo y no se podrá ocupar de bagatelas. Yo, señor mío, no tengo más que mi conciencia, obro según mi conciencia, mi conciencia está satisfecha, y me importan un comino los juicios de fulano o zutano. Mi conciencia, señor mío, ¡mi conciencia!

—Sí, mi general, pero el país...

—¡Tu tu tu tu! El país, ¿qué tengo yo que ver con el país? ¿He contraído por ventura compromisos con él? ¿Le debo yo mi cargo? ¿Fue él quien me ha elegido?

Hubo un momento de pausa. El alto empleado tenía la cabeza baja. Después, como si tomase una decisión, la levantó, miró al general fijamente y, pálido y algo tembloroso, dijo con energía reprimida:

—¡No importa, mi general, nada importa eso! V. E. no ha sido elegido por el pueblo filipino sino por España, ¡razón de más para que V. E. trate bien a los filipinos para que no puedan reprochar nada a España! ¡Razón de más, mi general! V. E. al venir aquí ha prometido gobernar con justicia, buscar el bien...

—¿Y no lo estoy haciendo? —preguntó exasperado S. E. dando un paso—; ¿no le he dicho a usted que saco del bien de uno el bien de todos? ¿Me va usted ahora a dar lecciones? Si usted no comprende mis actos ¿qué culpa tengo yo? ¿Le fuerzo acaso a que participe de mi responsabilidad?

—¡Sin duda que no! —replicó el alto empleado irguiéndose con altanería—; ¡V. E. no me fuerza, V. E. no me puede forzar a mí, a mí a que participe de su responsabilidad! La mía la entiendo de otra manera, y porque la tengo, voy a hablar pues me he callado por mucho tiempo. ¡Oh, no haga V. E. esos gestos porque el que aquí haya yo venido con este o aquel cargo no quiere decir que abdique de mis derechos y me reduzca al papel de esclavo, sin voz ni dignidad! Yo no quiero que España pierda este hermoso imperio, esos ocho millones de súbditos sumisos y pacientes que viven de desengaños y esperanzas; pero tampoco quiero manchar mis manos en su explotación inhumana, no quiero que se diga jamás que, destruida la trata, España la ha continuado en grande cubriéndola con su pabellón y perfeccionándola bajo un lujo de aparatosas instituciones. No, España para ser grande no tiene necesidad de ser tirana; España se basta a sí misma, ¡España era más grande cuando solo tenía su territorio, arrancado de las garras del moro! Yo también soy español, pero antes que español soy hombre y antes que España y sobre España está su honra, están los altos principios de moralidad, ¡los eternos principios de la inmutable justicia! Ah, usted se asombra de que piense así, porque usted no tiene idea de la grandeza del nombre español, no la tiene usted, no; usted lo identifica con las personas, con los intereses; para usted el español puede ser pirata, puede ser asesino, hipócrita, falso, todo, con tal de conservar lo que tiene; para mí, el español debe perderlo todo, imperio, poderío, riquezas, todo, ¡todo antes que el honor! ¡Ah, señor mío! Nosotros protestamos cuando leemos que la fuerza se antepone al derecho, y aplaudimos cuando en la práctica la vemos hipócrita no solo torcerlo sino ponerlo a su servicio para imponerse... Por lo mismo que amo a España, ¡hablo aquí y desafío el fruncimiento de sus cejas! Yo no quiero que en las edades venideras sea acusada de madrastra de naciones, vampiro de pueblos, tirana de pequeñas islas, ¡porque sería horrible escarnio a los nobles propósitos de nuestros antiguos reyes! ¿Cómo cumplimos con su sagrado testamento? Prometieron a estas islas amparo y rectitud y jugamos con las vidas y libertades de sus habitantes; prometieron civilización y se la escatimamos, temiendo que aspiren a más noble existencia; les prometieron luz, y les cegamos los ojos para que no vean nuestra bacanal; prometieron enseñarles virtudes y fomentamos sus vicios y, en vez de la paz, de la riqueza y la justicia, reina la zozobra, el comercio muere y el escepticismo cunde en las masas.

¡Pongámonos en lugar de los filipinos y preguntémonos qué haríamos en su caso! ¡Ay! en su silencio de usted leo su derecho de sublevarse, y si las cosas no se mejoran se sublevarán un día ¡y a fe que la justicia estará de su parte y con ella las simpatías de todos los hombres honrados, de todos los patriotas del mundo! Cuando a un pueblo se le niega la luz, el hogar, la libertad, la justicia, bienes sin los cuales no es posible la vida y por lo mismo constituyen el patrimonio del hombre, ese pueblo tiene derecho para tratar al que así le despoja como al ladrón que nos ataja en el camino: no valen distingos, no valen excepciones, no hay más que un hecho, una propiedad, un atentado y todo hombre honrado que no vaya de parte del agredido, se hace cómplice y mancha su conciencia. Sí, yo no soy militar, y los años van apagando el poco fuego de mi sangre, pero así como me dejaría hacer pedazos por defender la integridad de España contra un invasor extranjero o contra las veleidades injustificadas de sus provincias, así también le aseguro a usted que me pondría del lado de los filipinos oprimidos, ¡porque antes prefiero sucumbir por los derechos hollados de la humanidad que triunfar con los intereses egoístas de una nación aun cuando esta nación se llamase como se llama España...!

—¿Sabe usted cuándo sale el correo? —preguntó fríamente S. E. cuando el alto empleado hubo acabado de hablar.

El alto empleado le miró fijamente, después bajó la cabeza y en silencio dejó el palacio.

En el jardín encontró su coche que le esperaba.

—Cuando un día os declaréis independientes —dijo algo ensimismado al lacayo indio que le abría la portezuela—, ¡acordaos de que en España no han faltado corazones que han latido por vosotros y han luchado por vuestros derechos!

—¿Dónde, señor? —contestó el lacayo que no le había comprendido y preguntaba a donde tenían que ir.

Dos horas después, el alto empleado presentaba su dimisión y anunciaba su vuelta a España por el próximo correo.

XXXII. EFECTOS DE LOS PASQUINES

A raíz de los acontecimientos narrados, muchas madres llamaron a sus hijos para que inmediatamente dejasen los estudios y se dedicasen a la holganza o a la agricultura.

Cuando llegaron los exámenes, abundaron los suspensos y raro fue el que aprobó el curso, habiendo pertenecido a la famosa asociación de la que nadie se volvió a ocupar.

Pecson, Tadeo y Juanito Peláez fueron igualmente suspendidos; el primero recibió las calabazas con su risa de bobo y prometió entrar de oficial en un juzgado cualquiera; Tadeo, con la cuacha eterna al fin, se pagó una iluminación encendiendo una hoguera con sus libros; los demás tampoco salieron bien librados y al fin tuvieron que dejar sus estudios, con gran contento de las madres que siempre se imaginan a sus hijos ahorcados si llegan a enterarse de lo que dicen los libros. Solo Juanito Peláez soportó mal el golpe, teniendo que dejar para siempre las aulas por el almacén de su padre, que en adelante le asociaba a su comercio: el truhán encontraba la tienda menos divertida, pero sus amigos, al cabo de algún tiempo, le vieron otra vez con la redonda joroba, lo cual era síntoma de que renacía su buen humor. El rico Makaraig, ante la hecatombe, se guardó muy bien de exponerse y, habiendo conseguido pasaporte a fuerza de dinero, se embarcó corriendo para Europa: decíase que S. E. el capitán general, en su deseo de hacer el bien por el bien y cuidadoso de la comodidad de los filipinos, dificultaba la marcha a todo aquel que no probase antes materialmente que puede gastar y vivir con holgura en medio de las ciudades europeas. De nuestros conocidos, los que salieron mejor librados fueron Isagani y Sandoval: el primero aprobó la asignatura que cursaba bajo el padre Fernández y fue suspendido en las otras, y el segundo pudo marear al tribunal a fuerza de discursos. Basilio fue el único que ni aprobó asignaturas, ni fue suspendido, ni se marchó a Europa: continuó en la cárcel de Bilibid, sometido cada tres días a interrogatorios, los mismos casi del principio, sin más novedad que la del cambio de jueces instructores, pues parecía que delante de tanta culpabilidad todos sucumbían o huían horrorizados.

Y mientras dormían y se arrastraban los expedientes, mientras los papeles sellados menudeaban como cataplasmas de médico ignorante por el cuerpo de un hipocondríaco, Basilio se enteraba en todos sus detalles de cuanto había ocurrido en Tianì, de la muerte de Julî y la desaparición de Tandang Selo.

Sinong, el apaleado cochero que le había conducido a San Diego, se encontraba entonces en Manila, le visitaba y le ponía al corriente de todo. Entretanto Simoun había recobrado su salud, al menos así lo dijeron los periódicos. Ben Zayb dio gracias al «Omnipotente que vela por tan preciosa vida» y ha manifestado la esperanza de que el Altísimo hará que un día se descubra al criminal, cuyo delito permanece impune gracias a la caridad de la víctima, que observa demasiado las palabras del Gran Mártir: ¡padre, perdónalos que no saben lo que hacen!» Estas y otras cosas más decía Ben Zayb en impreso, mientras que de boca indagaba si era cierto el rumor de que el opulento joyero iba a dar una gran fiesta, un banquete como jamás se ha visto otro, parte como celebrando su curación, parte como una despedida al país en donde había aumentado su fortuna. Se susurraba, es cierto, que Simoun, debiendo marcharse con el capitán general cuyo mando expiraba el Mayo, hacía todos los esfuerzos para conseguir en Madrid una prórroga y aconsejaba a S. E. emprendiese una campaña para tener motivos de quedarse, pero se decía también que Su Excelencia, por primera vez, desoía los consejos de su favorito, tomando como cuestión de honor no retener ni por un solo día de más el poder que le habían concedido, rumor que hacía creer que la anunciada fiesta iba a tener lugar dentro de muy poco. Simoun, por lo demás, permanecía impenetrable; se había vuelto menos comunicativo aún, se dejaba ver poco, y sonreía misteriosamente cuando le hablaban de la anunciada fiesta.

—Vamos, señor Simbad —le había dicho una vez Ben Zayb—; ¡deslúmbrenos usted con algo yankee! Ea, que algo le debe a este país.

—¡Sin duda alguna! —respondía con su seca sonrisa.

—Echará usted la casa por la ventana, ¿eh?

—Es posible, solo que como no tengo casa...

—¡Haber comprado la de capitán Tiago que consiguió por nada el señor Peláez!

Simoun se había callado y desde entonces le vieron a menudo en el almacén de don Timoteo Peláez, con quien se dijo que se había asociado. Semanas después, por el mes de abril, corría la voz de que Juanito Peláez, el hijo de don Timoteo, se iba a casar con Paulita Gómez, la joven, codiciada por nacionales y extranjeros.

—¡Hay hombres afortunados! —decían otros comerciantes envidiosos—; comprar una casa por nada, vender bien su partida de zinc, asociarse con un Simoun y casar a su hijo con una rica heredera, ¡diga usted que son gollerías que no las tienen todos los hombres honrados!

—¡Si supieran ustedes de dónde le viene al señor Peláez esa gollería!

Y con el tono de voz se indicaba a sí mismo.

—Y también les aseguro que habrá fiesta y en grande —añadía con misterio.

Era cierto, en efecto, que Paulita se casaba con Juanito Peláez. Sus amores con Isagani se habían desvanecido como todos los primeros amores, basados en la poesía, en el sentimiento. Los sucesos de la pasquinada y la prisión habían despojado al joven de todos sus atractivos. ¿A quién se le ocurre buscar el peligro, desear participar de la suerte de sus compañeros, presentarse, cuando todo el mundo se escondía y rechazaba toda complicidad? Era un quijotismo, una locura, que ninguna persona sensata en Manila se lo podía perdonar y tenía mucha razón Juanito en ponerle en ridículo, representándole en el momento en que se iba al Gobierno Civil. Naturalmente, la brillante Paulita ya no podía amar a un joven que tan erradamente comprendía la sociedad y que todos condenaban. Ella empezó a reflexionar. Juanito era listo, hábil, alegre, pillo, hijo de un rico comerciante de Manila y mestizo español por añadidura, o si se ha de creer a don Timoteo, español de pura sangre; en cambio, Isagani era un indio provinciano que soñaba en sus bosques llenos de sanguijuelas, de familia dudosa, con un tío clérigo que quizás será enemigo del lujo y de bailes, a que ella era muy aficionada. Una hermosa mañana cayó pues en la cuenta de que había sido una solemne tonta en preferirle a su rival y desde entonces se notó el aumento de la joroba de Peláez. La ley descubierta por Darwin la cumplía Paulita inconsciente pero rigurosamente: la hembra se entrega al macho más hábil, al que sabe adaptarse al medio en que se vive, y para vivir en Manila no había otro como Peláez, que desde pequeño sabía al dedillo la gramática parda.

La cuaresma pasó con su semana santa, con su cortejo de procesiones y ceremonias, sin más novedad que un misterioso motín de los artilleros, cuya causa jamás se llegó a divulgar. Se derribaron las casas de materiales ligeros, mediante el concurso de un cuerpo de caballería para cargar sobre los dueños en el caso de que se sublevasen: hubo muchos llantos y muchas lamentaciones pero la cosa no pasó de allí. Los curiosos, entre ellos Simoun, fueron a ver a los que se quedaban sin hogar, paseándose indiferentes y se dijeron que en adelante podían dormir tranquilos.

A fines de abril, olvidados ya todos los temores, Manila solo se ocupaba de un acontecimiento. Era la fiesta que don Timoteo Peláez iba a dar en las bodas de su hijo, de quien el general, gracioso y condescendiente, se prestaba a ser el padrino. Decíase que Simoun había arreglado el asunto. El casamiento se celebraría dos días antes de la marcha de su Excelencia; ésta honraría la casa y haría un regalo al novio. Susurrábase que el joyero derramaría cascadas de brillantes, arrojaría a puñados perlas, en obsequio al hijo de su asociado y que, no pudiendo dar ninguna fiesta en su casa por no tener una propia y por ser solterón, aprovecharía la ocasión para sorprender al pueblo filipino con una sentida despedida. Toda Manila se preparaba para ser invitada; nunca la inquietud se apoderó con más vigor de los ánimos como ante el pensamiento de no ser de los convidados. Se disputaban la buena amistad de Simoun, y muchos maridos, obligados por sus esposas, compraron barras de hierro y piezas de zinc para hacerse amigos de don Timoteo Peláez.

XXXIII. LA ÚLTIMA RAZÓN

Al fin llegó el día.

Simoun, desde la mañana, no había salido de su casa, ocupado en poner en orden sus armas y sus alhajas. Su fabulosa riqueza estaba ya encerrada en la gran maleta de acero con funda de lona. Quedaban pocos estuches que contenían brazaletes, alfileres, sin duda regalos que esperaba hacer. Iba a partir al fin con el capitán general, que de ninguna manera quiso prolongar su mando, temeroso del qué dirán de las gentes. Los maliciosos insinuaban que Simoun no se arriesgaba a quedarse solo, que, perdido su apoyo, no quería exponerse a las venganzas de tantos explotados y desgraciados, con tanto más motivo cuanto que el general que iba a venir, pasaba por ser un modelo de rectitud y acaso le haga devolver cuanto había ganado. Los indios supersticiosos, en cambio, creían que Simoun era el diablo que no quería separarse de su presa. Los pesimistas hacían un guiño malicioso y decían:

—Talado el campo, se va a otra parte la langosta.

Solo algunos, muy pocos, sonreían y callaban.

A la tarde, Simoun había dado orden a su criado para que si se presentaba un joven que se llamaba Basilio, le hiciese entrar enseguida. Después encerróse en su aposento y pareció sumido en profundas reflexiones. Desde su enfermedad, el rostro del joyero se había vuelto más duro y más sombrío, se había profundizado mucho la arruga entre ceja y ceja. Parecía algo encorvado; la cabeza ya no se mantenía erguida, se doblaba. Estaba tan absorto en su meditación que no oyó llamar a la puerta. Los golpes tuvieron que repetirse. Simoun se estremeció:

—¡Adelante! —dijo.

Era Basilio, pero, ¡quantum mutatus! Si el cambio operado en Simoun durante los dos meses era grande, en el joven estudiante era espantoso. Sus mejillas estaban socavadas, desaliñado el traje, despeinado. Había desaparecido la dulce melancolía de sus ojos; en ellos brillaba una llama oscura; diríase que había muerto y su cadáver resucitaba horrorizado de lo que había visto en la eternidad. Si no el crimen, su siniestra sombra se extendía por toda su figura. El mismo Simoun se espantó y sintió compasión por el desgraciado.

Basilio, sin saludar, avanzó lentamente y en voz que hizo estremecerse al joyero, dijo:

—Señor Simoun, he sido mal hijo y mal hermano; he olvidado el asesinato del uno y las torturas de la otra ¡y Dios me ha castigado! Ahora no me queda más que una voluntad para devolver mal por mal, crimen por crimen, ¡violencia por violencia!

Simoun le escuchaba silencioso.

—Hace cuatro meses —continuó Basilio—, me hablaba usted de sus proyectos; he rehusado tomar parte, y he hecho mal; usted ha tenido razón. Hace tres meses y medio la revolución estaba a punto de estallar, tampoco he querido tomar parte y el movimiento ha fracasado. En pago de mi conducta he sido preso y solo debo mi libertad a las instancias de usted. Usted ha tenido razón y ahora vengo a decirle: ¡arme mi brazo y que la revolución estalle! ¡Estoy dispuesto a servirle con todos los desgraciados!

La nube que oscurecía la frente de Simoun se disipó de repente, un rayo de triunfo brilló en sus ojos, y cual si hubiese encontrado lo que buscaba, exclamó:

—¡Tengo razón, sí, tengo razón! el derecho me asiste, la justicia está de mí parte, porque mi causa es la de los desgraciados... ¡Gracias, joven, gracias! Usted viene a disipar mis dudas, a combatir mis vacilaciones...

Simoun se había levantado y su semblante estaba radiante: el ardor que le animaba cuando, cuatro meses antes, explicaba a Basilio sus proyectos en el bosque de sus antepasados, reaparecía en su fisonomía como un rojo crepúsculo después de un nublado día.

—Sí —continuó—; el movimiento ha fracasado y me han desertado muchos porque me vieron abatido vacilar en el supremo instante: ¡conservaba algo en mi corazón, no era dueño de todos mis sentimientos y amaba todavía...! Ahora todo está muerto en mí, ¡y ya no hay cadáver sagrado cuyo sueño tenga que respetar! Ya no habrá vacilaciones; ¡usted mismo, joven ideal, paloma sin hiel, comprende la necesidad, se viene a mí y me excita a la acción! ¡Algo tarde abre usted sus ojos! Entre usted y yo hubiéramos combinado y ejecutado planes maravillosos: ¡yo arriba, en las altas esferas, esparciendo la muerte entre perfumes y oro, embruteciendo a los viciosos y corrompiendo o paralizando a los pocos buenos, y usted abajo, en el pueblo, entre los jóvenes, evocando la vida entre sangre y lágrimas! Nuestra obra, en vez de ser sangrienta y bárbara, habría sido piadosa, perfecta, artística ¡y de seguro que el éxito habría coronado nuestros esfuerzos! Pero ninguna inteligencia me ha querido secundar; miedo o afeminamiento he encontrado en las clases ilustradas, egoismo en las ricas, candidez en la juventud, iy solo en las montañas, en los destierros, en la clase miserable he encontrado a mis hombres! ¡Pero no importa! ¡si no podemos sacar una acabada estatua, pulida en todos sus detalles, del bloc grosero que desbastaremos se encargarán los que han de venir!

Y cogiendo del brazo a Basilio que le escuchaba sin comprenderle en todo, le condujo al laboratorio donde encerraba sus productos químicos.

Sobre una mesa se encontraba una gran caja de chagrín oscuro, parecida a las que contienen las vajillas de plata que se regalan entre sí los ricos y los soberanos. Simoun la abrió y descubrió, sobre fondo de raso rojo, una lámpara de forma muy original. El recipiente lo figuraba una granada, grande como la cabeza de un hombre, algo rajada, dejando ver los granos del interior, figurados por enormes cornalinas. La corteza era de oro oxidado e imitaba perfectamente hasta las rugosidades de la fruta.

Simoun la sacó con mucho cuidado, y retirando el mechero, descubrió el interior del depósito: el casco era de acero, grueso como dos centímetros y podía contener algo más de un litro. Basilio le interrogaba con la mirada: nada comprendía.

Sin entrar en explicaciones, Simoun sacó cuidadosamente de un armario un frasco y enseñó al joven la fórmula escrita encima.

—¡Nitro-glicerina! —murmuró Basilio, retrocediendo y retirando instintivamente las manos—. ¡Nitro-glicerina! ¡Dinamita!

Y creyendo comprender, se le erizaron los cabellos.

—¡Sí, nitro-glicerina! —repitió lentamente Simoun con su sonrisa fría y contemplando con delicia el frasco de cristal—; ¡es algo más que nitro-glicerina! ¡Son lágrimas concentradas, odios comprimidos, injusticias y agravios! Es la suprema razón del débil, fuerza contra fuerza, violencia contra violencia... Hace un momento vacilaba yo, ¡pero usted ha venido y me ha convencido!

¡Esta noche volarán pulverizados los tiranos más peligrosos, los tiranos irresponsables, los que se ocultan detrás de Dios y del Estado, y cuyos abusos permanecen impunes porque nadie los puede fiscalizar! ¡Esta noche oirá Filipinas el estallido, que convertirá en escombros el informe monumento cuya podredumbre he apresurado!

Basilio estaba atontado: sus labios se movían sin producir sonido, sentía que se le paralizaba la lengua, se le secaba el paladar. Por primera vez veía el poderoso líquido, de que tanto había oído hablar, como destilado en sombras por hombres sombríos, en guerra abierta contra la sociedad. Ahora lo tenía delante, trasparente y algo amarillento, vertiéndose con infinito cuidado en el seno de la artística granada. Simoun se le aparecía como el genio de las *Mil y una noches* que sale del seno del mar: adquiría proporciones gigantescas, tocaba el cielo con la cabeza, hacía estallar la casa y sacudía toda la ciudad con un movimiento de sus espaldas. La granada tomaba las proporciones de una colosal esfera, y la rajadura, una risa infernal, por donde se escapaban brasas y llamas. Por primera vez Basilio se dejaba llevar del espanto y perdía su sangre fría por completo.

Simoun, entretanto, atornillaba sólidamente un curioso y complicado aparato, ponía el tubo de cristal, la bomba, y coronaba el todo con una elegantísima pantalla. Después se alejó a cierta distancia para contemplar el efecto, inclinando la cabeza ya a un lado ya a otro para mejor juzgar de su aspecto y magnificencia.

Y viendo que Basilio le miraba con ojos interrogadores a la vez que recelosos, repuso:

—Esta noche habrá una fiesta y esa lámpara se colocará en medio de un pequeño kiosko-comedor que he mandado hacer al efecto. La lámpara dará una luz brillante que bastará ella sola para iluminarlo todo, mas, al cabo de veinte minutos la luz se oscurecerá, y entonces, cuando quieran subir la mecha, detonará una cápsula de fulminato de mercurio, la granada estallará y con ella el comedor, en cuyo techo y en cuyo suelo he escondido sacos de pólvora para que nadie se pueda salvar...

Hubo un momento de silencio: Simoun contemplaba su aparato y Basilio apenas respiraba.

—De manera que mi concurso es inútil —observó el joven.

—No, usted tiene otra misión que cumplir —contestó Simoun pensativo—; a las nueve la máquina habrá estallado y la detonación se habrá oído en las comarcas próximas, en los montes, en las cavernas. El movimiento que yo había combinado con los artilleros ha fracasado por falta de dirección y simultaneidad. Esta vez no será así. Al oírse el estallido, los miserables, los oprimidos, los que vagan perseguidos por la fuerza saldrán armados y se reunirán con Cabesang Tales en Santa Mesa para caer sobre la ciudad; en cambio, los militares a quienes he hecho creer que el general simula un alzamiento para tener motivos de permanecer, saldrán de sus cuarteles dispuestos a disparar sobre cualesquiera que designare. El pueblo entretanto, alebrestado, y creyendo llegada la hora de su degüello, se levantará dispuesto a morir, y como no tiene armas ni está organizado, usted con algunos otros se pondrá a su cabeza y los dirigirá a los almacenes del chino Quiroga en donde guardo mis fusiles. Cabesang Tales y yo nos reuniremos en la ciudad y nos apoderaremos de ella, y usted en los arrabales ocupará los puentes, se hará fuerte, estará dispuesto a venir en nuestra ayuda y pasará a cuchillo no solo a la contrarrevolución, ¡sino a todos los varones que se nieguen a seguir con las armas!

—¿A todos? —balbuceó Basilio con voz sorda.

—¡A todos! —repitió con voz siniestra Simoun—, a todos, indios, mestizos, chinos, españoles, a todos los que se encuentren sin valor, sin energía... ¡Es menester renovar la raza! ¡padres cobardes solo engendrarán hijos esclavos y no vale la pena destruir para volver a edificar con podridos materiales! ¿Qué? ¿se estremece usted? ¿Tiembla, teme sembrar la muerte? ¿Qué es la muerte? ¿Qué significa una hecatombe de veinte mil desgraciados? ¡Veinte mil miserias menos, y millones de miserables salvados en su origen! No vacila el más tímido gobernante en dictar una ley que ha de producir la miseria y la lenta agonía de miles y miles de súbditos, prósperos, trabajadores, felices tal vez, para satisfacer un capricho, una ocurrencia, el orgullo, ¿y usted se estremece porque en una noche han de terminar para siempre las torturas morales de muchos ilotas, porque un pueblo paralítico y viciado ha de morir para dar paso a otro nuevo, joven, activo, lleno de energía? ¿Qué es la muerte? ¡La nada o un sueño! ¿Serán sus pesadillas comparables a la realidad de torturas de toda una miserable generación? ¡Importa destruir lo malo, matar al dragón para bañar en su sangre al pueblo nuevo y hacerle robusto e invulnerable! ¿Qué otra cosa es la inexorable ley de la naturaleza, ley de lucha en que el débil tiene que sucumbir para que no se perpetúe la viciada especie y la creación camine al retroceso? ¡Fuera, pues, femeniles preocupaciones! ¡Cúmplanse las leyes eternas, ayudémoslas y pues que la tierra es tanto más fecunda cuanto más se abona con sangre, y los tronos más seguros cuanto más cimentados en crímenes y cadáveres, no haya vacilación, no haya duda! ¿Qué es el dolor de la muerte? La sensación de un momento, acaso confuso, acaso agradable como el tránsito de la vigilia al sueño... ¿Qué se destruye? ¡Un mal, el sufrimiento, yerbas raquíticas para plantar en su lugar otras lozanas! ¿Llamará usted a eso destruir? Yo lo llamaría crear, producir, sustentar, vivificar...

Tan sangrientos sofismas, dichos con convicción y frialdad, anonadaban al joven, cuya inteligencia debilitada por más de tres meses de cárcel y cegada por la pasión de la venganza, no estaba en disposición para analizar el fondo moral de las cosas. En vez de replicar que el hombre más malo o pusilánime siempre es algo más que la planta, porque tiene un alma y una inteligencia que, por viciadas o embrutecidas que pudiesen estar, se pueden redimir; en vez de contestar que el hombre no tiene derecho de disponer de la vida de nadie en provecho de nadie, y que el derecho a la vida reside en cada individuo como el derecho a la libertad y a la luz; en vez de replicar que si es abuso en los gobiernos castigar en el reo las faltas o crímenes, en que ellos le han precipitado por incuria o torpeza, cuanto más lo sería en un hombre, por grande y por desgraciado que fuere, castigar en el pobre pueblo las faltas de sus gobiernos y antepasados, en vez de decir que Dios solo puede tentar tales medios, que Dios puede destruir porque puede crear, ¡Dios que tiene en su mano la recompensa, la eternidad y el porvenir para justificar sus actos y el hombre nunca! en vez de estos raciocinios, Basilio solo opuso una vulgar observación:

—¡Qué dirá el mundo, a la vista de tanta carnicería?

—¡El mundo aplaudirá como siempre, dando la razón al más fuerte, al más violento! —contestó con su sonrisa cruel Simoun—. Europa ha aplaudido cuando las naciones del occidente sacrificaron en América millones de indios y no por cierto para fundar naciones mucho más morales ni más pacíficas; allí está el Norte con su libertad egoísta, su ley de Lynch, sus engaños políticos; ¡allí está el Sur con sus repúblicas intranquilas, sus revoluciones bárbaras, guerras civiles, pronunciamientos, como en su madre España! Europa ha aplaudido cuando la poderosa Portugal despojó a las islas Molucas, aplaude cuando Inglaterra destruye en el Pacífico las razas primitivas para implantar la de sus emigrados. Europa aplaudirá como se aplaude al fin de un drama, al fin de una tragedia: ¡el vulgo se fija poco en el fondo, solo mira el efecto! Hágase bien el crimen y será admirado y tendrá más partidarios que los actos virtuosos, llevados a cabo con modestia y timidez.

—Perfectamente —repuso el joven—; ¿qué me importa al fin y al cabo que aplaudan o censuren, cuando ese mundo no se cuida de los oprimidos, de los pobres y de las débiles mujeres? ¿Qué consideraciones he de guardar con la sociedad cuando ella no ha guardado ninguna conmigo?

—Así me gusta —dijo triunfante el tentador.

Y sacando de un cajón un revólver, se lo entregó diciendo:

—A las diez espéreme frente a la iglesia de San Sebastián para recibir mis últimas instrucciones. ¡Ah! A las nueve debe usted encontrarse lejos, ¡muy lejos de la calle Anloague!

Basilio examinó el arma, la cargó y guardó en el bolsillo interior de su americana. Se despidió con un seco:

—¡Hasta luego!

XXXIV. LAS BODAS

Una vez en la calle, Basilio pensó en qué podía ocuparse hasta que llegase la fatal hora; no eran más que las siete. Era la época de las vacaciones y todos los estudiantes estaban en sus pueblos. Isagani era el único que no quiso retirarse, pero había desaparecido desde aquella mañana y no se sabía su paradero. Esto le habían dicho a Basilio, cuando al salir de la cárcel fue a visitar a su amigo para pedirle hospitalidad. Basilio no sabía a donde ir, no tenía dinero, no tenía nada fuera del revólver. El recuerdo de la lámpara ocupaba su imaginación; dentro de dos horas tendría lugar la gran catástrofe y, al pensar en ello, le parecía que los hombres que desfilaban delante de sus ojos pasaban sin cabeza: tuvo un sentimiento de feroz alegría al decirse que, hambriento y todo, aquella noche iba él a ser temible, que de pobre estudiante y criado, acaso el Sol le viera terrible y siniestro, de pie sobre pirámide de cadáveres, dictando leyes a todos aquellos que pasaban delante en sus magníficos coches. Rióse como un condenado, y palpó la culata del revólver: las cajas de cartuchos estaban en sus bolsillos.

Se le ocurrió una pregunta ¿dónde principiaría el drama? En su aturdimiento, no se le había ocurrido preguntarlo a Simoun, pero Simoun le había dicho que se alejase de la calle de Anloague.

Entonces tuvo una sospecha; aquella tarde, al salir de la cárcel se había dirigido a la antigua casa de capitán Tiago para buscar sus pocos efectos, y la había encontrado trasformada y preparada para una fiesta; ¡eran las bodas de Juanito Peláez! Simoun hablaba de fiesta.

En esto vio pasar delante de sí una larga fila de coches, llenos de señores y señoras conversando con animación; creyó distinguir dentro grandes ramilletes de flores, pero no paró atención en ello. Los coches se dirigían hacia la calle del Rosario y, por encontrarse con los que bajaban del puente de España, tenían que detenerse a menudo e ir lentamente. En uno vio a Juanito Peláez al lado de una mujer, vestida de blanco con un velo transparente: en ella reconoció a Paulita Gómez.

—¡La Paulita! —exclamó sorprendido.

Y viendo que en efecto era ella, en traje de novia, con Juanito Peláez, como si viniesen de la iglesia.

—¡Pobre Isagani! —murmuró—, ¿qué se habrá hecho de él?

Pensó unos instantes en su amigo, alma grande, generosa, y mentalmente se preguntó si no sería bueno comunicarle el proyecto, pero mentalmente se contestó también que Isagani nunca querría tomar parte en semejante carnicería... A Isagani no le habían hecho lo que a él.

Después pensó en que sin la prisión, él sería novio o marido en aquellas horas, licenciado en Medicina, viviendo y curando en un rincón de su provincia. La sombra de Juli, destrozada en su caída, cruzó por su imaginación; llamas oscuras de odio encendieron sus pupilas, y de nuevo acarició la culata del revólver sintiendo no llegase ya la terrible hora. En esto vio que Simoun salió de la puerta de su casa con la caja de la lámpara, cuidadosamente envuelta, entró en un coche que siguió la fila de los que acompañaban a los novios. Basilio, para no perder de vista a Simoun, quiso fijarse en el cochero, y con asombro reconoció en él al desgraciado que le había conducido a San Diego, a Sinong el apaleado de la Guardia Civil, al mismo que le enteraba en la cárcel de cuanto había sucedido en Tianì.

Conjeturando que la calle Anloague iba a ser el teatro, allá se dirigió el joven, apresurando el paso y adelantándose a los coches. En efecto, se dirigían todos a la antigua casa de capitán Tiago: ¡allí se reunían en busca de un baile para danzar por el aire! Basilio se rió al ver las parejas de la Guardia Veterana que hacían el servicio. Por su número se podía adivinar la importancia de la fiesta y de los invitados. La casa rebosaba de gente, derramaba torrentes de luz por sus ventanas; el zaguán estaba alfombrado y lleno de flores; allá arriba, acaso en su antiguo y solitario aposento, tocaba ahora la orquesta aires alegres, que no apagaban del todo el confuso tumulto de risas, interpelaciones y carcajadas. Don Timoteo Peláez llegaba al pináculo de la fortuna, y la realidad sobrepujaba sus ensueños. Casaba, al fin, a su hijo con la riquísima heredera de los Gómez, y gracias al dinero que Simoun le había prestado, había alhajado regiamente aquella gran casa, comprada en la mitad de su valor, daba en ella una espléndida fiesta, y las primeras divinidades de Olimpo manileño iban a ser sus huéspedes, para dorarle con la luz de su prestigio. Ocurríansele desde aquella mañana, con la persistencia de una cantata en boga, unas vagas frases que había leído en sus comuniones: «¡Ya es llegada la hora dichosa! ¡Ya se acerca el momento feliz! Pronto se cumplirán en ti las admirables palabras de Simoun: Vivo yo, mas no yo sino que el capitán general vive en mí», etc. ¡El capitán general, padrino de su hijo! No asistía en verdad al casamiento; don Custodio le representaba, pero vendría a cenar, y traería un regalo de boda, una lámpara que ni la de Aladín... —entre bastidores— Simoun daba la lámpara. Timoteo, ¿qué quieres más?

La transformación que había sufrido la casa de capitán Tiago era considerable; se había empapelado de nuevo ricamente; el humo y el olor del opio desaparecieron por completo. La inmensa sala, ensanchada aun por los colosales espejos que multiplicaban al infinito las luces de las arañas, estaba toda alfombrada: alfombra tenían los salones de Europa, y aunque el piso era brillantísimo y de anchas tablas, alfombra debía tener también el suyo pues ino faltaba más! La rica sillería de capitán Tiago había desaparecido, en su lugar se veía otra, estilo Luis XV; grandes cortinas de terciopelo rojo, bordadas de oro, con las iniciales de los novios y sujetas por guirnaldas de azahar artificiales, pendían de los portiers y barrían el suelo con sus anchos flecos, de oro igualmente. En los ángulos se veían enormes vasos de Japón, alternando con otros de Sèvres, de un azul oscuro purísimo, colocados sobre pedestales cuadrados de madera tallada. Lo único que no estaba bien eran los cromos chillones con que don Timoteo había sustituido los antiguos grabados y las litografías de santos de capitán Tiago. Simoun no le pudo disuadir; el comerciante no quería cuadros al óleo, no vaya alguno a atribuirlos a artistas filipinos... iél, sostener a artistas filipinos, nunca! en ello le iba la paz y acaso la vida, iy él sabía como hay que bogar en Filipinas! Verdad es que había oído hablar de pintores extranjeros como Rafael, Murillo, Velázquez, pero no sabía cómo dirigirse a ellos, y luego puede que salgan algo sediciosos... Con cromos no se arriesgaba nada, los filipinos no los hacían, le salían más baratos, el efecto parecía el mismo, si no mejor, ilos colores más brillantes y muy fina la ejecución! iVaya si don Timoteo sabía como arreglarse en Filipinas!

La gran caída, adornada toda de flores, se había convertido en comedor: una gran mesa en medio para treinta personas, y alrededor, pegadas a las paredes, otras pequeñitas para dos y tres. Ramilletes de flores, pirámides de frutas entre cintas y luces, cubrían los centros. El cubierto del novio estaba señalado por un ramo de rosas, el de la novia por otro de azahar y azucenas. Ante tanto lujo y tanta flor se imagina uno que ninfas de ropaje ligero y amorcillos con alas irisadas iban a servir néctar y ambrosía a huéspedes aéreos, al son de liras y eolias arpas.

Sin embargo, la mesa para los grandes dioses no estaba allí, estaba servida allá en medio de la ancha azotea, en un elegantísimo kiosko, construido expresamente para el acto. Una celosía de madera dorada, por donde trepan olorosas enredaderas, ocultaba el interior a los ojos del vulgo sin impedir la libre circulación del aire, para mantener la frescura necesaria en aquella estación. Un elevado entarimado levantaba la mesa sobre el nivel de las otras en que iban a comer los simples mortales, y una bóveda, decorada por los mejores artistas, protegería los augustos cráneos de las miradas envidiosas de las estrellas.

Allí no había más que siete cubiertos; la vajilla era de plata maciza, mantel y servilletas de finísimo lino, vinos, los más caros y exquisitos. Don Timoteo buscó lo más raro y costoso y no habría vacilado ante un crimen si le hubiesen dicho que el capitán general gustaba de comer carne humana.

XXXV. LA FIESTA

«Danzar sobre un volcán.»

A la siete de la noche fueron llegando los convidados: primero, las divinidades menores, pequeños empleados, jefes de negociado, comerciantes, etc., con los saludos más ceremoniosos y los aires más graves, al principio, como si fueran recién aprendidos: tanta luz, tanta cortina y tanto cristal imponían algo. Después se familiarizaban y se daban disimulados puñetazos, palmaditas en el vientre y algunos hasta se administraron familiares pescozones. Algunos, es verdad, adoptaban cierta actitud desdeñosa para hacer ver que estaban acostumbrados a cosas mejores, ¡vaya, si lo estaban! Diosa hubo que bostezó encontrando todo cursi y diciendo que tenía gazuza; otra que riñó con su dios, haciendo un gesto con el brazo para darle una manotada. Don Timoteo saludaba por aquí, por allá; enviaba una sonrisita, hacía un movimiento de cintura, un retroceso, media vuelta, vuelta entera, etc., tanto que otra diosa no pudo menos de decir a su vecina, al amparo del abanico:

—¡Chica, que filadelfio está el tío! ¡*Mia* que paese un fantoche!

Después, llegaron los novios, acompañados de doña Victorina y toda la comitiva. Felicitaciones, apretones de manos, palmaditas protectoras al novio, miradas insistentes, lascivas, anatómicas para la novia, por parte de ellos; por parte de ellas, análisis del traje, del aderezo, cálculo del vigor, de la salud, etc.

—¡Psíquis y Cupido presentándose en el Olimpo! —pensó Ben Zayb y se grabó la comparación en la mente para soltarla en mejor ocasión.

El novio tenía en efecto la fisonomía truhanesca del dios del amor, y con un poco de buena voluntad se podía tomar por aljaba la joroba en su máximum, que la severidad del frac no llegaba a ocultar.

Don Timoteo empezaba a sentir dolores de cintura, los callos de sus pies se irritaban poco a poco, su cuello se cansaba y ¡faltaba aún el capitán general! Los grandes dioses, entre ellos el padre Irene y el padre Salví, habían llegado ya, es verdad, pero aún faltaba el trueno gordo. Estaba inquieto, nervioso; su corazón latía violentamente, tenía ganas de desahogar una necesidad, pero había primero que saludar, sonreír, y después iba y no podía, se sentaba, se levantaba, no oía lo que le decían, no decía lo que se le ocurría. Y mientras tanto, un dios aficionado le hacía observaciones sobre sus cromos, se los criticaba asegurándole que manchaban las paredes.

—¡Manchaban las paredes! —repetía don Timoteo sonriendo con ganas de arañarle—; ¡pero si están hechos en Europa y son los más caros que me he podido procurar en Manila! ¡Manchaban las paredes!

Y don Timoteo se juraba cobrar al día siguiente todos los vales que del crítico tenía en su almacén.

Se oyeron pitadas, galopar de caballos, ¡al fin!

—¡El general!

—¡El capitán general!

Pálido de emoción, se levantó don Timoteo disimulando el dolor de sus callos, y acompañado de su hijo y de algunos dioses mayores, bajó a recibir al Magnum Jovem. Se le fue el dolor de cintura ante las dudas que en el momento le asaltaron: ¿debía modelar una sonrisa o afectar gravedad? ¿Debía alargar la mano o esperar a que el general le ofrezca la suya? ¡Carambas! ¿Cómo no se le había ocurrido nada del asunto para consultar con su gran amigo Simoun? Para ocultar su emoción preguntó en voz baja, muy quebrada a su hijo:

—¿Has preparado algún discurso?

—Ya no se estilan discursos, papá, ¡y con éste menos!

Llegó Júpiter en compañía de Juno, convertida en un castillo de fuegos artificiales: brillantes en el tocado, brillantes al cuello, en los brazos, en los hombros, ¡en todas partes! Lucía un magnífico traje de seda, con larga cola, bordada de flores de realce.

S. E. tomó realmente posesión de la casa, como se lo suplicó balbuceando don Timoteo. La orquesta tocó la marcha real, y la divina pareja subió majestuosamente la alfombrada escalera.

La gravedad de S. E. no era afectada; acaso por primera vez, desde que llegó a las Islas, se sentía triste; algo de melancolía velaba sus pensamientos. Aquel era el último triunfo de sus tres años de soberano, y dentro de dos días, para siempre iba descender de tan elevada altura. ¿Qué dejaba detrás de sí? S. E. no volvía la cabeza y prefería mirar hacia delante, ¡hacia el porvenir! Se llevaba una fortuna consigo, grandes cantidades depositadas en los Bancos de Europa le esperaban, tenía hoteles, pero había lastimado a muchos, tenía muchos enemigos en la Corte, ¡el alto empleado le esperaba allá! Otros generales se enriquecieron como él rápidamente, y ahora estaban arruinados. ¿Por qué no se quedaba más tiempo como se lo aconsejaba Simoun? No, la delicadeza ante todo. Los saludos, además, no eran ya profundos como antes; notaba miradas insistentes, y hasta displicencia; y él contestaba con afabilidad y hasta ensayaba sonrisas.

—¡Se conoce que el Sol está en su ocaso! —observó el padre Irene al oído de Ben Zayb—; ¡muchos le miran ya frente a frente!

¡Carambas con el cura! precisamente iba él a decir eso.

—Chica —murmuró al oído de su vecina la que llamó fantoche a don Timoteo—, ¿has visto qué falda?

—¡Uy! ¡las cortinas del Palacio!

—¡Calla! ¡y es verdad! Pues se llevan todo. ¡Verás como se hace un abrigo con las alfombras!

—¡Eso no prueba más sino que tiene ingenio y gusto! —observó el marido, reprendiendo a su esposa con una mirada—; ¡las mujeres deben ser económicas!

Todavía le dolía al pobre dios la cuenta de la modista.

—¡Hijo! dame cortinas de a 12 pesos la vara y ¡verás si me pongo estos trapos! —replicó picada la diosa—; ¡Jesús! ¡hablarás cuando tengas tan espléndidos predecesores!

Entretanto Basilio, delante de la casa, confundido entre la turba de curiosos, contaba las personas que bajaban de los coches. Cuando vio tanta gente alegre, confiada; cuando vio al novio y a la novia, seguida de su cortejo de jovencitas inocentes y candorosas, y pensó que iban a encontrar allí una muerte horrible, tuvo lástima y sintió que se amortiguaba su odio.

Tuvo deseos de salvar a tantos inocentes, pensó escribir y dar parte a la justicia; pero un coche vino y bajaron el padre Salví y el padre Irene, ambos muy contentos, y como nube pasajera, se desvanecieron sus buenos propósitos.

—¡Qué me importa? —se dijo— ¡que paguen los justos con los pecadores!

Y luego añadió para tranquilizar sus escrúpulos:

—Yo no soy delator, yo no debo abusar de la confianza que en mí ha depositado. Yo le debo a él más que a todos ésos; él cavó la tumba de mi madre; ¡esos la mataron! ¿Qué tengo que ver con ellos? Hice todo lo posible para ser bueno, útil; he procurado olvidar y perdonar; ¡sufrí toda imposición y solo pedía me dejasen en paz! Yo no estorbaba a nadie... ¿Qué han hecho de mí? ¡Que vuelen sus miembros destrozados por el aire! ¡Bastante hemos sufrido!

Después vio bajar a Simoun llevando en brazos la terrible lámpara, le vio atravesar el zaguán lentamente, con la cabeza baja y como reflexionando. Basilio sintió que su corazón latía débilmente, que sus pies y manos se enfriaban y que la negra silueta del joyero adquiría contornos fantásticos, circundados de llamas. Allá se detenía Simoun al pie de la escalera y como dudando; Basilio no respiraba. La vacilación duró poco: Simoun levantó la cabeza, subió resueltamente las escaleras y desapareció.

Parecióle entonces al estudiante que la casa iba a estallar de un momento a otro y que paredes, lámparas, convidados, tejado, ventanas, orquesta, volaban lanzados por los aires como un puñado de brasas en medio de una detonación infernal; miró en torno suyo y creyó ver cadáveres en lugar de curiosos; los veía mutilados, le pareció que el aire se llenaba de llamas, pero la serenidad de su juicio triunfó de aquella alucinación pasajera que el hambre favorecía y se dijo:
—Mientras no baje, no hay peligro. ¡Aún no ha llegado el capitán general!
Y procuró aparecer sereno dominando el temblor convulsivo de sus piernas, y trató de distraerse pensando en otras cosas. Alguien se burlaba de él en su interior y le decía:
—Si tiemblas ahora, antes de los momentos supremos, ¿cómo te portarás cuando veas correr sangre, arder las casas y silbar las balas?
Llegó S. E., pero el joven no se fijó en él: observaba la cara de Simoun que era uno de los que habían bajado para recibirle, y leyó en la implacable fisonomía la sentencia de muerte de todos aquellos hombres, y entonces nuevo terror se apoderó de él. Tuvo frío, se apoyó contra el muro de la casa y, fijos los ojos en las ventanas y atentos los oídos, quiso adivinar lo que podía pasar. Vio en la sala la multitud rodeando a Simoun, y contemplando la lámpara; oyó varias felicitaciones, exclamaciones de admiración; las palabras «comedor, estreno» se repitieron varias veces; vio al general sonreírse y conjeturó que se estrenaría aquella misma noche según la previsión del joyero y, por cierto, en la mesa donde iba a cenar Su Excelencia. Simoun desapareció, seguido de una multitud de admiradores.

En aquel momento supremo su buen corazón triunfó, olvidó sus odios, olvidóse de Julî, quiso salvar a los inocentes y decidido, suceda lo que suceda, atravesó

277

la calle y quiso entrar. Pero Basilio había olvidado que iba miserablemente vestido; el portero le detuvo, le interpeló groseramente, y al ver su insistencia, le amenazó con llamar a una pareja de la Veterana. En aquel momento bajaba Simoun ligeramente pálido. El portero dejó a Basilio para saludar al joyero como si pasase un santo. Basilio comprendió en la expresión de la cara que dejaba para siempre la casa fatal y que la lámpara ya estaba encendida. Alea jacta est. Presa del instinto de conservación, pensó entonces en salvarse. Podía ocurrírsele a cualquiera por curiosidad mover el aparato, sacar la mecha y entonces, estallaría y todo sería sepultado. Todavía oyó a Simoun que decía al cochero:

—¡Escolta, pica!

Azorado y temiendo oír de un momento a otro la terrible explosión, Basilio se dio toda la prisa que podía para alejarse del maldito sitio: sus piernas le parecían que no tenían la agilidad necesaria, sus pies resbalaban contra la acera como si anduviesen y no se moviesen, la gente que encontraba le cerraba el camino y antes de dar veinte pasos creía que habían pasado lo menos cinco minutos. A cierta distancia tropezó con un joven que de pie, con la cabeza levantada, miraba fijamente hacia la casa. Basilio reconoció a Isagani.

—¿Qué haces aquí? —preguntóle—. ¡Ven!

Isagani le miró vagamente, se sonrió con tristeza y volvió a mirar hacia los balcones abiertos, al través de los cuales se veía la vaporosa silueta de la novia, cogida del brazo del novio, alejándose lánguidamente.

—¡Ven, Isagani! ¡Alejémonos de esa casa, ven! —decía en voz ronca Basilio cogiéndole del brazo.

Isagani le apartaba dulcemente ¡y seguía mirando con la misma dolorosa sonrisa en los labios!

—¡Por Dios, alejémonos!

—¿Por qué alejarme? ¡Mañana ya no será ella!

Había tanto dolor en aquellas palabras que Basilio se olvidó por un segundo de su terror.

—¿Quieres morir? —preguntó.

Isagani se encogió de hombros y siguió mirando.

Basilio trató de arrastrarle de nuevo.

—¡Isagani, Isagani, óyeme, no perdamos tiempo! Esa casa está minada, va a saltar de un momento a otro, por una imprudencia, una curiosidad... ¡Isagani, todo perecerá bajo sus ruinas!

—¿Bajo sus ruinas? —repitió Isagani como tratando de comprender sin dejar de mirar a la ventana.

—¡Sí, bajo sus ruinas, sí, Isagani! ¡por Dios, ven! ¡te lo explicaré después, ven! otro que ha sido más desgraciado que tú y que yo, los ha condenado... ¿Ves esa luz blanca, clara, como luz eléctrica, que parte de la azotea? ¡Es la luz de la muerte! Una lámpara cargada de dinamita, en un comedor minado... ¡estallará y ni una rata se escapará con vida, ven!

—¡No! —contestó Isagani moviendo tristemente la cabeza—; quiero quedarme aquí, quiero verla por última vez... ¡mañana ya será otra cosa!

—¡Cúmplase el destino! —exclamó entonces Basilio alejándose a toda prisa.

Isagani vio que su amigo se alejaba con la precipitación que denotaba un verdadero terror y siguió mirando hacia la fascinadora ventana, como el caballero de Toggenburg esperando que se asome la amada, de que nos habla Schiller. En aquel momento la sala estaba desierta; todos se habían ido a los comedores. A Isagani se le ocurrió que los terrores de Basilio podían ser fundados. Recordó su cara aterrada, él que en todo conservaba su sangre fría y empezó a reflexionar. Una idea apareció clara a su imaginación: la casa iba a volar y Paulita estaba allí, Paulita iba a morir de una muerte espantosa...

Ante esta idea todo lo olvidó: celos, sufrimientos, torturas morales; el generoso joven solo se acordó de su amor. Sin pensar en sí, sin detenerse, dirigióse a la casa y gracias a su traje elegante y a su aire decidido, pudo franquear fácilmente la puerta.

Mientras estas cortas escenas pasaban en la calle, en el comedor de los dioses mayores, circulaba de mano en mano un pedazo de pergamino donde se leían escritas en tinta roja estas fatídicas palabras:

Mane Thecel Phares.
Juan Crisóstomo Ibarra

—¿Juan Crisóstomo Ibarra? ¿Quién es ése? —preguntó S. E. pasando el papel al vecino.

—¡Vaya una broma de mal gusto! —repuso don Custodio—: ¡firmar el papel con el nombre de un filibusterillo, muerto hace más de diez años!

—¡¡Filibusterillo!!

—¡Es una broma sediciosa!

—Habiendo señoras...

El padre Irene buscaba al bromista y vio al padre Salví, que estaba sentado a la derecha de la condesa, ponerse pálido como su servilleta mientras con los ojos desencajados contemplaba las misteriosas palabras. ¡La escena de la esfinge se le presentó en la memoria!

—¿Qué hay, padre Salví? —preguntó—; ¿está usted reconociendo la firma de su amigo?

El padre Salví no contestó; hizo ademán de hablar y sin apercibirse de lo que hacía, se pasó por la frente la servilleta.

—¿Qué le pasa a V. R.?

—¡Es su misma escritura! —contestó en voz baja, apenas inteligible—; ¡es la misma escritura de Ibarra!

Y recostándose contra el respaldo de su silla, dejó caer los brazos como si le faltasen las fuerzas.

La inquietud convirtióse en terror; se miraron unos a otros sin decirse una sola palabra. S. E. quiso levantarse, pero temiendo lo atribuyeran a miedo, se dominó y miró en torno suyo. No había soldados: los criados que servían le eran desconocidos.

—Sigamos comiendo, señores —repuso—, ¡y no demos importancia a una broma!

Pero su voz, en vez de tranquilizar, aumentó la inquietud; la voz temblaba.

—Supongo que ese Mane thecel phares, ¿no querrá decir que seremos asesinados esta noche? —dijo don Custodio.

Todos se quedaron inmóviles.

—Pero pueden envenenarnos...

Soltaron los cubiertos.

La luz en tanto principió a oscurecerse poco a poco.

—La lámpara se apaga —observó el general inquieto—; ¿quiere usted subir la mecha, padre Irene?

En aquel momento, con la rapidez del rayo, entró una figura derribando una silla y atropellando un criado y, en medio de la sorpresa general, se apoderó de la lámpara, corrió a la azotea y la arrojó al río. Todo pasó en un segundo: el comedor se quedó a oscuras.

La lámpara ya había caído en el agua cuando los criados pudieron gritar:

—¡Ladrón, ladrón! precipitándose también a la azotea.

—¡Un revólver! —gritó uno—; ¡pronto un revólver! ¡Al ladrón!

Pero la sombra, más ágil aún, ya había montado sobre la balaustrada de ladrillo y antes que pudiesen traer una luz se precipitaba al río, dejando oír un ruido quebrado al caer en el agua.

XXXVI. APUROS DE BEN ZAYB

Inmediatamente que se enteró del acontecimiento cuando trajeron luces y vio las poco correctas posturas de los dioses sorprendidos, Ben Zayb, lleno de indignación y ya con la aprobación del fiscal de imprenta, fue corriendo a su casa —un entresuelo en donde vivía en república con otros— para escribir el artículo más sublime que jamás se haya leído bajo el cielo de Filipinas: el capitán general se marcharía desconsolado si antes no se enteraba de sus ditirambos y esto, Ben Zayb que tenía buen corazón, no lo podía permitir. Hizo pues el sacrificio de la cena y del baile y no se durmió aquella noche.

¡Sonoras exclamaciones de espanto, de indignación, fingir que el mundo se había venido abajo y las estrellas, las eternas estrellas, chocaban unas con otras! Después una introducción misteriosa, llena de alusiones, reticencias..., luego el relato del hecho y la peroración final. Multiplicó los giros, agotó los eufemismos para describir la caída de espaldas y el tardío bautismo de salsa que recibió S. E. sobre la olímpica frente; elogió la agilidad con que recobró la posición vertical, poniendo la cabeza donde antes estaban las piernas y viceversa; entonó un himno a la Providencia por haber velado solícita por tan sagrados huesos y el párrafo resultó tan delicado, que S. E. aparecía como un héroe y caía más alto, como dijo Victor Hugo. Estuvo escribiendo, borrando, añadiendo y limando para que, sin faltar a la verdad —este era su especial mérito de periodista— resultase todo épico, grande para los siete dioses, cobarde y bajo para el desconocido ladrón, «que se había ajusticiado a sí mismo, espantado y convencido en el mismo instante de la enormidad de su crimen». Interpretó el acto del padre Irene de meterse debajo de la mesa, por «arranque de valor innato, que el hábito de un Dios de paz y mansedumbre, llevado toda la vida, no había podido amortiguar»; el padre Irene quería lanzarse sobre el criminal y tomando la línea recta pasó por el submesáneo. De paso habló de túneles submarinos, mencionó un proyecto de don Custodio, recordó la ilustración y los largos viajes del sacerdote. El desmayo del padre Salví era el dolor excesivo que se apoderó del virtuoso franciscano, viendo el poco fruto que sacaban los indios de sus piadosos sermones; la inmovilidad y el espanto de los otros comensales, entre ellos el de la condesa que «sostuvo» (se agarró) al padre Salví, eran serenidad y sangre fría de héroes, avezados al peligro en medio del cumplimiento de sus deberes, al lado de quienes los senadores romanos, sorprendidos por los galos invasores, eran nerviosas muchachuelas que se asustan ante cucarachas pintadas. Después y para formar contraste, la pintura del ladrón: miedo, locura, azoramiento, torva mirada, facciones desencajadas y ¡fuerza de la superioridad moral de la raza! ¡Su respeto religioso al ver allí congregados a tan augustos personajes! Y venía entonces de perilla una larga imprecación, una arenga, una declamación contra la perversión de las buenas costumbres, de ahí la necesidad de erigir un tribunal militar permanente, «la declaración del estado de sitio dentro del estado de sitio ya declarado, una legislación especial, represiva, enérgica, porque es de todo punto necesario, ¡es de imperiosa urgencia hacer ver a los malvados y criminales que si el corazón es generoso y paternal para los sumisos y obedientes a la ley, la mano es fuerte, firme, inexorable, severa y dura para los que contra toda razón faltan a ella e insultan las sagradas instituciones de la patria! Sí, señores, esto lo exige no solo el bien de estas islas, no solo el bien de la humanidad entera, sino también el nombre de España, la honra del nombre español, el prestigio del pueblo ibero, porque ante todas las cosas españoles somos y la bandera de España», etc., etc., etc.

Y terminaba el artículo con esta despedida:

«¡Vaya tranquilo el bravo guerrero, que con mano experta rigió los destinos de este país en épocas tan calamitosas! ¡Vaya tranquilo a respirar las balsámicas brisas del Manzanares! ¡Nosotros aquí nos quedaremos como fieles centinelas para venerar su memoria, admirar sus sabias disposiciones, y vengar el infame atentado contra su espléndido regalo, que hemos de encontrar aun cuando tengamos que secar los mares! ¡Tan preciosa reliquia será para este país eterno monumento de su esplendor, sangre fría y bravura!»

Así terminaba algo confuso el artículo y antes que amaneciese, lo envió a la redacción ya con la previa autorización del censor. Y se durmió como Napoleón después de haber dispuesto el plan de la batalla de Jena.

Le despertaron al amanecer con las cuartillas devueltas y una nota del director, diciendo que S. E. había prohibido severa y terminantemente se hablase del asunto y encargado se desmintiese cuantos comentarios y versiones corrieran, dándolos todos por cuentos, exageraciones y consejas.

Para Ben Zayb aquello era matarle a un hijo tan guapo y tan valiente, nacido y criado con tanto dolor y fatiga y ¿dónde encajar ahora la soberbia catilinaria, la exhibición espléndida de aprestos bélico-justicieros? Y pensar que dentro de un mes o dos iba él a dejar Filipinas, y el artículo no tendría salida en España, porque ¿cómo decir aquello contra los criminales de Madrid si allí imperan otras ideas, se buscan circunstancias atenuantes, se pesan los hechos, hay jurados, etc., etc.? Artículos como los suyos eran, como ciertos aguardientes envenenados que se fabrican en Europa, buenos para vendidos entre los negros, good for negroes, con la diferencia de que si los negros no los beben no se destruyen, mientras que los artículos de Ben Zayb, léanlos o no los filipinos, producían sus efectos.

—¡Si al menos se cometiese otro crimen mañana o pasado! —decía.

Y ante el pensamiento de aquel hijo muerto antes de impreso, capullos helados, y sintiendo que sus ojos se humedecían, se vistió para ver al director. El director se encogió de hombros: S. E. lo había prohibido, ¡porque si se llegaba a divulgar que siete dioses mayores se dejaron robar y sorprender por un cualquiera mientras blandían tenedores y cuchillos, peligraba la integridad de la Patria! Y así encargaba no se buscase ni la lámpara ni al ladrón y recomendaba a sus sucesores no se arriesgasen a comer en ninguna casa particular, sin estar rodeados de alabarderos y guardias. Y como los que aquella noche supieron algo de los acontecimientos en casa de don Timoteo eran en su mayor parte empleados y militares, no era difícil desmentir el hecho en público: se trataba de la integridad de la patria. Ante este nombre, Ben Zayb bajó la cabeza lleno de heroísmo, pensando en Abraham, Guzmán el Bueno o, cuando menos, en Brutus y otros antiguos héroes de la historia.

Tanto sacrificio no podía quedar sin recompensa. El dios de los periodistas estaba satisfecho de Abraham-Ben Zayb.

Casi al mismo tiempo vino el ángel gacetillero trayendo el cordero bajo la forma de un asalto, cometido en una quinta a orillas del Pásig, en donde ciertos frailes pasaban la época del calor. ¡Aquella era la ocasión y Abraham-Ben Zayb alabó a su dios!

—Los bandidos sacaron más de 2.000 pesos, dejaron mal herido a un religioso y a dos criados... El cura se defendió como pudo detrás de una silla, que quedó rota en sus manos...

284

—¡Espere, espere! —decía Ben Zayb tomando notas—; cuarenta o cincuenta tulisanes traidoramente... revólvers, bolos, escopetas, pistolas... león esgrimiendo, silla... astillas... herido bárbaramente... 10.000 pesos... Y entusiasmado y no contento con los detalles, se trasladó él mismo al sitio de la ocurrencia, componiendo en el camino la descripción homérica del combate. ¿Una arenguita en boca del jefe? ¿Una frase de desprecio en boca del religioso? Todas las metáforas y comparaciones, aplicadas a S. E., al padre Irene y al padre Salví, vendrían de molde para el religioso herido, y la descripción del ladrón para cada uno de los malhechores. En la imprecación podía extenderse más, podía hablar de religión, de la fe, de la caridad, del toque de las campanas, de lo que los indios deben a los frailes, enternecerse y diluirse en frases y lirismos castelarinos. Las señoritas de la capital le leerían y dirían:

—Ben Zayb, ¡bravo como un león y tierno como un cordero!

Cuando llegó al sitio de la ocurrencia, con gran sorpresa suya encontró que el herido no era otro que el padre Camorra, castigado por su provincial a espiar en la quinta de placer, a orillas del Pásig, sus travesuras de Tianì. Tenía una pequeña herida en la mano, una contusión en la cabeza al caerse de espaldas; los ladrones eran tres e iban armados de bolos; la cantidad robada, 50 pesos.

—¡No puede ser! —decía Ben Zayb—; cállese usted... ¡no sabe lo que se dice!

—¡Que no lo he de saber, puñales!

—¡No sea usted tonto...! los ladrones debían ser más...

—¡Hombre! el chupa-tintas éste...

Tuvieron un buen altercado. Lo principal para Ben Zayb era no soltar el artículo, dar proporciones al hecho para que resulte la peroración.

Cortó la discusión un susurro. Los ladrones cogidos habían hecho declaraciones importantes. Uno de los tulisanes de Matangláwin (Cabesang Tales) les había dado cita para reunirse con su banda en Santa Mesa, para saquear los conventos y las casas de los ricos... Les guiaría un español, alto, moreno, de cabellos blancos, que decía obraba por orden del general, de quien era muy amigo; se les había asegurado además que la artillería y varios regimientos se les reunirían, por lo que no debían tener miedo ninguno. Los tulisanes serían indultados, y la tercera parte del botín les correspondería. La señal debiendo ser un cañonazo, y habiéndolo esperado en vano, los tulisanes creyéndose burlados, unos se retiraron, otros volvieron a sus montañas prometiendo vengarse del español, que por segunda vez había faltado a su palabra. Ellos entonces, los ladrones cogidos, quisieron hacer algo por su cuenta y atacaron la quinta que hallaron más a mano, prometiendo dar religiosamente las dos terceras partes del botín al español de cabellos blancos si acaso las reclamaba. Coincidiendo las señas con las de Simoun, la declaración fue recibida como un absurdo y al ladrón le aplicaron toda serie de torturas, la máquina eléctrica inclusive, por aquella impía blasfemia. Mas, la noticia de la desaparición del joyero habiendo llamado la atención de toda la Escolta, y habiéndose encontrado sacos de pólvora y grande cantidad de cartuchos en su casa, la declaración tuvo visos de verdad y empezó el misterio a rodear poco a poco el asunto, envolviéndose en nebulosidades, se habló cuchicheando, tosiendo, con miradas recelosas, puntos suspensivos, y muchas frases huecas de ocasión. Los que fueron iniciados no acababan de salir de su asombro, sacaban caras largas, palidecían y poco faltó para que muchos perdieran la razón al descubrirse ciertas cosas que habían pasado desapercibidas.

—¡De buena nos hemos librado! ¿Quién iba a decir...?

A la tarde, Ben Zayb, con los bolsillos llenos de revólvers y cartuchos, fue a visitar a don Custodio, que encontró trabajando de firme en un proyecto contra alhajeros americanos. Murmuró al oído del periodista, en voz quedísima y entre las dos palmas de la mano, palabras misteriosas.

—¿De veras? —preguntó Ben Zayb llevándose las manos a los bolsillos, mientras palidecía visiblemente.

—Y donde le encuentren...

Terminó la frase con una mímica expresiva. Levantó ambos brazos a la altura de la cara, el derecho más encogido que el izquierdo, vueltas las palmas de la mano hacia el suelo, cerró un ojo y haciendo dos movimientos de avance.

—¡Psst, psst! —silbó.

—¿Y los brillantes? —preguntó Ben Zayb.

—Si se le encuentran...

E hizo otra mímica con los dedos de la mano derecha, haciéndolos girar de delante atrás y de fuera adentro, en movimiento de abanico que se cierra, de algo que se recoge, de aspas que giran barriendo imaginarios objetos para sí, con hábil escamoteo. Ben Zayb respondió por otra mímica, abriendo mucho los ojos, arqueando las cejas y sorbiendo ávidamente el aire, como si el aire alimenticio ya se hubiese descubierto.

—¡¡¡Jhs!!!

XXXVII. EL MISTERIO

Todo se sabe.

No obstante, a pesar de tantas precauciones, los rumores llegaron hasta el público, si bien bastante alterados y mutilados. Eran el tema de los comentarios de la noche siguiente en casa de la rica familia de Orenda, comerciante en alhajas en el industrioso arrabal de Santa Cruz. Los numerosos amigos de la casa solo se ocupaban de ello. No se jugaba al tres-siete, ni se tocaba el piano, y la pequeña Tinay, la menor de todas las señoritas, se aburría sola jugando a la chongka, sin poderse explicar el interés que despiertan los asaltos, las conspiraciones, los sacos de pólvora, habiendo tantos hermosos sigayes en las siete casetas que parece le guiñan a una y le sonríen con sus boquitas entreabiertas para que los suba en la casa madre o iná: Isagani que, cuando venía, jugaba con ella y se dejaba engañar lindamente, no acudía a sus llamamientos, Isagani escuchaba sombrío y silencioso lo que el platero Chichoy contaba. Momoy, el novio de la Sensia, la mayor de las de Orenda, hermosa y viva joven aunque algo burlona, había dejado la ventana donde solía pasar las noches en coloquio amoroso. Esto contrariaba mucho al loro cuya jaula pendía del alero, loro favorito de la casa por tener la habilidad de saludar por las mañanas a todo el mundo con maravillosas frases de amor. Capitana Loleng, la activa e inteligente capitana Loleng tenía su libro de cuentas abierto pero sin leerlo ni escribir nada en él; no fijaba la atención en los platos, llenos de perlas sueltas, ni en los brillantes; aquella vez se olvidaba y era toda oídos. Su mismo marido, el gran capitán Toringoy, transformación del nombre Domingo, el más feliz del arrabal, sin más ocupaciones que la de vestirse bien, comer, pasearse y charlar mientras toda su familia trabaja y se afana, no se iba a la tertulia, escuchando entre medroso y emocionado las horripilantes noticias del delgaducho Chichoy.

Y no había para menos. Chichoy había ido a entregar unos trabajos para don Timoteo Peláez, un par de pendientes para la recién casada, a la sazón en que demolían el kiosko que en la noche anterior había servido de comedor a las primeras autoridades. Aquí Chichoy se ponía pálido y sus cabellos se erizaban. —¡Nakú! —decía—; sacos de pólvora, sacos de pólvora debajo del suelo, en el techo, debajo de la mesa, dentro de los asientos, ¡en todas partes! ¡Fortuna que ninguno de los trabajadores fumaba!

—Y ¿quién ha puesto esos sacos de pólvora? —preguntaba Capitana Loleng, que era valiente y no palidecía como el enamorado Momoy. Momoy había asistido a la boda y se comprende su póstuma emoción. Momoy había estado cerca del kiosko.

—Es lo que nadie podía explicarse —contestó Chichoy—; ¿quién tenía interés en turbar la fiesta? No podía haber más que uno, decía el célebre abogado señor Pasta que estaba de visita, o un enemigo de don Timoteo o un rival de Juanito... Las señoritas de Orenda se volvieron instintivamente hacia Isagani: Isagani se sonrió en silencio.

—¡Escóndase usted! —le dijo Capitana Loleng—; pueden calumniarle... ¡escóndase usted!

Isagani volvió a sonreírse y no contestó nada.

—Don Timoteo —prosiguió Chichoy, no sabía a quien atribuir el hecho—; él mismo había dirigido los trabajos, él y su amigo Simoun, y nadie más. La casa se alborotó, vino el teniente de la Veterana, y después de encargar a todos el secreto, me despidieron. Pero...

—Pero... pero... —balbuceaba Momoy temblando.

—¡Nakú! —dijo la Sensia mirando a su novio y temblando también al recuerdo de que había estado en la fiesta—; este señorito... si llegaba a estallar...

Y miraba a su novio con ojos iracundos y admiraba su valor.

—Si llegaba a estallar...

—¡No quedaba nadie vivo en toda la calle de Anloague! —añadió capitán Toringoy afectando valor e indiferencia a los ojos de su familia.

—Yo me retiraba consternado —prosiguió Chichoy—, pensando en que si solamente una chispa, un cigarrillo, se hubiese caído o se hubiese derramado una lámpara, ¡a la hora presente no tendríamos ni general, ni arzobispo, ni nada, ni empleados siquiera! Todos los que estaban anoche en la fiesta, ¡pulverizados!

—¡Virgen Santísima! Este señorito...

—¡susmariosep! —exclamó Capitana Loleng—; todos nuestros deudores estaban allí; ¡susmariosep! ¡Y allí cerca tenemos una finca! ¿Quién podrá ser?...

—Ahora lo sabrán ustedes —añadió Chichoy en voz baja—, pero es menester que guarden el secreto. Esta tarde me encontré con un amigo, escribiente en una oficina, y hablando del asunto, me ha dado la clave: lo ha sabido por unos empleados... ¿Quién creen ustedes que ha puesto los sacos de pólvora?

Muchos se encogieron de hombros; solo capitán Toringoy miró de soslayo a Isagani.

—¿Los frailes?

—¿El chino Quiroga?

—¿Algún estudiante?

—¿Makaraig?

Capitán Toringoy tosía y miraba a Isagani.

Chichoy sacudió la cabeza sonriendo.

—¡El joyero Simoun!

—¡¡¡Simoun!!!

Un silencio, producido por el asombro, sucedió a estas palabras. Simoun, el espíritu negro del capitán general, el riquísimo comerciante en cuya casa iban para a comprar piedras sueltas, ¡Simoun que recibía a las señoritas de Orenda con mucha finura y les decía finos cumplidos! Por lo mismo que la versión parecía absurda, fue creída. Credo quia absurdum, decía San Agustín.

—Pero Simoun, ¿no estaba anoche en la fiesta? —preguntó Sensia.

—Sí —dijo Momoy—, ¡pero ahora me acuerdo! Dejó la casa en el momento en que íbamos a cenar. Se marchó para sacar su regalo de bodas.

—¿Pero no era amigo del general? ¿no era socio de don Timoteo?

—Sí, se hizo socio para dar el golpe y matar a todos los españoles.

—¡Ya! —dijo Sensia—; ¡ahora lo veo!

—¿Cual?

—Ustedes no querían creer a tía Tentay. Simoun es el diablo que tiene compradas las almas de todos los españoles... ¡tía Tentay lo decía!

Capitana Loleng se santiguó, miró inquieta hacia las piedras temiendo verlas convertidas en brasas; capitán Toringoy se quitó el anillo que había venido de Simoun.

—Simoun ha desaparecido sin dejar huellas —añadió Chichoy—; La Guardia Civil le busca.

—¡Sí! —dijo Sensia—; ¡que busquen al demonio!

Y se santiguó. Ahora se explicaban muchas cosas, la riqueza fabulosa de Simoun, el olor particular de su casa, olor a azufre. Binday, otra de las señoritas de Orenda, cándida y adorable muchacha, se acordaba de haber visto llamas azules en la casa del joyero una tarde en que, en compañía de la madre, habían ido a comprar piedras.

Isagani escuchaba atento, sin decir una palabra.

—¡Por eso, anoche...! —balbuceó Momoy.

—¿Anoche? —repitió Sensia entre curiosa y celosa.

Momoy no se decidía, pero la cara que le puso Sensia le quitó el miedo.

—Anoche, mientras cenábamos, hubo un alboroto; la luz se apagó en el comedor del general. Dicen que un desconocido robó lámpara que había regalado Simoun.

—¿Un ladrón? ¿Uno de la Mano Negra?

Isagani se levantó y se puso a pasear.

—¿Y no le cogieron?

—Saltó al río; nadie ha podido verle. Unos dicen que era español, otros que chino, otros, indio...

—Se cree que con esa lámpara —repuso Chichoy, se iba a encender toda la casa, la pólvora...

Momoy volvió a estremecerse, pero habiendo visto que Sensia se había apercibido de su miedo, quiso arreglarlo.

—¡Qué lástima! —exclamó haciendo un esfuerzo—; ¡qué mal ha hecho el ladrón! Hubieran muerto todos...

Sensia le miró espantada; las mujeres se persignaron: capitán Toringoy que tenía miedo a la política, hizo ademán de alejarse. Momoy acudió a Isagani.

—Siempre es malo apoderarse de lo que no es suyo —contestó Isagani con enigmática sonrisa—; si ese ladrón hubiese sabido de qué se trataba y hubiese podido reflexionar, ¡de seguro que no lo habría hecho!

Y añadió después de una pausa:

—¡Por nada del mundo quisiera estar en su lugar!

Y así siguieron comentando y haciendo conjeturas.

Una hora después, Isagani se despedía de la familia para retirarse para siempre al lado de su tío.

XXXVIII. FATALIDAD

Matangláwin era el terror de Luzón. Su banda tan pronto aparecía en una provincia donde menos se la esperaba como hacía irrupción en otra que se preparaba a resistirle. Quemaba un trapiche en Batangas, devastaba los sembrados; al día siguiente asesina al juez de Paz de Tianì, al otro sorprenderá un pueblo en Cavite y se apoderará de las armas del tribunal. Las provincias del centro, desde Tayabas hasta Pangasinan, sufrían de sus depredaciones y su nombre sangriento llegaba hasta Albay, en el sur, y en el norte, hasta Kagayan. Desarmados los pueblos por la desconfianza de un gobierno débil, caían en sus manos como fáciles presas; a su aproximación, los agricultores abandonaban sus campos, los ganados se diezmaban y un rastro de sangre y fuego marcaba su paso. Matangláwin se burlaba de todas las medidas severas que se dictaban contra los tulisanes: de ellas solo sufrían los habitantes de los barrios, que cautivaba o maltrataba si se le resistían, o si pactaban con él eran azotados o desterrados por el gobierno, si es que al destierro llegaban y no sufrían en el camino un mortal accidente. Gracias a esta terrible alternativa, muchos campesinos se decidían a alistarse bajo su mando.

Merced a este régimen de terror, el comercio de los pueblos agonizante ya, moría por completo. El rico no se atrevía a viajar, y el pobre temía ser preso por la Guardia Civil quien, obligada a perseguir a los tulisanes, cogía muchas veces al primero que encontraba y le sometía a torturas indecibles. En su impotencia, el gobierno hacía alardes de vigor en las personas que le parecían sospechosas, para que, a fuerza de crueldad, los pueblos no conociesen su flaco, el miedo que dictaba tales medidas.

Un cordón de estos infelices sospechosos, seis o siete, atados codo con codo y maniatados como racimo de carne humana, marchaba una siesta por un camino que costeaba un monte, conducido por diez o doce guardias, armados de fusiles. Hacía un calor extraordinario. Las bayonetas brillaban al Sol, el cañón de los fusiles se calentaba y las hojas de salvia, puestas en los capacetes, apenas bastaban para amortiguar los efectos del mortífero Sol de mayo. Privados del uso de sus brazos y pegados unos a otros para economizar cuerda, los presos marchaban casi todos descubiertos y descalzos: el que mejor, tenía un pañuelo atado en torno de la cabeza. Jadeantes, miserables, cubiertos de polvo que en lodo convertía el sudor, sentían derretirse sus cerebros, flotar luces en el espacio, manchas rojas en el aire. La extenuación y el desaliento estaban pintados en el semblante, la desesperación, la ira, algo indefinible, mirada de moribundo que maldice, de hombre que reniega de la vida, de sí mismo, que blasfema contra Dios... Los más resistentes bajaban la cabeza, frotaban la cara contra las sucias espaldas del que va delante para enjugarse el sudor que les cegaba; muchos cojeaban. Si alguno, al caerse, entorpecía la marcha, oíase un insulto y un soldado venía blandiendo una rama, arrancada de un árbol, y le obligaba a levantarse, pegando a diestro y a siniestro. El cordón corría entonces arrastrando al caído que se revolcaba en el polvo y aullaba pidiendo la muerte: por casualidad conseguía levantarse, ponerse de pie, y entonces seguía su camino llorando como un niño y maldiciendo la hora en que le concibieron.

El racimo humano se detenía a veces mientras sus conductores bebían, y después proseguía su camino con la boca seca, el cerebro oscuro y el corazón lleno de maldiciones. La sed era lo de menos para aquellos desgraciados.

—¡Adelante, hijos de p-! —gritaba el soldado, vigorizado de nuevo, lanzando el insulto común en la clase baja de los filipinos.

Y silbaba la rama y caía sobre una espalda cualquiera, la más próxima, a veces sobre un rostro, dejando una marca primero blanca, roja después, y más tarde sucia gracias al polvo del camino.

—¡Adelante, cobardes! —gritaba a veces en español ahuecando mucho la voz.

—¡Cobardes! —repetían los ecos del monte.

Y los cobardes apresuraban su marcha bajo el cielo de hierro caldeado, por un camino que quema, hostigados por la nudosa rama que se desmenuza sobre la acardenalada piel. ¡El frío de la Siberia sería quizás más clemente que el Sol de mayo en Filipinas!

Sin embargo, entre los soldados había uno que miraba con malos ojos tantas crueldades inútiles: marchaba silencioso, las cejas fruncidas como disgustado. Al fin, viendo que el guardia, no satisfecho con la rama, daba de puntapiés a los presos que se caían, no se pudo contener y le gritó impaciente:

—Oye, Mautang, ¡déjalos andar en paz!

Mautang se volvió sorprendido.

—Y a ti ¿qué te importa, Carolino? —preguntó.

—A mí nada, ¡pero me dan pena! —contestó el Carolino—; ¡son hombres como nosotros!

—¡Como se ve que eres nuevo en el oficio! —repuso Mautang riendo compasivo—; ¿cómo tratábais, pues, a los presos en la guerra?

—¡Con más consideración, seguramente! —respondió el Carolino.

Mautang se quedó un momento silencioso y después como encontrando su réplica, repuso tranquilamente:

—¡Ah! es que aquellos son enemigos y embisten, mientras que éstos... ¡éstos son paisanos nuestros!

Y acercándose dijo al oído del Carolino:

—¡Qué simple eres! Se les trata así para que ensayen de rebelarse o escaparse y entonces... ¡pung!

El Carolino no contestó.

Uno de los presos suplicó que le dejasen descansar porque tenía que hacer una necesidad.

—¡El lugar es peligroso! —contestó el cabo, mirando inquieto al monte—; ¡súlung!

—¡Súlung! —repitió Mautang.

Y silbó la vara. El preso se retorció y le miró con ojos de reproche:

—¡Eres más cruel que el mismo español! —dijo el preso.

Mautang le replicó con otros golpes. Casi al mismo tiempo silbó una bala, seguida de una detonación: Mautang soltó el fusil, lanzó un juramento y llevándose ambas manos al pecho cayó girando sobre sí mismo. El preso le vio revolcándose en el polvo y arrojando sangre por la boca.

—¡Alto! —gritó el cabo poniéndose súbitamente pálido.

Los soldados se pararon y miraron en torno. Una ligera ráfaga de humo salía de unos matorrales en la altura. Silbó otra bala, oyóse otra detonación y el cabo herido en el muslo se dobló lanzando blasfemias. La columna estaba atacada por hombres que se escondían entre las peñas de la altura.

El cabo, sombrío de ira, señaló hacia el racimo de presos y dijo:

—¡Fuego!

Los presos cayeron de rodillas, llenos de consternación. Como no podían levantar las manos, pedían gracia besando el polvo o adelantando la cabeza: quien hablaba de sus hijos, quien de su madre que se quedaba sin amparo;

el uno prometía dinero, el otro invocaba a Dios, pero ya los cañones se habían bajado y una horrorosa descarga los hizo enmudecer.

Entonces empezaron los tiroteos contra los que estaban en la altura, que se coronó poco a poco de humo. A juzgar por éste y por la lentitud de los tiros, los enemigos invisibles no debían contar más que con tres fusiles. Los guardias en tanto avanzaban y disparaban, se escondían detrás de los troncos de los árboles, se acostaban y procuraban ganar la altura. Saltaban pedazos de rocas, se desgajaban ramas de árboles, se levantaban pedazos de tierra. El primer guardia que intentó trepar, cayó rodando herido por una bala en el hombro. El enemigo invisible tenía la ventaja de la posición; los valientes guardias que no sabían huir, estaban a punto de cejar, pues se detenían y no querían avanzar. Aquella lucha contra lo invisible les aterraba. No veían más que humo y rocas: ninguna voz humana, ninguna sombra: diríase que luchaban contra la montaña.

—¡Vamos, Carolino! ¡Dónde está esa puntería, p-! —gritó el cabo.

En aquel momento un hombre apareció sobre una roca haciendo gestos con el fusil.

—¡Fuego a ése! —gritó el cabo lanzando una sucia blasfemia.

Tres guardias obedecieron pero el hombre siguió de pie; hablaba a gritos pero no se le entendía.

El Carolino se detuvo, creyendo reconocer a alguien en aquella silueta que bañaba la luz del Sol. Pero el cabo le amenazaba con ensartarle si no disparaba. El Carolino apuntó y se oyó una detonación. El hombre de la roca giró sobre sí mismo y desapareció lanzando un grito que dejó aturdido al Carolino.

Un movimiento se produjo en la espesura como si los que la ocupaban se dispersasen en todas direcciones. Los soldados entonces empezaron a avanzar, libres de toda resistencia. Otro hombre apareció sobre una peña blandiendo una lanza; los soldados dispararon, y el hombre se dobló poco a poco, se agarró a una rama; otro disparo, y cayó de bruces sobre la roca.

Los guardias treparon ágilmente, calando la bayoneta, dispuestos a un combate cuerpo a cuerpo; el Carolino era el único que marchaba perezoso, con la mirada extraviada, sombría, pensando en el grito del hombre al caer derribado por su bala. El primero que llegó a la altura se encontró con un viejo moribundo, tendido sobre la roca; metióle la bayoneta en el cuerpo, pero el viejo no pestañeó: tenía la mirada fija en el Carolino, una mirada indefinible y con la huesuda mano le señalaba algo detrás de las rocas.

Los soldados se volvieron y vieron al Carolino espantosamente pálido, la boca abierta y con la mirada en que flotaba el último destello de la razón. El Carolino, que no era otro que Tanò, el hijo de Cabesang Tales, que volvía de Carolinas, reconocía en el moribundo a su abuelo, a Tandang Selo, que, como no le podía hablar, le decía por los agonizantes ojos todo un poema de dolor. Y cadáver ya, seguía aún señalando algo detrás de las rocas...

XXXIX

En su solitario retiro, a orillas del mar, cuya movible superficie se descubría al través de las abiertas ventanas extendiéndose a lo lejos hasta confundirse con el horizonte, el padre Florentino distraía su soledad tocando en su armónium aires graves y melancólicos, a que servían de acompañamiento el sonoro clamoreo de las olas y el murmullo de las ramas del vecino bosque. Notas largas, llenas, plañideras como las de una plegaria sin dejar de ser varoniles, se escapaban del viejo instrumento; el padre Florentino que era un acabado músico, improvisaba y como se encontraba solo, daba rienda suelta a las tristezas de su corazón.

En efecto, el anciano estaba muy triste. Su buen amigo, don Tiburcio de Espadaña, acababa de dejarle huyendo de la persecución de su mujer. Aquella mañana había recibido una cartita de un teniente de la Guardia Civil que decía:

Mi querido Capellán: Acabo de recibir del comandante un telegrama que dice: *español escondido casa padre Florentino cojera remitirá vivo muerto.* Como el telegrama es bastante expresivo, prevéngale al amigo para que no esté allí cuando le vaya a prender a las ocho de la noche.

Suyo afmo.

Pérez.

Queme la carta.

—E... e... esta Victorina, ¡esta Victorina! —había tartamudeado don Tiburcio—; e... e... es capaz de hacerme afusilar.

El padre Florentino no le pudo detener: en vano le hizo observar que la palabra cojera querrá decir cogerá; que el español escondido no debe ser don Tiburcio sino el joyero Simoun, que hace dos días había llegado, herido y como fugitivo, pidiendo hospitalidad. Don Tiburcio no se dejó convencer; cojera era su propia cojera, sus señas personales; eran intrigas de Victorina que le quería tener a toda costa vivo o muerto, como desde Manila había escrito Isaganl. Y el pobre Ulises dejó la casa del sacerdote para esconderse en la cabaña de un leñador.

Ninguna duda abrigaba el padre Florentino de que el español buscado era el joyero Simoun. Había llegado misteriosamente, cargando él mismo con su maleta, sangrando, sombrío y muy abatido. Con la libre y afectuosa hospitalidad filipina, acogióle el clérigo sin permitirse indiscreciones, y como los acontecimientos de Manila no habían llegado aún a sus oídos, no se explicaba claramente aquella situación. La única conjetura que se le ocurría era que, habiéndose ya marchado el general, el amigo y protector del joyero, probablemente los enemigos de éste, los atropellados, los lastimados, se levantaban ahora clamando venganza, y el general interino le perseguiría para hacerle soltar las riquezas que había acumulado. ¡De ahí la huida! Pero y sus heridas ¿de dónde provenían? ¿Había intentado suicidarse? ¿Eran efecto de venganzas personales? ¿Eran sencillamente causadas por una imprudencia, como pretendía Simoun? ¿Las había recibido huyendo de la fuerza que le perseguía? Esta última conjetura era la que se le presentaba con más visos de probabilidad. Contribuían a robustecerla el telegrama hace poco recibido y la voluntad decidida que había manifestado Simoun desde un principio de no ser tratado por el médico de la cabecera. El joyero solo aceptaba los cuidados de don Tiburcio y aún con marcada desconfianza. En este caso, se preguntaba el padre Florentino, ¿qué conducta debía él observar cuando la Guardia Civil le viniese a prender a Simoun? El estado del enfermo no permitía el movimiento y menos un largo viaje... Pero el telegrama decía vivo o muerto...

El padre Florentino dejó de tocar y se acercó a la ventana para contemplar el mar. La desierta superficie, sin un barco, sin una vela, nada le sugería. El islote que se distingue a lo lejos, solitario, solo le hablaba de su soledad y hacía más solitario el espacio. El infinito es a veces desesperadamente mudo.

Trataba el anciano de analizar la sonrisa triste e irónica con que Simoun recibió la noticia de que iba a ser preso. ¿Qué significaba aquella sonrisa? ¿Y la otra sonrisa, más triste y más irónica todavía, cuando supo que solo vendrían a las ocho de la noche? ¿Qué significaba aquel misterio? ¿Por qué se negaba Simoun a esconderse?

Se le venía a la memoria la célebre oración de San Juan Crisóstomo defendiendo al eunuco Eutropio: «¡Nunca fue como ahora oportuno decir: Vanidad de vanidades y todo vanidad!»

—Sí, aquel Simoun tan rico, tan poderoso, tan temido una semana antes, ahora, más desgraciado que Eutropio, buscaba asilo, y no en los altares de una iglesia, ¡sino en la miserable casa de un pobre clérigo indio, perdida en el bosque, en la orilla solitaria del mar! ¡Vanidad de vanidades y todo vanidad!

¡Y aquel hombre, dentro de breves horas, va a ser preso, arrancado del lecho donde yace, sin respeto a su estado, sin consideración a sus heridas, vivo o muerto le reclamaban sus enemigos! ¿Cómo salvarle? ¿Dónde encontrar los acentos conmovedores del obispo de Constantinopla? ¿Qué autoridad tenían sus pobres palabras, las palabras de un clérigo indio, cuya humillación aquel mismo Simoun en sus días de gloria parecía aplaudir y alentar?

El padre Florentino no se acordaba ya de la indiferente acogida que dos meses antes le había hecho el joyero, cuando quiso interesarle en favor de Isagani, preso por su exaltación imprudente; se olvidaba de la actividad que Simoun había desplegado para precipitar las bodas de Paulita, bodas que habían sumido a Isagani en una feroz misantropía, que ponía inquieto al tío: el padre Florentino lo olvidaba todo y solo se acordaba del estado del enfermo, de sus deberes de huésped, y se devanaba los sesos. ¿Debía esconderlo para evitar la acción de la justicia? Pero si el mismo interesado no se apuraba: sonreía...

En esto pensaba el buen anciano cuando un criado vino a advertirle que el enfermo le deseaba hablar. Pasó a la estancia inmediata, un limpio y bien ventilado aposento, con el pavimento hecho de anchas tablas brillantes y pulidas, amueblado sencillamente con grandes y pesados sillones, de forma antigua, sin barniz ni dibujos. Había en un extremo una gran cama de *kamagon* con sus cuatro columnas para sostener la corona del mosquitero y, al lado, una mesa cubierta de botellas, hilas y vendajes. Un reclinatorio a los pies de un Cristo y una pequeña biblioteca hacían sospechar que era el aposento del sacerdote, cedido a su huésped, según la costumbre filipina de ceder al forastero la mejor mesa, el mejor cuarto y la mejor cama de la casa. Al ver las ventanas abiertas en todo su largo para dejar entrada libre al aire sano del mar y los ecos de su eterno lamento, nadie en Filipinas diría que allí se encontraba un paciente, pues es costumbre de cerrar todas las ventanas y las más pequeñas rendijas tan pronto como alguno se acatarra o coge un dolor de cabeza insignificante.

El padre Florentino miró hacia la cama y con gran espanto suyo vio que la fisonomía del enfermo había perdido su expresión tranquila e irónica. Un dolor oculto parecía fruncir sus cejas, en la mirada se leía la ansiedad y sus labios se contraían en una sonrisa de dolor.

—¿Sufre usted, señor Simoun? —preguntó solícito el sacerdote acercándose.

—Algo, ¡pero dentro de poco, dejaré de sufrir! —contestó agitando la cabeza.

El padre Florentino juntó las manos aterrado, creyendo comprender una terrible verdad.

—¿Qué ha hecho usted, Dios mío? ¿Qué ha tomado usted? —y tendió la mano hacia las botellas.

—¡Es inútil! ¡no hay remedio ninguno! —contestó con dolorosa sonrisa—; ¿qué quería usted que hiciese? antes que den las ocho... Vivo o muerto... muerto sí, ¡pero vivo no!

—¡Dios mío, Dios mío! ¿Qué ha hecho usted?

—¡Cálmese usted! —le interrumpió el enfermo con un gesto—; lo hecho hecho está. No debo caer vivo en manos de nadie... pueden arrancarme el secreto. No se apure, no pierda la cabeza, es inútil... ¡Escúcheme! va a venir la noche y no hay tiempo que perder... necesito decirle mi secreto, necesito confiarle mi última voluntad... necesito que usted vea mi vida... En el momento supremo quiero aligerarme de un peso, quiero explicarme una duda... Usted que tanto cree en Dios... ¡quiero que me diga si hay un Dios!

—Pero un antídoto, señor Simoun... tengo apomorfina... tengo éter, cloroformo...

Y el sacerdote trataba de buscar un frasco hasta que Simoun, impaciente, gritó:

—Es inútil... ¡es inútil! ¡No pierda usted tiempo! ¡Me iré con mi secreto!

El clérigo, aturdido, se dejó caer sobre el reclinatorio, oró a los pies del Cristo ocultando la cara en las manos y después se levantó serio y grave como si hubiese recibido de su Dios toda la energía, toda la dignidad, toda la autoridad del Juez de las conciencias. Acercó un sillón a la cabecera del enfermo, y se dispuso a escuchar.

A las primeras palabras que le murmuró Simoun, cuando le dijo su verdadero nombre, el anciano sacerdote se echó para atrás y le miró con terror. El enfermo se sonrió amargamente. Cogido de sorpresa, el hombre no fue dueño de sí mismo, pero pronto se dominó y cubriéndose la cara con el pañuelo, volvió a inclinarse y a prestar atención.

Simoun contó su dolorosa historia, cómo, trece años antes, de vuelta de Europa, lleno de esperanzas y risueñas ilusiones, venía para casarse con una joven que amaba, dispuesto a hacer el bien y a perdonar a todos los que le han hecho mal, con tal que le dejasen vivir en paz. No fue así. Mano misteriosa le arrojó en el torbellino de un motín urdido por sus enemigos; nombre, fortuna, amor, porvenir, libertad, todo lo perdió y solo se escapó de la muerte gracias al heroísmo de un amigo. Entonces juró vengarse. Con las riquezas de su familia, enterradas en un bosque, escapóse, se fue al extranjero y se dedicó al comercio. Tomó parte en la guerra de Cuba, ayudando ya a un partido ya a otro, pero ganando siempre. Allí conoció al general, entonces comandante, cuya voluntad se captó primero por medio de adelantos de dinero y haciéndose su amigo después gracias a crímenes cuyo secreto el joyero poseía. Él, a fuerza de dinero le consiguió el destino y una vez en Filipinas se sirvió de él como de ciego instrumento y le impulsó a cometer toda clase de injusticias valiéndose de su inextinguible sed del oro.

La confesión fue larga y pesada, pero durante ella el confesor no volvió a dar ningún signo de espanto y pocas veces interrumpió al enfermo. Era ya de noche cuando el padre Florentino, enjugándose el sudor de rostro, se irguió y se puso a meditar. Reinaba en la habitación oscuridad misteriosa, que los rayos de la Luna, entrando por la ventana, llenaba de luces vagas y reflejos vaporosos.

En medio del silencio, la voz del sacerdote resonó triste, pausada, pero consoladora:

—Dios le perdonará a usted, señor... Simoun —dijo—; sabe que somos falibles, ha visto lo que usted ha sufrido, ¡y al permitir que usted halle el castigo de sus culpas recibiendo la muerte de mano de los mismos que ha instigado, podemos ver Su infinita misericordia! Él ha hecho abortar uno a uno sus planes, los mejor concebidos, primero con la muerte de María Clara, después por una imprevisión, y después misteriosamente... ¡acatemos Su voluntad y démosle gracias!

—Según usted —contestó débilmente el enfermo—, su voluntad sería que estas islas...

—¿Continuasen en el estado en que gimen? —concluyó el clérigo viendo que el otro se detenía—. No lo sé, señor; ¡no leo en el pensamiento del Inescrutable! Sé que no ha abandonado a los pueblos que en los momentos supremos se confiaron a Él y Le hicieron Juez de su opresión; sé que Su brazo no ha faltado nunca cuando, pisoteada la justicia y agotado todo recurso, el oprimido coge la espada y lucha por su hogar, por su mujer, por sus hijos, por sus inalienables derechos que, como dice el poeta alemán, ¡brillan inquebrantables e incólumes allá en la altura como las mismas eternas estrellas! No, Dios que es la justicia, no puede abandonar Su causa, ¡la causa de la libertad sin la cual no hay justicia posible!

—¿Por qué entonces me ha negado su apoyo? —preguntó la voz del enfermo, llena de amarga queja.

—¡Porque usted ha escogido un medio que Él no podía aprobar! —respondió el sacerdote con voz severa—: ¡la gloria de salvar a un país no la ha de tener el que ha contribuido a causar su ruina! Usted ha creído que lo que el crimen y la iniquidad han manchado y deformado, ¡otro crimen y otra iniquidad podían purificar y redimir! ¡Error! El odio no crea más que monstruos, el crimen, criminales; solo el amor lleva a cabo obras maravillosas, ¡solo la virtud puede salvar! No; si nuestro país ha de ser alguna vez libre, no lo será por el vicio y el crimen, no lo será corrompiendo a sus hijos, engañando a unos, comprando a otros, no; ¡redención supone virtud, virtud, sacrificio y sacrificio, amor!

—¡Bien! acepto su explicación —contestó el enfermo después de una pausa—; me he equivocado, pero, porque me he equivocado, ¿ese Dios ha de negar la libertad a un pueblo y ha de salvar a otros mucho más criminales que yo? ¿Qué es mi error al lado del crimen de los gobernantes? ¿Por qué ese Dios ha de tener más en cuenta mi iniquidad que los clamores de tantos inocentes? ¿Por qué no me ha herido y después hecho triunfar al pueblo? ¿Por qué dejar sufrir a tantos dignos y justos y complacerse inmóvil en sus torturas?

—¡Los justos y los dignos deben sufrir para que sus ideas se conozcan y se extiendan! Hay que sacudir o romper los vasos para derramar su perfume, ¡hay que herir la piedra para que salte la luz! ¡Hay algo providencial en las persecuciones de los tiranos, señor Simoun!

—Lo sabía —murmuró el enfermo—, y por eso excitaba la tiranía...

—Sí, amigo mío, ¡pero se derramaban más líquidos corrompidos que otra cosa! Usted fomentaba la podredumbre social sin sembrar una idea. De esa fermentación de vicios solo podía surgir el hastío y si naciese algo de la noche a la mañana, sería a lo más un hongo, porque espontáneamente solo hongos pueden nacer de la basura. Cierto que los vicios de un gobierno le son fatales, le causan la muerte, pero matan también a la sociedad en cuyo seno se desarrollan. A gobierno inmoral corresponde un pueblo desmoralizado, a administración sin conciencia, ciudadanos rapaces y serviles en poblado, ¡bandidos y ladrones en las montañas! Tal amo, tal esclavo. Tal gobierno, tal país.

Reinó una corta pausa.

—Entonces ¿qué hacer? —preguntó la voz del enfermo.

—¡Sufrir y trabajar!

—¡Sufrir... trabajar...! —repitió el enfermo con amargura—; ¡ah! fácil es decirlo cuando no se sufre... ¡cuando el trabajo se premia...! Si vuestro Dios exige al hombre tanto sacrificio, al hombre que apenas puede contar con el presente y duda del mañana; si hubiese usted visto lo que yo, miserables, desgraciados sufriendo indecibles torturas por crímenes que no han cometido, asesinatos para tapar ajenas faltas o incapacidades, pobres padres de familia, arrancados de su hogar para trabajar inútilmente en carreteras que se descomponen cada mañana y que parece solo se entretienen para hundir a las familias en la miseria... ¡ah! sufrir... trabajar... ¡es la voluntad de Dios! ¡Convenza usted a esos de que su asesinato es su salvación, de que su trabajo es la prosperidad de su hogar! Sufrir... trabajar... ¿Qué Dios es ése?

—Un Dios justísimo, señor Simoun —contestó al sacerdote—; un Dios que castiga nuestra falta de fe, nuestros vicios, el poco aprecio que hacemos de la dignidad, de las virtudes cívicas... Toleramos y nos hacemos cómplices del vicio, a veces lo aplaudimos, justo es, justísimo que suframos sus consecuencias y las sufran también nuestros hijos. Es el Dios de libertad, señor Simoun, que nos obliga a amarla haciendo que nos sea pesado el yugo; un Dios de misericordia, de equidad, que al par que nos castiga nos mejora, y solo concede el bienestar al que se lo ha merecido por sus esfuerzos: la escuela del sufrimiento templa, la arena del combate vigoriza las almas. Yo no quiero decir que nuestra libertad se conquiste a filo de espada, la espada entra por muy poco ya en los destinos modernos, pero, sí, la hemos de conquistar mereciéndola, elevando la razón y la dignidad del individuo, amando lo justo, lo bueno, lo grande hasta morir por él, y cuando un pueblo llega a esa altura, Dios suministra el arma, y caen los ídolos, caen los tiranos como castillo de naipes, ¡y brilla la libertad con la primera aurora! Nuestro mal lo debemos a nosotros mismos, no echemos la culpa a nadie. Si España nos viese menos complacientes con la tiranía, y más dispuestos a luchar y sufrir por nuestros derechos, España sería la primera en darnos la libertad, porque cuando el fruto de la concepción llega a su madurez idesgraciada la madre que lo quiera ahogar! En tanto, mientras el pueblo filipino no tenga suficiente energía para proclamar, alta la frente y desnudo el pecho, su derecho a la vida social y garantirlo con su sacrificio, con su sangre misma; mientras veamos a nuestros paisanos, en la vida privada sentir vergüenzas dentro de sí, oír rugiendo la voz de la conciencia que se rebela y protesta, y en la vida pública callarse, hacer coro al que abusa para burlarse del abusado; mientras los veamos encerrarse en su egoismo y alabar con forzada sonrisa los actos más inicuos, mendigando con los ojos una parte del botín, ¿a qué darles libertad? Con España y sin España serían siempre los mismos, y acaso, ¡acaso peores! ¿A qué la independencia si los esclavos de hoy serán los tiranos de mañana? ¡Y lo serán sin duda porque ama la tiranía quien se somete a ella! Señor Simoun, mientras nuestro pueblo no esté preparado, mientras vaya a la lucha engañado o empujado, sin clara conciencia de lo que ha de hacer, fracasarán las más sabias tentativas y más vale que fracasen, porque ¿a qué entregar al novio la esposa si no la ama bastante, si no está dispuesto a morir por ella?

El padre Florentino sintió que el enfermo le cogía la mano y se la estrechaba; calló entonces esperando que hablase, pero solo sintió dos apretones más oyó un suspiro y largo silencio reinó en la estancia. Solo el mar, cuyas olas se habían encrespado con la brisa de la noche como si despertasen del calor del día, enviaba sus roncos bramidos, su canto inmortal al estrellarse contra las enhiestas rocas. La Luna, ya sin la rivalidad del Sol, triunfaba tranquila en el cielo, y los árboles del bosque inclinándose unos a otros, se confiaban sus seculares leyendas en misteriosos murmullos, que trasportaba en sus alas el viento.

Viendo que el enfermo nada decía, el padre Florentino como absorto en un pensamiento, murmuró:

—¿Dónde está la juventud que ha de consagrar sus rosadas horas, sus ilusiones y entusiasmo al bien de su patria? ¿Dónde está la que ha de verter generosa su sangre para lavar tantas vergüenzas, tantos crímenes, tanta abominación? ¡Pura y sin mancha ha de ser la víctima para que el holocausto sea aceptable...! ¿Dónde estáis, jóvenes, que habéis de encarnar en vosotros el vigor de la vida que ha huido de nuestras venas, la pureza de las ideas que se ha manchado en nuestros cerebros y el fuego del entusiasmo que se ha apagado en nuestros corazones?... ¡Os esperamos, o jóvenes, venid que os esperamos!

Y como sintiese sus ojos humedecerse, apartó su mano de la del enfermo, se levantó y se acercó a la ventana para contemplar la vasta superficie del mar. Sacáronle de su meditación unos golpecitos discretos dados en la puerta. Era el criado que preguntaba si debía encender la luz.

Cuando el sacerdote se acercó al enfermo y le vio, a la luz de la lámpara, inmóvil, los ojos cerrados, la mano que había estrechado la suya, abierta y extendida al borde de la cama, creyó un momento que dormía: pero observando que no respiraba, tocóle suavemente y entonces se apercibió de que estaba muerto: comenzaba a enfriarse.

Arrodillóse entonces y oró.

Cuando se levantó y contempló el cadáver, en cuyo semblante se leía la tristeza más profunda, el pesar de toda una vida inútil que se llevaba más allá de la muerte, el anciano se estremeció y murmuró:

—¡Dios tenga piedad de los que le han torcido el camino!

Y mientras los criados, llamados por él, se arrodillaban y rezaban por el muerto, curiosos y distraídos mirando hacia la cama y repitiendo réquiems y más réquiems, el padre Florentino sacó de un armario la célebre maleta de acero que contenía la fabulosa fortuna de Simoun. Vaciló unos instantes, mas, pronto, tomando una determinación, descendió con ella las escaleras, se fue a la roca donde Isagani solía sentarse para escudriñar el fondo del mar.

El padre Florentino miró a sus pies. Allá abajo se veían las oscuras olas del Pacífico batir las concavidades de la roca, produciendo sonoros truenos, al mismo tiempo que heridas por un rayo de Luna, olas y espumas brillaban como chispas de fuego, como puñados de brillantes que arrojase al aire algún genio del abismo. Miró en derredor suyo. Estaba solo. La solitaria costa se perdía a lo lejos en vaga neblina, que la Luna desvanecía hasta confundirla con el horizonte. El bosque murmuraba voces ininteligibles. El anciano entonces, con el esfuerzo de sus hercúleos brazos, lanzó la maleta al espacio arrojándolo al mar. Giró varias veces sobre sí misma, y descendió rápidamente trazando una pequeña curva, reflejando sobre su pulimentada superficie algunos pálidos rayos. El anciano vio saltar gotas, oyó un ruido quebrado y el abismo se cerró tragándose el tesoro. Esperó algunos instantes para ver si el abismo devolvería algo, pero la ola volvió a cerrarse tan misteriosa como antes, sin aumentar en un pliegue más su rizada superficie, como si en la inmensidad del mar solo hubiese caído un pequeño pedrusco.

—¡Que la naturaleza te guarde en los profundos abismos, entre los corales y perlas de sus eternos mares! —dijo entonces el clérigo extendiendo solemnemente la mano—. Cuando para un fin santo y sublime los hombres te necesiten, Dios sabrá sacarte del seno de las olas... Mientras tanto, ¡allí no harás el mal, no torcerás el derecho, no fomentarás avaricias...!

Fin de «*El Filibusterismo*».

LIBROS A LA CARTA

A la carta es un servicio especializado para
empresas,
librerías,
bibliotecas,
editoriales
y centros de enseñanza;
y permite confeccionar libros que, por su formato y concepción, sirven a los propósitos más específicos de estas instituciones.

Las empresas nos encargan ediciones personalizadas para marketing editorial o para regalos institucionales. Y los interesados solicitan, a título personal, ediciones antiguas, o no disponibles en el mercado; y las acompañan con notas y comentarios críticos.

Las ediciones tienen como apoyo un libro de estilo con todo tipo de referencias sobre los criterios de tratamiento tipográfico aplicados a nuestros libros que puede ser consultado en www.linkgua-digital.com.

Linkgua edita por encargo diferentes versiones de una misma obra con distintos tratamientos ortotipográficos (actualizaciones de carácter divulgativo de un clásico, o versiones estrictamente fieles a la edición original de referencia).

Este servicio de ediciones a la carta le permitirá, si usted se dedica a la enseñanza, tener una forma de hacer pública su interpretación de un texto y, sobre una versión digitalizada «base», usted podrá introducir interpretaciones del texto fuente. Es un tópico que los profesores denuncien en clase los desmanes de una edición, o vayan comentando errores de interpretación de un texto y esta es una solución útil a esa necesidad del mundo académico.

Asimismo publicamos de manera sistemática, en un mismo catálogo, tesis doctorales y actas de congresos académicos, que son distribuidas a través de nuestra Web.

El servicio de «libros a la carta» funciona de dos formas.

1. Tenemos un fondo de libros digitalizados que usted puede personalizar en tiradas de al menos cinco ejemplares. Estas personalizaciones pueden ser de todo tipo: añadir notas de clase para uso de un grupo de estudiantes, introducir logos corporativos para uso con fines de marketing empresarial, etc. etc.

2. Buscamos libros descatalogados de otras editoriales y los reeditamos en tiradas cortas a petición de un cliente.